源氏物語の構想と漢詩文

新間一美　著

和泉書院

凡例

一、源氏物語の本文は、新潮日本古典集成（石田穣二・清水好子両氏注）により、その巻名と頁数を記す。ただし、一部表記を改めたところがある。

一、『新編国歌大観』所収歌集等の作品番号は同書による。ただし、万葉集の作品番号は『国歌大観』による。新撰万葉集については左記参照。

一、懐風藻、文華秀麗集、菅家文草、菅家後集の作品番号は日本古典文学大系による。

一、田氏家集の作品番号は小島憲之氏監修『田氏家集注』による。

一、新撰万葉集の作品番号は『新撰万葉集　京都大学蔵』（浅見徹氏解説）による。

一、本朝文粋の作品番号は新日本古典文学大系（大曾根章介・金原理・後藤昭雄三氏注）による。

一、白居易（白楽天）の作品番号は花房英樹氏『白氏文集の批判的研究』所収の「綜合作品表」による。

一、漢字表記については、主に常用漢字等の通行の字体を用いた。

一、初出時からの訂正で内容に変更のある場合は、補注に記した。

目次

序論

一

源氏物語は、長編の物語であり、多面的な作品である。短編的な面白さも充分にあるが、しっかりとした構想のもとに書かれているという印象がある。その全体構想について一概に論ずることは難しいが、主に漢詩文の受容という視点から考察を加えて来た。前著『源氏物語と白居易の文学』においては、「李夫人」の物語、「長恨歌」の物語の受容という点から構想の問題を論じた。(1)

漢の武帝の寵妃李夫人は病いで死去したが、武帝は李夫人を思い続けた。その肖像を描かせたり、肖像を作らせたり、方士に死者の魂を返すというお香を焚かせたりした。それぞれ、「写真」の故事、「温石」の故事、「反魂香」の故事と呼び得る。呼びもどされた魂は生前の李夫人の美貌を留めている姿で出現し、消えていった。唐の玄宗皇帝も楊貴妃を愛し、その死後には魂を追い求めた。やはり方士に魂を呼び戻させるが、それに失敗する。方士は、天上世界、地下の世界までも魂を探して、ついに東海の蓬萊山に仙女に生まれ変わった楊貴妃を見出す。方士は玄宗の変わらぬ愛情を告げ、楊貴妃も昔日の愛情を思い出して方士に形見の「金釵」「鈿合」を手渡し、二人の他には誰も知らないはずの「比翼連理」の密契を告げて見送る。仙女は天上で死に、玄宗は地上で死んで、二人は後世においてまためぐり逢うことを暗示する、という内容である。この蓬萊山の話は、李夫人の物語を発展させたものと考えることができる。

この二つの物語は、ともに愛するものに死別した悲しみと、再会の可能性を描いている。源氏物語の桐壺巻においても、桐壺更衣の像は李夫人と楊貴妃の二人の像に基づいて描かれている。桐壺帝にとって、桐壺更衣にそっくりな藤壺の登場は李夫人の魂、或いは仙女として生まれ変わった楊貴妃のような存在であると考えた。光源氏は、桐壺更衣の形見であり、これも長恨歌の物語と関係があるとした。この藤壺とそっくりな藤壺の姪の若紫の登場が「紫のゆかり」の物語として展開して行く。李夫人の物語を基底とする「相似」と「血縁」の「ゆかり」が物語の長篇化の方法になって行くと考えたのである。

愛する者を失った悲しみに焦点を当てて行くと、桐壺巻で桐壺帝が桐壺更衣を失い、幻巻で光源氏が紫の上を失い、宇治十帖で薫が大君と浮舟を失った時にいずれも李夫人或いは楊貴妃の故事が用いられてその悲しみが描かれている。それは三代にわたる「長き恨み」の繰り返しと思われるのである。源氏物語の結末は、夢浮橋巻の末尾であるが、そこに長恨歌の物語の利用を見て、その意味を願文に見える浄土教の思想に結びつけた。(2)

本書においても、第一部「源氏物語の長編構想と漢詩文」第Ⅵ章「李夫人と桐壺巻再論―「魂」と「おもかげ」―」では、その問題を考察した。漢書外戚伝や文選所載の潘岳作品等によって知られた李夫人の話は、早く万葉集においてわが国の文学に受容された。(3)平安朝に入って白居易の「長恨歌」〔〇五九六〕や「李夫人」〔〇一六〇〕が新たな文学として読まれ、それまでの李夫人の受容の上に重層的に受容されたと考えたのである。万葉集において現在「たまかぎる」と訓まれている語は、平安朝においては「かげろふ」という語として把握され、それは李夫人の故事と関係がある場合によく使われていたと思う。

ただし、これらの「長き恨み」の物語は、源氏物語としては、発端（桐壺巻）であり、終末（幻巻・夢浮橋巻）である。その中間の物語の展開としては、もう少し別な視点から考える必要がある。そこで本書では、光源氏の二人の妻と一人の娘に焦点を当てようとした。それが、第一部「源氏物語の長編構想と漢詩文」の主な内容である。

　二人の妻の一人は紫の上であり、一人は明石の上である。明石の上は明石の姫君の実母であり、紫の上は養母である。二人は光源氏のただ一人の娘である明石の姫君の二人の母親であり、その姫君は澪標巻で中宮になることを宿曜の占いによって予言される。この澪標巻の予言こそが光源氏の人生を規定するものであると考え、明石の姫君が明石という都から離れた僻遠の地で生まれ、都に帰って中宮になる物語が中核を成すとした。源氏物語は勿論光源氏の生涯を描く物語ではあるが、光源氏個人の人生のみを描くのではない。澪標巻の予言では、三人の子が天皇・中宮・太政大臣になるとされるが、その子等の存在があって、初めて光源氏の人生が成り立つというように書かれている。その三人も物語の中で同等に存在するというわけではない。明石の姫君の誕生と成長に重点が置かれていると見られる。

　早く若紫巻において二人の妻となる女性は物語に登場している。一人は北山の山桜を背景にして、一人は明石の海辺の松の風景を背景にしている。須磨・明石巻以後に、明石の上の姿は、よりはっきりと描かれているが、その明石の上と「松」が物語の中で巧みに結びつけられているのである。桜と紫の上とが深い関わりにあることは周知のことであるが、それと同じように「松」が明石の上と、ひいては明石の姫君と深く結びつけられている。

　山景の桜と水景の松は、普通の山水画の風景にありそうであるが、特に長保元年（九九九）十一月一日の彰子入内の折に用意された彰子入内屏風には、その風景が描かれていた。この屏風自体は失われたが、公任集と大弐高遠集にその屏風を見て詠まれた多くの和歌が残っているためにその図柄の内容が分かる。また、平安時代中期の作と言われる京都国立博物館蔵の「山水屏風《せんずい》」（旧東寺蔵）の図柄が公任や高遠の歌の内容と似ているので、容易に入内屏風の方も想像することができる。紫式部は日常よく見ていたはずのその入内屏風の内容から源氏物語の筋書を考えたのではないだろうか。

入内屏風の中央には、紫の雲とも見える藤の花が松の木に懸かっており、公任はそれを、

紫の雲とぞ見ゆる藤の花いかなる宿のしるしなるらむ

（拾遺集〔一〇六九〕、公任集〔三〇七〕）

と詠んだ。桜や藤の咲く春の山景が、彰子が中宮になるという物語に詠み換えられたのである。

同時に詠まれた花山院の詠は、

ひな鶴をやしなひたてて松原のかげにすませむことをしぞ思ふ

（公任集〔三〇四〕）

とあって、海辺の水景から中宮が生まれるかのように詠まれている。春の山水の風景が中宮を生み出すという構図になっており、源氏物語の明石の姫君をめぐる構想と一致するのである。それが源氏物語誕生の下地になっていると考える。そのことは、本書の第一部第Ⅰ章から第Ⅳ章で主に論じた。

二

白居易の文学論には早くから関心があった。「花も実も―古今序と白居易―」(4)で、「文」（花）と「質」（実）が揃ってこそ君子であるという論語の君子論が白居易の政治論・文学論の中心にあって、花ばかりを重んずる当代の風潮を批判しており、それが古今集の仮名序・真名序に受容されていることを述べた。紀貫之の新撰和歌序では、和歌の理想的な在り方を「花実相兼」の語で表現しているが、その源は白居易の花実論にあると思われる。ただ、それも白居易の花実論に共感した菅原道真の花実論を経由していると考えられる。

源氏物語においても紫の上と明石の上の二人を桜と松に象徴される女性と見る時、その二人を合わせた理想的な

姿を「花実相兼」として捉えることができる。白居易の花実論が源氏物語に活かされているように見えるが、それを紫式部は、菅原道真や貫之の花実論を通して、初めて源氏物語の構想として表現できたと考える。本書第二部Ⅰ「「松竹」と源氏物語」では、そのことを論じた。

白居易は、左拾遺という諫官の職にあった時に「新楽府」五十首を制作したが、白居易は、その中の「牡丹芳」〔〇一五二〕で憲宗皇帝だけが麦や稲の実りという「実」を気にかけ、他の人々は牡丹という「花」ばかりを愛しているという世の風潮を批判した。道真は、侍従（唐名は拾遺）として宇多天皇に仕えていた時に、桜や梅などの花ばかりを愛さずに、松や竹に目を向けようという、天皇を諫める詩を作った。憲宗皇帝の明君としての在り方を宇多天皇にも期待した。紫式部はさらにそれを「桜」と「松」に変えて源氏物語の構想に利用したと思うのである。(5)

道真の詩「春惜㆓桜花㆒、応㆑製、并㆑序」〔三八四〕では、桜のような花ばかりを愛惜しようとする宇多天皇に対して、道真は「松竹」の持つ「勁節」と「貞心」をも愛惜せよということを主張した。明石の上と「松」との関わりとは別に、「竹」も源氏物語では、構想の上で巧みに使われていると思う。第二部第Ⅳ章「源氏物語柏木巻における白詩受容—元稹の死と柏木の死—」では、柏木という男性のある部分は白居易の生涯の詩友であった元稹の姿を借りて描かれていると論じるとともに、柏木の人物像が「竹」と結びつけられていることにも言及した。

もともと白居易の作品は、詩友であった元稹や劉禹錫の作品とともに読まれたということがあった。「元白」「劉白」という語がよく使われたのは、そのような事実を背景とする。源氏物語における白詩受容という問題を考える時には、白居易のそうした友人関係をも考慮すべきなのである。本書第一部第Ⅴ章「源氏物語の春秋争いと元白・劉白詩」では、その問題を六条院構想に結びつけて論じた。

三

紫式部日記には、紫式部が漢籍に関わっていたことが知られる記事がいくつか見られる。夫の藤原宣孝の死後に漢籍を読んでいて、周りの女房からそんな風だから幸いが少ないのだと非難されたこと、父親が兄の惟規に漢籍を教えていた時に紫式部も習っていて兄よりも出来が良かったので、お前が男でなかったのが残念だと言われたこと、一条天皇が源氏物語を女房に読ませていた時に、この著者は「日本紀」をよく読んでいると言われて、左衛門の内侍という女房から「日本紀の御局《みつぼね》」というあだ名を付けられたことなどである。

とりわけ重要と思うのは、中宮彰子が白氏文集を読みたがっていた時に、ことさらに「新楽府」を取り上げてそれを教材として教えたことである。「新楽府」の中でも当代の「花」ばかりを愛する風潮を批判した「牡丹芳」の思想が源氏物語に活かされていることは、この記事を見ると当然のことと思える。他にも「上陽白髪人」〈〇一三二〉や「李夫人」は源氏物語の中に何度も引用されている。白氏文集を教えるということと源氏物語を書くということは、同じ中宮彰子に対する教育として捉えるのがよいのではないか。

また紫式部日記には、中宮彰子が産んだ敦成《あつひら》親王誕生五十日《いか》の祝いの記事が見える。寛弘五年（一〇〇八）十一月一日のことであった。親王は後の後一条天皇である。場所は道長邸の土御門殿で、そこに伺候していた紫式部に左衛門督であった藤原公任が呼びかけた。

左衛門督、「あなかしこ。このわたりに若紫やさぶらふ」とうかがひたまふ。源氏ににるべき人も見えたまはぬに、かの上はまいていかでものしたまはむと、聞きゐたり。

右の「このわたりに」という語句は、唐代伝奇の遊仙窟において、作者であり、男主人公でもある張文成が故老から神仙の「窟宅《いはや》」があるということを聞いたあと、洗濯している女にそのことを尋ねるところにある。(6) 江戸初期無刊記本から引用する。(7)

見一女子向水側浣衣。余乃問曰、承聞、此処有神仙之窟宅。故来伺候。
（一《ひと》りの女《をんな》子水の側《ほとり》に向つて衣を浣《あら》へるを見る。余《やつかり》乃ち問ひて曰く、承《うけたまは》聞る、此処《このわたり》に神仙の窟宅《いはや》有りと。故《ことさら》に来《まうでき》て伺候とさぶらふ。）

刊本には「此処」の二字の訓として、「このわたりに」とあり、十四世紀中頃の古写本である醍醐寺本や真福寺本なども同じである。

若紫巻の垣間見の場面は、伊勢物語初段に基づくことは周知であるが、丸山キヨ子氏は、その初段は遊仙窟の垣間見場面に基づき、それを紫式部は知った上で伊勢物語初段とともに遊仙窟をも利用して若紫巻を書いたと論じられた。(8)

また、田中隆昭氏は、丸山氏の論を認め、さらに、少女若紫が藤壺に似ているとするところが、遊仙窟で、文成が洗濯する女に御殿の主人を問うところと関わるという。(9)

余問曰、此誰家舎也。女子答曰、此是崔女郎之舎耳。余問曰、崔女郎何人也。女子答曰、博陵王之苗裔、清河公之旧族也。容貌似舅、潘安仁之外甥。気調如兄、崔季珪之小妹。
（余《やつかり》問ひて曰く、此は誰が家舎のいへとかする。女《をんなご》子答へて曰く、此れは是れ崔女郎といふひとの舎《いへ》ならくのみ。余《やつかり》問ひて曰く、崔女郎何《いか》なる人ぞ。女《をんなご》子答へて曰く、博陵王の苗裔のはつまご、清河公の旧き族《やから》なり。容貌のかほばせは舅《をぢ》に似ぬ、潘安仁が外《ははかた》の甥《めい》なれば。気調のいきざしは兄《このかみ》の如し、崔季珪が小《おと》妹《いもうと》なれば。）

美男の潘岳（潘安仁）という母方の叔父さんがいるから、そして美男の崔季珪という兄がいるから女主人の崔十娘が絶世の美女であるというのである。藤壺に似ているから若紫は魅力的である、という発想のもとがここにあると考えられる。

田中氏の指摘はないが、右の「清河公の旧き族《やから》なり」の「旧族」の訓として「ゆかり」の語がある。「紫のゆかり」の発想も遊仙窟の内部にあるのである。

「若紫」は、伊勢物語初段の歌「春日野の若紫のすりごろも忍ぶの乱れ限り知られず」に見られる語である。源氏物語では、北山のなにがし寺で光源氏が垣間見た少女を指す語である。初段も若紫巻もともに遊仙窟の垣間見に基づいて書かれていた。そうであるならば、公任の発した「このわたりに若紫やさぶらふ」という「若紫」に結びつけられた「このわたりに」も、文脈上相似である遊仙窟の「此処」の訓を意識していると見るべきなのである。

蜻蛉巻には、女一の宮に惹かれる薫が、その御殿を訪れて不在の女一の宮の代わりにその女房の中将の君の箏の音を聞く場面がある。そこに右の遊仙窟の場面が引用されている。

箏の琴いとなつかしう弾きすさぶ爪音、をかしく聞ゆ。思ひかけぬに寄りおはして、〔薫〕「などねたまし顔にかき鳴らしたまふ」とのたまふに、皆おどろかるべかめれど、すこしあげたる簾うちおろしなどもせず、起きあがりて、〔中将の君〕「似るべき兄《このかみ》やははべるべき」といらふる声、中将のおもとか言ひつるなりけり。〔薫〕「まろこそ御母方《ははかた》の叔父《をぢ》なれ」と、はかなきことをのたまひて、

（蜻蛉・一六六六）

「似るべき兄《このかみ》」は「気調のいきざしは兄《このかみ》の如し」を、「御母方《ははかた》の叔父《をぢ》なれ」は「容貌のかほばせは舅《をぢ》に似ぬ、潘安仁が外《ははかた》の甥《めい》なれば」を引く。また、その前の「などねたまし顔にかき鳴らしたまふ」も、「故故将繊手、時時弄小絃」（故故とねたましがほに繊《ほそや》かなる手を将ちて、時時《よりより》に小《ほそ》き絃《を》を弄《かきなら》す）に基づくのである。

さらに、この場面の直前に「このわたりに」という語が「ゆかり」の語とともに見える。

おりたちてあながちなる御もてなしに、女はさもこそ負けたてまつらめ、わがさもくちをしう、この御ゆかりには、ねたく心憂くのみあるかな、いかで、このわたりにも、めづらしからむ人の、例の心入れて騒ぎたまはらむをかたらひ取りて、わが思ひしやうに、やすからずとだに思はせたてまつらむ、

（蜻蛉・一六五）

いつも強引に女を誘う匂宮には、苦い思いを味わわされているが、何とかこのあたりの魅力的な人を奪って匂宮に不安な思いをさせたいと、薫がめずらしく好色な心を起こして女を誘おうとしている場面である。「御ゆかり」は、明石の中宮に連なる血統を指し、「このわたりに」は、その周辺、特に女一の宮のいるあたりを指している。そのあとに薫が、「なほ、この御あたりは、いとことなりけることこそあやしけれ、明石の浦は心にくかりける所かな」（蜻蛉・一六七）と思っていることからも、明石の中宮の近辺を薫は特別視しているのである。

「このわたりに」や「ゆかり」は遊仙窟の訓読に見える語であり、この前後は一貫して遊仙窟を意識した文脈になっている。すなわち、明石の中宮と女一の宮の周辺をあたかも遊仙窟の「仙窟」のように描いているのであり、[10]文成が十娘に近づくように薫が女一の宮に近づいている。「このわたり」と「若紫」の語がある紫式部日記も同じように遊仙窟を意識した文脈と言えるのである。

公任が撰んだ和漢朗詠集の妓女部に先に掲げた遊仙窟の一節「容貌のかほばせは舅《をぢ》に似ぬ、潘安仁が外《ははかた》の甥《めい》なれば。気調のいきざしは兄《このかみ》の如し、崔季珪が小妹《おといもうと》なれば」（七〇六）が摘句されて載せられている。遊仙窟に通じた公任は、若紫巻における遊仙窟の利用を察し、「このわたりに若紫やさぶらふ」という遊仙窟の訓読の語を使った発言をしたに違いない。あなたが書いた若紫巻は、遊仙窟を巧みに用いて、なかなか素晴らしい物語になっていますね、という意味で発せられたと推測する。和漢朗詠集的な物語であると把握する時に、源氏物語はその本

質を現わすのではないか。

紫式部は、父為時から兄とともに当時の男性が受けるような教育を受けた。式部が女性の文体である仮名を用いて物語を執筆した時に、その父から受け継いだ男性のものとも言える漢籍の教養を最大限に利用し、明石の姫君が中宮になる物語を一条天皇の中宮であった彰子に向けて書いたと考える。

注

（1）『源氏物語と白居易の文学』（和泉書院・平成十五年）第一部「源氏物語と白居易の「長恨歌」「李夫人」」。

（2）「源氏物語の結末について―「長恨歌」と「李夫人」と―」。注1拙著所載（初出は、『国語国文』昭和五十四年三月）。なお、『源氏物語と紫式部　研究の軌跡』（紫式部顕彰会編・角田文衛・片桐洋一両氏監修・角川学芸出版・平成二十年）の「資料篇」にこの論文を再掲する。また、「研究史篇」にこの論文についての山本登朗氏の論評を載せる。

（3）大伴旅人が妻の大伴郎女を失った時に詠んだ「世の中は空しきものと知る時しいよよますます悲しかりけり」（万葉集・巻五（七九三））の「いよよますます」は、漢書外戚伝（李夫人伝）の「上愈益相思悲感」（上《しやう》愈《いよいよ》益《ますます》相《あひ》思ひて悲感す）によると思う。反魂香によって招かれた李夫人の魂を見たあとの武帝の心境を描いたところである。武帝はこのあと「是邪非邪」（是《それ》か非《あらぬ》か）の詩を詠む。史書の中で特に文学的な場面と言えよう。

（4）拙著『平安朝文学と漢詩文』（和泉書院・平成十五年）第一部「白居易文学の受容」第Ⅰ章（初出は、「花も実も―古今序と白楽天―」（『甲南大学紀要』文学編四〇・昭和五十六年三月）。

（5）本書では、主に「松」を取り上げ、「桜」については、余り言及していない。拙稿「白居易の花実論と源氏物語」（日向一雅氏編『源氏物語と漢詩の世界　白氏文集を中心に』所収・青簡舎・平成二十一年二月）で桜と紫の上の関わりについて略述した。

（6）以下の内容については、平成二十年度中古文学会春季大会（五月十一日・於龍谷大学深草学舎）での研究発表「源氏物語若紫巻と遊仙窟」で一部を発表した。また、その発表内容に手を加え、同題の論文としてまとめた（『源氏物語の展望　第五輯』所収・岩佐美代子・森一郎・坂本共展三氏編・三弥井書店・近刊）。

（7）蔵中進氏編『江戸初期無刊記本　遊仙窟　本文と索引』（和泉書院・昭和五十四年）によって本文と訓読を構成した。

（8）丸山キヨ子氏「源氏物語・伊勢物語・遊仙窟―わかむらさき北山・はし姫宇治の山荘・うひかうぶりの段と遊仙窟との関係―」（同氏『源氏物語と白氏文集』所収・東京女子大学学会・昭和三十九年）。

（9）田中隆昭氏「北山と南岳―源氏物語若紫巻の仙境的世界―」（『国語と国文学』平成八年十月、同氏『源氏物語　引用の研究』所収・勉誠出版・平成十一年）。この論文については、注2の『源氏物語と紫式部　研究の軌跡』の「研究史篇」で新間が論評した。

（10）蜻蛉巻における遊仙窟の引用を論じたものに中西進氏「『源氏物語』と『遊仙窟』」（『別冊　国文学　解釈と鑑賞―文学史上の「源氏物語」』平成十年六月、同氏『古代文学の生成』所収・おうふう・平成十九年）がある。氏は、遊仙窟の引用から、女一の宮の「御里」を「仙郷まがいのものとみなそうとする意志が働いているのではないか」と指摘されている。

第一部　源氏物語の長編構想と漢詩文

第Ⅰ章　明石の姫君誕生祝賀歌と仏典比喩譚
――算賀歌の発想に関連して――

一

源氏物語は極めて長編の物語であり、その構想においては、三つの予言が大きな意味を持つとされる。まず、桐壺巻での高麗の相人によって示された光源氏の将来を占う予言がある。

「国の親となりて、帝王の上《かみ》なき位にのぼるべき相おはします人の、そなたにて見れば、乱れ憂ふることやあらむ。おほやけのかためとなりて、天下を輔くるかたにて見れば、またその相違《たが》ふべし」と言ふ。（桐壺・三二）

次に、若紫巻に藤壺懐妊時の夢占いによって示された藤壺と光源氏の間に生まれる子に関する予言がある。

及びなうおぼしもかけぬ筋のことを合はせけり。「その中に違ひめありて、つつませたまふべきことなむ侍る」と言ふに、（若紫・二一五）

そして澪標巻に見える光源氏の三人の子の将来に対する宿曜の予言がある。

宿曜《すくえう》に、「御子三人《みたり》、帝、后かならず並びて生まれたまふべし。中の劣りは、太政大臣にて位を極むべし」と勘へ申したりしこと、さしてかなふなめり。

はじめの高麗の相人の予言は、光源氏は天皇になるべき相を持っているもののそこには乱れがあり、臣下として見るとそれも違うというものであった。予言は、桐壺帝に示されたものであり、帝はそれによって、光源氏を親王にせず、臣籍に降すことを決断した。予言は、藤裏葉巻で光源氏が准太上天皇になって現実のものとなる。

（澪標・一七）

あとの二つの予言は光源氏に示されたものであり、光源氏はそれによって自らの行動を律することになる。ただし、若紫巻の夢占いの内容は漠然としか記されておらず、前後の筋書きによって、新たに生まれる皇子の将来の即位を示したのであろうと推測されるのみである。それに対して、澪標巻に見える予言は三人の子の具体的な将来を語っている。その中に一人の子の即位が含まれるのであるから、澪標巻の宿曜の占いは、若紫巻の夢占いの内容を宿曜で確認する意味もあったことになる。

宿曜の占いがいつなされたかということに関する記述はないが、冷泉院の帝が東宮に立った時点では、この占いも予言とは言いがたいので、それより前になされたと考えられる。花宴巻と葵巻との間の書かれない部分で朱雀院の帝は即位し、冷泉院の帝が東宮に立ったとされる。従って、占いがなされたのはそれ以前である。若紫巻での夢占いの直後か、紅葉賀巻で藤壺は若宮を生んでいるのであるから、その時に宿曜の占いがなされたと思われる。かつて桐壺帝が高麗の相人の占いを倭相など他の占いで確認したように、光源氏は若紫巻の夢占いの持つ意味を宿曜など他の占いにより、確認しようとしたのであろう。

澪標巻で予言が出てくる場面は、明石の地で明石の姫君が誕生し、都に戻っていた光源氏がその知らせを聞いたところである。すでに冷泉院の帝は即位しているから、あらかじめ示された予言のうち、すでに「帝」のことは実現し、女子の誕生によって「后」の実現が予想され、葵の上の子として生まれている夕霧が「太政大臣」になることも実現可能なことと認識された故に「さしてかなふなめり」と思われたのである。

この予言によって明石の姫君は中宮となるべき運命を担っていると知られたから、光源氏は姫君の将来のための行動を取る必要があった。

今行く末のあらましごとをおぼすに、住吉の神のしるべ、まことにかの人も世になべてならぬ宿世にて、ひがひがしき親も及びなき心をつかふにやありけむ、さるにては、かしこき筋にもなるべき人の、あやしき世界にて生まれたらむは、いとほしうかたじけなくもあるべきかな、このほど過ぐして迎へてむ、とおぼして、東の院急ぎ造らすべきよし、もよほし仰せたまふ。

（澪標・一八）

住吉の神の導きで明石の上は子を生むこととなったことが確認される。また、都へ迎えるために二条院の東の院の造営を命じた。

さらに若菜上巻では、明石の入道の遺言が明石の上と姫君に伝えられる。それによれば、明石の上が生まれた時に、入道の夢に「日月」が現れた。入道は明石の上の子孫が帝と中宮になるはずだ、と考えたようである。その実現のために入道は住吉の神を信仰することになる。

その遺言が語られるのは明石の姫君が東宮の皇子を生む場面であり、すなわち明石の姫君が中宮にそして国母となることがほぼ約束されるところである。

澪標巻に出てくる宿曜の予言と明石の入道の遺言を並べてみると、第一部、第二部を通じて、明石の姫君が国母となるように物語が構想されていることが分かる。はじめの三つの予言のうち、若紫巻の夢占い（宿曜の「帝」の部分）は、澪標巻で現実となり、桐壺巻の高麗の相人の予言は、藤裏葉巻で現実となる。澪標巻の宿曜の「后」の部分は、若菜上巻でようやく現実となるのである。夕霧の任太政大臣は物語内に描かれていないから除外すると、三つの予言の中でもっとも射程の長いのは、宿曜の予言の「后」の部分と言えよう。これは、明石の姫君が中宮になることが物語の中でもっとも長編的意味を持つことを示している。

従って、澪標巻における姫君の誕生は長編的構想の中での中核的意味を持ち、最大限に祝福されるべきことがらであったと言える。そのために明石の姫君を都に迎える必要があり、二条院の東の院を急いで造営することになる。ただし、実際には、六条院を造営し、その春の町に紫の上の養女として明石の姫君が住み、冬の町に実母の明石の上が住むという展開になる。六条院は、当代の中宮となる秋好中宮（当初は女御）の住まいであるとともに、次代の中宮になるはずの明石の姫君を育てる場所としての意味があるのである。

本章では、明石の姫君誕生が源氏物語の中でも長編性を支える重要な場面と捉えた上で、光源氏がその誕生を最大限に祝福して詠んだ和歌の意味を、その賀歌としての背景を明らかにすることによって、探ろうと思う。

二

明石の姫君は春の終わりも近い三月十六日に誕生した。父親となった光源氏が姫君誕生のためにしたことは、まず明石に乳母を派遣することであった。その時に歌を添えて贈る。

〔光源氏〕
いつしかも袖うちかけむをとめごが世を経て撫づる岩のおひさき　（澪標・二一）

この歌を明石の姫君誕生祝賀歌と呼ぶことにする。
明石の上は、
〔明石の上〕

ひとりして撫づるは袖のほどなきに覆ふばかりの蔭をしぞ待つ　（澪標・二二）

と歌を返した。

光源氏の歌は、姫君を成長する「岩」に見立て、母親として養育する明石の上を「岩」を「撫」でる「をとめご」に見立て、さらに二人を守ろうとする自分自身を「袖」を覆い掛ける天人に見立てている。

明石の上の返歌は、姫君を養育する自分の「袖」が充分な大きさを持たないので、光源氏の大きな「蔭」を期待しているという内容である。この歌によって「をとめご」が「岩」を「撫」でるのは、「袖」によってであることが分かる。

さらに五月五日が誕生「五十日《いか》」に当ったので、五十日《いか》の祝いのために、歌を贈った。

〔光源氏〕
海松《うみまつ》や時ぞともなき蔭にゐて何のあやめもいかにわくらむ　（澪標・二五）

〔明石の上〕
数ならぬみ島がくれに鳴く鶴《たづ》をけふもいかにとふ人ぞなき　（澪標・二七）

光源氏の歌は、五月五日にちなんだ「菖蒲《あやめ》」を「紋目」に掛けて詠み込み、「五十日」を「如何に」に掛けて詠み込んでいる。めでたい「松」を「海松《うみまつ》」（みる）として詠み込んでいる。

明石の上の歌は、光源氏の歌を承けて「五十日」を詠み込んでいる。また、「松」に対して「鶴」を配し、めでたい対をなしている。両歌とも現在の日の当たらない状況を描いて、そうではない未来を暗に期待している。

明石の姫君の成長に関しては、薄雲巻で袴着が、さらに梅枝巻で東宮入内に先立って盛大な裳着の儀式が行なわれたことが描かれる。これらに先立つ重要な位置に姫君の誕生祝賀歌があるのである。

光源氏が詠んだ誕生祝賀歌「いつしかも袖うちかけむをとめごが世を経て撫づる岩のおひさき」の内容を改めて検討したい。

「をとめご」が、「袖」で「岩」を「撫」でるというのが、基本にある。これは、仏典に見える「磐石劫」の比喩譚に基づいたものであり、先行する和歌もある。拾遺集巻五の賀の歌の中に載せられている連続する二首が代表的なものであり、それが本歌でも意識されていよう。

題知らず　　　　　　　　　　　　　　よみ人知らず

君が世は天の羽衣まれにきて撫づとも尽きぬ巌《いはほ》ならなむ〔二九九〕

賀の屛風に　　　　　　　　　　　　　　元　輔

動きなき巌の果ても君ぞ見むをとめの袖の撫で尽くすまで〔三〇〇〕

前者は天徳四年（九五〇）三月三十日の内裏歌合の歌(2)で、「その左の歌の洲浜の覆《おほひ》に、葦手を繡《ぬひとり》にしたる歌」である。是則集に「いはひ　こけ、いはほ」とある三首連作の「いはほ」の歌として載せられているので、坂上是則の歌と考えられる。

後者は天暦十一年（九五七）四月二十二日、藤原師輔五十賀屛風歌である。

奥義抄（中釈）は右の二九九番歌を引いて、この「磐石劫」の比喩譚を説明している(3)。

七　君が代はあまの羽衣まれにきてなづともつきぬ巌ほなるらむ

経云、方四十里の石を三年に一度梵天よりくだりて、三銖の衣にて撫に尽を為㆓一劫㆒。うすくかろき衣なり。
　このこころをよめるなり。

四十里四方の巨大な岩を天人が三年に一度天より降り、薄く軽い三銖の衣で撫でるとわずかに磨り減る。それが重なってついには岩が尽きるという計り知れない時を一劫と称するのである。その心を詠んだ歌、と言う。

実際の経典では、例えば菩薩瓔珞本業経（巻下）には、次のように「磐石劫」が説明されている。

譬如㆓一里二里乃至十里石㆒。方広亦然。以㆓天衣重三銖㆒。人中日月歳数。三年一払㆓此石㆒乃尽。名㆓一小劫㆒。若一里二里乃至四十里。亦名㆓小劫㆒。又八十里石。方広亦然。以㆓梵天衣重三銖㆒。即梵天中百宝光明珠為㆓日月歳数㆒。三年一払此石乃尽。名為㆓中劫㆒。又八百里石。方広亦然。以㆓浄居天衣重三銖㆒。即浄居天千宝光明鏡為㆓日月歳数㆒。三年一払此石乃尽。故名㆓一大阿僧祇劫㆒。

〔二四―一〇一九〕(4)

この経では石の大きさによって「小劫」（一里ないし四十里）、「中劫」（八十里）、「一大阿僧祇劫」（八百里）という区別をしている。また、「三年」というのも「小劫」は「人中」の三年であるが、「中劫」は「梵天中」の、「一大阿僧祇劫」は「浄居天中」の三年であり、違った世界での時の流れによる。まことに「一大阿僧祇劫」という時の長さは計り知れないと言えよう。

拾遺集の二九九番に「撫づとも尽きぬ巌」とあるのは、磐石劫の比喩譚を使ってはいるが、意味が多少異なっている。磐石劫の岩はどんなに巨大であっても尽きるのがその本質であるからである。これは、岩が衣によって磨り減らされつつも一方で成長するから、いつまでも尽きないということであると考えられる。光源氏の祝賀歌に「岩のおひさき」とあるのも岩の成長を言っているのである。

これらの岩の成長は、古今集の賀の歌にある「さざれ石」が「巌《いはほ》とな」るというところを踏まえていると考えられる。

題しらず　読み人しらず

わが君は千世に八千世にさざれ石の巖となりて苔のむすまで

（巻七・賀〔三四三〕）

岩の成長をもって「わが君」の永遠の世を言祝いでいる。拾遺集の二九九番歌や光源氏の誕生祝賀歌は、磐石劫の比喩譚とこの岩の成長の概念を組み合せて作られているのである。

拾遺集の二首及び古今集のこの歌はいずれも賀の歌に分類されているから、光源氏の「いつしかも」の歌は賀の歌の伝統に即して詠まれたと言える。古今集を見ると、賀の部は、末尾の東宮保明親王誕生を祝う「峰高き春日の山に出づる日は曇る時無く照らすべらなり」〔三六四〕を除いて、すべて四十、五十、六十歳を祝う算賀（賀算）関係の歌が並べられている。賀の歌は算賀の歌を基本とすると言える。

算賀の歌の中に仏典に基づく磐石劫の比喩を持ちいるのは一見奇異に見える。しかし、実は算賀の行事と仏寺とは密接な関係があり、仏典の比喩譚もそうした背景によって詠み込まれたと考えられる。

平安朝中期までのいくつかの算賀の事例を一瞥してみたい。

○長屋王四十賀

養老七年（七二三）。刀利宣令「賀㆓五八㆒」〔六四〕、伊支古麻呂「賀㆓五八年㆒宴」〔一〇七〕（懐風藻）

○聖武天皇四十賀

天平十二年（七四〇）十月八日、良弁が金鐘寺で華厳経を講ず。（東大寺要録）

○嵯峨上皇四十賀

淳和天皇の天長二年（八二五）十一月三十日「皇太子（仁明）臣正良言」（類聚国史・巻二十八）

○仁明天皇四十賀

仁明天皇の嘉祥二年（八四九）三月二十六日に興福寺の大法師等が諸像と長歌を献上。（続日本後紀）

○藤原基経五十賀

光孝天皇の仁和元年（八八五）四月二十日「是日、天皇於㆓延暦寺東西院、崇福、梵釈、元興等五寺㆒、各請㆓十僧㆒、始㆑自㆓今日㆒、五个日間、転㆓読大般若経㆒、賀㆓太政大臣満五十算㆒、兼祝㆓寿命㆒也」（三代実録）

○源能有五十賀

宇多天皇の寛平七年（八九五）（菅家文草・巻五（三八六）序）

「右金吾源亜将、与㆑余有㆓師友之義㆒。夜過㆓直廬㆒、相談言曰、「厳父大納言、去年五十、心往事留。過㆑年無㆑賀。此春已修㆓功徳㆒、明日聊設㆓小宴㆒。座施㆓屏風㆒、写㆓諸霊寿㆒。本文者紀侍郎之所㆓抄出㆒。新様者巨大夫之所㆓画図㆒。書先属㆓藤右軍㆒。詩則汝之任也」。談畢帰去。欲㆑罷不㆑能。予向㆑灯握㆑筆、且排且草。五更欲㆑尽、五首纔成」。

聖武天皇の四十の賀において、華厳経が講ぜられており、仁明天皇の四十の賀において、興福寺の大法師が長歌を贈るなどお祝いをしている。基経の五十の賀に際しては、五寺で十人の僧が五日間大般若経を転読している。それを五十歳を「賀」し、兼ねて「寿命」を「祝」すると言っている。「賀」するとは、慶びを言うこと、「祝」するとは、祝言を述べて長寿を願うことと解せる。

大納言源能有の五十の賀の所では、菅原道真の知人の源亜将（右中将源当時《まさとき》）が一年遅れで父能有の五十歳の賀宴を行なった事情を記している。春に「功徳」を「修」し、明日「小宴」を設けると言う。その宴に備える屏風の絵の題材を紀長谷雄に選ばせ、絵を巨勢金岡に描かせ、詩を道真に詠ませ、書を藤原敏行に書かせるという計画であった。道真は徹夜してようやく五首を詠んだのである。

当時が功徳を修するというのは、写経、造仏などの善行を行なって、父親の長寿を願うのである。そうした算賀の法事に際しては願文が作られたが、そうした例も菅家文草に残る。一例を挙げよう。(5)「奉二中宮令旨一為二第一公主一賀二四十齢一願文」(六六五)に、「公主春秋四十、事須二慶賀優遊一。殿下思慮百千、謀在二息災延命一。是故帰二依功徳一、染二善根一」とある。「中宮」は班子女王、「公主」はその娘の忠子内親王を指す。母親が娘の四十を賀して、功徳を修したのである。この時は白檀釈迦像一体と脇侍菩薩二体を造り、金字孔雀経一部と墨書寿命経四十巻を書写した。

　このように、算賀に際しては仏寺が深く関わることが多いと言える。長寿を祈る時に仏典に関わる表現が出てくることについてはそうした背景があるのである。

　拾遺集巻五の賀歌の中には、康保二年(九六五)十二月四日の村上天皇四十算賀の際の歌も見える。

　　天暦の帝四十になりおはしましける時、山階《やましな》寺に金泥寿命経四十巻を書き供養し奉りて、御巻数鶴にくはせて洲浜に立てたりけり。その洲浜の敷物にあまたの歌、葦手に書ける中に　兼盛

山階の山の岩根に松を植ゑてときはかきはに祈りつる哉(二七三)

　　仲算法師

声高く三笠の山ぞよばふなるあめの下こそ楽しかるらし(二七四)

山階寺すなわち興福寺の供養があり、仲算という僧侶の名が見える。西暦八四九年の仁明天皇の四十の賀に際しても興福寺の僧侶の祝賀があった。百数十年経っているにもかかわらず、二つの算賀にはよく似た面がある。

　仁明天皇の四十の賀に際して興福寺の僧侶から贈られた長歌には磐石劫の比喩を用いた先例があるので次節ではそれを検討することとする。

三

続日本後紀によれば、嘉祥二年（八四九）三月二十六日、仁明天皇の四十の賀に際して、興福寺の大法師等は、造仏四十体の他、お経の転読等さまざまな形で祝賀の意を表わした。

庚辰、興福寺大法師等、為レ奉レ賀三天皇宝算満二于其卌一、奉レ造二聖像卌軀一、写二金剛寿命陀羅尼経卌巻一、即転‐三読四万八千巻一竟、更作下天人不レ拾三芥子一、天衣罷レ払レ石、翻擎二御薬一、倶来祗候、及浦嶋子暫昇二雲漢一而得二長生一、吉野女眇通二上天一而来且去等像上、副二之長歌一奉献。

祝賀の具体的な内容は、聖像四十体を造り、金剛寿命陀羅尼経四十巻を書写し、それを四万八千巻転読した。さらに、おめでたい像として天人が芥子を拾わず、天衣が石を払うのをやめて不老不死の薬を捧げる像や、浦島子、吉野の天女の像等を造り、それに長歌を添えた。その長歌の全文を載せている。ここでは、煩雑を避けるため天人の像に関わる部分だけを引用する。

其長歌詞曰、

…薫修《くす》法之《ほふの》、力乎《ちからを》広美《ひろみ》、大悲者之《だいひさの》、護乎《まもりを》厚美《あつみ》、万代爾《よろづよに》、大御世成波《おおみよなせば》、如二八十里一《やそさとの》、城爾《きに》芥子《けし》拾布《ひろふ》、天人波《あまひとは》、挙手弖《てをあげて》、不レ拾成奴《ひろはずなりぬ》、如二八百里一《やほさとのごとき》、磐根爾《いはねに》、毘礼衣《ひれごろも》、裾垂飛波志《すそたれとばし》、払人《はらふひと》、不レ払成天《はらはずなりて》、皇乃《おほぎみの》、護之《まもりの》法乃《のりの》、薬乎《みくすりを》、擎持《ささげもち》、来候布《きたりさぶらふ》(6)…

（続日本後紀・巻十九・嘉祥二年三月二十六日条）

薫修法の力と仏の加護により、帝の代が万代に続くので、方八十里の市城に芥子粒を拾う天人も拾わなくなった、方八百里の岩根にひれ衣の裾をすって払う天人も払わなくなり、帝を護る法の薬を捧げ持ってやって来る、と言う。

方八百里の巨大な岩のところは、前節で言及した磐石劫のことであるが、それに組み合されている、「芥子」を拾うというのは、やはり量り知れぬ長大な時間を表わす「芥子劫」のことである。

芥子劫、磐石劫の比喩が見られる仏典として次に大智度論を挙げよう。[7]

劫義仏譬喩説。四千（十）里石山有㆓長寿人㆒。百歳過持㆓細軟衣㆒一来払拭。令㆓是大石山尽㆒。劫故未㆑尽。四千（十）里大城。満㆓中芥子㆒。不㆓概令㆒㆑平。有㆓長寿人㆒。百歳過一来取㆓一芥子㆒去。芥子尽。劫故不㆑尽。

（大智度論・巻五（二五―一〇〇））

有㆓方百由旬城㆒溢㆓満芥子㆒。有㆓長寿人㆒。過㆓百歳㆒持㆓一芥子㆒去。芥子都尽、劫猶不㆑澌。又加㆓方百由旬石㆒。有㆑人。百歳持㆓迦尸軽軟畳衣㆒一来払㆑之。石尽劫猶不㆑澌。

（同・巻三十八（二五―三三九））

劫という長い時間を説明するのに比喩を用いるのである。巻五では、四千里（または四十里）の巨大な石山に長寿の人が百年を経過した時に来て柔らかな衣で払う、それで石山が尽きても劫は尽きないという。また、四千里（または四十里）の大きな町に小さな芥子粒を山盛りにして長寿の人が百年を経過した時に一粒を取って去る、その芥子を拾い尽くしても劫は尽きないと言っている。

巻三十八には、「由旬」の語が見えるが、これは王が一日に行軍する距離を言い、大を八十里、中を六十里、下を四十里とする。例えば、一下由旬を四十里とすると百下由旬は四千里となり、大智度論の四十里、四千里という異文の由来が説明できる。その大きさの町に芥子を満たし、それをやはり百年に一度来て一粒とって、芥子が尽きても劫は尽きない、その巨大な石を軽い衣で払い、石が尽きても劫は尽きないと言う。仁明天皇の長歌に見える「八十里の城」もしくは「八百里の如き巖根」というのも一大由旬の町や十大由旬の岩に相当する。

続日本後紀では、長大な時間である劫を示す芥子を拾う天人や大岩を払う天人が各々芥子を拾ったり、岩を払ったりすることをやめて、不老長寿の薬を捧げ持って天皇に伺候する、というのである。劫という長い時間であっても、長さがある以上尽きる時が来ると考えれば、それを示す動作をやめて、不老長寿の薬を飲めば永遠の命が期待できるという気持ちであろう。

前節で言及した源能有の五十の賀に際して作られた屏風詩の五つの題とその出典は、

「廬山異花詩」（述異記）[8]〔三八六〕
「題二呉山白水一詩」（列仙伝）〔三八七〕
「劉阮遇二渓辺二女一詩」（幽明録）〔三八八〕
「徐公酔臥詩」（異苑）〔三八九〕
「呉生過二老公一詩」（述異記）〔三九〇〕

というものであった。その題材は述異記等の神仙譚であり、それを道真は神秘的な長命を持ったものという意で「諸霊寿」と呼んでいる。これらは、仁明天皇の折の浦島子像などに相当するものである。

この「諸霊寿」に相当する仁明天皇の賀の折に献上された諸像を具体的に示しておこう。

1、浦嶋子「澄江能《すみのえの》、淵爾《ふちに》釣世志《つりせし》、皇之民《きみのたみ》、浦嶋子加《うらしまのこが》、天女《あまをとめ》、釣良礼来弖《つられきたりて》、紫、雲泛引弖《むらさきのくもたなびきて》、片時爾《かたときに》、将弖《ゐて》飛往天《とびゆきて》、是亦《これもまた》、是曾此乃《これそこの》、常世之国度《とこよのくにと》、語良比弖《かたらひて》、七日経志加良《なぬかへしから》、無レ限久《かぎりなく》、命有志波《いのちあらしは》、此嶋爾《このしまに》、許曾有介良志《こそありけらし》」

2、吉野の天女「三吉野爾《みよしのに》、有志熊志禰《ありしくましね》、天女《あまをとめ》、来通弖《きたりかよひて》、其後波《そののちは》、蒙レ譴レ夢天《ゆめかがふりて》、毘礼衣《ひれごろも》、著弖《きて》飛爾支度云《とびにきといふ》、是亦《これもまた》、此之嶋根乃《これのしまねの》、人爾許曾《ひとにこそ》、有岐度云那礼《ありきといふなれ》」

3、五種の宝雲「五種乃《いつくさの》、宝雲波《たからのくもは》」

①観音の一手「大悲者乃《だいひさの》、千種乃御手乃《ちぐさのみての》、人乃世遠《ひとのよを》、万代延留《よろづよのぶる》、一種乎《ひとくさを》、別爾荘天《ことにかざりて》、万代爾《よろづよに》、皇乎鎮倍利《きみをいはへり》」

②磯の松と藤「磯上之《いそのへの》、緑松波《みどりのまつは》、百種乃《ももくさの》、葛爾《かづらに》別爾《ことに》、藤花《ふじのはな》、開栄睿弖《ひらきさかえて》、万世爾《よろづよに》、皇乎鎮倍利《きみをいはへり》」

③枝に鳴く鶯「鶯波《うぐひすは》、枝爾《えだに》遊天《あそびて》、飛舞弖《とびまひて》、囀《さへづり》歌比《うたひ》、万世爾《よろづよに》、皇乎《きみを》鎮倍利《いはへり》」

④浜の鶴「沢鶴《さはのつる》、命乎《いのちを》長美《ながみ》、浜爾《はまに》出弖《いでて》、歓《よろこび》舞天《まひて》、満潮乃《みつしほの》、無二断時一久《たゆるときなく》、万代爾《よろづよに》、皇乎《きみを》鎮倍利《いはへり》」

⑤芥子劫・磐石劫の二天人

三番目の「五種の宝雲」というのは、長寿にちなむめでたい風景を造型したものである。松や鶴など後世の洲浜につながるものがあり、その源流と言ってよいであろう。このうち②については片桐洋一氏がめでたい図柄としての藤と松の取り合せに注目しておられる。[9]氏は指摘されないが、ここで松と藤を組み合せているのは、天皇を補佐する藤原氏の役割を強調する意図があったと見るべきであろう。[10]

これらの例をみると、算賀においては、賀を行なう者と賀を受ける者がいる。前者を賀者、後者を受賀者と呼ぶが、この二者以外に前に述べたように仏寺が重要な働きをする場合が多い。そこでは、菅家文草巻十一に見られるような算賀のための願文が読み上げられたり、お経を転読したりする。その目的は功徳を修し、長寿を祝うためである。

仁明天皇の賀を祝うのにめずらしく長歌が詠まれたことの意義は、長歌中の終わりに近い部分に記されている。

大御世乎《おほみよを》、万代《よろづよ》祈里《いのり》、仏爾毛《ほとけにも》、神爾毛《かみにも》申《まをし》、上流《たてまつる》、事之《ことの》詞波《ことばは》、此国乃《このくにの》、本詞爾《もとつことばに》、逐倚天《おひよりて》、唐乃《もろこしの》、詞遠不レ仮良《ことばをから》須《ず》、書記須《かきしるす》、博士不レ雇須《はかせやとはず》、此国乃《このくにの》、云伝布良久《いひつたふらく》、日本乃《ひのもとの》、倭之国波《やまとのくには》、言玉乃《ことだまの》、富国度曾《とめるくにとぞ》、古語爾《ふることに》、流来礼留《ながれきたれる》、神語爾《かむことに》、伝来礼留《つたへきたれる》、伝来《つたへくる》、事任万爾《ことのまにまに》、本世乃《もとつよの》、事尋者《ことたづぬれば》、歌語爾《うたことに》、詠反志天《うたひかへして》、神事爾《かむことに》、用来利《もちゐきたれり》、皇事爾《きみことに》、用来利《もちゐきたれり》

……

「大御世《おほみよ》」を神仏に祈る詞は「此国《このくに》」の「本詞《もとつことば》」により、「唐《もろこし》」の言葉を用いないと言っている。それは、言霊のさきわう国と昔から伝えてきているので、神事や帝に関わることでは、大和言葉を用いるという理由によるのである。和歌の言葉を重要視するこうした意識は一般の朝廷社会では失われてしまっていることは、引き続く続日本後

紀の記述から知られる。

夫倭歌之体、比興為レ先、感二動人情一、最在レ茲矣。季世陵遅、斯道已墜。今僧中頗存二古語一。可レ謂三礼失則求二之於野一。故採而載レ之。於レ是大法師等寓二居右大臣家一。

和歌は人情を最も感動させるものではあるが、今は朝廷から失われている。礼を失する時はこれを野《や》に求めるということがあるが、僧中に「古語《ふること》」が残ったのはこの例に当ろう。従ってこれを採録するのである、と言っている。大法師等は右大臣藤原良房邸に逗留したとの記述が続くが、藤原氏の氏寺である興福寺の大法師等の行動の背後には、良房の意思を見ることができよう。

この長歌の特徴を改めて考えて見ると次のようになる。

1、この場合は賀者が興福寺という仏寺である。

2、この時代は国風暗黒時代であるから、ほとんど和歌は作られず、万葉集の伝統に束縛されていない面があり、それ故に後世の算賀の歌に対しては規範となったのではないかと考えられる。

3、伝統に束縛されないところとして、具体的には仏教語を中心とする「釈迦」「薫修法」「陀羅尼」のような漢語が多く用いられていることがある。「芥子劫」「磐石劫」のような仏説も歌に詠み込まれている。

4、算賀の歌であるために、その時献上されためでたい像などが詠み込まれている。

5、その中に鶯が含まれているのは、春の三月下旬という時期による。また、藤が含まれるのは興福寺を氏寺とする藤原氏の意志が働いていると考えられる。具体的には右大臣藤原良房の意志を見るべきである。これらの歌中に読み込まれた諸像は洲浜の原型と考えられ、賀の歌の素材ともなって行く。

6、この歌がことさらに和歌であるのは、大和言葉による言霊の働きこそが長寿を祈念するにはもっとも効果があると考えられたためである。

以上のことから、算賀の歌に磐石劫のような仏説が用いられること、藤原氏の存在をことさらに強調するような表現を用いる場合があること、算賀の場で和歌を作ったり読み上げたりすることなどが一つの伝統として定着して行った、と言えると思う。光源氏の「いつしかも」の歌の磐石劫もその伝統の中で詠み込まれたと考えられのである。

四

次に「岩のおひさき」の問題を考えて見る。この部分は古今集三四三番歌「さざれ石の巌となりて」を承けていると述べたが、この部分は解釈上の問題のあるところなので、それを検討したい。

「さざれ石」については、和名抄（二十巻本・巻二）に、

細石　説文云、礫也。水中細石也。音歴和名佐々礼以之。

とあって、川などにある小石、すなわち砂利を指すとみるのが一般である。「砂利」も「さざれ」から来ているとされる。[11]

小石が岩になるという点については、契沖の古今余材抄が唐代の酉陽雑俎の記事を引用している。

酉陽雑俎云、和州臨江寺ノ石ハ得㆓之水中㆒初方カニ如㆑拳置㆓仏殿中㆒石遂長不㆑已。経㆑年重四十斤。[12]

こぶし大の石を寺に置いて置くと四十斤すなわち約二、四キロにまで成長したという記事である。この記事は明治の金子元臣著『古今和歌集評釈』（明治四十一年）に引用された。

小石の長じて巌石とならむ事、殆どあり得べからざる事実なれども、昔は、和漢を通じて、実に、しか思ひたりしを如何せむ。

小石が成長して大岩になることは信じられないが、昔のことであるから、そう考えたこともあったであろう、という意見が付されている。それ以後古今集の諸注はこの説を踏襲して現代の新古典文学大系や新編日本古典文学全集に至っている。最新の片桐洋一氏の注もこの説である。(13) 一つの小石が一つの巨大な大石に成長するという考え方であるが、これを仮に「小石成長説」と呼んでおく。柳田国男説、折口信夫説、(14) また亀井孝氏説(15)などは皆小石成長説を支持している。(16)

しかし、西陽雑俎は日本国見在書目録にも著録されていないし、古今集編纂の頃読まれたという証拠はないようである。小石が成長するという考え方も古い文献には他に見えない。

竹岡正夫氏の『古今和歌集全評釈』では、さざれ石の歌は磐石劫から発想されたとされ、その点は卓見ではあるが、小石成長説であることは変わりない。

竹岡氏が言われるように、この歌は磐石劫の比喩譚を踏まえており、仏教的な劫の時間を意識していると考えた方が良いように思う。ただし、小石成長説ではなく、普通のことわざに言う「塵も積もれば山となる」と同じ解釈をすべきであると考える。

「小石成長説」の例があまり見られないのに対し、塵が積もって山となるという発想は普通に見られる。

東宮の石などりの石召しければ、三十一を包みて、

一つに一文字を書きて参らせける　　よみ人知らず

苔むさば拾ひも替へむさざれ石の数を皆取る齢《よはひ》幾世ぞ

（拾遺集・巻十八・雑賀〈一一六三〉）

三条院、親王の宮と申しける時、帯刀陣の歌合によめる

大江嘉言

君が代は千代に一度《ひとたび》ゐる塵の白雲かかる山となるまで

（後拾遺集・巻七・賀〔四四九〕）

後拾遺集の四四九番の歌では、塵が積もって山となるという表現となっている。「千代に一度ゐる塵」は塵点劫の比喩を明らかに用いている。賀の歌に仏説を用いた例でもある。

次の梁塵秘抄の三例も同様である。

そよ、君が代は千世に一度ゐる塵の白雲かかる山となるまで

（巻一・祝〔一〕）

万劫亀の背中をば、沖の波こそ洗ふらめ、如何なる塵の積もりゐて、蓬莱山と高からん

（巻二・雑・祝〔三一七〕）

お前の遣水に、妙絶金宝なる砂《いさご》あり、真砂あり、砂の真砂の半天の巖とならむ世まで、君はおはしませ

（巻二・雑・祝〔三二二〕）

細かい塵、或いは砂の累積が蓬莱山や巖となっている。一番歌では、後拾遺集の大江嘉言の作をそのまま使っている。三一七番歌に「万劫」とあるところも注目される。仏教の長い時間がこれらの歌の背景にあるのである。古今集のさざれ石の歌も同様に考えるのが良いのではなかろうか。

古今集の仮名序の例を見てみる。

○和歌の発展

かくてぞ、花を賞で、鳥を羨み、霞を哀れび、露を悲しぶ心、言葉多く、さまざまに成りにける。遠き所も、出立つ足下より始まりて、年月を渡り、高き山も、麓の塵ひぢより成りて、天雲棚引くまで生ひ昇れるごとくに、この歌も、かくのごとくなるべし。

○古今和歌集撰集の喜び

かく、この度、集め選ばれて、山下水の、絶えず、浜の真砂の、数多く積もりぬれば、今は、飛鳥河の瀬に成る、怨みも聞えず、さざれ石の巌となる、喜びのみぞ、有るべき。

「遠き所も」から傍点部の「麓の塵ひぢよりなりて」以下は、白居易「続座右銘」（一四二三）の「千里始二足下一、高山起二微塵一。吾道亦如レ此。行レ之貴二日新一」を典拠として、数多く作られ発展して来た和歌の世界を表現している。この続座右銘と塵点劫を組み合せれば、嘉言の歌となると言える。次の「浜の真砂」は古今集に数多くの歌が集められたさまを言う。

こうした「塵土の累積」と言うべき発想は中国の文献にしばしば現れる。次にその例を挙げておこう。

○合抱之木、生二毫末一、九層之台、起二於累土一、千里之行、始二於足下一。　（老子）

○人才雖レ高、不レ務二学問一、不レ能レ致レ聖。水積成レ川、則蛟龍生焉。土積成レ山、則豫樟生焉。学積成レ聖、則富貴尊顕至焉。　（説苑・建本篇）

○泰山不レ譲二土壌一、故能成二其高一、河海不レ厭二細流一、故能成二其深一。王者不レ却二衆庶一、故能明二其徳一。
（史記・李斯伝、和漢朗詠集・山水（四九九））

○管子云、海不レ辞レ水、故能成二其大一。泰山不レ辞二土石一、故能成二其高一。　（史記索隠、管子・形勢解）

○受二此業果報一、則難レ可レ得レ度、譬如下積二微塵一成レ山、難上レ可レ得二移動一。
（大智度論・巻九十四（二五―七二〇））

はじめの老子の例は白居易の続座右銘の典拠となったものである。説苑の例は学問を積むことの重要さ、史記の例は庶民までを包括する帝王の度量の広さを意味し、摘句され和漢朗詠集の山水部にも載せられている著名な句である。管子の例はその典拠である。大智度論の例は、業が身に積る喩えになっている。これらは累積が山になる例だが、長い時間を意味するわけではない。

先に掲出した古今集仮名序の「浜の真砂」は、集中の賀の部の和歌によった表現である。

わたつ海の浜の真砂をかぞへつつ君が千年《ちとせ》のあり数にせむ　（巻七・賀・題知らず・読み人知らず〈三四四〉）

これは「さざれ石」の歌の次に並べられた歌であるが、金子元臣説では、歌の背景に仏典を想定している。

但、君が千年にせよ、あが恋にせよ、何にまれ、無量数の譬喩に砂を用ゐる事は、仏教の影響なる事を、忘るべからず。さるは、仏経中に、「無数恒河沙」の語、数多散見して、

とある。ここで言う「恒河沙」は、ガンジス河の砂のことである。数の多い喩えとして仏典に用いられる。

問曰、如二閻浮提中一、種種大河亦有下過二恒河一者上、何故常言二恒河沙等一。答曰、恒河沙多、余河不レ爾。復次是恒河是仏生処、遊行処、弟子現見。故以為レ喩。　（大智度論・巻七〈八―一一四〉）

なぜいつもガンジス河の砂が例に挙がるのか、という問に対し、ガンジス河は砂が多く、仏が生まれ遊行し、弟子も現に見るので、よく喩えにすると答えている。こうした定型的な表現が和歌の数の多い比喩としての「浜の真砂」という表現になって行く。

三四四番歌では、「浜の真砂」が単に数の多さの喩えとなっているだけではなく、その累積が長い時間を示していることが重要である。砂を数えるというところに算賀の歌としての性格が現われている。算賀は数えるというの

がその本質であり、例えば十、二十、三十と数えて来て四十に到るのである。「さざれ石」の歌も算賀の歌である以上、その本質と無縁ではない。「さざれ石」が「巌」になるというのは、「ひと代」「ふた代」と数えて来て「千代」「八千代」に到るということを、さざれ石の累積が巨大な岩になることによって表わしていると考えられる。拾遺集の一一六三番歌は「石などり」という遊びに用いる小さな三十一個の石に書かれた歌であるが、無数の小石を数え取る齢は量り知れないという内容となっている。

また、劫には、「塵点劫」の比喩譚もある。

> 然善男子、我実成仏已来、無量無辺百千万億那由佗劫。譬如㆓五百千万億那由佗阿僧祇三千大千世界㆒。仮使有㆑人抹為㆓微塵㆒、過㆓於東方五百千万億那由佗阿僧祇国㆒、乃下㆓一点㆒。如㆑是東行尽㆓是微塵㆒。…是諸世界若著㆓微塵㆒及不㆑著者、尽以為㆑塵、一尽一劫。我成仏已来復過㆓於此㆒。
>
> （法華経・第十六如来寿量品）(17)

この塵点劫は、「五百塵点劫」と「三千塵点劫」などと呼ばれ、悟ってからの仏の「寿量」（長久の寿命）の喩えとされる。大きな三千大千世界をすりつぶして微塵となし、東方の遙かな世界に行って一粒を落とす。そうして落とし尽くした世界をさらにすりつぶして尽くした時間を一劫とするという。「塵」のような小さなものの累積が長大な時間の長さを示すということで、芥子劫とよく似ている。

磐石劫、芥子劫に登場する天人が「長寿の人」であり、塵点劫が如来の量り知れない寿量を表わすことも、永遠の命を祝う算賀の時間意識に影響を与えたと考えられる。

「劫」の比喩である磐石劫、芥子劫、塵点劫の意味するところは、例えば三年に一回羽衣が岩をすりへらすという相対的に小さな時間或いは動作の累積が結局大きな時間である「劫」になって行くということである。この場合、小さければ小さいほど累積に時間がかかり、時間としては長大な時間を表わすことになる。

その累積を小さな砂もしくはさざれ石の累積で表現したところに「塵も積もれば山となる」「さざれ石が巖となる」という発想が出てくる。具体的な場で言うならば、算賀の場合は「年」の累積、「代」の累積があり、誕生七日や五十日の場合は「日」の累積があって永遠の命を祝うということになるのである。

それでは、「塵も積もれば山となる」と「さざれ石が巖となる」とは、どう違うであろうか。山より岩の方がより堅固であると言える。岩の堅固さは、祝詞や拾遺集の二七三番歌に見える「ときはかきは」という伝統的な和語、或いは安定を表わす「磐石」という漢語に関わりがあると思う。

古今集仮名序の「さざれ石の巖となるよろこび」というのも、小さな石の集積であるような歌の集まりも歌集となって堅固な形を得たという喜びを表わしていると解釈できよう。

古今集真名序にも漢文体の中で「さざれ石」歌を用いている。

陛下御宇、于レ今九載。仁流二秋津洲之外一、恵茂二筑波山之陰一。淵変為レ瀬之声、寂寂閉レ口、砂長為レ巖之頌、洋洋満レ耳。思レ継二既絶之風一、欲レ興二久廃之道一。

九年を経た醍醐天皇の治世が堅固なものと認識されて、永遠に続くものとしてことほがれるということである。算賀の表現が一般の慶賀の表現、或いは頌の表現に利用されて行く例となっている。「さざれ石」が成長することを「砂長」と言っているが、和名抄（二十巻本・巻二）の「細石《さざれいし》」の項の次に、

砂　声類云、砂水中細礫也。所加反和名以左古、又須奈古。

とあって、「細石」が「礫也。水中細石也」とあるのとさほど変らない。この記述に従えば、「礫」（さざれ石）の細かいものが「砂」なのである。

五

源氏物語の明石の姫君誕生祝賀歌と直接関わりそうな例を挙げよう。

　　後朱雀院生れさせ給ひて七日の夜よみ侍りける

　　　　　　　　　　　　　　　　前大納言公任

いとけなき衣の袖はせばくとも劫の[18]石をば撫でつくしてむ

　　　　　　　　　　　　　　　　（後拾遺集・巻七・賀〔四三四〕）

藤原公任が後朱雀院誕生の七日の祝いに磐石劫の喩えを用いた例で、誕生は寛弘六年（一〇〇九）十一月二十五日である。ここでは、生まれた若宮を長寿の天人に喩え、それが劫の長大な時間をこれから生きるという表現をしている。澪標巻成立との前後関係は微妙で判断しにくい。

次に清原元輔の元輔集の例を挙げる。元輔は、女子の裳着や五十日の祝いの時に「さざれ石」に関わる歌を贈って子どもの成長を祝っている。

　　人の裳着侍るに

万代をながらの浜のさざれ石のこよひよりこそ苔はむすらめ〔五〇〕

　　また人の裳着侍りしに

たまもかるいはほのほどに成りにけりながらの浦の浜のまさごは〔五三〕

　　大弐国章《くにのり》が孫《むまご》の五十日《いか》侍りしに、割籠《わりご》の歌ゑにかかせ侍りし

住の江の浜のまさごの苔ふりていはほとならんほどをしぞ思ふ〔六四〕

永観二年おほきおとどのいへの屏風の歌

君ぞ見む松の千年にをとめきてなでむ巌のつきむのちまで〔一一三〕

直接に子供を「さざれ石」「まさご」「いはほ」と呼ぶのは光源氏の誕生祝賀歌で明石の姫君を「岩」と呼ぶのと同様の表現と言えよう。元輔は、紫式部からは一世代上であるから、これらの作はいずれも源氏物語より前に作られているはずである。

最後の例に挙げた一一三番歌は、永観二年（九八四）に作られ、「おほきおとど」は藤原頼忠である。その歌の中では磐石劫と常磐木の「松」が組み合されている。拾遺集二七三番歌にも「松」と「岩」の組み合せがあった。賀の歌ではこの組み合せは常識的と言える。これらを材料として源氏物語を考えてみたい。

光源氏は、明石の姫君を岩の比喩、常磐木の松の比喩をもって祝ったが、両者は永遠を象徴するものとして関わりがある。

源氏物語には、明石の上と明石の姫君に結び付けられた「松の構想」と呼ぶべきものがあることについては、拙稿「「松」の神性と『源氏物語』」[19]で述べた。そこで挙げた例を再録しておく。松は、松風と琴との関わりで出てくることが多い。

まず、光源氏が須磨から明石に移り、初めて明石の上が光源氏を意識する場面。光源氏が弾く琴《きん》の琴の音が松風とともに明石の上の住む岡辺の家にまで届き、明石の上等を感動させる。

かの岡辺の家も、松の響き波の音に合ひて、心ばせある若人は身にしみて思ふべかめり。（明石・二七五）

明石の上はこの「松の響き」すなわち「松風」を聞きながら嵯峨天皇由来の箏の奏法を明石の入道から学んでい

る。

〔入道〕「…山伏のひが耳に、松風を聞きわたしはべるにやあらむ。いかで、これを忍びて聞こしめさせてしがな」と聞こゆるままに、うちわななきて涙おとすべかめり。（明石・二七七）

八月十三夜に初めて光源氏は明石の上のもとを訪れる。その岡辺の家には「松風」が響き、風情ある「松」が植わっていた。

これは心細く住みたるさま、ここにゐて、思ひ残すことはあらじとすらむと、おぼしやるるに、ものあはれなり。三昧堂近くて、鐘の声、松風に響きあひて、もの悲しう、岩に生ひたる松の根ざしも、心ばへあるさまなり。前栽どもに虫の声を尽くしたり。（明石・二八九）

前述のように、澪標巻では、誕生した明石の姫君と「海松《うみまつ》」が関連づけられている。

海松や時ぞともなき蔭にゐて何のあやめもいかにわくらむ（澪標・二一五）

帰洛した光源氏はお礼参りに住吉大社に参詣し、明石の上と再会する。住吉大社は「松原」で有名であった。

松原の深緑なるに、花紅葉をこき散らしたると見ゆるうへのきぬの濃き薄き、数知らず。（澪標・三二）

松風巻では、明石の尼君の祖父の中務宮の山荘が明石の上一行の当面の住居として用意される。その大堰《おおい》河畔の山荘の風景が海と似ており、そこに生える松の「松蔭」が強調されている。巻名となる「松風」も明石で聞いたものと似ていた。

〔惟光〕「あたりをかしうて、海づらに通ひたる所のさまになむはべりける」…これは川づらに、えもいはぬ松蔭に、何のいたはりもなく建てたる寝殿のことそぎたるさまも、おのづから山里のあはれを見せたり。

（松風・一二二）

なかなかもの思ひ続けられて、捨てし家居も恋しう、つれづれなれば、かの御かたみの琴《きん》の琴を掻き鳴らす。をりのいみじう忍びがたければ、人離れたるかたにうちとけてすこし弾くに、松風はしたなく響きあひたり。尼君、もの悲しげにて寄り臥したまへるに、起きあがりて、

〔尼君〕

身をかへてひとり帰れる山里に聞きしに似たる松風ぞ吹く

御方、

〔明石の上〕

故里に見し世の友を恋ひわびてさへづることを誰か分くらむ

（松風・一二九）

さらに松風巻では明石の姫君と松とが結びつけられている。姫君は「二葉の松」と呼ばれており、明石の上との関連が「（松の）根ざし」と表現されている。

〔尼君〕「荒磯陰に心苦しう思ひきこえさせはべりし二葉の松も、今はたのもしき御生ひ先と祝ひきこえさするを、浅き根ざしゆゑやいかがと、かたがた心尽くされはべる」

（松風・一三三）

薄雲巻の、明石の姫君が大堰の山荘の明石の上のもとから二条院の紫の上に引き取られるところでも姫君の成長が「二葉の松」の成長のように描かれる。明石の上が「武隈の松」に見立てられ(20)、姫君の末永き将来が「小松の千

代」と呼ばれる。

（明石の上）
末遠き二葉の松に引き別れいつか木《こ》高きかげを見るべき　（薄雲・一五五）

（光源氏）
生ひそめし根も深ければ武隈の松に小松の千代をならべむ　（薄雲・一五六）

光源氏が造営した六条院は田の字型の四つの町からなり、各々が春夏秋冬に美しい庭を持つ。その庭はそこに住むはずの女性の好みを考慮して作られていた。西北の冬の町には明石の上が住み、その庭は垣として植えられた「松の木」が「繁」く、「雪」を楽しむたよりになっている。それが明石の上の好みであった。

西の町は、北面《きたおもて》築き分けて、御《み》倉《くら》町なり。隔ての垣に松の木繁く、雪をもてあそばむたよりによせたり。　（少女・二七五）

初音巻は正月初子の日の場面を中心とする。その日、六条院冬の町の明石の上から春の町の姫君のもとに五葉の松に鶯がとまる洲浜台が贈られた。

えならぬ五葉の枝にうつる鶯も、思ふ心あらむかし。

（明石の上）
年月を待つ（松）にひかれて経る人にけふ鶯の初音聞かせよ　（初音・一二三）

（明石の姫君）

ひきわかれ年は経れども鶯の巣立ちし松の根を忘れめや
（初音・一四）

この明石の上の歌では鶯の「初音」が行事の「初子」と掛けられている。巻名はこの歌に由来するから、巻名にも「初子」が掛けられているのである。姫君の歌では、明石の上は「松の根」と呼ばれている。

若菜下巻では、冷泉院の帝の譲位後、明石の姫君腹の第一皇子が皇太子に立つ。光源氏はお礼参りと将来の祈願のために住吉大社に詣でる。紫の上、姫君、明石の上、明石の尼君が同行するが、その際に光源氏が明石の尼君に贈った歌に「住吉」の「神代」を「経」た「松」が詠み込まれる。ここの松は尼君の喩えともなっている。

〔光源氏〕
たれかまた心を知りて住吉の神代を経たる松にこと問ふ
（若菜下・一五七）

松は住吉の神の霊験を象徴するものであった。「松の千歳」とも言われる。

〔紫の上〕
住の江の松に夜ぶかく置く霜は神のかけたる木綿鬘《ゆふかづら》かも
…かかるをりふしの歌は、例の上手めきたまふ男たちも、なかなか出で消えして、松の千歳より離れて、今めかしきことなければ、うるさくてなむ。
（若菜下・一五九）

これら明石の上、明石の姫君などに関わる「松」を一貫した表現と認め、「松の構想」と呼んだのである。「松の千歳」とあるように、この構想は松の永遠性と関わりがあると考えられる。

澪標巻の明石姫君誕生祝賀歌では、姫君が永遠の命を持つ「岩」に見立てられた。五十日の祝いでは「海松《うみまつ》」が詠み込まれた。以後、「松の構想」の中で明石の上と姫君は松に関わりがあるように描かれて行く。明石の上が住んだ六条院の冬の町の「松」とそれらは関連すると言える。

紫の上は六条院に入った時に、早速秋好中宮と春秋の争いをすることになる。季節が秋八月であったので、実際の風景では勝ち目がない。中宮が紅葉を贈って来たのに対し、「五葉」の松の作り物を返し、歌を添えた。

御返りは、この御箱の蓋に苔敷き、巖などの心ばへして、五葉の枝に、

〔紫の上〕

風に散る紅葉はかろし春の色を岩根の松にかけてこそ見め

（少女・二七七）

「苔」を敷いた「岩根の松」の緑は「春の色」を持つものであった。これは冬から春への循環を示している。「松」や「冬」は「春」になるべきものとして把握されることがある。春はもっともめでたい季節とされる。仁明天皇の四十の賀にも「松」「藤」「鶯」等の作り物があったが、それらは永遠の春を言祝いでいるのである。

中宮となるべき明石の姫君とその母親の明石の上は「岩」と「松」で象徴されるような描かれ方をしていると考えられる。姫君は明石の上から紫の上へと渡されて春の町で成長し、中宮になるのであるが、それは冬からめでたい春へという伝統的な季節の循環に従った物語の展開と言えよう。

注

（1）「をとめご」については、拙稿「五節舞の起源譚と源氏物語―をとめごが袖ふる山―」（『大谷女子大国文』二八・平成十年三月）、及び「五節舞の神事性と源氏物語―少女巻を中心に―」（『甲南大学紀要』文学編一〇七・平成十年三月）に詳説した。いずれも新間『平安朝文学と漢詩文』（和泉書院・平成十五年）所収。

(2) 十巻本歌合に見える。
(3) 和歌色葉もほぼ同じ説明を加えている。
(4) 仏教経典の引用は、『大正新脩大蔵経』により、その巻数と頁数を記した。
(5) 菅家文草の巻十一には、六三六番、六四三番、六五八番、六六二番等の算賀に関わる願文がある。
(6) 五七五七の字数に合わないところがあるが、今はこう試訓して置く。以下長歌の引用に対する訓読は同じ。
(7) 「芥子劫」「磐石劫」の比喩を持つもので管見に入ったもの数例を挙げておく。
○別訳雑阿含経・巻十六〔二―四八七〕―芥子劫、磐石劫
○雑阿含経・巻三十四〔二―二四二〕―芥子劫、磐石劫
○増壱阿含経・巻五十〔二―八二五〕―芥子劫
○同・巻五十一〔二―八二五〕―磐石劫
○大乗理趣六波羅蜜多経・巻七〔八―八九六〕―芥子劫
○阿毘達磨大毘婆沙論・巻百三十〔二七―七〇〇〕―磐石劫
(8) 「廬山異花詩」の本文は知られていなかったが、拙稿「源氏物語と廬山―若紫巻北山の段出典考―」(『甲南大学紀要』文学編五二・昭和五十九年三月、新間『源氏物語と白居易の文学』所収・和泉書院・平成十五年)で法苑珠林所引の述異記にあることを指摘した。
(9) 片桐洋一氏「松にかかれる藤波の」(『文学・語学』二〇号・昭和三十六年六月、同氏『古今集の研究』所収・明治書院・平成三年)。
(10) 藤と藤原氏を結びつけた例としては、島田とよ子氏が、続日本紀天平宝字二年二月二十七日条の「奇藤」が藤原仲麻呂を指すのが最も古いのではないか、と言われる。同氏「明石中宮と藤の花―「木高き木より咲きかゝりて」―」(源氏物語探究会編『源氏物語の探究　第十輯』風間書房・昭和六十年)参照。なお、拙稿「「松」の神性と『源氏物語』」(『東アジア比較文化研究』創刊号・平成十四年六月、本書第二部第Ⅱ章)参照。
(11) 狩谷棭斎『箋注倭名類聚抄』に、「按、佐々礼以之、小石之義。礼助語、今俗呼二蛇利一。山川乃阿左利、見二著聞集一」

とある。

(12) 引用は新版の『契沖全集　第八巻』(岩波書店・昭和四十八年)による。ただし、「和州」を「利州」に作るので訂した。大正十五年刊の朝日新聞社の旧版は「和州」とあり、現行の酉陽雑俎も「和」に作る。

(13) 片桐洋一氏『古今和歌集全評釈』(講談社・平成十年)には、「小さな石が大きな巖に成長するというとらえ方は、古代人特有のアニミズムでといえよう」とある。

(14) 柳田国男「生石伝説」(『定本　柳田国男集　第五巻』筑摩書房・昭和三十七年)、折口信夫「石に出で入るもの」(『折口信夫全集　第十五巻』中央公論社・昭和三十年)。

(15) 亀井孝氏「「さざれ」「いさご」「おひ(い)し」—石に関することばのうちから—」(『香椎潟』八号・昭和三十七年十二月、『亀井孝論文集　4』所収・吉川弘文館・昭和六十年)。

(16) 所功氏は小石がコンクリート状に固まった石灰質角礫岩と呼ばれる石を意味すると述べておられるが、特殊な石を想定することは問題がある。同氏『国旗・国歌の常識』(近藤出版社・平成二年)参照。

(17) 「法華経」(第七化城喩品)に「三千塵点劫」が見える。

(18) 新日本古典文学大系『後拾遺和歌集』(久保田淳・平田喜信両氏校注・岩波書店・平成六年)によれば、正保版本や公任集は「劫の石」、他の後拾遺集諸本は「劫の上」となっている。ここは公任集と同じく「劫の石」の本文を採った。

(19) 注10掲出の拙稿、及び拙稿「菅原道真の「松竹」と源氏物語」(和漢比較文学会編『菅原道真論集』勉誠出版・平成十五年、本書第二部第Ⅲ章)参照。

(20) 「武隈の松」は、相生と解釈とされるのが一般であるが、単独で生えていると思う。それ故に、明石の上一人を見立てることになるのである。拙稿「「松風」と「琴」—新撰万葉集から源氏物語へ—」(片桐洋一氏編『王朝文学の本質と変容　散文編』和泉書院・平成十三年、本書第二部第Ⅰ章)参照。

第Ⅱ章　算賀の詩歌と源氏物語

――「山」と「水」の構図――

一、明石の姫君誕生祝賀歌と算賀歌

源氏物語の長編的な主題の一つは、光源氏と明石の上との間に生まれた明石の姫君が中宮になるというものであろう。それは、澪標巻に見える宿曜の予言によって示されている。

宿曜《すくえう》に、「御子三人《みたり》、帝、后かならず並びて生まれ給ふべし。中の劣りは、太政大臣にて位を極むべし」と勘へ申したりしこと、さしてかなふなめり。（澪標・一七）

この予言の内容は、Ⅰ冷泉院の帝が即位すること、Ⅱ明石の姫君が中宮になること、Ⅲ夕霧が太政大臣になること、と解されている。このうち、Ⅰはすでにこの巻の前半で実現しており、Ⅱはこの部分で実現の可能性が示唆された上で御法巻頃に実現し、Ⅲは物語の中では実現しないものの左大臣になるところまでは描かれている。「中の劣り」と称された夕霧の任太政大臣は物語の中では重い意味を持たないであろうし、Ⅰがすでに実現されているとすれば、Ⅱの明石の姫君の部分が最も長編的な構想に関わると言える。

ただし、この澪標巻の宿曜の予言は、単独で存在するのではない。澪標巻は住吉大社を舞台とし、明石の上との再会が巻名と関わる一つの中心場面となっている。明石の上側から言えば、後に若菜上巻で明らかになる明石の入

道の遺言の内容が明石の上住吉参詣の動機となっている。その遺言には、明石の上誕生に際してみた霊夢のことが記されていた。

みづから須弥の山を、右の手に捧げたり。山の左右より、月日の光さやかにさし出でて世を照らす。（若菜上・一〇二）

若君、国の母となりたまひて、願ひ満ちたまはむ世に、住吉の御社をはじめ、果たし申したまへ。（若菜上・一〇三）

この霊夢に表われた「月」と「日」は、各々中宮と天皇を示すと考えられている。中宮は明石の上の娘に当る明石の姫君であり、天皇はその姫君腹の皇子（次代の天皇）を示す。それは、「若君」（明石の姫君）が「国の母とな」るとあることによって分かる。実際、若菜下巻において明石の姫君腹の皇子が立坊した時点で光源氏は住吉詣でをし、入道の願果たしを実行しているのである。

とすると、澪標巻に見える宿曜の予言は、明石の入道の霊夢と呼応しているのであり、その二つの予兆を組み合せるならば、光源氏の子孫に関わる物語の構想は、冷泉院の帝の即位、明石の姫君の立后にとどまらず、姫君腹の皇子の即位までを含んでいると言えよう。実際には皇子の即位までは物語中に描かれてはいないが、当然のものとして物語は進んで行く。

このように明石の姫君に関する構想は光源氏の生涯を描いた部分（三部構成説の第一部・第二部）の殆どに及ぶが、これを巻を追って具体的に見てみる。

○光源氏が須磨から明石に移り明石の上と結ばれ、明石の上懐妊（明石）
○明石の姫君誕生の知らせがあり、乳母を派遣（澪標）
○光源氏、誕生祝賀歌を贈る（同）

○光源氏、姫君の誕生五十日《いか》を祝う（同）
○光源氏、住吉詣で。明石の上と再会（同）
○明石の上、姫君・尼君と共に大堰河畔へ移住（松風）
○姫君を紫の上の養女に（薄雲）
○姫君の袴着（薄雲）
○明石の上、六条院へ移住（少女）
○姫君、裳着（梅枝）
○姫君、皇太子へ入内（藤裏葉）
○姫君に皇子が生まれる。明石の入道の遺書（若菜上）
○皇太子、即位。姫君腹の皇子立坊。光源氏の住吉詣で（若菜下）
○姫君、中宮に（御法）

明石の姫君について見ると、入内という重要な節目だけではなく、その誕生から袴着・裳着など周到に描かれていることが分かる。

通常の源氏物語三部構成説では、藤裏葉巻までを第一部として、若菜上巻からを第二部とするが、明石の姫君に関する構想を中軸に置き、澪標巻における住吉詣でと若菜下巻における住吉詣でとの関連性を重視するならば、その間に切れ目を設けることには問題がある。第一部と第二部とは構想上で一貫しており、そこに切れ目を置くことは便宜的なものに過ぎないと言えよう。

さて、その明石の姫君に関わる構想の具体的様相を見て行くと、そこには、算賀の場に関わる表現がある。この点については、かつて拙稿で詳述した(1)が、ここではその要点を記しておく。

まず、明石の姫君の誕生に際しての光源氏の祝いの歌が、

〔光源氏〕
いつしかも袖うちかけむをとめ子が世を経て撫づる岩のおひさき　（澪標・一一）

〔明石の上〕
ひとりして撫づるは袖のほどなきに覆ふばかりの蔭をしぞ待つ　（澪標・一二）

というものであった。これは、拾遺集所載の算賀の歌に基づいて詠まれている。

題知らず　よみ人知らず
君が世は天の羽衣まれにきて撫づとも尽きぬ巌ならなん〔二九九〕

賀の屛風に　元輔
動きなき巌の果ても君ぞ見むをとめの袖の撫で尽くすまで〔三〇〇〕　（巻五・賀）

二九九番歌は是則集に見える。「いはひ」に分類され、「こけ、いはほ」の題が付されている。[2] 一応是則の作とすると延喜・延長頃の歌となろう。三〇〇番歌は、天暦十一年（九五七）四月二十二日の藤原師輔五十の賀屛風歌であることが知られている。

この二首は、仏典に出てくる極めて長い時間を示す磐石劫の比喩に基づいている。

奥義抄（中釈・歌学大系巻一）では、二九九番歌に対して、

経云、方四十里の石を三年に一度梵天よりくだりて、三銖の衣にて撫に尽を為㆓一劫㆒。うすくかろき衣なり。

このこころをよめるなり。

という説明を付している。天人が三年に一度天より下って、四十里四方の巨大な石を軽い衣で撫で、その石が尽きるまでを「一劫」とするというのである。三〇〇番歌も同じく永遠ともいうべき、比喩をもってしか語れない極めて長い時間を示している。

算賀においては、賀者と被賀者がいるが、これらは被賀者の長寿を祈って、賀者が磐石劫の比喩を用いたのである。

また、光源氏歌の「岩の生ひさき」という表現は岩が成長する様を詠んだ古今集所載の算賀歌に拠る。

題しらず　　　　　　　　　　　　読み人しらず

わが君は千世に八千世にさざれ石の巖となりて苔のむすまで

（巻七・賀歌〔三四三〕）

この「さざれ石」は、河原などにある小石（じゃり）の意であり、それが多く集まり、塵が積もって山となるように、大きな岩になることを詠んだ歌である。小さなものが多く積もって大きなものになるという、長い時間を示す算賀の歌であると前章で述べた。

光源氏の歌にこうした算賀の表現が使われているのである。

二、明石の上、明石の姫君と「松の構想」

光源氏は姫君の誕生を祝った後に、五十日《いか》の祝いのために、さらに歌を贈っている。ちょうど五月五日に当っていた。

〔光源氏〕
海松《うみまつ》や時ぞともなき蔭にゐて何のあやめもいかにわくらむ　（澪標・二一五）

〔明石の上〕
数ならぬみ島がくれに鳴く鶴《たづ》をけふもいかにととふ人ぞなき　（澪標・二一七）

光源氏の歌は、めでたい「松」を「海松《うみまつ》」（みる）として詠み込み、明石の上の歌は、光源氏の歌を承けて「松」に対して「鶴」を配し、めでたい対をなしている。

ここに見える「松」については、明石の上や姫君と密接に関わり、明石母子をめぐる「松の構想」と呼ばれるべきものが物語にはあると拙稿(3)で論じた。これも簡明に再論する。

この「海松」以外に、次の各場面が「松」と関わるのである。

○明石巻。松風と琴（琴《きん》・箏）。八月十三夜の光源氏と明石の上の出逢い。

かの岡辺の家も、松の響き波の音に合ひて、心ばせある若人は身にしみて思ふべかめり。（明石・二七五）

〔入道〕「…山伏のひが耳に、松風を聞きわたしはべるにやあらむ。いかで、これ忍びて聞こしめさせてしがな」と聞こゆるままに、うちわななきて涙おとすべかめり。（明石・二七七）

これは心細く住みたるさま、ここにゐて、思ひ残すことはあらじとすらむと、おぼしやるるに、ものあはれなり。三昧堂近くて、鐘の声、松風に響きあひて、もの悲しう、岩に生ひたる松の根ざしも、心ばへあるさまなり。前栽どもに虫の声を尽くしたり。（明石・二八九）

○澪標巻。「海松」。住吉詣で。

松原の深緑なるに、花紅葉をこき散らしたると見ゆるうへのきぬの濃き薄き、数知らず。　（澪標・三二二）

○松風巻。大堰《おおい》（嵐山）の山荘。明石と似た松風の吹く山里。

〔惟光〕「あたりはをかしうて、海づらに通ひたる所のさまになむはべりける」…これは川づらに、えもいはぬ松蔭に、何のいたはりもなく建てたる寝殿のことそぎたるさまもおのづから山里のあはれを見せたり。　（松風・一二三）

なかなかもの思ひ続けられて、捨てし家居も恋しう、つれづれなれば、かの御かたみの琴《きん》の琴を掻き鳴らす。をりのいみじう忍びがたければ、人離れたるかたにうちとけてすこし弾くに、松風はしたなく響きあひたり。尼君、もの悲しげにて寄り臥したまへるに、起きあがりて、

〔尼君〕

身をかへてひとり帰れる山里に聞きしに似たる松風ぞ吹く

御方（明石の上）、

故里に見し世の友を恋ひわびてさへづることを誰か分くらむ　（松風・一二九）

〔尼君〕「荒磯陰に心苦しう思ひきこえさせはべりし二葉の松も、今はたのもしき御生ひ先と祝ひきこえさするを、浅き根ざしゆゑやいかがと、かたがた心尽くされはべる」　（松風・一三三）

月の明きに帰りたまふ。…ありし夜のことおぼし出でらるるをり過ぐさず、かの琴《きん》の御琴さし出でたり。そこはかとなくものあはれなるに、え忍びたまはで掻き鳴らしたまふ。まだ調べもかはらず、ひきかへし、そのをりのここちしたまふ。

〔光源氏〕

契りしにかはらぬ琴の調べにて絶えぬ心のほどは知りきや

女〔明石の上〕、

かはらじと契りしことを頼みにて松の響きに音《ね》を添へしかな　（松風・一三五）

○薄雲巻。姫君は二条院の紫の上に引き取られる。

〔明石の上〕

末遠き二葉の松に引き別れいつか木《こ》高きかげを見るべき

〔光源氏〕

生ひそめし根も深ければ武隈の松に小松の千代をならべむ　（薄雲・一五五）

○少女巻。六条院造営。明石の上の住まいの冬の町の「松」。

もとありける池山をも、便なき所なるをば崩しかへて、水のおもむき、山のおきてをあらためて、さまざまに、御方々の御願ひの心ばへを造らせたまへり。

南の東は、山高く、春の花の木、数を尽くして植ゑ、…中宮の御町をば、もとの山に、紅葉の色濃かるべき植木どもを植ゑ、…北の東は、涼しげなる泉ありて、夏の蔭によれり。…西の町は、北面築《つ》き分けて、御倉町なり。隔ての垣に松の木のしげく、雪をもてあそばむたよりによせたり。　（少女・二七四）

○初音巻。正月初子の日、六条院冬の町の明石の上から姫君のもとに五葉の松に鶯がとまる洲浜台を贈る。

今日は子の日なりけり。げに千年の春をかけて祝はむに、ことわりなる日なり。…

五葉の枝にうつる鶯も、思ふ心あらむかし。

〔明石の上〕

年月をまつにひかれて経る人にけふ鶯の初音聞かせよ

〔明石の姫君〕

ひきわかれ年は経れども鶯の巣立ちし松の根を忘れめや　（初音・一三）

○若菜下巻。冷泉院の帝譲位、明石の姫君腹の第一皇子皇太子に。光源氏は、姫君の将来のために住吉詣で。紫の上、姫君、明石の上、明石の尼君が同行。十月二十日。

〔光源氏〕

たれかまた心を知りて住吉の神代を経たる松にこと問ふ　（若菜下・一五七）

〔紫の上〕

住の江の松に夜ぶかく置く霜は神のかけたる木綿鬘かも

かかるをりふしの歌は、例の上手めきたまふ男たちも、なかなか出で消えして、松の千歳より離れて、今めかしきことなければ、うるさくてなむ。　（若菜下・一五九）

これらの「松」を一貫したものと認めて「松の構想」と名付けたのである。「松」が物語に用いられるについては、その「不変」「永遠」という属性に注目し、女性としての明石の上の美徳や、中宮となる姫君の予祝の意味を見るべきものと思うと論じた。

松は、その永遠性ゆえに、当然算賀の歌にも用いられる。古今集には素性法師の、

良岑経也が四十の賀に、女に代りて、詠みはべりける

万世を松にぞ君を祝ひつる千歳のかげに住まむと思へば　（巻七・賀〔三六六〕）

という作もある。

三、算賀の漢詩と和歌

もともと算賀の場では、漢詩が作られた。懐風藻に刀利宣令「五言、賀二五八年一、一首」（六四）、及び伊支連古麻呂「五言、賀二五八年一宴、一首」（一〇七）の二首が残り、長屋王の四十の賀を祝うとされる。[4] 次に、奈良時代から平安初期までの算賀の記録をいくつか例示する。

○聖武天皇四十賀、天平十二年（七四〇）十月八日、良弁が金鐘寺で華厳経を講ず。（東大寺要録）

○嵯峨上皇四十賀、淳和天皇の天長二年（八二五）十一月三十日「皇太子（仁明）臣正良言」（類聚国史・巻二十八）

○仁明天皇四十賀、嘉祥二年（八四九）三月二十六日「庚辰、興福寺大法師等、為レ奉レ賀三天皇宝算満二于其卌一奉レ造二聖像卌軀一、写二金剛寿命陀羅尼経卌巻一、即転二読四万八千巻一竟、更作下天人不レ拾二芥子一、天衣罷レ払レ石、翻擊二御薬一、倶来祇候、及浦嶋子暫昇二雲漢一而得二長生一、吉野女眇通二上天一而来且去等像上、副二之長歌一奉献。其長歌詞曰」（続日本後紀）

○藤原基経五十賀、光孝天皇の仁和元年（八八五）四月二十日「是日、天皇於二延暦寺東西院、崇福、梵釈、元興等五寺一、各請二十僧一、始レ自二今日一、五个日間、転二読大般若経一、賀二太政大臣満五十算一、兼祝二寿命一也」（三代実録）

○源能有五十賀、宇多天皇の寛平七年（八九五）。「右金吾源亜将、与レ余有二師友之義一。夜過二直廬一、相談言曰、「厳父大納言、去年五十、心往事留。過レ年無レ賀。此春已修二功徳一、明日聊設二小宴一。座施二屏風一、写二諸霊寿一。本文者紀侍郎之所二抄出一。新様者巨大夫之所二画図一。書先属二藤右軍一。詩則汝之任也」。談畢帰去。欲レ罷不レ能。

予向㆑灯握㆑筆、且排且草。五更欲㆑尽、五首纔成」（菅家文章・巻五）

これらの例を見ると、算賀には、仏寺との関わりが深いことが目立つ。聖武天皇の時には金鐘寺で華厳経が講ぜられ、基経の時には延暦寺以下の五寺で大般若経が転読されている。能有の時は、子の当時によって五十の賀の年の翌年に一年遅れて「功徳」が「修」せられ、祝賀の宴が設けられた。基経の時の三代実録の記事に「賀㆓太政大臣満五十算㆒、兼祝㆓寿命㆒也」とあるが、これは五十歳になったことを喜び、その上で長寿を予祝する意味合いがある。その時に仏の力を借りるということであろう。

仁明天皇の四十の賀では、興福寺の僧が長歌を献上しており、やはり仏寺が算賀に関わっている。その長歌の内容を見るとその間の事情がはっきりと示されている。

何志弖《いかにして》、帝之《きみの》御世《おほみよ》、万代爾《よろづよに》、重禰飾弖《かさねかざりて》、奉㆑令㆑栄度《さかえしめたてまつらむと》、柘之枝乃《つみのえの》、由求礼波《よしもとむれば》、仏許曾《ほとけこそ》、願成志多倍《ねがひなしたべ》、聖而已《ひじりのみ》、
験波伊万世《しるしはいませ》、所以爾《そこゆゑに》、帝遠鎮布爾《きみをいはふに》、験万須《しるします》、陀羅尼乃御法《だらにのみのり》、卌巻乎《よそまきを》、写志繕倍《うつしととのへ》、護成須《まもりなす》、聖之御像《ひじりのみかた》、卌軀《よそはしら》、
奉㆑造弖《つくりまつりて》、卌之師乃《よそのしの》、悟開介天《さとりひらけて》、行布《おこなふ》、人遠調倍弖《ひとをととのへて》、誠乎致志《まことをいたし》、四万爾《よよろづに》、八千巻添弖《やちまきそへて》、誓願《こひねがひ》、奉㆑読利《よみたてまつり》、飾祈《かざりのみ》、
鎮申世利《いはひまをせり》、

ここでは、仏の力と聖《ひじり》（観音菩薩）の力を借りることが御代が永遠に栄えるための条件と考えているのである。個人であれば単なる長寿を仏に祈ることになるが、天皇であるから御代が「万代」になるまで重なることを祈ることになる。

懐風藻では、算賀の祝宴に際しては漢詩が作られていたが、この場合は和歌になっている。それが和歌である理由もはっきりと長歌の中に記されている。

大御世乎《おほみよを》、万代祈利《よろづよいのり》、仏爾毛《ほとけにも》、神爾毛申《かみにもまをし》、上流《たてまつる》、事之詞波《ことのことばは》、此国乃《このくにの》、本詞爾《もとつことばに》、逐倚天《おひよりて》、唐乃《もろこしの》、詞遠不㆑仮良須《ことばをからず》、
書記須《かきしるす》、博士不㆑雇須《はかせやとはず》、此国乃《このくにの》、云伝布良久《いひつたふらく》、日本乃《ひのもとの》、倭之国波《やまとのくには》、言玉乃《ことだまの》、富国度曾《とめるくにとぞ》、古語爾《ふるごとに》、流来礼留《ながれきたれる》、神語爾《かむごとに》、

伝来礼留《つたへきたれる》、伝来《つたへくる》、事任万爾《ことのまにまに》、本世乃《もとつよの》、事尋者《ことたづぬれば》、歌語爾《うたごとに》、詠反志天《うたひかへして》、神事爾《かむごとに》、用来利《もちゐきたれり》、皇事爾《きみごとに》、用来利《もちゐきたれり》、本《もと》乃世爾《のよに》、依遵弖《よりしたがひて》、仏爾毛《ほとけにも》、神爾毛申《かみにもまをせ》、挙陳天《あげのべて》、禱里志誠波《いのりしまことは》、丁寧度《ねむごろと》、聞許志食弖牟《きこしめしてむ》、

仏や神に伝わる言葉は「此の国」の「本つ詞《ことば》」でなければならないとされているのである。漢詩を作るだけでは効果が薄い。和歌の詞でこそ仏・神は人々の願いをお聞き入れになるのである。

能有の時には「諸霊寿」の絵を屛風に配し、それを題材とした漢詩を道真が作っている。従って、算賀を祝う折に漢詩を作る伝統が失われたわけではないが、一方で神仏に長寿を祈念するには、和歌の方が効果があるという考えが生じているのである。

古今集巻七における「わが君は千代に八千代に」〔三四三〕以下の賀の歌の存在の基盤はそうしたところに求められよう。万葉時代には算賀の和歌はなかったようであり、算賀に和歌が有効であるとされたのは、おそらく仁明天皇四十の賀の折であると思われる。なぜなら、もともとそれが続日本後紀に記されたのは、長歌のすぐ後ろに、

夫倭歌之体、比興為レ先、感二動人情一、最在レ茲矣。季世陵遅、斯道已墜。今僧中、頗存二古語一。可レ謂三礼失則求二之於野一。故採而載レ之。

とあるように、所謂国風暗黒時代において、和歌が殆ど省みられず、極めて珍しい貴重なものに見えたからである。その長歌が算賀の和歌の伝統を形作って行ったと思われる。算賀の和歌は仏典の比喩譚を踏まえているものがあるが、これもそうした伝統を考えると分かりやすい。

拾遺集の磐石劫の比喩を用いた「動きなき巖の果て」歌は元輔の作であったが、元輔集を見ると、こうした算賀の歌の表現を「裳着」や誕生「五十日」の祝いの歌など一般の祝賀の歌に使っている例がある。

人の裳着侍るに

万代をながらの浜のさざれ石のこよひよりこそ苔はむすらめ〔五〇〕

また人の裳着侍りしに

たまもかるいはほのほどに成りにけりながらの浦の浜のまさごは〔五三〕

大弐国章《くにのり》が孫《むまご》のいか侍りしに、割籠《わりご》の歌ゑにかかせ侍りし

住の江の浜のまさごの苔ふりていはほとならんほどをしぞ思ふ〔六四〕

（以上、歌仙歌集本）

永観二年（九八四）おほきおとど（頼忠）のいへの屏風の歌

君ぞ見む松の千年にをとめきてなでむ巌のつきむのちまで〔一一三〕

（尊経閣本）

元輔は紫式部よりは、一世代上であるから、いずれも源氏物語以前の作と認められる。また、源氏物語成立との前後は微妙であるが、公任が寛弘六年（一〇〇九）十一月の後朱雀天皇誕生七日の祝賀歌を詠んでいる。

後朱雀院生れさせ給ひて七日の夜、よみ侍りける

前大納言公任

いとけなき衣の袖はせばくとも劫の石をば撫でつくしてん

（後拾遺集・巻七・賀〔四三四〕、公任集「劫の石」による）

「五十日《いか》の祝い」の光源氏と明石の上の唱和歌に見えた鶴と松との組み合せも仁明天皇の四十の賀歌にある。この長歌には、「五種《いつくさ》の宝の雲」と呼ばれるめでたい像が詠まれているが、それらは、①観音の一手、②磯の松と藤、[5]③枝に鳴く鶯、④浜の鶴、⑤芥子劫・磐石劫の二天人である。この②磯の松と藤、④浜の鶴が「松」と「鶴」[6]に当

る。

一方、拾遺集に見える、康保二年（九六五）十二月四日に詠まれた村上天皇四十の賀歌は次のようになっている。

天暦の帝四十になりおはしましける時、山階《やましな》寺に金泥寿命経四十巻を書き供養し奉りて、御巻数鶴にくはせて洲浜に立てたりけり。その洲浜の敷物にあまたの歌葦手に書ける中に　兼盛

山階の山の岩根に松を植ゑてときはかきはに祈りつる哉〔二七三〕

仲算法師

声高く三笠の山ぞよばふなるあめの下こそ楽しかるらし〔二七四〕

（巻五・賀）

仲算法師は興福寺の僧侶と言う。ここでもやはり興福寺（山階寺）の僧侶が、洲浜に鶴を作り、献上しているのである。敷物の歌に「岩根の松」を詠み込んでいるからには、鶴のそばに松を配したのではあるまいか。この造り物は、仁明天皇の四十の賀に則って造られたと思われる。「洲浜」もかつての「五種《いつくさ》の宝の雲」の伝統を引くものではないか[7]。

四、天徳内裏歌合と算賀歌

村上天皇四十の賀の五年前、天徳四年（九六〇）三月三十日に行なわれた天徳内裏歌合にも同じような道具立てが用意されている。「仮名日記甲」によれば、

その左の歌の洲浜の覆ひに葦手を繡《ぬひもの》にしたる歌

千代に千代くはへたりとも見ゆるかな松のしたなる鶴の齢《よはひ》は
立ち返り鳴けや鶯明日よりはほとゝぎすてふ声ぞ聞こえむ
君が代は天の羽衣まれにきて撫づとも尽きぬ巌ならなむ
藤の花色深けれや影見れば池の水さへ濃紫なる
名残をば夏にかへつつ百年の春の水門に咲ける藤浪

とあって、「松」「鶴」「鶯」「（水辺の）藤」「磐石劫」の比喩等が仁明天皇四十の賀の長歌と共通することが分かる。めでたいものとして、「松」「鶴」が用いられたことは分かりやすいが、「鶯」や「藤」という春の風物が共通して用いられているのはなぜか。それは、開催の時期が仁明天皇四十の賀が嘉祥二年（八四九）三月二十六日で、天徳内裏歌合が三月三十日というように共に春三月の下旬であったからである。

仁明天皇の四十の賀が晩春の三月に行なわれたのは、春が格別にめでたい時期と考えられたからである。

瀛津波《おきつなみ》、起津《たつ》毎レ年爾《としごとに》、春波有礼度《はるはあれど》、今年之春波《ことしのはるは》、毎レ物爾《ものごとに》、滋栄弖《しげりさかえて》、天地乃《あめつちの》、神毛悦比《かみもよろこび》、海山毛《うみやまも》、色声変志《いろねかはらじ》、梅柳《うめやなぎ》、常与理殊爾《つねよりことに》、敷栄《しきさかえ》、咲万比開天《ゑまひひらきて》、鶯毛《うぐひすも》、声改弖《こゑあらためて》、八千種爾《やちくさに》、奇事波《くすしきことは》、茜刺志《あかねさし》、天照国乃《あまてるくにの》、日宮能《ひのみやの》、聖之御子《ひじりのみこ》曾《そ》、瓠葛《ひさかたの》、天能梯建《あめのはしだて》、践歩美《ふみあゆみ》、天降利坐志々《あもりいましし》、大八洲《おほやしま》、天日嗣能《あめのひつぎの》、高御座《たかみくら》、万世鎮布《よろづよいはふ》、五八能《いつやつの》、春爾有気利《はるにありけり》、

春は万物が再生する時期であり、季節の循環が実感される。循環は永遠に繫がるので、春はめでたいと言える。その上、天皇の四十を祝える春は尊くめでたいのである。

また、春の終りに咲く藤の花を特に強調する必要があったという理由もあろう。

磯上之《いそのへの》、緑松波《みどりのまつは》、百種乃《ももくさの》、葛爾別爾《かづらにことに》、藤花《ふぢのはな》、開栄舂弖《ひらきさかえて》、万世爾《よろづよに》、皇乎鎮倍利《きみをいはへり》、鶯波《うぐひすは》、枝爾遊天《えだにあそびて》、飛舞弖《とびまひて》、囀歌比《さへづりうたひ》、万世爾《よろづよに》、皇乎鎮倍利《きみをいはへり》、沢鶴《さはのつる》、命乎長美《いのちをながみ》、浜爾出弖《はまにいでて》、歓舞天《よろこびまひて》、満潮乃《みつしほの》、無二断時一久《たゆるときなく》、万代爾《よろづよに》、皇乎《きみを》

鎮《いはへり》倍利、

松に懸かる藤を「百種《ももくさ》の葛《かづら》に別《こと》に」と、その美しさを述べているのは、松を天皇家に見立て、藤を藤原氏に見立て、藤原氏の重要性を殊更に強調している節が見られる。(8)藤原氏の氏寺である興福寺の僧が天皇の四十の賀を祝うことについては、その背景に右大臣良房の強い意志を見るべきであろう。続日本後紀は、長歌を献上した大法師等が右大臣家に寓居したことを伝えている。

村上天皇の算賀の内容が仁明天皇以来の伝統を受け継ぐことは確実である。とすれば、天徳内裏歌合の内容が仁明天皇の算賀と似ているのも偶然ではなく、おそらくその内容が参照されていると考えられる。左方の中心は右大臣実頼で、そこに藤が組み込まれているのも意図的であると考えたい。

仁明天皇四十の賀の長歌がなぜこのような影響力をもったのであろうか。それは、国風暗黒時代の歌であり、長歌引用の後に「今僧中に至りて頗る古語を存す。礼失すれば則ち之を野《や》に求むものと謂ふべし」とあるように歌は余り作られなかった時代であるので、算賀歌の規範となって行くと考えられるのである。

算賀の歌としてめでたい像が同時に作られ、その像に対する言及があり、それが洲浜の原型となったと思われる。これが和歌であるのは、長歌に「唐《もろこし》の詞をからず」とあるように、この国の言葉、大和言葉であれば、神も仏も願いを聞き入れてくれるだろうという考え方がある。後に算賀の屏風歌が多く作られて行くが、そのような歌の持つ効用への期待がその背景にあると言える。そもそも和歌というものが、漢詩とは別な働きがあるという自覚が古今集の時代につながって行くのである。

五、菅原道真詩に見える仙界の春

仁明天皇四十の賀の長歌と天徳内裏歌合は、共に春という季節と深い関わりがあった。行事が行なわれたのが春の三月であったからであるが、それが内容と関わっている。もともと春という季節に意味を込めてその時期に行事を執り行なったとも考えられる。

さらに、春の持つ意味合いを探るため、菅家文草巻五に載せる源能有の五十の賀に際して制作された菅原道真の屏風詩を取り上げてみる。

この屏風詩製作の由来は、第三節に算賀の記録の例として引いた序文によってはっきりと知られる。

右金吾源亜将（当時《まさとき》・右衛門権佐）、与レ余有二師友之義一。夜過二直廬一、相談言曰、「厳父大納言、去年五十、心往事留。過レ年無レ賀。此春已修二功徳一、明日聊設二小宴一。座施二屏風一、写二諸霊寿一。本文者紀侍郎之所二抄出一。新様者巨大夫之所二画図一。書先属二藤右軍一。詩則汝之任也」。談畢帰去。欲レ罷不レ能。予向レ灯握レ筆、且排且草。五更欲レ尽、五首纔成。右軍則書レ之、以備二遊宴事一。若不二詳録一、難レ可レ得レ意。題脚且注二本文一。他時断二其疑惑一。故叙レ之。

能有の息の源当時が、父の五十の賀のためにその道の達人ともいうべき友人達に依頼し、その力を集めて屏風製作を計画したことが分かる。長寿の神仙に関わる五つの題材（諸霊寿）を紀長谷雄が選び、巨勢金岡が絵に描き、道真が詩を作り、能書の藤原敏行がそれを書したのである。もし「詳録」しなければ、心得がたいので、「題脚」に「本文」を記したという。寛平七年（八九五）春の作であり、[9] 能有はこの時大納言であった。翌年は右大臣に昇っている。

五首の題材は以下の如くである（丸括弧内は「本文」の出典）。
「廬山異花詩[10]」（述異記）〔三八六〕
「題二呉山白水一詩」（列仙伝）〔三八七〕
「劉阮遇二渓辺二女一詩」（幽明録）〔三八八〕
「徐公酔臥詩」（異苑）〔三八九〕
「呉生過二老公一詩」（述異記）〔三九〇〕

第四首目の「劉阮遇二渓辺二女一」についてここでは考えたい。この話は蒙求の「劉阮天台」の標題によってもよく知られていた。左に詩題と詩を引用する（〔　〕内は小字双行の自注）。

劉阮遇二渓辺二女一詩〔幽明録曰、漢永和五年、剡県劉晨阮肇、共入二天台山一、迷不レ得レ反。経二十三日一、糧尽云々。遙望二山上一有二一桃樹一、大有二子実一云々。攀二縁藤葛一、乃得レ至、各噉二数枚一而飢止云々。一大渓辺、有二二女子一云々。令下各就二一帳一宿上、女往就レ之。言声清婉、令二人忘一レ憂。遂停半年、気候草木、是春時、百鳥鳴啼。更懐二悲思一求二帰去一云々。女子三四十人集会、奏声共送二劉阮一、指二示還路一。既出、親旧零落、邑屋改異。無二復相識一。問得二七世孫一云々。〕

天台山道道何煩　　天台の山道道何ぞ煩はしき
藤葛因縁得自存　　藤葛に因り縁りて自ら存すること得たり
青水渓辺唯素意　　青水の渓辺唯だ素意なり
綺羅帳裏幾黄昏　　綺羅の帳裏幾たびか黄昏たり
半年長聴三春鳥　　半年長く聴く三春の鳥
帰路独逢七世孫　　帰路独り逢ふ七世の孫

不放神仙離骨録　　神仙骨録を離るるを放《ゆる》さざれば
前途脱屣旧家門　　前途脱屣す旧家門[補注1]

天台山で迷った劉晨と阮肇が二人の女性に出会った。そこは春の鳥がいつも鳴く常春の世界であり、二人は憂いを忘れたが、結局帰りたくなって別れを告げた。故郷に帰還してみるとすべて変わっていて、ようやく「七世」の子孫に会えたのであった。浦島子伝とも関わる有名な説話である。[11]

題脚注に「気候草木、是春時、百鳥鳴啼」とあり、詩にも「半年長聴三春鳥」とあるところが春の季節を示していて重要である。ここは仙界であるが、さほど非日常的な仙界ではなく、ただ春が続く常春の世界であり、俗世間とは別な時間が流れている。

陶淵明の「桃花源記」に見える「桃源郷」も桃の花咲く春の風景である。「桃花源記」の桃源郷には仙界的要素はほとんどないが、述異記[12]に見える「武陵源」は不老長寿の仙界と言える。

武陵源在二呉中一。山無二他木一、尽生二桃李一。俗呼為二桃李源一。源上有二石洞一、洞中有二乳水一。世伝、秦末喪乱呉中人於レ此避レ難。食二桃李実一者、皆得レ仙。

和漢朗詠集「三月三日」部所載の王維「桃源行」の句「春来遍是桃花水、不レ弁二仙源一何処尋」（春来つては遍く是れ桃花の水なれば、仙源を弁《わきま》へず何れの処にか尋ねむ）にも「仙源」という語が含まれており、桃源郷が仙界であることを示している。

このように中国の神仙譚では仙界に季節があるならばそれは春であるという考えがあり、道真詩では算賀の題材とされていたのである。仁明天皇の長歌において春の鶯や藤が不老長寿に結びついているのは、そうした考えを背景に持つのである。

菅家文草巻六には、同じ右大臣能有の屋敷である近院《こんいん》（松殿）にあった「山水障子」のために作られた道真の詩が残る。「障子」は屏風様のものかと思われる。昌泰二年（八九九）の作とされ、道真は五十五歳で右大臣に昇っていた。能有の方は寛平九年（八九七）六月八日にすでに薨じている。

近院山水障子詩。六首

水仙詞（海）〔四六二〕

寄託浮査問玉都　　浮査に寄託して玉都を問ふ
海神投与一明珠　　海神投げ与ふ一明珠
明珠不是秦中物（補注2）　　明珠は是れ秦中の物にあらず
玄道円通暗合符　　玄道と円通と暗に符を合はす

下山言志（山と海辺、花）〔四六三〕

雖有故山不定家　　故山有りといへども家を定めず
褐衣過境立晴砂　　褐衣境を過ぎて晴砂に立てり
一生情竇無機累　　一生情竇機累無し
唯只春来四面花　　唯只《ただ》春来りて四面に花あり

閑適（山道と海の舟）〔四六四〕

曾向簪纓行路難　　曾向《むかし》簪纓して行路難《かた》し
如今杖策処身安　　如今《いま》策《つゑ》を杖《つ》きて身を処《お》くこと安らかなり
風松颯颯閑無事　　風松颯颯として閑かにして事無し
請見虚舟浪不干　　請ふ見よ虚舟は浪も干《をか》さざることを

山屋晩眺（山の泉と海水、波の花）〔四六五〕

断雲知得意無煩　断雲知ること得たり意《こころ》煩ひ無きことを

唯恨泉声不避喧　唯恨むらくは泉声喧を避けざるを

海水三翻花百種　海水三たび翻へり花百種

形骸外事惣忘言　形骸外事惣て言を忘る

傍水行（出山と鶴）〔四六六〕

誘引春風暫出山　春風に誘引せられて暫く山を出づ

知音老鶴下雲間　知音の老鶴は雲間より下れり

此時楽地無程里　此の時楽地程里無し

鞭轡形神独往還　鞭《むち》ち轡して形と神独り往き還る

海上春意（山の花と波の花）〔四六七〕

蹉跎鬢雪与心灰　蹉跎たり鬢雪と心灰と

不覚春光何処来　覚えず春光何れの処より来れる

染筆支頤閑計会　筆を染め頤《おとがひ》を支へて閑かに計会す

山花遙向浪花開　山花遙かに浪花に向かひて開《さ》く

これは算賀の屛風ではないが、春の山と海の風景を描いている。右の括弧内は、「山」「水」と季節を表わすものを示した。四六二番には海の神仙を尋ねる場面がある。四六三番には四面の花がある。四六四番には杖をつく隠者がおり、松がある。四六六番には春風が吹いている。四六七番は題そのものが「海上春意」となっており、「山花」

「浪花」の語がある。松や隠者と縁のある鶴も四六六番に出てくる。これらはすべて春の情景である。一見すると仙界を描いているようには見えにくいが、「水仙」「楽地」「松」「鶴」等の語が仙界と近縁であることを示している。

もともと「山水画」とは蓬莱山のような仙界を描いたものであろう。それが世俗に近づいた時にこの山水障子のようなものに変化して行くと思われる。それが春の風景を描いているのは、四季屏風の一部が残ったというようなことではなく、仙界の季節が春であり、春を描くことが山水画の本領であったためと思われる。源氏物語において、胡蝶巻に見える六条院の春の風景が仙界的に描かれることも同様の思想の現れと言えよう。

六、彰子入内屏風と源氏物語の成立

道真の山水障子詩については、小林太市郎氏説(13)によれば、東寺旧蔵で現京都国立博物館所蔵の「山水《せんずい》屏風」(14)（六曲一隻）と類似するとされる。この屏風は平安時代中期頃のものと言われ、現存するこの種の屏風では最も早いものとされている。道真の頃の唐風の山水障子の如きものがこの倭絵風の山水屏風のもととなったと考えておられる。この京都国立博物館の山水屏風は遠景に海を描き、近景に桜などが咲く春の景色を描いている。特徴的なことは、中央に簡素な草庵を描き、その中に筆を持つ老隠者を配している点である。(15)その草庵の前には小川が流れ、草庵と小川の間には松があり、松には藤の花が房を垂れている。草庵の右手に馬から降りたばかりの訪問者がいて老人を訪ねている。草庵の前の小川の右手岸辺には柳があり、水鳥が遊ぶ。さらに右手の山道には花を楽しんでいる騎馬の人が従者と共に描かれている。

また、同じく小林氏が、撰集秘記の正月の記事中にある「山水屏風」に注目する。(16)

廿日内宴…若設㆓皇后御座㆒之時、母屋幷東廂南辺立㆓四尺御几帳㆒、又同廂東南五間立㆓渡御几帳㆒。母屋西北辺立二山水五尺御屏風一。

正月の下旬の行事である内宴に皇后が列席される時母屋の西北に「山水屏風」を立てるということになっていたという記録である。小林氏は他に江家次第を挙げ、皇后が用いる山水屏風について「本宮」の屏風と呼ばれていることを根拠にして、山水屏風が皇后宮のものであったと指摘する。皇后と山水屏風とはこのような密接な関係がある。

小林氏は言及しておられないが、長保元年（九九九）十一月一日の彰子入内に際し、道長が献上した所謂彰子入内屏風は、この種の山水屏風と言ってよいのではあるまいか。この屏風は現存しないが、道長が屏風に貼る色紙形に書く歌を詠ませたために、多くの歌が残り、図柄の内容も知られるのである。そこには、春の山と海の景色と人物が描かれていた。

藤原高遠の大弐高遠集と藤原公任の公任集の該当歌群を次に掲げる。

○大弐高遠集

右大臣道長の卿のみむすめ、内に参りたまふとて屏風調ぜしに歌どもさるべき人えらびて詠ませたまふ、内に奉りし歌、春のはじめに松の木のかたはらに梅の花咲ける所に

折りてみる梅の初枝の花ならで松のあたりに春を見ましや〔二五〕

柳ある所

うちなびき春立ちにけり青柳のかげふむ道に人のやすらふ〔二六〕

笛吹く所

笛の音はすみぬなれども吹く風になべても霞む春の空かな〔二七〕

網引く所

みなそこに沈める網もあるものをかげもとどめず帰るかりがね〔二八〕

海づらなる家に、人の来たる

わが門に立ち寄る人は浦きよみ波こそ道のしるべなりけれ〔二九〕

渚のつらに、屋つくりて、翁、女住む所

もろともに年を経る身の浦なれて渚の宿に老いにけるかな〔三〇〕

浜づらに立てる松のしたに、落ち積れる松葉、かきとる人あり

かきつむる浜の松葉は年を経て木高くはらふ風にこそ待て〔三一〕

島のほとりに、舟さし出づ

いく雲居過ぎてゆくらむ吹く風にをちの島根を伝ふ浮舟〔三二〕

山の桜を見る人あり

いかでとくわが思ふ人に告げやらむ今日外山べの花の盛りを〔三三〕

野に雉あるを、見て行く人あり

み狩りにもわれは行かねば春霞立つ野の鳥をよそにこそ見れ〔三四〕

葦の中に、綱手引く人あり

葦しげき浦にたゆてふ綱手縄ながながし日をくらす舟人〔三五〕

桜花盛りなる山を行く人あり

たとへてもなにかは人に語るべき折りてや行かむ深山べの花〔三六〕

水のほとりの山吹
山吹のかげをみぎはにたたみつつ波の底にや幾重なるらむ〔三七〕
岸にかかれる藤の花
風吹けば岸による波藤の花深くも見ゆる春のかげかな〔三八〕
春、旅行く人
春の野に旅の心はなぐさめつ待つらむ妹が宿をしぞ思ふ〔三九〕
人の家の主ばかりあるに、花のいとおもしろく咲きたるを見て
いたづらに咲きつる花か都人通ふともなき宿のあたりに〔四〇〕
山川にて、月みる人あり
見る人の心もゆきぬ山川のかげを宿せる春の夜の月〔四一〕

○公任集
中宮の内にまゐりたまふ御屛風歌、人の家近く松梅の花などあり、すだれの前に笛吹く人あり
梅の花にほふあたりの笛の音は吹く風よりもうらめしきかな〔二九九〕
宰相中将いれり、ただのぶ
笛竹の夜深き声ぞ聞こゆなる峰の松風吹きやそふらむ〔三〇〇〕
中宮の内に参りたまふ御屛風の和歌、海づらなる人の家

の門に、人きたり、人出てあひたり

むかし見し人もやあるとたづねては世にふることをいはむとぞ思ふ〔三〇一〕

わが門にたちよる人は浦ちかみ波こそ道のしるべなりけれ〔三〇二〕

翁のつる飼ひたる所

ひな鶴をすだてしほどに老いにけり雲居のほどを思ひこそやれ〔三〇三〕

花山院の入れり

ひな鶴をやしなひたてて松原のかげにすませむことをしぞ思ふ〔三〇四〕

山づらにけぶりたつ家あり、野に雉どもあり、道行く人、立ちとまりて見たり

けぶり立ちきぎすしばなく山里のたづぬる妹が家居なりせば〔三〇五〕

人の家に花の木どもあり、女硯に向かひてゐたり

待つ人に告げややらましわが宿の花は今こそ盛りなりけれ〔三〇六〕

人の家に、松にかかれる藤を見る

紫の雲とぞ見ゆる藤の花いかなる宿のしるしなるらむ〔三〇七〕

京都国立博物館の山水屛風と比較すると、総じて彰子入内屛風の方が場面が多いようであるが、両者極めて似たところもある。高遠集二九番、公任集三〇一・三〇二番では都から来たと思われる人物が庵を訪ねるなど東寺の山水屛風と良く似ている。高遠集三八番に藤の花が見えるが、これは公任集三〇七番の同じ藤を詠んだとすれば、人家にある「松にかかれる藤」であり、山水屛風の中央に描かれた庵の左手前に立つ松に藤が懸かり咲いているのと

同じである。高遠集三六番では、花を見ながら山歩きをしている人がいるが、これも山水屏風と同じである。高遠集二六番には山水屏風に見える柳がある。両屏風の類似を挙げて行くと、今は失われた彰子入内屏風が京都国立博物館の山水屏風を通して見えてくるような気がしてくる。

このような類似を歴史的に考察するならば、次のことが言えると思う。

仁明天皇の長歌が一つの源流となってめでたい春を描く歌や洲浜などの造り物の伝統ができ、算賀の場以外でも歌合や五十日《いか》の祝い、裳着の場などでそれが踏襲された。一方で劉阮天台の絵や中国伝来の山水障子の図柄があり、神仙的な趣のある春の山水の風景を描いた屏風絵があって、正月の内宴の場で用いられるような皇后宮のものとなっていった。

彰子入内の際には、そうした山水屏風が道長によって用意された。そこに松に懸かる藤が描かれているのは、それが仁明天皇四十の賀以来の算賀の伝統を引くめでたいものであったからである。

公任集の三〇七番では、草庵の松に懸かる藤を詠みつつそれを「紫の雲」と呼ぶことによって明らかに藤壺に入って中宮になるであろう彰子を予祝している[17]。

さて、この彰子入内屏風の基本的な「山」と「水」の構図は、若紫巻の北山の風景とその場で言及された明石巻の明石の浦の風景を思い起こさせる。

そこには、桜が咲く山道とそれを見る都人が描かれている。一方、海辺の家では、高遠集三〇番にあるように老人夫婦が一緒に年を取っている。そこに都人と思われる人がやってくる。公任集三〇一・三〇二番にもそれが見える。しかもその老人は鶴を飼っていることが三〇三・三〇四番で分かる。三〇三番は、「ひな鶴をすだてしほどに老いにけり雲居のほどを思ひこそやれ」という歌だが、『公任集全釈』[18]が言うように、明らかに彰子を「ひな鶴」に見立て、「雲居」（宮中）に住まわせることに入内の意を掛けている。三〇四番は花山院の御製であり、実際に屏風の色紙形に採用された。「松原のかげにすませむことをしぞ思ふ」は、やはり入内を寓意しているとされている。

澪標巻では明石の上が「数ならぬみ島がくれに鳴く鶴《たづ》をけふもいかにととふ人ぞなき」と不遇な姫君を「鶴」に見立てている。物語では、この「鶴」は、後に皇太子のもとに入内し、国母となるのである。

この入内屏風は、それが入内に際して用いられたために、藤は「紫の雲」に見えて彰子の中宮になることを予祝し、老夫婦の雛鶴は宮中に住むべく育てられたと見なされたのである。

当然、紫式部もこの屏風を目にし、それらの歌の世界と同じ視線で屏風の絵を見たはずである。それは、桜の花が盛りで、それを都人が眺める山の風景であり、老夫婦が宮中に入るはずの雛鶴を飼っている海辺の風景であった。しかもその中には中宮の住まいとなるはずの飛香舎すなわち藤壺を象徴する藤の花がある。

若紫巻では、仙界のような北山[19]の桜と明石の浦の「山」と「水」の風景の中で二人の女性が登場する。その二人は養母と実母というかたちで「ひな鶴」のような明石の姫君の二人の母親となる。養母となる紫の上は藤の花が咲く藤壺に住む女性と相似であった。

明石の姫君が中宮になるということを源氏物語の中心の主題と捉えるならば、その基本的な構図は、この屏風を見た印象によって作られたと考えることができると思う。彰子入内屏風の存在こそが、源氏物語が紫式部の脳裏に生まれた最大の物語の源泉と言えるのではあるまいか。紫式部は、中宮彰子のための物語として明石の姫君が中宮となる物語を書いたように思われるのである。

注

（1）拙稿「明石の姫君誕生祝賀歌と仏典比喩譚―算賀歌の発想に関連して―」（説話と説話文学の会編『説話論集　第十四集』所収・清文堂出版・平成十六年、本書第一部第Ⅰ章）。

（2）是則集二五番。ただし、本歌に「こけ」は詠まれていない。「こけ」題の歌は失われたようである。
（3）拙稿「「松」の神性と『源氏物語』」（『東アジア比較文化研究』創刊号・平成十四年六月、本書第二部第Ⅱ章）。なお、拙稿「菅原道真の「松竹」と源氏物語」（和漢比較文学会編『菅原道真論集』所収・勉誠出版・平成十五年、本書第二部第Ⅲ章）においても「松の構想」について述べた。
（4）長屋王の四十の賀とすれば、元正天皇の養老七年（七二三）に当り、右大臣であった。
（5）片桐洋一氏「松にかかれる藤浪の―古今集時代研究序説のうち―」（『文学・語学』二〇号・昭和三十六年六月、同氏『古今和歌集の研究』所収・明治書院・平成三年）参照。
（6）片桐洋一氏「松鶴図淵源考―古今集時代研究序説（一）―」（『国語国文』昭和三十五年六月、同氏『古今和歌集の研究』所収）参照。
（7）注5の片桐氏論文に藤が懸かる松の像について、「後代の歌合における洲浜（島台）の淵源をなす風流の一種であろうか」と述べる。
（8）島田とよ子氏「明石中宮と藤の花―「木高き木より咲きかゝりて」―」（源氏物語探究会編『源氏物語の探究　第十輯』風間書房・昭和六十年）によれば、続日本紀天平宝字二年二月二十七日条の「奇藤」が藤原仲麻呂を指しており、藤と藤原氏を結びつけた最も古い例である。なお、安田徳子氏に「藤詠考―古今歌人の詠歌基盤―」（和漢比較文学会編『古今集と漢文学』和漢比較文学叢書一一・汲古書院・平成四年）がある。
（9）能有は寛平六年（八九四）に五十歳。ここはその翌年であるから寛平七年である。古典文学大系川口久雄氏注の年表は、この連作五首を寛平七年春の作としている。菅家文草のこのあたりの排列が年代順とすると、三九一番「送春」以下十首が寛平七年三月二十六日の作と明記されているので、五十賀屛風詩は確かに同年春（ただし、三月二十六日以前）の作となる。
（10）「廬山異花詩」は、題脚に本文を記していない。拙稿「源氏物語と廬山―若紫巻北山の段出典考―」（『甲南大学紀要』文学編五二・昭和五十九年三月、新間『源氏物語と白居易の文学』所収・和泉書院・平成十五年）で、法苑珠林が引く述異記がその出典であることを指摘した。

(11)「浦島子伝」（群書類従本）に故郷に帰った浦島子が子孫にも会えなかったことを「不レ値二七世之孫一」と表現するのは、この幽明録に拠る。

(12)『和刻本漢籍随筆集　第十三集』（汲古書院・昭和四十九年）所収。

(13)小林太市郎氏『大和絵史論』（全国書房・昭和二十一年）第一篇「山水屏風の研究」。

(14)京都国立博物館は、近世の模本を所蔵する。

(15)中央の老人については、白居易説、維摩詰説などあるが、ここは注5の片桐論文が「招隠」の絵画化と指摘するように、商山四皓のような隠者を都から帝の使いが来て招請しているところ、と推測する。

(16)小林氏は康保三年（九六六）蔵人所式の逸文か、と推測されている。

(17)橋本不美男氏「藤壺の女御」（『日本古典文学会々報』四五号・昭和五十一年十二月）参照。なお、この公任の「紫の雲」歌は、拾遺集〔一〇六九〕、金葉集三奏本〔八四〕、栄花物語（かがやく藤壺）、古本説話集（第二話）、今昔物語集（巻二十四第三十三）等に見える。

(18)伊井春樹・津本信博・新藤協三三氏著『公任集全釈』（風間書房・平成元年）。

(19)注10の拙稿及び拙稿「源氏物語若紫巻と元白詩―夢に春に遊ぶ―」（『東アジアの中の平安文学』論集平安文学2・勉誠社・平成七年、『源氏物語と白居易の文学』所収）、田中隆昭氏「北山と南岳―源氏物語若紫巻の仙境的世界―」（『国語と国文学』平成八年十月、同氏『源氏物語　引用の研究』所収・勉誠出版・平成十一年）等参照。

補注1（六五頁二行）

この聯を初出時には、「神仙骨録を離るるを放《ゆる》さざるも、前途屣を脱ぐ旧家門」と訓読したが、ここでは改めた。道真の記した幽明録では末尾が省略されているが、他本では劉晨と阮肇の二人は故郷に帰ったあと姿を消してしまう、という筋になっている。このことを道真は登仙したと考えて、「脱屣」という語を使ったと思われる。「神仙達は劉晨と阮肇に神仙の身内でなくなることを許さなかったので、故郷の家を捨て神仙になる道を進んだ」の意となる。本書第一部第Ⅳ章の注24（一二三頁）参照。また、于永梅氏「平安時代の漢詩文における「脱屣」の用法」（『語文』第八十四・八十五輯・平成十八年三月）に見える私の説も改める。

補注2（六六頁八行）

もと「奏中」に作るが、意が通らないので仮に改めた。第一部第Ⅳ章注17（一一二頁）頁参照。

第Ⅲ章　雲の「しるし」と源氏物語
――野《や》に遺賢無し――

一、彰子入内屛風の公任歌

紫式部が仕えた藤原道長の女《むすめ》彰子は、長保元年（九九九）十一月一日に一条天皇の女御として入内し、藤壺を居所とした。翌二年二月に立后して中宮となっている。この入内に際し、父道長は大和絵の屛風を嫁入り道具として持たせている。能筆で知られた藤原行成の権記同年十月三十日条に、「倭絵四尺屛風」の「色紙形」を書いたとの記事があり、そこに、屛風絵は飛鳥部常則が描いたもの、清書した和歌は左大臣の道長以下が詠んだものと注記されている。高名な絵師の常則はすでに故人であるから、この絵屛風は、それ以前からあったものに、新たに詠まれた和歌を色紙形に清書し、それを貼り付けたのである。行成はおそらく道長からその清書を依頼されたのであろう。

この屛風（以下、「入内屛風」と呼ぶ）自体はもちろん現存しないが、その時に詠まれた和歌が藤原公任の公任集（九首）、藤原高遠の大弐高遠集（十七首）等に残っており、ある程度絵の内容も推測できる。それらの歌の中でもっともよく知られたのは、拾遺集・公任集・新撰朗詠集等に載せる藤原公任の詠であろう。拾遺集には、

左大臣、女《むすめ》の中宮の料に調じ侍りける屛風に

右衛門督公任

紫の雲とぞ見ゆる藤の花いかなる宿のしるしなるらむ

（巻十六・雑春〔一〇六九〕）

とある。

この歌が後拾遺集等に採られたのは、屏風の図柄をうまく利用しながら、彰子入内という状況にふさわしく詠まれているとみなされたからであろう。公任集には、「人の家に、松にかかれる藤を見る」という詞書が付されており、この「紫の雲」に見立てられた藤の花が、ある人の家の松の木に懸かって咲いていたことが分かる。

公任は和漢の才を兼ねた一条朝の大文人である。紫式部日記には、後年の寛弘五年（一〇〇八）十一月一日、彰子所生の敦成《あつひら》親王五十日《いか》の祝いの折に、公任は紫式部を尋ねて、「このわたりに若紫やさぶらふ」と声をかけたことが見える。彼は若紫巻を読んでおり、その内容を意識して紫式部のことを「若紫」と呼んだと考えられている。

本章では、彰子入内の際に詠まれた公任の藤の花の歌の内容を検討することにより、紫式部によって書かれた源氏物語成立の秘密を尋ねたい。

二、雲の「しるし」と隠者

まず、屏風の図柄であるが、幸い京都国立博物館所蔵の平安中期頃の作と言われる東寺旧蔵の「山水屏風《せんずいびょうぶ》」（以下単に「山水屏風」と呼ぶ）が残っている。(1) その図柄と入内屏風の歌の内容とがよく似ているので、図柄そのものも良く似ていたと推定される。山水屏風には桜や藤の花が咲く春の光景が描かれている。桜の花が咲き、中央の向かってやや左には筆を持つ老隠者の粗末な草庵が描かれ、その左手前には松があり、そこに藤の花が懸かっている。庵の右側には、馬で訪れた都人が隠者を来訪している。庵の手前には小川が流れており、柳があり、水鳥が遊ぶ。

右手奥の山辺には、桜を愛でる山歩きの人などが描かれている。左手は絵が破損していて図柄がはっきりしないが、「山水」を描いたものであるので、海の光景が描かれていたのであろう。公任歌については、この山水屛風に描かれた松の木に懸かる藤の花と隠者とその庵の如き絵を詠んだと考えるのが良いと思う。

公任歌で藤の花を瑞雲の紫の雲と見立てることについては、醍醐天皇の代の藤花宴に由来する。(2) 延喜二年（九〇二）三月二十日に藤壺を居所とする中宮穏子のもとで藤花宴が行なわれた。穏子は、藤原基経の女、時平の妹である。

延喜の御時、藤壺藤の花宴せさせ給ひけるに、殿上のをのこども歌つかうまつりけるに　　皇太后宮権大夫国章

藤の花宮の内には紫の雲かとのみぞあやまたれける

（拾遺集・巻十六・雑春〔一〇六八〕）

延喜の御時飛香舎藤の宴によめる　　藤原敏行朝臣

藤の花風をさまれる紫の雲立ち去らぬところとぞ見る

（新千載集・巻二・春下〔一七九〕）

この藤の花を見立てた「紫の雲」は、単なる瑞雲ではなく、一時「紫微中台」と呼ばれたこともある中宮の象徴ともなっていようし、藤原氏を出自とする意味も込めていよう。公任がこの延喜の先例を踏まえて、彰子入内に際し、立后を予祝したと推測される。

ただし、紫雲と結び付けられた「宿のしるし」方は、延喜の藤花宴には類似の表現が見られず、別個に考える必要がある。

新撰朗詠集の藤部では、この公任歌の直前に、やはり藤の花について「雲」と結びつけた詩句がある。

漢帝雲膚凝岸額　斉桓衣色洗波声
（漢帝の雲の膚《はだへ》は岸の額《ひたひ》に凝る、斉桓の衣の色は波の声洗ふ）
（「紫藤霞染ㇾ池」江都督〔一三二〕）

詩題は、紫の藤の花が霞んで、池がその色を映して紫色に染まる、という意である。この二句に対し、柿村重松著『倭漢新撰朗詠集要解』は、

漢帝雲膚は紫雲の色である。史記高祖本紀に、呂后曰、季所居常有雲気とあるのと、…斉桓衣色も紫色のことで、韓非子外儲説左上篇に、斉桓公好服紫、一国尽服紫とあるのに本づいている。

と記している。史記の高祖本紀の記事は、漢の劉邦（後の高祖）がまだ民間にあった頃、秦の始皇帝から逃れるためにあちこちに身を隠したが、その度に妻の呂氏（後の呂后）は常に劉邦を発見した、その理由を尋ねると、いつもその居所に雲が立っていたからと答えた、というものである。すなわち呂后は雲を「しるし」として、高祖を見つけることができた。また、韓非子には、斉の桓公が紫色の服を着るのを好んだために一国が皆紫の服を着た、という故事が見える。高祖の雲の色と、桓公の衣の色、すなわち紫色が岸と水面を染めたという一聯である。

続く一三三番の公任の「紫の雲」歌について柿村注は、

前に引いた史記高祖本紀の故事によつて詠んだのである。いかなるやどのしるしなるらんとは高祖を尋ね得た呂后に因んで、天皇に侍し給ふ中宮の御所を暗に指したのである。

と解し、やはり、高祖の故事を引いている。

確かに「漢帝の雲の膚」については、柿村説の通りであろう。が、公任歌がこの故事を引いているとすれば、絵の隠者を高祖に見立てたことになり、藤の花が咲く藤壺という御殿、そこに住むことになるはずの彰子との直接の関わりが見えにくいという点に解釈上の疑問が残る。柿村注が公任歌に対し、「呂后に因む」と言っているのは、

間接的に過ぎると思う。

この高祖と雲の物語の背景には、もっと一般的な典拠があり、公任歌もその典拠から解釈する方が良いのではないか。同じ史記の天官書に、「雲気」を「望」むことについての記述があり、その注（史記正義）に、

京房易兆候云、視四方、常有火雲五色具、其下賢人隠也。

（京房の易「兆候」に云はく、四方を視て、常に火雲の五色具ふる有れば、其下に賢人隠るるなり）

とある。[3] 京房は前漢末の学者で、易占に精通したという。その易の書に、五色の火雲のもとに隠者がいるという説があるのである。

この説は我が国でもよく知られていた。一条朝の文章博士であった大江以言《もちとき》の「視レ雲知レ隠賦」（雲を視て隠を知るの賦）が本朝文粋（巻一・幽隠〔一四〕）に見える。賦は一種の韻文であるが、この賦は、「五色雲下知レ有二賢人一」（五色の雲下に賢人有るを知る）という字の並びを韻としており、全体が京房の説に基づいていることが明らかである。

隠者の存在を知る意味については、この賦の冒頭を読めば分かる。柿村重松著『本朝文粋註釈』に載せる抄訳を見よう。

雲は天にありて人は地につく。然れども天人の相感ずる群豪の時に退蔵するものあれば雲色五色をなして之を表はす。故に天この雲見《あら》はるれば君主索めて之を致すべし。

天も人も認めるすぐれた人物も時によっては隠者となる。天はそれを表わすために五色の雲をなすのである。従って、天にこの雲が現われたら君主は雲のもとにすぐれた隠者を求めてこれを招く必要がある、の意である。

公任が「いかなる宿のしるし」と詠んだのは、直接高祖を詠もうとしたのではなく、招かれるべき隠者がそこにいるので、藤の花を紫の雲に見立ててそれを示したのである。[4]

五色の雲のもとには政治に参加するのにふさわしい招くべき賢人がいるのである。これに関しては、「招隠」、「無隠」という語が思い起こされる。

三、「招隠」と「無隠」

「招隠」は、英明な君主がすぐれた隠者を招くことを言う。例えば、文選の巻二十一には、「招隠」部があり、左思（太沖）の「招隠」詩二首等を載せる。

菅原道真は、昌泰二年（八九九）正月二十一日の内宴において、谷から出て来た鶯を詠むに当って、鶯を黄色のやぶれた服を着た隠者に見立てている。

恰似明王招隠処　　恰《あた》かも明王の隠《いん》を招く処《ところ》に似たり
荷衣黄壊応玄纁　　荷衣《かい》黄に壊《やぶ》れて玄纁《くん》になりぬべし

（菅家文草・巻六「早春内宴、侍㆓清涼殿㆒、同賦㆓鶯出㆒㆑谷、応㆑製」（四五三））

隠者が招かれるのは、その隠者が政治上必要なすぐれた人物とみなされるからであり、隠者が隠れるのは、君主の政治に絶望するからである。従って、隠者を招くことができるのは明王のあかしであるとも言える。道真が正月の内宴の場で鶯を招かれた隠者に見立てたのは、内宴を主催する即位三年目の若い醍醐天皇を褒める意味があった。

一条天皇の長徳年中（九九五～九九八）成立と言われる漢詩集の扶桑集（巻七）隠逸部には、「無隠」の項がある。そこには、「山無㆑隠詩」（藤博文）、「山無㆑隠」（紀納言）と題された詩が並ぶ。この「無隠」という語は、英明な君主がすぐれた隠者を皆朝廷に招いてしまったために、隠者がいなくなってしまったという意で、明君を褒める内容である。右の二作に続く大江朝綱（江相公・八八六～九五七）の詩を見てみよう。(5)

黄門署尚書竟宴、各詠レ句、得三野無二遺賢一
　黄門の署の尚書竟宴、各《おのおの》句を詠じ、「野《や》に遺賢無し」といふことを得たり。

遍問千巖万壑程　遍《あまね》く問ふ千巖万壑《せんがんばんかく》の程《みち》
幽人咸出誰逃名　幽人咸《みな》出でて誰《たれ》か名を逃れむ
初趁槐路随鵷列　初め槐路に趁《お》ひて鵷列に随はむとす
更顧松門愧鶴情　更に松門を顧みて鶴情に愧づ
蘿帳遠抛残月色　蘿帳遠く抛《なげう》つ残月の色
雲扉遙別暮□声　雲扉遙かに別る暮□の声
莫教秋桂偏嘲我　秋桂をして偏へに我を嘲《あざわら》はすること莫れ
不屑移文□□成　移文を屑《もののかず》とせずして□□成らむ

「黄門」は、中納言の唐名。その部署で尚書（書経）の講書が行なわれた。その終了後の宴会（竟宴）で同書から句を選び、各自に振り当ててそれを題に詩を詠じたのである。朝綱は、「野無二遺賢一」（野《や》に遺賢無し）という句を詠むことになった。二箇所に欠字があって分かりにくいが、「暮□声」の欠字は平声のはずである。「長恨歌」の「行宮見レ月傷レ心色、夜雨聞レ猿腸断声」(6)などから推して、「猿」（平声）が入るのではないだろうか。結句の欠字二字は難しいが、「移文」は、「回し文」の意である。有名な孔稚珪「北山移文」（文選・巻四十三）では、隠れ住んだ山を見捨てて、朝廷に仕えるような人物を山に入れるな、という趣旨となっている。それをもののかずともせず、朝廷において明王に仕え、功績があった、というような意とも考えられる。(7)

仮にこのように欠字を補って試訳すると、「あまねく山中を訪うが、隠者はみな山を出て、名声を逃れて隠れ住

む人はいない。初めに大臣のところに赴こうとし、次には松の戸の庵を顧みて鶴のような隠者の志に恥じる。「蘿」（さるおがせ）の帳を透かして見える残月を遠くなげうち、雲のとびらを通して聞こえる夕暮れの猿の声に遙かに別れを告げて来た。秋の桂に私を嘲笑させてくれるな、回し文をもののかずとせず、朝廷で功績を挙げた」となろう。

ここに見える「野無㆓遺賢㆒」は、尚書の「大禹謨」に「野無㆓遺賢㆒、万邦咸寧」（野《や》に遺賢無く、万邦咸寧《みなやす》からむ）とあるのを題に用いたのである。以言の「視㆑雲知㆑隠賦」にも、「則知、朝有㆓善政㆒、野無㆓遺賢㆒」（則ち知る、朝《てう》に善政有れば、野《や》に遺賢無しといふことを）と、この句を引用している。「遺賢（無し）」と「善政」は、相互に関わりのある語と言えよう。

山水屏風には、藤の花のもとに住む隠者を訪ねている都人が描かれている。この隠者がいかなる人物であるかについては、白居易（白楽天）説、維摩詰説等の諸説があるが、特定の個人を指すのではなく、小林太市郎氏や片桐洋一氏が言われるように、これは「招隠図」と見るべきものと思う[8]。とすると、全体としては桜や藤が咲く春ののどかな光景が描かれているが、いわば「野に遺賢無し」という状況が生まれる場面であると解することができる。すなわち、この絵には善政によってもたらされる太平の世の春が描かれているのである。

続古今集（巻二十・賀歌）には、「上東門院入内御屏風に」と詞書きした入内屏風のための花山院の詠「吹く風の枝もならさぬこのごろは花も静かににほふなるべし」（一八五九）が残るが、これはこの屏風が山水屏風と同じくそうした太平の世を描いているとみなされた上で詠まれたものと考えられる。

小林氏によると、この種の山水屏風はもともと皇后宮にあったものであるという[9]。それが大和絵風であること、善政を表わすことが、皇后宮という政治の場で意味を持つということであると思う。入内屏風が山水屏風と似ているのは偶然ではない。

公任の歌では、隠者を彰子に見立てようとしている。明王に招かれる隠者のように彰子は明王（一条天皇）に見出されて召され、穏子のように藤壺に入って中宮になる、という意を込めているのである。[10]

四、松に懸かる藤

山水屏風では、春の光景の中心に隠者の庵が描かれ、そこに松に懸かる藤の花が咲いている。この図柄は、「招隠図」であると前節では述べたが、この松に懸かる藤の絵についても歴史的背景がある。例えば、正倉院蔵の「桑木阮咸」には、「松下囲碁図」が描かれているが、そこでは仙人らしき人物が碁を打つ場面の背景に松に懸かる藤がある。「密陀絵盆」にも同様の図が認められる。[11]

特に和歌に詠み込まれたものとして、続日本後紀の嘉祥二年（八四九）三月二十六日条に見える長大な長歌がある。この長歌は、仁明天皇の四十の賀に際し、興福寺の僧侶によって詠まれた。

磯上《いそのうへ》の、緑松《みどりのまつ》は、百種《ももくさ》の、葛《かづら》に別《こと》に、藤花《ふじのはな》、開栄《ひらきさか》えて、万世《よろづよ》に、皇《きみ》を鎮《いは》へり

これは、「五種乃《いつくさの》宝雲《たからのくも》」と称された長寿を祝う五つの作り物を歌に詠み込んだうちの一つである。他には千手観音像、枝に止まる鶯などの作り物があった。季節が三月の下旬であり、晩春であったから長歌全体において春の季節にちなむ題材が多い。算賀の祝いはその年のいつ行なっても良く、この時は春を選んで行なった。春が祝いの季節にふさわしいと思われたのだが、その基本的な理由としては、特に不老長寿を得ることのできる仙界が常春の季節をもっていたという発想があると思う。例えば蒙求の「劉阮天台」で知られる説話では、天台山で二人の男が女性ばかりの仙界に迷い込むが、そこはいつも春であったという。桃源郷も桃の花の咲く春の世界であった。

その春に咲く藤がことさらに蔓草の代表のようにして作り物にされ、長歌にも詠み込まれたのは、藤には、仙薬としての意味があったからではないのか。初唐の詩人である李嶠は、百二十首からなる詠物詩を残しており、李嶠

百二十詠もしくは李嶠百詠・李嶠雑詠と呼ばれる。その中の「藤」詩に、「吐レ葉依二松磴一、舒レ苗長二石台一、神農嘗薬罷、質子寄レ書来」とあるが、これは、芸文類聚（藤）に見える石室山の「異藤」のことである。ここでは、李嶠百詠を和歌に仕立て直した鎌倉時代の源光行の百詠和歌を借りて説明したい。

光行は、「神農嘗薬罷」を次のように記している。

　永陽県に有二石室一為二神農窟一。窟前有二異藤一、朝紫、日中緑、晡黄、暮青、夜赤五色也。神農氏藤をなめて良薬とし給へり。

永陽県に石室があり、神農窟と称していた。その石室の前に不思議な藤があった。朝から夜にかけて紫・緑・黄・青・赤の五色に変化する。神農氏はそれを嘗めて良薬とした、という。李嶠が「神農嘗めて薬罷《や》めり」と詠んだのは、藤を嘗めて他の薬をやめたことを言っている。

「五色」が藤の花の色だとすると、そこに京房の易占との関わりも見えてくる。京房の説では、五色の雲のもとに隠者がいた。以言の「視レ雲知レ隠賦」でも「五色」の雲であることを強調していた。雲の色は五色だったのだから、それは神農窟の「異藤」の色であったとも言える。

一方で、藤は紫のものが普通であるから、それを雲や霞に見立てる場合は、「紫雲」「紫霞」に見立てることになる。そこから藤のもとに住む隠者の上に起つ雲を紫色とする考えも出てきたのだと思う。

さらにこの長歌において、藤がことさらに詠まれるもう一つの理由がある。それは、皇室を守ることによって自らの立場を強固にするという藤原氏の主張が藤に込められていることである。そもそも藤原氏の氏寺である興福寺からのお祝いであり、その背後には、右大臣藤原良房の強い意志があったと見るべきである[12]。

この行事と長歌が祝い事の一つの伝統をなしたと思う。以後、古今集の時代を経て和歌の世界が発展して行くとともに、「松にかかる藤」はめでたいものの代表として絵に描かれ、歌に詠まれて行くのである。

五、彰子入内屛風と源氏物語

源氏物語蓬生巻は、須磨・明石にさすらった光源氏がようやく都に帰り、そこで荒廃した末摘花邸で彼女と再会するというのが主な内容である。花散里を訪おうとした夏の宵に光源氏は見覚えのある松の木を目にした。松の木には藤が懸かっていた。

おほきなる松に藤の咲きかかりて、月影になよびたる、風につきてさと匂ふがなつかしく、そこはかとなきかをりなり。（蓬生・七二）

そこは昔訪れた末摘花邸で、荒廃を極め蓬が生い茂っていた。このあと、光源氏は、末摘花と唱和するが、その時にこの藤と松を詠み込む。

藤波のうち過ぎがたく見えつるは松こそ宿のしるしなりけれ（蓬生・七八）

この歌は通常、古今集の「わが庵《いほ》は三輪の山もと恋ひしくはとぶらひ来ませ杉立てる門《かど》」（九八二）を踏まえているとされる。その通りではあろうが、「杉」を「松」と言い換え、さらに「藤」を配して、「宿のしるし」という語句を使ったところは、公任の入内屛風の歌を参考にしたと考えられる。この「松」は、「待つ」の意味を掛けており、隠者のように籠って光源氏を待つ末摘花を詠み込んでいる。公任歌では、藤を「雲」の「しるし」に見立てるのであるが、ここでは、「松」を貞淑な女性の待つ宿の「しるし」としている。松に懸かる藤の花のもとの隠者めいた人物を詠んでいる点で、山水屛風や入内屛風の図柄そのままの風景であると言えよう。

中宮彰子に仕えていた紫式部は、「中宮の料」であった入内屏風をおりおり目にし、細部まで熟知していたはずである。そこには公任の「紫の雲」歌を行成が清書した色紙が貼られていた。蓬生巻でもその歌と絵を利用して場面を作っていったのである。

しかし、それ以上に源氏物語と入内屏風は関わるのではないか。それは、山水屏風と入内屏風を同種の図柄とみなすことによって明らかになる。入内屏風は、山水屏風と呼ばれるべきものなのである。

入内屏風の歌の内容を見ても、絵は「山」と「水」の春の風景を描いており、藤のもとの隠者だけではなく、花の咲く中で山歩きをしている人物もいる。この山と水の風景を見ていると源氏物語の基本的な構想が浮かんでくる。(13)

若紫巻では山桜咲く晩春の北山で光源氏は若紫を見出し、明石巻では海辺に明石の上を見出した。この二人の女性はいわば「山水」の風景の中で光源氏と出逢っている。明石の上の噂話は、若紫巻で、全国の「山」「水」の風景の美しさを話題にしたところに見えているから、この巻で二人の女性は登場しているとも言える。また、光源氏の愛した女性たちの中でこの二人は特別な意味を持つ。それは、明石の中宮の養母と実母という役割を二人は担っているという点である。明石の姫君が中宮となるという物語、というように源氏物語を捉えるとすると、その中宮を生み出す二人の母はすでに若紫巻で登場しているのである。

公任集には、公任の歌以外に花山院の御製も載せる。

　花山院の入れり

ひな鶴をやしなひたてて松原のかげにすませむことをしぞ思ふ〔三〇四〕

詞書に「花山院の入れり」とあるのは、選ばれて色紙形に清書され、屏風に実際に貼られたことを意味する。歌は、「ひな鶴」を朝廷（松原）に差し出すことを飼い主が願っている、という意味である。入内に際して、「ひな鶴」を彰子に見立てて詠んだことは明らかである。

この歌を公任の「紫の雲」歌と並べてみると、一方は山の隠者を彰子に見立てようとし、一方は海辺の雛鶴を彰子に見立てようとしている。いわば、山と水の風景から中宮を生み出そうとしているのである。その点、右に述べた源氏物語の基本的構想と一致する。

無名草子や河海抄などは、大斎院選子内親王に物語を所望された彰子が、新しく物語を作るようにと紫式部に命じ、それで式部が源氏物語を書いたという伝説を載せるが、むしろ彰子入内屏風に触発され、そこに構想を得て、中宮となった彰子のために物語は書かれて行ったと考えたいのである。

注

(1) この「山水屏風」については、小林太市郎氏『大和絵史論』第一篇「山水屏風の研究」(全国書房・昭和二十一年、『著作集　五』所収・淡交社・昭和四十九年)に詳しい。

(2) 橋本不美男氏「藤壺の女御」(『日本古典文学会々報』四五号・昭和五十一年十二月)で「紫雲」と中宮との関わりを考察している。

(3) 高祖本紀の注においても史記正義が京房の説を引くが、注文に混乱がある。

(4) 柳澤良一氏「『新撰朗詠集』注解稿(十一)」(『金沢女子大学紀要(文学部)』五・平成四年三月)の公任「紫の雲」歌の注に、「漢皓秦を避し朝《あした》、望み孤峰の月を礙《さ》ふ、陶朱越を辞せし暮《ゆふべ》、眼《まなこ》五湖の煙に混ず」(和漢朗詠集・雲「視レ雲知レ隠賦」(四〇六))を挙げ、「雲は…賢い隠士のいる所に立つと考えられ」ている、と述べておられる。

(5) 田坂順子氏『扶桑集　校本と索引』(櫂歌書房・昭和六十年)参照。

(6) この「長恨歌」の本文は、古体を伝える金沢文庫本白氏文集による。

(7) その場合、「功業」(平・仄)などが候補として挙げられる。二字目の「屑」は仄声、四字目の「文」は平声である。

(8) 小林太市郎氏注1前掲書、及び片桐洋一氏「松にかかれる藤浪の—古今集時代研究序説のうち—」(『文学・語学』

二〇号・昭和三十六年六月、同氏『古今集の研究』所収・明治書院・平成三年）参照。

（9）小林氏、注1前掲書。

（10）芸文類聚（雲）には、帝王世紀を引いて、堯帝の母が堯を生む時に常に「黄雲」がその居所を覆ったという記事を載せる。雲の「しるし」に、この故事の意をも込めた可能性もあろう。

（11）注9に同じ。

（12）仁明天皇四十賀の長歌については、拙稿「明石の姫君誕生祝賀歌と仏典比喩譚—算賀歌の発想に関連して—」（説話と説話文学の会編『説話論集　第十四集』所収・清文堂出版・平成十六年、本書第一部第Ⅰ章）参照。同論文中で、長歌中の「藤」が良房の藤原氏としての意志と関わりがあることを指摘した。

（13）彰子入内屏風と源氏物語の構想との共通性については、すでに、拙稿「算賀の詩歌と源氏物語—「山」と「水」の構図—」（坂本共展・久下裕利両氏編『源氏物語の新研究—内なる歴史性を考える』所収・新典社・平成十七年、本書第一部第Ⅱ章）において指摘している。

第Ⅳ章　源氏物語松風巻と仙査説話

一、松風巻の「浮木《うきき》」と「仙査」

明石で生まれた明石の姫君は、澪標巻に見える宿曜の占いによると、中宮となるべき定めであった。そのために光源氏は、母の明石の上とともに、都に呼び寄せようとする。松風巻には、その光源氏の要請を受けて、秋になり、母尼君に伴われた明石の上が明石の姫君を連れて、明石から嵯峨野の大堰河北岸の故中務の宮の山荘へと移り住む場面がある。中務の宮は尼君の祖父であった。明石を発つ折に、明石の尼君と明石の上は次のような唱和歌を残している。

〔明石の尼君〕
かの岸に心寄りにし海士船《あまぶね》のそむきしかたに漕ぎ帰るかな
〔明石の上〕
いくかへり行きかかふ秋を過ぐしつつ浮木に乗りてわれ帰るらむ
（松風・一二八）

大堰河畔の故中務の宮の山荘に入った二人は、「松風」の音を聞きながら、さらに唱和している。
〔明石の尼君〕

身をかへてひとり帰れる山里に聞きしに似たる松風ぞ吹く

〔明石の上〕　（松風・一二九）

故里に見し世の友を恋ひわびてさへづることを誰《たれ》か分くらむ

これらの二人の唱和歌をまとめて見ると、都を背き離れて明石に来て（出家し）、「かの岸」に心を寄せたが、再び都の方に漕ぎ帰って来た、「浮木」に乗って帰ってみると山里には松風が吹き、言葉も分かってもらえないほど故郷の人々とは疎遠になっていた、との意味にとれる。

この唱和歌に見える「浮木」の語は、「いかだ」（査・槎）の意であり(1)、手習巻にもやはり、「海士船」とともに使われている。出家した浮舟は尼君の亡き娘の婿であった中将の君と唱和している。

〔中将〕

岸遠く漕ぎ離るらむ海士船に乗りおくれじといそがるるかな

〔浮舟〕

心こそ憂き世の岸を離るれど行方も知らぬ海士の浮木を　（手習・一三一）

右の手習巻での「海士船」や「浮木」は、俗世を離れ、彼岸を目指すための乗り物の意として登場している。「浮木」について見ると、松風巻ではこの世に帰る乗り物とされているのに対し、手習巻では彼岸に向かおうとするが、行方も知らぬものとして描かれているところに違いがある。いずれにしても「浮木」には、基づくところがあるとされている。

松風巻における「浮木」について、河海抄（松風）は張騫の故事を引いている(2)。

槎　査

（張騫）漢の武帝の使として槎に乗て天漢の源を究（し）に孟津にいたりて、牛女にあひて帰りし事などを思て詠ずる歟。文選には十年とあり。三十歳を待（経）て帰ける也。

張騫は、漢の武帝の命により、いかだに乗り、ついに天の川に至って、牽牛や織女に出会ったという。このようにいかだに乗って仙界である天の川に行く類の話を、ここでは「仙査説話」と呼ぶことにする。「仙査」は、次節に引く懐風藻の伊予部馬養詩や文華秀麗集所載の嵯峨天皇御製に見える語である。特に張騫が天の川に至ったことを言う場合に「張騫仙査説話」、或いは略して「張騫説話」と呼ぶことにする。漢書等に見える歴史的人物としての張騫は、西域諸国を尋ねた功により「博望侯」に封ぜられたとの記事などがあり、それから見るとこの仙査説話は伝説的である。この伝説的な話が広く流布して漢詩や和歌に用いられている。

この仙査説話と源氏物語との関わりについては、後藤祥子氏「浮木にのって天の河にゆく話―「松風」「手習」の歌語」[3]があり、議論が尽くされているように見える。そこで引かれるのは、俊頼髄脳（源俊頼）所引の張騫仙査説話である。[4]

天の河うき木にのれるわれなれやありしにもあらず世はなりにけり

これは、昔、采女なりける人を、たぐひなくおぼしけり。例ならぬ事ありて、さとにいでたりける程に、忘れさせ給ひにけり。心地よろしくなりて、いつしかと、参りたりけるに、昔にも似ず見えければ、うらめしと思ひて、まかりいでて、たてまつりける歌なり。本文なり。漢武帝の時に、張騫といへる人を召して、「天の河の、みなかみ尋ねてまいれ」と、遣しければ、浮き木にのりて、河のみなかみ尋ねゆきければ、見も知らぬ所に、行きてみれば、常に見る人にはあらぬさましたるものの、機をあまたたてて、布を織りけり。また、知らぬ翁ありて、牛をひかへて、立てり。「これは、天の河といふ所なり。この人々は、たなばたひこぼしといへる人々なり。さては、我は、いかなる人ぞ」と、問ひければ、「みづからは、張騫といへる人なり。宣旨ありて、河のみなかみ、尋ねてきたるなり」と、答ふれば、「これこそ、河のみなかみよ」といひて、「今は帰りね」といひければ、帰りにけり。さて、参りたりければ、「尋ね得たりや」と、問はせ給ひければ、「尋ねたりつれば、たなばたひこぼしなど、牛をひかへ、たなばたは機を織りて、これなむ、河のみなもと、と申しつれば、それより帰り参りたる」と、奏しける。所のさまの、ありしにもあらず、変りたりければ、そのよしを聞きて、かく詠めるなり。

この歌を、みかど御覧じて、あはれとやおぼしけむ、もとのやうに、かた時もたちさらず思召しけり。その後、いくばくも経ずして、うせ給ひにけり。塚のうちに、をさめたてまつりける時に、この采女、生きながらこもりにけり。その御陵を、いけごめの御陵とて、薬師寺の西に、いくばくものかであり。まことにや、張騫帰り参らざるさきに、天文の者の参りて、七月七日に、「今日、天の河のほとりに、知らぬ星いできたり」と奏しければ、あやしびおぼしけるに、この事を聞こし召してこそ、まことに尋ねいきたりけると、おぼしめしけり。

ある帝に愛された采女が里下がりのあいだに、忘れられて詠んだ歌「天の河うき木にのれるわれなれや」の歌の「本文」として、張騫仙査説話が挙げられている。その歌の効果もあって寵愛を取り戻したという話である。さらに、亡き帝を追って生きながら御陵に入ったという後日談が加わる。話の末尾に、張騫が都に帰る前に天文を見るものが、七夕の日に天の川のほとりに怪しい星を見たという事を奏上し、張騫が天の川に至った証としている。

しかしながら、ここに見える張騫に関わるものだけが、仙査説話というわけではなく、博物誌に載っている別な説話もある。本章では、張騫仙査説話に囚われず、仙査説話の内容と受容を再検討し、その上でこの説話が源氏物語に用いられた意味を考察してみたい。

二、二つの仙査説話

源氏物語の他にも仙査説話を詠み込んだ作品は散見する。懐風藻に次のように見える。

霊仙駕鶴去　　霊仙鶴に駕りて去り
星客乗査逡　　星客査に乗りて逡《さ》る
（藤原史「遊二吉野一」二首〔其二〕）〔三二〕

仙槎泛栄光　　仙槎栄光に泛び
鳳笙帯祥煙　　鳳笙祥煙を帯ぶ
（伊予部馬養「従レ駕、応レ詔」）〔三六〕

欲尋張騫跡　　張騫が跡を尋ねんと欲し
幸逐河源風　　幸に逐ふ河源の風
（大伴王「従二駕吉野宮一、応レ詔」）〔四七〕

即此乗槎客　　即ち此れ乗槎の客
倶欣天上情　　倶に欣ぶ天上の情《こころ》
（箭集虫麻呂「侍レ宴」）〔八一〕

天高槎路遠　　天高くして槎路遠し
河廻桃源深　　河廻りて桃源深し
（藤原宇合「遊二吉野川一」）〔九二〕

早く奈良朝から仙査説話は知られていた。これらの詩が作られた場は、仙境と目された吉野か天皇主催の宴か、もしくは両方を兼ねるところである。天皇主催の宴においてもその場が仙境とみなされているのであり、そこに仙査説話が持ち出される理由がある。この点は後述の平安朝における例においてもほぼ踏襲されている。(5)

はじめの藤原不比等の例について、小島憲之氏の注(6)では、「査（槎、浮き木、筏、槎）に乗って河を溯り天上に行ってひき返した張騫の故事」として、まず荊楚歳時記から張騫の故事を引き、次に「尚、博物誌にも類似の説話がある」として、博物誌の記事を一部を略して引いておられる。

ここでは、張騫仙査説話を歳時広記所引の荊楚歳時記逸文から左に引用する。(7)

荊楚歳時記、漢武帝令下張騫使二大夏一尋中河源上。乗レ槎経レ月而至二一処一、見三城郭如二官府一。室内有二一女織一。又見二一丈夫牽レ牛飲一レ河。騫問曰、此是何処。答曰、可レ問二厳君平一。織女取二機石一与レ騫。而還後、至レ蜀問二君平一。君平曰、某年月日、客星犯二牛女一。所レ得榰機石為二東朔所一レ識。

話の内容は、俊頼髄脳に見えるものと大差はない。武帝が天の川の源ではなく、「河源」（黄河の源）を尋ねさせたこと、蜀に住む厳君平の名が記されていること、「東朔」（東方朔）が「榰機石」（榰は支に同じ。支機石）のことを知っているとする話が加わっていることが俊頼髄脳との主な違いである。後藤論文では、この話を支機石説話と呼んでいる。荊楚歳時記は、日本国見在書目録（二十・雑伝家）に「荊楚歳時記一巻」として著録されている。

右の張騫説話に対して、博物誌には、小島氏が類似しているとした仙査説話がある。漢魏叢書（増訂本・巻六十六）所載の博物誌から引用する。(8)

旧説云、天河与レ海通。近世有下人居二海渚一者上。年年八月、有二浮槎一去来、不レ失レ期。人有二奇志一、立二飛閣於査上一、多齎レ粮、乗レ槎而去。十余日中、猶観二星月日辰一。自後茫茫忽忽、亦不レ覚二昼夜一。去十余日奄至二一処一、有二城郭状屋舎甚厳一。遥望二宮中一多二織婦一、見二一丈夫牽レ牛渚次飲一レ之。牽レ牛人、乃驚問曰、何由至レ此。此人

具説二来意一、幷問二此是何処一。答曰、君還至二蜀郡一、訪二厳君平一、則知レ之。竟不レ上レ岸、因還如レ期。後至レ蜀、
問二君平一。君平曰、某年月日、有二客星一犯二牽牛宿一。計二年月一、正是此人到二天河一時也。

博物誌の説話では、張騫は登場せず、海辺に住む人が、毎年八月にいかだが去来するのを見て興味を持ち、ついにそれに乗り、天の川に至って牽牛星と織女星に出会ったとある。帰って蜀の厳君平を訪えと言われて尋ねると、その人が天の川に行った時に、牽牛の宿を「客星」が犯したという。それが天の川に至った証拠となるのである。

天の川に至ったという点、天文に通ずる厳君平が天の川に至ったことを証言するという点は共通しているが、主人公が張騫ではなく、海辺の人であること、張騫の方にある織女の「支機石」が出て来ないことなどが張騫仙査説話との違いである。小島氏は、この博物誌の説話によった場合を想定され、「星客を必ずしも張騫とみる必要はない」と言われる。海辺の某人がいかだに乗って仙界に至る説話をここでは、「海人《かいじん》仙査説話」、或いは略して「海人説話」と呼ぶことにする。漢語の「海人」は漁師の意味で、海辺に住む人を漁師とみなしての命名である。和語「あま」としては、「海士」の表記を用いることとする。

なお、宝顔堂秘笈広集本等の現行の荊楚歳時記では、七月七日条に右の博物誌の話を載せる[9]。ただし、傍点をほどこした部分はなく、「蜀郡」が「蜀都」となっているなど小異がある。博物誌は日本国見在書目録（三十・雑家）に「博物誌十〔張華撰〕[10]」として著録されているので、平安初期頃までには渡来していたと考えられる。

後藤論文では、海人仙査説話が本来的なものであり、張騫説話は後発的なものとして捉えている。俊頼髄脳と同じく釆女の話と張騫仙査説話を含む左の和歌童蒙抄を掲げることにより、張騫説話の成立の時代を考察されている。

うき木にのるとは、金谷園記曰、漢武帝張騫牽牛国にいたりて、七夕の川のほとりにて紗をあらふを見る。騫曰、漢帝の使にて河のみなもとをきはむる也。七夕の給はく、極る事得べからず、速に帰去て、漢帝にまみゆる事を得よ。すなはち一すぢのうき木をあたへてのせてかへらしむ。又一つの塊石を得たり。東方朔其石をみ

て、たなばたの支機石とぞ云ける。

この「金谷園記」について、後藤氏は、年中行事秘抄・政治要略・河海抄に引かれており、歳時記の類であるが、詳細は不明とし、「ともあれ、『童蒙抄』の成立する久安（一一四五）仁平（一一五三）頃、支機石説話は張騫を主人公とする形に変っていたことになる」と述べられる。また、海辺の人が張騫に変わるのは、明文化された資料では、「浮槎説話」（俊頼髄脳）・「支機石説話」（童蒙抄）とも十二世紀の邦書を契機とする、とも述べられる。

右の議論は、金谷園記についての明確な資料を引かれていないために考察を誤られている。矢作武氏は、「「天の河うき木に乗れる」類歌と張騫乗査説話について」[11]において、守屋美都雄氏の研究[12]を引いて、金谷園記が文選の注で有名な唐の李善の子李邕の撰述であることを示し、さらに由阿の詞林采葉抄に仙査説話に関わる逸文が存在することを初めて指摘された。詞林采葉抄からその逸文を引用する[13]。

金谷園記曰、漢武帝張騫使トシテ令レ極二銀河源一。騫到二牽牛国孟津一。時織女河辺洗レ身、問曰、何故至レ此乎。騫曰、依二漢帝勅一、欲レ令レ極二銀河源一。織女云、不レ可レ極。速帰親二漢帝一。与二一槎一怪石一。騫還二下界一、献レ帝。東方朔云、此是織女支機石也（矣）。経二三年一帰云々（漢帝妃宮以二此支機石一錦織始。可レ詳）。

「トシテ」という送り仮名が混じるなど訓読を前提とした文らしくやや和習が感ぜられるが、和歌童蒙抄の引く和文の金谷園記とこの記事の内容はほぼ一致している。「洗レ身」は、和歌童蒙抄に「紗をあらふ」とあるので、「洗レ紗」の誤りであろう。矢作氏も「身」に対して「（紗カ）」と注されている。これを逸文と認めるならば、張騫説話やそれに付随する支機石説話等がわが国で成立したかのような後藤氏の議論は当らないのである。

この金谷園記の逸文の内容を歳時広記に残る荊楚歳時記逸文と比較してみると、武帝が張騫に黄河ではなく「銀河」の源を窮めさせたこと、天の川に行き着いたこと、往きはいかだには乗っておらず、織女から「一槎」を与えられてそれで帰ること、厳君平は登場せず、客星が牽牛織女星を犯したという部分はないこと、漢の後宮で「支機石」を以って錦の織り物が始まったという部分があること等が異なっている。ただし、和歌童蒙抄所引の和文の金谷園記の方では、「河のみなもと」を極めるとあって、「銀河源」を極めるとは書いていない。「銀」字は衍字かと思われる。

「孟津」という地名は、河海抄に見えていた。同書には、「（張騫）漢の武帝の使として楂に乗て天漢の源を究（し）に孟津にいたりて、牛女にあひて帰りし事などを思て詠ずる歟」とあった。「孟津」ついては、この金谷園記によるとして良いであろう。ただ、当初からいかだに乗って天の川に至ったという話になっていてすべて同じとは言えない。武帝の命で「天漢の源」を究めたというのは、衍字を含んだ金谷園記の本文によったとも推測できる。

源氏物語の注の一つである九条稙通の孟津抄は、自序で書名の由来を記している。

> 抑此物語の玄玄のたとへをとらば、黄河九曲は岷山よりいづれば、水上を見むとて張騫は楂に乗りて、三とせ余の秋のはじめに銀河にいたりて、二星に逢ひて問ふに、ここをなん孟津と答ふるに驚きて帰ると云々。爰に予亦同卦也。此作者賢才の測りがたき事は、仙術も及ばざる者歟。此一部録し畢る事月も日もこそあれ、七夕なれば、則孟津抄と名づくるところしかなり。

この「孟津」の由来はやはり金谷園記と考えてよいと思う。黄河の源を尋ねたことになっている点は衍字を含まない金谷園記によったように見える。ただし、河海抄と同じく当初からいかだに乗っている、とある。しかも「秋のはじめ」に天の川に至ったとしており、自分の注釈も七夕に完成したので、「孟津抄」と名付けたと言っている。この点俊頼髄脳と一致する。

このように、仙査説話は大きく分けて、荊楚歳時記逸文及び金谷園記逸文に見える張騫仙査説話と博物誌所載の海人仙査説話の二つがある。いずれも成立は古く、わが国においても奈良時代から知られていたと考えて良いと思う。[14] わが国における受容としては、すでに見て来たように両者が混同された場合もあったろうし、区別しないで作品に用いられた場合もあったと思われる。

小島氏は、懐風藻の注として張騫と海人の二つの類似した仙査説話を挙げて、詩の作者がどちらにもよった可能性があると言われるのみで、どちらによったかという疑問は示されていない。両者には違いがあるのだから、混同された場合も想定できるとは言え、その疑問に対する答えが出る場合もあるはずである。以下、その点を考えて見たい。

大伴王の「欲レ尋二張騫跡一、幸逐二河源風一」には、いかだに関わる語は見えないが、仙境と見なされた吉野での詠であり、同時の作にも「欲レ訪二神仙迹一、追二従吉野潯一」と神仙が詠まれていることから、西域を尋ねた歴史上の張騫を引くのではなく、伝説的な仙査と関わる張騫の話を持ち出していると考えられる。ただし、張騫の跡を逐うという意味では、遊仙窟の影響が大きいと思われる。

僕従二汧隴一、奉二使河源一、嗟二運命之迍邅一、歎二郷関之眇邈一。張騫古迹、十万里之波濤、伯禹遺縦、二千年之坂隥。

この遊仙窟の冒頭に近いところの記述は、作者であり主人公でもある張文成（鷟）が、張騫の古跡を尋ねて十万里の波濤を旅したことを言う。そして神仙の窟に到り、魅力ある神仙のような崔十娘と出会った。後段では、自分のことを「青州刺史、博望侯之孫」と十娘に紹介している。「博望侯」は張騫のことであり、蒙求の「博望尋河」でも知られている。文成は張騫の孫に当ると主張している。遊仙窟は物語の設定において張騫仙査説話を踏まえる部分があるのである。女主人公の十娘も「曆疑二織女留レ星去一」と描かれ、織女と縁がある。

平安朝の大江澄明の「弁二山水一策」（本朝文粋・巻三〔八〇〕）の中に、

遂使下張博望之到二牛漢一、泝二十万里之濤一、伯司空之鑿二龍門一、遺中二千年之跡上。（新撰朗詠集・山水〔四六〇〕）

とあり、遊仙窟の表現を襲いながら、張騫が「牛漢に到る」と天の川に到ったことを言うのは、遊仙窟と張騫仙査

説話を結び付けているのである。(15)

懐風藻の他の例は、張騫の説話によるのか、海人の説話によるのかが必ずしもはっきりしない。平安初期の勅撰三集の一つである文華秀麗集にも仙査説話の利用があるので、考察したい。

幸頼陪天覧　　幸《さいはひに》頼天覧に陪《はべ》り
還同星渚査　　還《また》星渚の査に同じ

（仲雄王「奉レ和二春日江亭閑望一」（五））

風帆遠没虚無裡　　風帆遠く没す虚無の裡《うち》
疑是仙査欲上天　　疑ふらくは是れ仙査の天に上らむと欲するかと

（嵯峨天皇「河陽十詠・江上船」（九六））

いずれも春に淀川北岸河陽の地にあった嵯峨天皇の山崎離宮（河陽館）で詠まれたものである。嵯峨天皇御製は、「河陽」(16)で詠まれているのであるから黄河と無縁ではないが、「風帆遠く没す、虚無の裡《うち》」と詠んで、淀川を遥かに航行して虚無のうちに消える船の様子を描いているところは、「自後茫茫忽忽、亦不レ覚二昼夜一」という海人仙査説話に近いと言える。

島田忠臣の田氏家集では、仙査を「浮槎」と称している。寛平四年（八九二）三月三日の作に見える。

此日絳霄陪曲水　　此の日の絳《あか》き霄《そら》に曲水に陪《はべ》り
来時疑是乗浮槎　　来《きた》る時疑ふらくは是れ浮槎に乗らむかと

（「三日、同賦二花時天似レ酔、応レ製」（一七一））

「槎」と「査」は通用するので、「浮槎」は「浮査」に通ずる。「浮査」は、張騫説話には見えず、海人説話の方にある語である。

菅原道真の作にも仙査説話を踏まえたものがある。

池頭計会仙遊伴　　池頭に計会す仙遊の伴《とも》
皆是乗査到漢浜　　皆是れ査に乗りて漢浜に到る

（「九日後朝、侍二朱雀院一、同賦三閑居楽二秋水一、応二太上天皇製一」（四四三））

宇多天皇が寛平九年（八九七）七月三日に譲位した後の重陽節の翌日、朱雀院に遊んだ折の作であり、序が本朝文粋巻八に載る。題の「秋水」は、荘子秋水篇に基づく。朱雀院の池庭を仙界に見なした上で、いかだに乗って天漢の浜に至ったという。

道真には、絵を見て「浮査」を詠んだ詩もある。昌泰二年（八九九）に、源能有の邸である近院にあった「山水」の「障子」（屛風のことという）の絵に題した六首連作の第一首に見える。

寄託浮査問玉都　　浮査に寄託して玉都を問ふ
海神投与一明珠　　海神投げ与ふ一明珠
明珠不是秦中物　　明珠は是れ秦中(17)の物にあらざれども
玄道円通暗合符　　玄道と円通(18)と暗に符を合せむ

（「近院山水障子詩、六首・水仙詞」（四六二））

右詩は、海神の都を詠んでおり、そこに至る人はやはり海人仙査説話にある「浮査」に身を託している。いかだに乗って、海神の宮を訪れ「一明珠」を与えられた、という内容である。これは舞台が海であるだけに、海人説話的世界を描いている。

この「一明珠」は何を表わすか必ずしも明確でない。後述の海幸山幸の説話にも「潮満瓊《しほみちのたま》」「潮涸瓊《しほひのたま》」が海神から与えられる。しかし、二つという点で、道真詩の典拠とするには問題があろう。これは、三宝絵詞（上・四）に見える大施太子の故事を言うのではないか。太子は龍王の宮に至り衆生を救う如意珠を得るという話である。典拠とされる大方便仏報恩経（巻四）には、名が善友太子となっており、大海龍王から如意摩尼宝珠を与えられている。[19]

宇多上皇は、後年延喜七年（九〇七）九月十日に大堰川に遊んでいる。その時の漢詩と和歌が「大井川行幸詩」「大井川行幸和歌」として残っている。[20] 右に挙げた、朱雀院における宴遊から見て十年後の同日である点が注意される。

不覚応為星漢客　　覚えずして応に星漢の客と為るべし
舟行暗渡水中天　　舟行し暗に水中の天を渡る

（「眺望九詠・泛㆓秋水㆒」）

この詩の題は「泛㆓秋水㆒」であり、寛平九年の場合と荘子に基づく「秋水」の語が共通する。ここでも寛平の時と同様に仙査説話が詠み込まれているので、道真の先例に倣ったものと思われる。この詩で特に注意されるのは、「不覚」の措辞である。これは、海人仙査説話において、海人の乗るいかだが、ある時点から茫漠とした世界に入ったところの「自後茫茫忽忽、亦不㆑覚㆓昼夜㆒」というところに含まれる語なのである。昼夜も分からないうちに天の川に至ったという意味と、思いがけず天の川を訪れた旅人になったという意味とで違う点もあるが、天の川に至るまでに用いられたという文脈上の位置は一致している。張騫が武帝の命を受け、目的を以て黄河の源流を尋ねたのとは異なり、海人は、どこに行くか分からないいかだで海を漂流したのであり、その点でも「不覚」は海人仙査説話に近い。

さらに、大堰川で同時に詠まれた同題の凡河内躬恒の和歌にこの「不覚」と関わる表現がある。

秋の波いたくな立ちそ思ほえず浮木に乗りて行く人のため

（躬恒集・西本願寺本「亭子の帝の大井におはしませる時に、九つの題の歌、秋水にうかべり」〔一一九〕）

「思ほえず」は、明らかに「不覚」を訓読したものである。(21)「秋の波」を心配しているのは、それでなくとも大海原に乗り出す不安を倍加させる波に対する不安が窺われる。

この「不覚」と「思ほえず」は、右の詩と歌が海人仙査説話を踏まえたものであることを示していると言える。仙査説話は牽牛・織女星と出会う話であるため、秋の七夕の行事と結び付けられるのは当然であり、実際俊頼髄脳や孟津抄序等の張騫仙査説話では、七月七日に天の川を訪れたようになっている。それに対し、海人仙査説話の方は、秋八月に出発し、ひと月ほどで至ったように記されているので、重陽節のある秋九月にこの説話を持ち出すのは時期として相応しい。

藤原実方の実方集では、「七月七日、浮木に」の題で仙査説話を踏まえた歌がある。

天の河かよふ浮木に年をへていくそかへりの秋を知るらむ　〔三二五〕

毎年の七夕に浮木が天の川に通い年を経て、何十回もの秋を知ることになるだろうとの意である。意味するところはもう一つ明確ではないが、牽牛が毎年いかだに乗り、織女に逢うという意とも取れる。この和歌で毎年天の川に通う浮木を詠むところは、明らかに毎年八月になる天の川に向かったという海人仙査説話を踏まえている。張騫の場合は、ただ一回天の川を訪れたに過ぎない。七月七日に天の川を訪れたように言っているところは、俊頼髄脳の張騫説話に一致する。実方集には他に次のような歌も見える。

天の河にて

天の河かよふ浮木に言問はむ紅葉の橋は散るや散らずや　〔二一〕

（新古今集〔一六五五〕）

宰相の中将に

たなばたに契るそのよは遠くともふみみきといへかささぎの橋　〔九二〕

返し
ただちには誰《たれ》かふみみむ天の河浮木にのれるよはかはるとも〔九三〕

伊勢物語第八十二段にも、仙査説話を踏まえた話がある。

今狩する交野の渚の院、…「交野を狩りて、天の河に至るを題にて歌よみてさかづきはさせ」…かの馬の頭よみて奉りける、

狩り暮らしたなばたつめに宿からむ天の河原に我は来きにけり

渚の院から天の川に至り、織女と会うところに仙査説話を踏まえるが、「渚」は海人仙査説話の方に見える語なので、それも踏まえていると見ることができる。嵯峨天皇が詠んだ、「仙査」（文華秀麗集「河陽十詠・江上船」〔九六〕）も淀川に浮かんでいた。

三、明石の上歌と海人仙査説話

改めて松風巻の明石の上歌「いくかへり行きかふ秋を過ぐしつつ浮木に乗りてわれ帰るらむ」を見ると、実方の「天の河かよふ浮木に年をへていくそかへりの秋を知るらむ」とよく似ていることに気付く。共通するのは、何度も秋を過ごすことであり、その点海人仙査説話によると考えられる。海辺に住む人（海士）が、毎年八月に必ず現われては遠くに去る浮木を見ていたが、ついに浮木の行方を知りたくなり、思い切って食料を用意して乗って見る。長年明石で過ごした明石の上が、思い切って浮木に乗り、都へと帰る。「行きかふ」のは、普通「秋」だと考えられているが、同時に「浮木」でもある。

そう考えてみると、明石の尼君の歌が「海士舟」となっているのも理解できる。海人仙査説話では、海辺の人が

主人公であり、その人を海士と見るのは自然である。張騫仙査説話を典拠と見なす立場からは、明石の上と尼君の歌の共通性は見えにくいが、海人仙査説話を典拠とすれば、両首が唱和歌である意味が分かりやすい。その点は、「海士船」「浮木」の語を共有する手習巻においても同様である。

　後藤論文では、松風巻と手習巻に共通する明石の上と浮舟の将来の不安についての言及があり、その不安の根拠を仙査説話に見るのではなく、采女説話に見える采女の身分の不安定さに基づくものとしている。しかし、その不安は、どこに行くか分からないままいかだに乗った海人説話の海士の心境を踏まえたものと考えられる。武帝の命を受け、はっきりとした目的を持って河源を尋ねた張騫とは心境が異なっている。「茫茫忽忽、亦不レ覚二昼夜一」とあったが、「茫茫」が、茫漠とした状況を言うのに対し、「忽忽」の方は、はっきりしない惑いの状況を言う語である。宋玉「高唐賦」（文選・巻九）に、「悠悠忽忽、怊悵自失」とあり、その李善注に「悠悠遠貌、忽忽迷貌」とある。前引の道真「水仙詞」（四六二）の「浮査」の注で川口氏は、駱賓王「浮槎詩序」を挙げるが、そこにも「遊二目川上一観二浮槎一、冷冷然若二木偶之乗レ流、迷不レ知二其所レ適」とあり、「浮槎」の行方の知られぬ性格が詠まれている。

　そもそも「海士」とは、浮かぶ船に身を寄せるたよりないものの象徴的表現であった。源氏物語においても、夕顔は「海士の子なれば」（夕顔・一四七）と光源氏に言っている。「白波の寄するなぎさに世を過ぐす海士の子なれば宿も定めず」（和漢朗詠集・遊女（七二二））を引いており、自らを「宿も定めず」という流浪の身と捉えているのである。

　海人仙査説話を踏まえた例をもう一つ挙げたい。それは、浦島子の伝説に関わる。続日本後紀の仁明天皇の嘉祥二年（八四九）三月二十六日条に、興福寺の僧侶が天皇の四十の賀の祝いとして、長歌等を贈った記事が見える。そこに観音像等と共に浦島子の像が含まれている。その理由を「浦嶋子暫昇二雲漢一、而得二長生一」と記しており、

通常蓬萊山に行ったとされる浦島子が海人仙査説話の海士と同様に天の川に昇ったと表現されている。(22)

それをさらに敷衍したような記述が続浦島子伝記に見える。(23)

浦嶋子者、不レ知二何許人一。蓋上古仙人也。…独乗二釣魚舟一、常遊二澄江浦一。伴二査郎一而陵二銀漢一、近見二牽牛織女之星一。逐二漁父一而過二汨羅一、親逢二吟沢懐砂之客一。

浦島子が「査郎」（いかだ師）を伴って天の川に到り、牽牛・織女星に出会ったと言っているのは、明らかに海人仙査説話を踏まえている。この説話は、海に関わる仙境の説話の中で広く利用されているのである。

俊頼髄脳では、采女の「天の河うき木にのれるわれなれやありしにもあらず世はなりにけり」という歌に本文として張騫仙査説話が引かれていたが、もともとの張騫の説話には、帰って来てみると故郷が一変していた、というような話は含まれていない。それがある代表的な説話は、浦島子説話と蒙求の「劉阮天台」の標題で知られる劉阮説話である。

劉阮説話とは、天台山で二人の仙女と出会った二人の男の話である。ここでは、その説話を詠んだ菅原道真の屏風詩から引用する。

左に挙げるのは、五首の連作の第三首であり、連作を作った由来が道真によって記されている。道真の友人源当《まさ》時《とき》の父能有が前年五十歳であった。一年遅れであるが、当時は算賀の小宴を開くことにした。その宴は翌日開かれる予定であり、宴に用いる屏風の詩の詠作を道真に依頼したのである。題材は紀長谷雄によって五つが選ばれ、絵は巨勢金岡がすでに描き、道真詩を藤原敏行が清書すると決められており、道真は一晩で五首を作った。

劉阮遇二渓辺二女一詩〔三八八〕

幽明録曰、漢永和五年、剡県劉晨阮肇、共入二天台山一、迷不レ得レ反。経二十三日一、粮尽云々。遙望二山上一有二一桃樹一、大有二子実一云々。攀二縁藤葛一、乃得レ至、各噉二数枚一而飢止云々。一大渓辺、有二二女子一云々。令下各就㆓一帳㆒宿㆖、女性就㆑之。言声清、令㆓人忘㆑憂。遂停半年、気候草木、是春時、百鳥鳴啼。更懐㆓悲思㆒求㆓帰去㆒云々。女子三四十人集会、奏㆑声共送㆓劉阮㆒、指㆒㆑示還路㆒。既出、親旧零落、邑屋改異。無㆓復相識㆒。問得㆓七世孫㆒云々。

天台山道々何煩　　天台山道道何ぞ煩はしき
藤葛因縁得自存　　藤葛に因り縁りて自ら存すること得たり
青水渓辺唯素意　　青水の渓辺唯素意なり
綺羅帳裏幾黄昏　　綺羅の帳裏幾たびか黄昏たり
半年長聴三春鳥　　半年長く聴く三春の鳥
帰路独逢七世孫　　帰路独り逢ふ七世の孫
不放神仙離骨録　　神仙骨録を離るるを放《ゆる》さざれば
前途脱屣旧家門　　前途脱屣す旧家門（補注）

劉晨と阮肇の二人が天台山で二人の仙女と出会い、常春の仙境にとどまり、半年を過ごして故郷を思い、ついに故郷に帰るとようやく「七世の孫」にしか会えないほど時代が経っていた、という話である。(24) このことは、浦島子とも関係しており、群書類従本浦島子伝では、浦島子が帰って来て誰も知る人がいなかったことを「不㆑値㆓七世之孫㆒」（七世の孫にも値はず）と言っている。(25) 劉阮よりももっと長い間仙界に逗留していたとの意味である。

浦島子伝は、日本書紀・風土記以来の古い伝説であり、海洋の仙境の物語として山の仙境を描いた劉阮天台の故事と並んでよく知られた二つの仙境訪問譚の典型となっている。俊頼髄脳の釆女の和歌の「浮木」は、俊頼髄脳では、張騫説話を本文と認定していたが、本来海人仙査説話を本文としていたのではないか。帰ると世の中が一変していたという部分は張騫説話に見られない。劉阮説話も故郷が一変していた話ではあるが、山ではなく海の物語として浦島子伝の要素を取り入れたと見るべきだと思う。采女歌と明石の上歌に見える「浮木」を用いて表現された共通の不安は共に海人説話を摂取したところから生じたと考えられる。

そのように考えて松風巻の二組の唱和歌を見ると、出発時の唱和歌と大堰河畔の山荘に入って琴《きん》の琴を弾いた折の唱和歌は、対を成していることが知られる。

〔明石の尼君〕
かの岸に心寄りにし海士船のそむきしかたに漕ぎ帰るかな
〔明石の上〕
いくかへり行きかかふ秋を過ぐしつつ浮木に乗りてわれ帰るらむ
（松風・一二八）

〔明石の尼君〕
身をかへてひとり帰れる山里に聞きしに似たる松風ぞ吹く
〔明石の上〕
故里に見し世の友を恋ひわびてさへづることを誰《たれ》か分くらむ
（松風・一二九）

尼君は、一旦は離れた俗世にまた「海士船」に乗って帰ると言う。「浮査」で天の川（仙境）とこの世を行き来した海人説話の海士と同じこととなる。また、浦島子が故郷に帰って来たのは、人としての心を思い出したからである。仙境に住み切れず、故郷に帰ってきた。彼岸（仙境）に心を寄せたものの、結局煩悩によって一旦は背いた此岸（人間世界・都）に帰る尼君とよく似ているということができる。

明石の上の歌で何度も秋を過ごしたと言っているのも、八月になったら去来する「査」を詠んだもので、それに思い切って乗るというのは、海人説話の海士の立場である。

その海士をもう一つの海士の物語である浦島子に置き換えれば、次の唱和の内容になる。すなわち、仙境（明石）から（夫を捨てて）一人で尼となり帰って来て、寂しい気持でかつて（明石で）聞いたのと似た松風の音を聞く。故郷にはもう誰も知った人が住んでおらず、自分の言葉を理解してくれる人は誰もいない、の意である。(26)

明石の上の歌は、七絃の琴《きん》の琴を弾いている場面が前提となり、「琴《こと》」と「言《こと》」が掛けられている。「さへづる」は鳥の声にも用いられる言葉で、田舎育ちの方言を意味するとされる。これが琴の音色に用いられるについては、白居易の「琵琶行」〔〇六〇二〕の「間関鶯語花底滑」が関わると思う。(27) 琵琶の音色を鶯の「語《こと》」の見立てによって表わしている。「誰か分く」のところは、蒙求の「伯牙絶絃」の故事で知られる「知音」の故事が関わっている。琴の名人の伯牙は、唯一自分の琴の音を理解してくれた鍾子期が死んだ後、琴の絃を絶ったという。自分の琴の音色を誰も聞き分けてくれない、との嘆きである。これは弾いているのが光源氏が形見として残して行った琴であるから、当然光源氏だけが自分の琴の音を理解してくれるはずだ、という気持である。身の回りには自分を理解してくれる人は誰もおらず、理解してくれるはずの光源氏の到来を期待して詠んだ歌となっている。

浦島子説話は、他に賢木巻・夕霧巻に用いられている。賢木巻では、桐壺院崩御の後、出家した藤壺を光源氏が訪れ、歌を贈答している。

〔光源氏〕
ながめかるあまのすみかと見るからにまづしほたるる松が浦島
〔藤壺〕
ありし世のなごりだになき浦島に立ち寄る波のめづらしきかな　（賢木・一七七）

夕霧巻では、一条御息所が亡くなったあと、落葉の宮が一条の邸に帰るところに「玉くしげ」に相当する形見の「経筥《きやうばこ》」を見て「浦島の子がここち」がするとある。

　御佩刀《はかし》に添へて経筥を添へたるが、御かたはらも離れねば、

　〔落葉宮〕

　　恋しさのなぐさめがたきかたみにて涙にくもる玉の筥かな

　黒きもまだしあへさせたまはず、かの手ならしたまへりし螺鈿の筥なり。誦経にせさせたまうしを、形見にとどめたまへるなりけり。浦島の子がここちなむ。

（夕霧・七五）

これらの浦島子説話の明確な利用により、作者の紫式部がこの説話を取り入れるのに積極的であったことが知られるが、この二場面よりも明石の物語に関わるところでは、より大きな構想をもって使われているように思われる。

四、明石の物語と浦島子伝・海幸山幸譚

前節のように松風巻の二組の唱和歌を浦島伝説に想を得たものとみなすと、さらに巻名ともなっている「松風」という語が浦島子伝に関わることに注意される。

続浦島子伝記では浦島子が故郷に帰還した時の描写は次のようになっている。

　依㆓倚於山脚㆒、而翠嵐驚㆑心、彷㆓徨於巖腹㆒、而薜蘿侵㆑頂。

また、末尾に付加された和歌と漢詩にはその時の心境と状況が描かれている。

　旧里《ふるさと》母《も》見《み》師《し》多《た》良《ら》智《ち》目《め》毛《も》失丹《うせに》気《け》利《り》我身《わがみ》毛《も》露砥《つゆと》滅矢《きえや》羽《は》手《て》南《なむ》

故郷親友桑田変　　故郷の親友と桑田と変ず
朝露棲枝草木滋　　朝露枝に棲み草木に滋《しげ》し
四面絶隣人物異　　四面に隣絶え人物異なり
唯残松樹女蘿糸　　唯残る松樹と女蘿の糸と

ここで浦島子は、「翠嵐」に心を驚かしている。後の詩には、「松樹」とあるから、合わせると松風の音を聞いて茫然としていると読める。ただ長寿の松のみが風に音を立てて昔を偲ぶよすがとなっている。

この「松樹」は、群書類従本浦島子伝では、「尋不レ値二七世之孫一、求只茂二万歳之松一」となっており、浦島子が不在であった長い時間を象徴的に示す風景となっている。この浦島子伝の「松」をめぐる表現も松風巻の尼君と明石の上の唱和歌の場面設定に利用されたと考えたい。浦島子的世界として、明石を出発した際の「浮木」を含む唱和から続く一貫した場面構成と見るべきであろう。

しかしながら、続浦島子伝記においては、右に見える風の音を示す「翠嵐」の語は初出ではない。蓬莱山における亀姫との生活の中でこの語は使われている。

翡翠簾褰、而翠嵐巻レ筵、芙蓉帳開、而素月射レ幌。

同じ場面を続群書類従本浦島子伝では、

薫風吹二宝衣一而蘿帳添レ香、紅嵐巻二翡翠一而蓉帷鳴レ玉。金窓斜、素月射レ幌、珠簾動、松風調レ琴、

と描く。すなわち蓬莱山における亀姫との麗しい生活の中にも「翠嵐」がある。後者では、代わりに、「紅嵐」（花を含んだ風の意か）が翡翠の帳を巻き、玉すだれが動いて「松風」が琴の調べを奏でている。

松風と琴の関わりについては、李嶠百二十詠「風」詩の「松声入二夜琴一」が有名であり、ここもこの句によっていると見られる。この句を句題とした斎宮女御の歌、

琴の音に峰の松風かよふらしいづれの緒より調べそめけむ

（拾遺集・雑上〈四五一〉）

も人口に膾炙している。[28] それ以外にもここで松風が吹く理由はある。それは、他ならぬ蓬萊（島・山）という場所に関わる。蓬萊は不老不死の仙境であり、長寿の象徴である亀がその島を支えていた。松も長寿の木であるので、縁があると考えられたのであろう。もともとの蓬萊山は金銀の木が特徴的である。松は中国では普通山のものであるが、わが国では浜や島によく生えているものである。海山である蓬萊と松は日本的な趣もある。

松は明石の風景の象徴でもあった。松風が吹く場面は明石巻にもある。八月十三夜、光源氏は初めて岡辺の家に明石の上を訪れる。

造れるさま、木深く、いたきところまさりて、見どころある住ひなり。海のつらはいかめしうおもしろく、これは心細く住みたるさま、ここにゐて、思ひ残すことはあらじとすらむと、おぼしやらるるに、ものあはれなり。三昧堂近くて、鐘の声、松風に響きあひて、もの悲しう、岩に生ひたる松の根ざしも、心ばへあるさまなり。（中略）

近き几帳の紐に、箏の琴のひき鳴らされたるも、けはひしどけなく、うちとけながらかきまさぐりけるほど見えてをかしければ、「この聞きならしたる琴をさへや」など、よろづにのたまふ。

むつごとを語りあはせむ人もがな憂き世の夢もなかば覚むやと

（明石・二八九）

明石の上の住む岡辺の家は松風が吹き、風に几帳の紐が揺れて箏の琴が音を立てるところであった。浦島子伝を、浦島子が仙境を訪れ、松風の吹く仙境で亀姫と麗しい生活を送り、故郷を思い出して仙境に別れを告げ、帰って来て知るものの誰もいない場所で松風を聞く物語、というように捉えてみると、源氏物語の明石から大堰に至る場面も同様の表現になっていることが分かる。

ただし、源氏物語では、浦島子の立場であるものが、はじめは光源氏であるが、後には明石の上（と尼君）になっていることになる。明石における明石の上は、はじめは浦島子の妻となった亀姫の役割を担わされ、「浮木」の和歌を作った後には浦島子の役割を担わされている。

以前に拙稿「「松」の神性と『源氏物語』」[29]において、「松の構想」という語を用いて、明石の上と明石の姫君に関わる源氏物語の構想を考えてみた。その「松の構想」のうち、明石の地から大堰の山荘に至る部分について見れば、浦島子伝に基づくということが言えると思う。

しかしながら、浦島子伝と明石の物語とを比較してみると、重要な違いがあることに気付く。それは、浦島子伝においては、結局神仙として仙界で生き続けることができない浦島子が故郷に帰る物語となっているのに対して、明石の物語の根本が明石の上との出逢いもさることながら、明石の姫君誕生にあることである。姫君を都に呼びもどす動機の根本は、澪標巻に見えた宿曜の占いによってであった。三人の子のうち、一人は天皇になり、一人は中宮になり、一人は太政大臣になるという占いである。中宮になるべき定めを持った姫君を光源氏は都に呼び戻すのである。

浦島子伝とよく似ており、しかも子どもが生まれる有名な物語はもう一つある。それは、日本書紀などに見える海幸山幸譚である。山幸すなわち彦火火出見尊《ひこほほでみのみこと》は、兄海幸すなわち火闌降命《ほのすそりのみこと》から借りた釣針をなくし、それを求めて海神《わたつみ》の宮に至る。そこで豊玉姫と結婚し、その後子も生まれる。明石の上をめぐる物語がこの説話に基づくという示唆は、早く原中最秘抄に見えている。

一、海の中の龍王のいたくものめでする物にて見いれたるなりけりとおぼすに
彦火々出見尊海にて鐖《ツリバリ》を失て、海龍宮へ尋おはしましたりけるに龍王これと見つけ奉てうつくしき客人

来たりとのたまひて龍神御娘玉依姫〔神武天皇御母〕にあはせ奉て婿になり給ぬ。さて三ケ年之間海龍宮におはしましけりと云々。日本紀にいへり。

玉依姫とあるのは、豊玉姫の誤りであろう。河海抄（須磨）は、そこを正している。

海の中の龍王のいといたうものめでする物にて見いれたるなりけり（中略）

彦火々出見尊釣ばりを失ひ給ひて、わたのへに至りて尋ね給ひけるを龍神顔容貌絶世たりとめで奉りて、むすめ豊玉姫にあはせて、わたつ宮に三年とどめ奉りし也。

花鳥余情もそれを受けて、

海の中の龍王のいといたう物めでするものにて

これは、彦火々出見尊を源氏の君にたとへて、龍神の豊玉姫をあはせりしを、明石の入道の女になずらへて書ける言葉也。

と述べる。光源氏と明石の上の准拠を彦火々出見尊と豊玉姫に見ているのである。豊玉姫は、子を産む時に龍に変化しているから、「海神」を「龍神」「龍王」と表記する原中最秘抄や河海抄等は必ずしも誤っていない。

この説を認めて展開されたのは、石川徹氏である[30]。「明石入道は…いわば竜王だからであり、明石の館は竜宮、明石上はその一人娘、いわば乙姫様である」、「源氏物語の場合は浦島伝説よりも海幸山幸の話の方に近い」、「兄命の督促に堪えかねて、海畔にさまように至る、正に朱雀院の帝と光源氏の兄弟を対せしめたのは、これによるであろう」など言われる。さらに、この神話の源氏物語における利用を理解した一条天皇が「日本紀をこそ読み給ふべけれ」（紫式部日記）と感想を述べられたと説かれる。この「日本紀」は日本書紀を意味しており、一般的な「国史」や「六国史」の意味ではないとされる。

日本書紀巻二の神代下第十段一書第一の海幸山幸の話を見ると、「浮木」の語が登場する。

一云、以二無目堅間一為二浮木一、以二細縄一繋二著火火出見尊一而沈之。所謂堅間、是今之竹籠也。

（一《ある》に云はく、無目堅間《まなしかたま》以て浮木《うけき》に為《つく》りて、細縄を以て火火出見尊《ほほでみのみこと》を繋《ゆ》ひ著けまつりて沈む。所謂堅間は、是今の竹の籠《こ》なりといふ。）

第十段の本文には、「浮木」の語こそないが、「無目籠《まなしかたま》」に乗って海神の宮に至る点は一致している。浮木に類するものをもって仙境と俗世を往来することは、これらの記事に見えている。

彦火々出見尊は海神の娘豊玉姫と結婚し、彦波瀲武鸕草葺不合尊《ひこなぎさたけうがやふきあへずのみこと》が生まれる。鸕草葺不合尊《うがやふきあへずのみこと》が叔母の玉依姫と結婚して四人の男子が生まれる。その第四子が神日本磐余彦尊《かむやまといはれびこのみこと》、すなわち後の神武天皇である。この神話の重要な点は、系譜として神話が成立していることである。結果的に神武天皇の祖父となった山幸ばかりではなく、海幸も隼人の有力な氏族と言われる「吾田君小橋《あたのきみをばし》」等の祖と言われている（第十段の本文）。

明石の上歌の「浮木」をめぐって、基づくと思われる海人仙査説話の広がりを考察して来た。釆女の歌ばかりではなく、浦島子伝や日本書紀の海幸山幸譚までがその背景にある。しかし、子の存在ということを重要視するならば、本質的には河海抄が言うように彦火々出見尊と豊玉姫の結婚の物語の筋書きを源氏物語が利用したのであろう。その結婚は子が生まれ、系譜が成立するところに意味がある。

五、源氏物語の仙境性と明石の中宮

明石巻で光源氏と明石の上の結婚は実現しているが、その淵源はすでに若紫巻の山桜咲く北山の段にあった。北山の聖の加持を受けた光源氏は山の高所から遠望して風景を楽しむ。東西の名所に話が及び、明石の浦も西国の代表として言及される。その折に播磨守の息子であった良清が明石の入道と高望みの結婚を強いられているその娘の話を紹介するのである。もしも父親の望むような結婚ができなければ「海に入りね」（若紫・一八七）と父親から言われており、「海龍王の后になるべきいつき女ななり」とその場にいたものから嘲笑されている。

夕方、光源氏は思いがけず若紫を垣間見し、藤壺と似ている容貌に強く惹かれて、後に妻とするに至る。紫の上と明石の上は物語の上では同時に構想されていると見ることができる。

北山がある種の仙境として描かれていることは、山桜が咲き乱れ、霞がかかっているという桃源郷的な舞台設定そのものにあると言っても良いと思うが、「世に見えぬさまのくだもの」（若紫・二〇二）、「優曇華の花」（若紫・二〇三）、「（聖徳太子の）金剛子の数珠」（若紫・二〇三）などを見てもよく分かる。(31) 山を離れる時に殊更に管絃の宴を行なっているのは、劉阮説話で、劉晨と阮肇が天台山の仙女のもとを離れる時に女性達が大いに歌をもって見送ったことを髣髴させる。

明石の地も海の仙境として描かれているところがあり、そこを訪れた光源氏は、いわば海龍王の娘と契って子をなしたという設定である。

光源氏は、仙境的な山と海の、平安朝の風景観でいうならば「山」と「水」の二つの場所で紫の上と明石の上という二人の女性に出逢ったのである。(32) これはいかなる意味を持つか。改めて日本書紀を考察してみる。

日本書紀巻二の神代下に記された系譜を概観する。天照大神の子正哉吾勝勝速日《まさかあかつかちはやひ》天忍穂耳尊《あまのおしほみみのみこと》と高皇産霊尊《たかみむすびのみこと》の娘栲幡千《たくはたち》千《ち》姫が結婚して生まれた子が皇孫天津《あまつ》彦彦火瓊瓊杵尊《ひこひこほのににぎのみこと》である。火瓊瓊杵尊は、吾田《あた》の長屋の笠狭碕《かささのみさき》に天降った。そこで天神と大山祇《おほやまつみの》神との間に生まれた鹿葦津《かしつ》姫（亦の名を神吾田津《かむあたつ》姫・木花之開耶《このはなのさくや》姫）という美女と出逢い結婚する。そこで生まれた三人の子が隼人の祖となる火闌降命《ほのすそりのみこと》、火火出見尊《ほほでみのみこと》、尾張連の祖となる火明命《ほあかりのみこと》である。

火火出見尊が、海神《わたつみ》の娘豊玉姫と結婚して彦波瀲武鸕草葺不合尊《ひこなぎさたけうがやふきあへずのみこと》が生まれ、その子が成長して豊玉姫の妹の玉依姫と結婚して生まれた子の神日本磐余彦尊《かむやまといはれびこのみこと》が後に即位して神武天皇となる。

この系譜が成立する過程は、天照大神の皇孫が天降り、大山祇神の血を受けた女性と結婚し、生まれた子が海神の血を受けた女性と結婚し、さらにその子が海神の血を受けた女性と結婚して後の神武天皇が生まれている。つまり、天照大神の子孫が大山祇神と海神の血を入れつつ天皇となって行くことになる。いわば、天つ神（天神）の権威が、国つ神（地祇）の山の神と海の神の権威を取り入れて地上的な天皇の権威が確立することになっている。そこに系譜を表わす神話としての意味が見出される。

紫式部は、この山の神と海の神に関わる神話に着目したのではないか。明石の姫君を中宮になすに当り、山と海の神聖さを付加している。もとより紫の上、明石の上それ自身が神の子として描かれているわけではないが、背景には神の加護が見える。紫の上は賀茂の神と結びついているし、明石の上は住吉の神と結びついている。紫の上は葵巻で賀茂祭の日に光源氏と逢っているし、藤裏葉巻では、明石の姫君の東宮入内に際し、賀茂祭の日に参拝している。[33] 入内のお礼参りと見なせよう。若菜上巻に見える、姫君の皇子出産に際して残した明石の入道の遺言によれば、明石の上誕生に際しての霊夢により、入道は住吉の神を頼んで、一族から中宮と天皇を出そうとしたことが分かる。

源氏物語の主題がどこにあるかについては、さまざまな議論があるであろうが、中宮彰子のために書かれた、明石の姫君が中宮となる物語、というように物語を捉えるとすれば、この「山」と「海」の神話の利用は重要である。明石の上は、「浮木」で都に帰るという和歌を詠んだが、それは一方（明石）を仙界、一方（都）を人界と規定する働きがあった。明石の地は仙界と規定されたわけであるが、それは、海人仙査説話を背景とした、海の仙界なのであり、大きくは山の仙界と対になって、源氏物語の主要な構想の一部をなしているのである。

注

（1）和名抄（二十巻本〔那波本〕・巻十一・船類百四十四）に、「査、唐韻云、楂〔鋤加反、字亦作査槎、宇岐々《うきき》〕水中浮木也」とある（十巻本〔巻三・舟類三十五〕もほぼ同じ）。なお、「いかだ」については、その前項に「桴筏、論語注云、桴編竹木、大曰レ筏、小曰レ桴」とあり、「和名以加太《いかだ》」とある（引用の〔　〕内は小字双行注）。

（2）引用は、玉上琢弥氏編『紫明抄　河海抄』（角川書店・昭和四十三年）による。

（3）後藤祥子氏「浮木にのって天の河にゆく話―「松風」「手習」の歌語《うたことば》」（同氏『源氏物語の史的空間』東京大学出版会・昭和六十一年、初出は『国文目白』二二号・昭和五十八年三月）。なお、後藤氏は、稲賀敬二氏の御教示によるとされて、東山御文庫蔵七毫源氏にも張騫に関わる同様の注があることを示す。上原作和にも「《浮き木》の物語史―懐風の琴・異聞」（『懐風藻研究』第一〇号、平成十五年十月）がある。上原氏は、法華経（妙荘厳王本事品第二十七）の「又、如三一眼之亀値二浮木孔一」を挙げて歌語「浮木」論を展開されている。

（4）引用は、『歌論集』（日本古典文学全集・小学館・昭和五十年）による。なおこの説話は、今昔物語集（巻十第四）に「漢武帝、以二張騫一令レ見二天河水上一語」として見える。

（5）山本登朗氏「伊勢物語と題詠―惟喬親王章段の世界―」（同氏『伊勢物語論　文体・主題・享受』笠間書院・平成十三年）参照。なお、氏は「仙査説話の意味―伊勢物語八十二段をめぐって―」（『礫』二二〇号・平成十七年二月）でもこの問題を論じておられる。

（6）小島憲之氏『懐風藻』（日本古典文学大系・岩波書店・昭和三十九年）の補注。

（7）守屋美都雄氏『中国古歳時記の研究』（帝国書院・昭和三十八年）に拠る。

（8）博物誌は、日本国現在書目録に著録されており、遅くとも九世紀後半にはわが国に渡来していた。なお、この記事は芸文類聚（海水）にも載せるが、小異がある。

（9）注7の守屋著書では、歳時広記に引くように、もともとの荊楚歳時記には張騫の説話が載っていたが、その根拠がないことを疑った宋人が、博物誌所載の仙査説話に差し替えたのではないか、と推測する。

（10）〔　〕内は、小字双行注を示す。以下同じ。

(11) 矢作武氏「「天の河うき木に乗れる」類歌と張騫乗査説話について」(『相模国文』五号・昭和五十三年三月)。

(12) 守屋美都雄氏「唐・五代歳時記資料の研究」(『大阪大学文学部紀要』第九巻・昭和三十七年三月)。

(13) 『万葉集叢書』から引用する。

(14) 注11の矢作論文は、年中行事秘抄「七月七日」条に、「天平勝宝七年勘文云云、張騫事見之(追可抄。伝織女脚慎不献漢武帝)」とあることを指摘し、この張騫に関する記事は、古い荊楚歳時記に由来するとみなしている。案ずるに括弧内の割注の部分は支機石を武帝に献上しなかったことを言っているようである。

(15) 柿村重松著『本朝文粋註釈』(冨山房・大正十一年)に指摘がある。

(16) 「陽」は山の南、川の北を意味するという。「河陽」は本来黄河の北岸を意味する中国の地名であるが、淀川北岸の山崎の地をそれに見立てた。

(17) もと「奏中」に作る。意味が取りがたいので改めた。「秦中」は、白居易に「秦中吟十首」があり、長安のことを指す。ここでは、「明珠」は都のものではない、の意に取った。法華経(提婆達多品)の龍女の宝珠とも関わりがあるか。

(18) 「玄道」「円通」について川口注はそれぞれ老子の道、論語の教えとするが、後者は仏教の悟り、或いは釈迦の教えを意味すると考えられる。

(19) 宝物集(七巻本・巻第五)にも出。三宝絵詞、宝物集共に六度集経、報恩経に出とあるが、六度集経(巻第一)では、普施太子の名で珠は三つになっている。

(20) 後藤昭雄氏「漢詩文と和歌—延喜七年大井河御幸詩について—」(和歌文学会編『論集　和歌とは何か』笠間書院・昭和五十九年、同氏『平安朝漢文文献の研究』所収・吉川弘文館・平成五年)。

(21) 注20の後藤論文に指摘がある。

(22) 勝俣隆氏「浦島伝説の一要素—丹後国風土記逸文を中心に—」(『国語国文』昭和六十年二月)に浦島子の天界訪問譚的要素に関する考察がある。

(23) 群書類従巻百三十五所収。「承平二年(九三二)壬辰四月廿二日甲戌、於二勘解由曹局一注レ之。坂上家高明耳」とある。

(24) この説話は続斉諧記にも載る。同書は、日本国見在書目録（二十・雑伝家）に「三巻〈呉均撰〉」と著録されている。続斉諧記には、「乃験得二七代之孫一」とある。なお、尾聯については、「神仙達は、劉晨と阮肇に神仙の身内でなくなることを許さなかった。それで、故郷の家から脱屣して神仙になったのである」と解釈できる。幽明録、続斉諧記とも、最後に二人の所在を失ったことを記しているのを、神仙となったと解していると思われる。

(25) 群書類従巻百三十五所収。なお、大江朝綱「乱二落花舞衣一賦」に「謬入二仙家一、雖レ為二半日之客一、恐帰二旧里一、纔逢二七世之孫一」（和漢朗詠集・仙家）と利用されている。

(26) 今井上氏「源氏物語「松風巻」論―光源氏栄華の起点として―」（『日本文学』平成十五年九月）に、明石上の歌に浦島子伝が踏まえられているとの指摘がある。

(27) 拙稿「源氏物語と白詩―明石巻における「琵琶行」の受容を中心に―」（増田繁夫・鈴木日出男・伊井春樹三氏編『源氏物語研究集成　第九巻　源氏物語の和歌と漢詩文』風間書房・平成十二年、新間『源氏物語と白居易の文学』所収・和泉書院・平成十五年）、「「松風」と「琴」―新撰万葉集から源氏物語へ―」（片桐洋一氏編『王朝文学の本質と変容　散文編』和泉書院・平成十三年、本書第二部第Ⅰ章）参照。

(28) 注27の拙稿「「松風」と「琴」―新撰万葉集から源氏物語へ―」（本書第二部第Ⅰ章）参照。

(29) 拙稿「「松」の神性と『源氏物語』」（『東アジア比較文化研究』創刊号・平成十四年六月、本書第二部第Ⅱ章）。

(30) 石川徹氏「光源氏須磨流謫の構想の源泉―日本紀の御局新考―」（同氏『平安時代物語文学論』笠間書院・昭和五十四年）。なお、池田和臣氏「源氏物語第一部の想像力の基底」（王朝物語研究会編『論集源氏物語とその前後3』新典社・平成四年）及び藤原克己氏「たけき宿世―明石の君の人物造型―」（『国文学　解釈と鑑賞』別冊『人物造型からみた『源氏物語』』平成十年五月）参照。

(31) 北山が仙境として描かれていることについては、拙稿「源氏物語と廬山―若紫巻北山の段出典考―」（『甲南大学紀要』文学編五二・昭和五十九年三月）及び「源氏物語若紫巻と元白詩―夢に春に遊ぶ―」（後藤祥子氏他編『東アジアの中の平安文学』論集平安文学2・勉誠社・平成七年）参照（いずれも、『源氏物語と白居易の文学』所収）。また、田中隆昭氏にも「北山と南岳―源氏物語若紫巻の仙境的世界」（『国語と国文学』平成八年十月、同氏『源氏物語　引用の研究』所収・勉誠出版・平成十一年）がある。

（32）拙稿「算賀の詩歌と源氏物語―「山」と「水」の構図―」（坂本共展・久下裕利両氏編『源氏物語の新研究―内なる歴史性を考える』所収・新典社・平成十七年、本書第一部第Ⅱ章）、及び「菅原道真の「松竹」と源氏物語」（和漢比較文学会編『菅原道真論集』所収・勉誠出版・平成十五年、本書第二部第Ⅲ章）参照。

（33）拙稿「源氏物語葵巻の「あふひ」について―賀茂の川波―」（『甲南大学紀要』文学編七六・平成二年三月、『平安朝文学と漢詩文』所収・和泉書院・平成十五年）参照。

補注（一一〇頁一一行）

この聯を初出時には、「放《ゆる》さず神仙骨録を離るることを、前途脱屣す旧家門」と訓読したが、ここでは改めた。「神仙達は劉晨と阮肇に神仙の身内でなくなることを許さなかったので、故郷の家を捨て神仙になる道を進んだ」の意となる。注24及び本書第一部第Ⅱ章の補注1（七六頁）参照。

第V章　源氏物語の春秋争いと元白・劉白詩

一

源氏物語の六条院構想において基本となるのは春と秋のどちらが風情があるかと競い合う春秋争いの発想である。澪標巻で六条御息所が死去したため、内大臣光源氏は元斎宮のその娘を養女に迎えた上で、絵合巻では冷泉院の帝に女御として入内させている。薄雲巻で藤壺が亡くなったあと、故御息所の左京六条の屋敷を四倍に拡大し、田の字型にして、四季それぞれに美しい庭を造って住む女性達に与えようとした。好みを聞くために女御に質問している。

「はかばかしきかたの望みはさるものにて、年のうちゆきかはる時時の花紅葉、空のけしきにつけても、心のゆくこともしはべりにしもがな。春の花の林、秋の野の盛りを、とりどりに人あらそひはべりける、そのころの、げにと心寄るばかりあらはなる定めこそはべらざなれ。唐土《もろこし》には、春の花の錦に如《し》くものなしと言ひはべるめり、大和言の葉には、秋のあはれを取り立てて思へる、いづれも時々につけて見たまふる[1]に、目移りて、えこそ花鳥の色をも音《ね》をもわきまへはべらね。狭き垣根のうちなりとも、そのをりをりの心見知るばかり、春の花の木をも植ゑわたし、秋の草をも掘り移して、いたづらなる野辺の虫をも住ませて、人に御覧ぜさせむと思ひたまふるを、いづかたにか御心寄せはべるべからむ」と聞こえたまふに、

（薄雲・一八一）

春秋争いについて人々は「春の花の林、秋の野の盛り」を争って来た、「唐土《もろこし》」では「春の花の錦に如くものなし」と言っており、「大和言の葉」では「秋のあはれ」を取り分け思って来た、と光源氏は言っている。この「大和言の葉」を我が国で作られた和歌とすれば、「唐土には」の方の内容は唐土で作られた漢詩ということになろう。この春秋争いの発想が四季の庭構想に発展する。

女御は、判断に迷いつつも「いつとなきなかに、あやしと聞きし夕《ゆふべ》こそ、はかなう消えたまひにし露のよすがにも思ひたまへられぬべけれ」（薄雲・一八二）と答えた。母御息所が亡くなった秋の夕べに心動かされるという理由で、和歌の伝統に即した「秋のあはれ」の方を選んだのである。この答えは、古今集の「いつとても恋ひしからずはあらねども秋の夕べはあやしかりけり」（恋一・五四六）を引いている。少女巻で中宮に立ったため、後世の読者から秋好中宮と呼ばれたが、その名はここに由来する。

光源氏が言う和漢の違いは、何に拠っているのであろう。秋を思って来たという「大和言の葉」の方の典拠としては、「秋山そわれ」と詠んだ万葉集の額田王の長歌（巻一・一六）や、古今集の「いつはとは時はわかねど秋の夜ぞ物思ふことのかぎりなりける」（秋上・一八九）、そして女御が引いた「いつとても」歌が挙げられている。[2]

額田王の長歌は、「天皇詔二内大臣藤原朝臣一、競レ憐二春山万花之艶秋山千葉之彩一時、額田王以レ歌判之歌」という題詞を持つ。春山の花と秋山の紅葉の美しさを競わせたのであるが、「競」字については、「きそふ」「きほふ」の訓が普通であるが、京都大学蔵本では「あらそふ」と訓んでおり、訓読は、「春山万花の艶と秋山千葉の彩とを憐れむを競《あらそ》ふ時」となる。この場合光源氏の「人あらそひはべりける」という言葉の典拠となり得る。梅枝巻では、蛍兵部卿宮から東宮に入内する明石の姫君のために「嵯峨の帝の、古万葉集を選び書かせたまへる四巻」（梅枝・二七〇）が醍醐天皇宸筆の古今集と共に贈られており、女性の教養として万葉集が重視されていたことが知られるので、額田王歌を引いている可能性は充分にある。

秋への好みに対し、「春の花の錦に如くものなし」と言われた唐土の春の方の典拠は未詳とされているが、[3] 一般論としてそのような主張がなされたというのではなく、当時のよく知られた唐詩作品に典拠を求めるのが良いと考える。当時の外来の七言詩の佳句を集めた詞華集として大江維時撰の千載佳句があるが、同集所収の次の一聯などがもっとも知られたものであったろう。

野草芳菲紅錦地　　野草芳菲たり紅錦の地
遊糸繚乱碧羅天　　遊糸繚乱たり碧羅の天　（春興・七三）

この聯は白居易の友人劉禹錫の律詩「春日書レ懐、寄二東洛白二十二楊八二庶子一」（劉賓客集外集・巻一）の第五・六句（頸聯）で、白居易等に寄せられた作である。藤原公任撰の和漢朗詠集（春興・一九）にも摘句された著名なものであったので、主な典拠として良いのではあるまいか。その影響は和漢朗詠集所載の次の作品群に窺える。

もっとも早くは小野篁の作に見える。

著野展敷紅錦繡　　野《や》に著きては展敷す紅錦繡
当天遊織碧羅綾　　天に当つては遊織す碧羅綾　（春興・二二）

菅原道真の父是善の門人であり、道真の詩の師であり、岳父でもあった島田忠臣の作にもその影響が見られ、「花の錦」の表現を使っている。光源氏の言葉にあった「林」字も用いている。

林中花錦時開落　　林中の花錦は時に開落す
天外遊糸或有無　　天外の遊糸は或いは有無《いうぶ》なり

劉詩では、野の花の錦であったが、それが桜や桃のような林の木々の花の錦として把握されている。

（春興・一二三）

菅原道真の讃岐での作「晩春遊㆓松山館㆒」〔二二二〕から摘句した次の聯の第二句も「錦」に関わるわけではないが、劉詩の表現を取り入れたものである。

低翅沙鷗潮落暁　　翅《つばさ》を低《た》るる沙鷗は潮の落つる暁(4)
乱糸野馬草深春　　糸を乱る野馬は草の深き春

（暮春・四六）

「乱糸」とあるのは、「遊糸繚乱」をまとめたものであり、「草深」も「野草」から来ていると思われる。「野馬」は「遊糸」と同じで「陽炎」すなわち「かげろふ」を意味する。(5)

和歌においても、

かすみ晴れみどりの空ものどけくてあるかなきかにあそぶ糸ゆふ

（晴・四一五）

と、劉詩の「碧羅天」の「遊糸」を詠んでいる。「あるかなきか」については、忠臣の「有無」と関わりがあろう。

このように劉禹錫の一聯はかなりの影響力があった。劉禹錫と白居易との間には劉白唱和集もあり、白居易の周辺人物として著名であった。

また、女御が引いた古今集歌「いつとても恋ひしからずはあらねども秋の夕べはあやしかりけり」も白居易の絶句「暮立」(6)〔〇七九〇〕に基づいた歌であることが知られている。

黄昏独立仏堂前　　黄昏《くわうこん》独り立つ仏堂の前《まへ》
満地槐花満樹蟬　　地に満つ槐花《くわいくわき》樹に満つ蟬

大抵四時心摠苦　　大抵四時《おほむねしいじ》は心摠《すべ》て苦し
就中腸断是秋天　　中《なか》に就《つ》きて腸《はらわた》の断《た》ゆるは是れ秋の天

この詩は、先に挙げた古今集歌「いつはとは時はわかねど秋の夜ぞ物思ふことのかぎりなりける」の典拠ともされている。先の劉詩を「春の花の錦」の典拠と認めるならば、春と秋の両方に白居易及びその周辺の詩が関わることになる。このことは、光源氏が考えた春秋争いの大もとに白居易的世界が背景としてあることを示唆しているのではあるまいか。

右の「暮立」詩は転結句が摘句され、千載佳句「秋興」（一七七）及び和漢朗詠集の「秋興」（二二三）に配列されている。先の劉禹錫の一聯は千載佳句・和漢朗詠集とも「春興」に配列されていた。ここには「興」という共通する概念がある。よく知られた潘岳「秋興賦」（文選・巻十三）の李善注に、「興者、感レ秋而興二此賦一、故因名レ之」とあり、秋に感じてこの賦を作った故にその題があることが分かる。好ましいと思う感情、悲しい感情、どちらであっても感動することが「興」であるとも言えよう。春秋争いの論の上では、春と秋のどちらが心を動かされる程度が大きいかということである。

光源氏は紫の上に対しても女御に対してと同じような質問をしたらしく、

「女御の秋に心を寄せたまへりしもあはれに、君の春の曙《あけぼの》に心しめたまへるもことわりにこそあれ…」
（薄雲・一八四）

と、紫の上が「春の曙」を好むことを確認している。花散里と明石の上の好みにも配慮して[7]、春の町を紫の上に、夏の町を花散里に、秋の町を秋好中宮に、冬の町を明石の上に与えている。六条院は、春と秋を正面に当たる南半分の東西に配し、夏と冬を北半分の東西に配した。

引越を終え、少女巻と胡蝶巻で秋好中宮と紫の上は各々の秋と春の庭の優劣を競いあった。万葉集の額田王の長歌に見えるような春秋争いの発想に、平安朝に入って影響があった白詩的な発想が加わったところに六条院構想の大もとがあるようである。

二

白居易の活躍した中唐の時代は唱和詩が盛んに作られた時代であり、その中心に白居易がいた。白居易は七歳年下の元稹と親しく、「元白」と併称され、同じ年の劉禹錫とも親しく、「劉白」と併称された。それぞれ唱和集が編纂されたが、その唱和の中に春秋争いと似た作詩上の争いがあることに注意される。ここでは「劉白唱和集解」〔二九三〇〕を取り上げ、唱和における競争意識を考えたい(8)。その冒頭部に次のようにある。

彭城劉夢得詩豪者也。其鋒森然少二敢当者一。予不レ量レ力往往犯レ之。夫合応者声同、交争者力敵。一往一復欲レ罷不レ能。

劉禹錫（夢得は字《あざな》）は作詩における豪傑であり、私は自らの力量を知らず、敢えてこれに向かおうとした。応え合うものは声を同じくし、「交争」するものは力を比べ合う、と言っている。その結果、唱和詩が集まり、唱和集成立に到るという文脈である。唱和は調和と共に「交争」を含むのである。

また、元稹と唱和したことについて、

予頃以三元微之唱和頗多、或在二人口一、常戯二微之一云、「僕与二足下一二十年来、為二文友詩敵一幸也、亦不幸也。吟二詠情性一播二揚名声一、其適遺レ形其楽忘レ老幸也。然江南士女語二才子一者、多云二元白一以二子之故一。使二僕不レ得三独二歩於呉越間一亦不幸也」。

と、記している。元稹（微之は字）とは「文友詩敵」であり、元稹がいたために江南では元白と併称され、「呉越の間」に「独歩」することができなかったことが「不幸」であると言っている。冗談めいた口ぶりであるが、詩の唱和が競争をもたらすことが知られる。

この文章は大和三年（八二九）に長安で記されており、ここで回想された「江南」「呉越」の時期は、白居易が杭州刺史であった長慶二年（八二二）十月から長慶四年（八二四）五月までのことを指す。その間、元稹は長慶三年八月に越州刺史、浙東観察使を拝し、江南の西と東の杭州（呉）と越州（越、現在の紹興）で二人の詩人が長官として隣接することになった。その結果、日本国見在書目録にも著録されている杭越寄和集が生まれたのである。これに蘇州にいた李諒（字は復言）が加わって、三者の唱和となっている。(9)

この杭州と越州での唱和時の元稹を「文友詩敵」と称していた。唱和の内容には、各々の任地の風景を相手の任地よりも良いものとして誇ることが見られる。白居易も元稹も北方人であり、南方の湿潤な春の風景は新鮮なものに感じられたようである。唱和詩については、花房英樹氏の復原があり、容易に見ることができる。(10)今は四組八首を抜粋して並べる。次韻詩の韻字には、傍点を付して明確にした。

まず、十七首連続する冒頭の一組を挙げる。白詩の頸聯は、千載佳句（隣境・五九七）に摘句されている。

①(白)　元微之除二浙東観察使一、喜得二杭越隣州一、先贈二長句一十七首並与二微之一和答〔一二三一〕

稽山鏡水歓遊地　稽山鏡水は歓遊の地なり
犀帯金章栄貴身　犀帯金章は栄貴の身なり
官職比君雖校小　官職君に比すれば校《やや》小なりといへども
封疆与我且為隣　封疆は我と且《まさ》に隣為り
郡楼対翫千峰月　郡楼に千峰の月を対ひ翫びて
江界平分両岸春　江界に両岸の春を平分す

杭越風光詩酒主　　杭越の風光詩酒主《つかさど》れり
相看更合是何人・　相看て更に合ふは是れ何人ぞ

①㈤　酬㆔楽天喜㆓隣郡㆒此後並越州酬和、並各次㆓用本韻㆒〔〇六三五〕

塞驢痩馬塵中伴　　塞驢痩馬は塵の中の伴
紫綬朱衣夢裏身・　紫綬朱衣は夢の裏《うち》の身
符竹偶因成対岸　　符竹偶《たまたま》　成すに因つて岸に対ふ
文章虚被配為隣・　文章虚しく配せられて隣為り
湖翻白浪常看雪　　湖白浪を翻へして常に雪を看る
火照紅妝不待春・　火は紅妝を照らして春を待たず
老大那能更争競　　老大にして那んぞ能く更に争競せん
任君投募酔郷人・　君に任せ酔郷の人を募るに投ぜん

白居易は杭州と越州の風光と詩酒の主人というように二人を規定しているし、元稹は、歳を取っていまさら競争できようか、あなたのいうままに酔郷の人を募集するのに身を投じようと言っている。競争を意識した発言とも取れる。

②㈤　以㆓州宅㆒夸㆓於楽天㆒〔〇六四〇〕

州城迴遶払雲堆　　州城迴遶して雲を払ひて堆《たか》し
鏡水稽山満眼来　　鏡水稽山眼に満ちて来《きた》る
四面常時対屏障　　四面常時屏障に対ふ
一家終日在楼台　　一家終日楼台に在り

星河似向簷前落　　星河簷前に落つるが似《ごと》し
鼓角驚従地底廻　　鼓角地底より廻《めぐ》るかと驚く
我是玉皇香按吏　　我れは是れ玉皇の香按の吏
謫居猶得住蓬萊　　謫居して猶蓬萊に住むを得たり

②(白)　答三微之誇二越州州宅一〔二三一五〕
賀上人回得報書　　賀上人廻りて報書を得たり
大誇州宅似仙居　　大いに誇る州宅仙居に似たりと
厭看馮翊風沙久　　馮翊の風沙看るを厭ふこと久し
喜見蘭亭煙景初　　蘭亭の煙景見るを喜ぶ初め
日出旌旗生気色　　日出て旌旗気色を生ぜり
月明楼閣在空虚　　月明かにして楼閣空虚に在り
知君暗数江南郡　　知りぬ君暗に江南郡を数ふることを
除却余杭尽不如　　余杭を除却せば尽くに如かず

白詩の「馮翊風沙」は北の乾いた土地を言い、「蘭亭煙景」は越州のもやにけぶる美景を言う。この唱和では、元稹が越州の居宅が仙居とも言うべきものであると白居易に誇り、白居易が確かにそのとおりであろう、杭州を除いてはと言って、越州を誇る元稹に対して杭州の魅力を主張している。この一組はさらに元稹「重夸二州宅旦暮景色一兼酬二前篇末句一」〔〇六四二〕と白居易「微之重誇二州居一、其落句有二西州羅刹之謔一。因嘲二茲石一、聊以寄レ懐」〔二三一六〕を生んでいる。

次の元詩の頸聯は、千載佳句「早春」〔五〕、和漢朗詠集「早春」〔九〕に摘句され、早春の風景としてよく知られたものであった。

③(元)　寄㆓楽天㆒〔〇六四九〕

莫嗟虚老海壖西・　嗟くこと莫れ虚しく海壖の西に老いむことを
天下風光数会稽・　天下の風光会稽に数ふ
霊汜橋前百里鏡　霊汜橋前百里の鏡
石帆山崦五雲渓・　石帆山崦五雲の渓
氷銷田地蘆錐短　氷田地に銷えて蘆錐短し
春入枝條柳眼低・　春枝條に入つて柳眼低る
安得故人生羽翼　安んぞ得む故人羽翼を生じ
飛来相伴酔如泥・　飛来して相伴ひ酔へること泥の如からむを

③(白)　答㆓微之見㆑寄。時在㆓郡楼㆒、対㆑雪〔二三二七〕

可憐風景浙東西・　憐むべし風景浙の東西
先数余杭次会稽・　先づ余杭を数へて次に会稽
禹廟未勝天竺寺　禹廟はいまだ勝らじ天竺寺
銭湖不羨若耶渓・　銭湖をも羨まじ若耶渓
擺塵野鶴春毛暖　塵を擺《はら》ふ野鶴は春毛暖かなり
拍水沙鷗湿翅低・　水を拍つ沙鷗は湿翅低れたり
更対雪楼君愛否　更に雪楼に対ひて君愛するや否や
紅欄碧甃点銀泥・　紅欄碧甃に銀泥を点ず

元稹は、霊汜橋や鏡湖のような天下の風光を集めた会稽の地にいるのであるから嘆くことはない、何とか友人であるあなたに翼を生じさせてこの越州で一緒に泥酔していたいものだと自らの居る越州を誇る。それに対し、白居易は、浙の東西はまず杭州が素晴らしく、その次が越州である、あなたのところの禹廟や若耶渓よりも私の近くの天竺寺や銭塘湖の方がより素晴らしい、と杭州の優位を主張する。

次の白詩の頸聯も千載佳句「春興」〔四一〕と和漢朗詠集「草」〔四三五〕に摘句されている。

④(白)　早春憶㆓微之㆒〔二三三二〕

昏昏老与病相和・　昏昏として老と病と相ひ和せり
感物思君歎復歌・　物に感じ君を思ひて歎じて復た歌ふ
声早雞先知夜短　声早くして雞《とり》先づ夜の短きを知る
色濃柳最占春多・　色濃《こまや》かにして柳最も春を占むること多し
沙頭雨染班班草　沙頭に雨は染む班班たる草
水面風駆瑟瑟波・　水面に風は駆る瑟瑟たる波
可道眼前光景悪　道《い》ふべけむや眼前光景悪しと
其如難見故人何・　故人を見難きこと其如何《いかん》せむ

④(元)　和㆓楽天早春見㆑寄〔〇六五二〕

雨香雲澹覚微和・　雨香り雲澹《しづ》かにして微和を覚ゆ
誰送春声入棹歌・　誰か春声を送りて棹歌に入らしむ
萱近北堂穿土早　萱《わすれぐさ》北堂に近くして土を穿つこと早し
柳偏東面受風多・　柳東面に偏《かたよ》りて風を受くること多し

湖添水剤消残雪　　湖は水剤を添へ残雪消ゆ
江送潮頭湧漫波・　江は潮頭を送りて漫波湧く
同受新年不同賞　　同じく新年を受けて同じくは賞せず
無由縮地欲如何・　地を縮むるに由無し如何せむと欲す

白居易は、あなたを思って春の風景を眺め、あなたが居ないので風景も美しく見えないと言い、元稹は一緒に新年を迎えられない、地を縮めて近づけないと嘆いている。

二人は、自らの赴任先である杭州と越州の春の美景を自慢し合ったり、共に酒を飲んで酔いたいと言っている。いくつかの聯は千載佳句や和漢朗詠集に摘句されているが、それは単なる佳句であるばかりではなく、元白の唱和の一部と理解され、江南の風景が思い起こされつつ鑑賞されていたものと思う。

わが国への影響を考えると、讃岐守として任地に赴任した菅原道真と都にいた島田忠臣の唱和詩への影響がある。次韻の唱和詩を作ること自体が元白や劉白の唱和詩の影響と言えるが、詩語においても、例えば、④㊄に「縮地」という語が見られる。これは道真に宛てた忠臣詩に「滄波縮レ地累二嘉言一、此日知君席不レ温」（「菅讃州重答三拙詩頻叙二花鳥逢一レ春之意一。〈下略〉」（一三五二））と用いられている。[11]

前掲の讃岐の道真の「晩春遊二松山館一」詩には、「低レ翅沙鷗潮落暁」とあったが、③㊁の「拍水沙鷗湿レ翅低」を利用している。讃岐の海辺の風景を描くのに杭州の風景描写を使っている。

三

嵯峨天皇の皇子の源融が造営した河原院は奥州塩竈の浦の風景を模したとされ、源氏物語の六条院のモデルとなったと言われている。六条院はそもそも河原院の別名でもあった(12)。融の死後、河原院は寺となり、荒廃に向かうが、文人達が集う風流の場という側面もあった。源順の「奉レ同二源澄才子河原院賦一」（本朝文粋・巻一〔一〇〕、以下「河原院の賦」と略称）にその様子は描かれている。その中に元白の唱和詩の表現が使われている。

　然猶山貌畳嵩、岸勢縮海。人物変兮煙霞無変、時世改兮風流不改。蘆錐之穿沙抽日、波鷗戯波、葉錦之照水浮時、綵鴛添綵。

　（然れど猶山貌嵩きを畳ね、岸勢海を縮む。人物変りても煙霞変はること無し、時世改まれども風流は改まらず。蘆錐の沙を穿ちて抽《ぬきいづ》る日、波鷗波に戯る、葉錦の水を照らして浮ぶ時、綵鴛綵を添ふ）

時代が変わったが、河原院の庭園はもとのままだ。築山は高いままであり、池の岸のありさまは、海を縮めたようである。人物は変わっても「風流」は変わらない、の意である。「蘆錐之穿レ沙抽日、波鷗戯レ波」は春の日の情景を、「葉錦之照レ水浮時、綵鴛添レ綵」は秋の情景を描き、変わらない「風流」の具体的な描写が「蘆錐」や「葉錦」である。

　この「蘆錐之穿レ沙抽日」の句は、元稹の「氷銷二田地一蘆錐短、春入二枝條一柳眼低」（③元）を受容したものである。言い方を換えれば、越州の田園の光景を河原院の光景に移している。もともと江南の光景は日本と似ており、元稹の詩句が共感を呼んだという事情があったろう。砂を穿《うが》つという「穿」字は、やはり④元の「萱近北堂穿レ土早」に用いられている。また、「波鷗戯レ波」の方は、白居易が杭州を描いた「拍レ水沙鷗湿翅低」（③白）を移したものであろう。つまり、源順は、元白の越州と杭州の早春の光景を河原院の描写に用いたことになる。道真も讃岐で「低レ翅沙鷗潮落暁」と、この白居易の句を使っていたから、順もそれに倣ったのかも知れない。

　胡蝶巻では、六条院の春の情景が筆を尽くして描かれているが、この「河原院の賦」を使ったところがあるように思える(13)。

　こなたかなた霞みあひたる梢ども、錦を引きわたせるに、御前のかたはるばると見やられて、色をましたる柳、枝を垂れたる、花もえもいはぬにほひを散らしたり。ほかには盛り過ぎたる桜も、今盛りにほほゑみ、廊をめぐれる藤の色も、こまやかに開けゆけり。まして池の水に影をうつしたる山吹、岸よりこぼれていみじき盛りなり。水鳥どもの、つがひを離れず遊びつつ、細き枝どもを食ひて飛びちがふ、鴛鴦《をし》の波の綾に紋《もん》をまじへたるなど、ものの絵やうにも描き取らまほしき、まことに斧《をの》の柄《え》も朽《くた》いつべう思ひつつ、日を暮らす。
（胡蝶・二三二）

「錦を引きわたせる」のところは、薄雲巻で言う「唐土は春の花の錦に如くものなし」という漢詩的な光景を表わしている。実際「廊をめぐれる藤の色」は、白居易の秦中吟「傷宅」〔〇〇七七〕の「繞レ廊紫藤架」を引いていることが従来より指摘されている。[14]

「鴛鴦の波の綾に紋をまじへたる」のところは、先に引用した「河原院の賦」の秋の情景である「綵鴛添レ綵」を利用したものと考える。「綵鴛」は、「古詩十九首（其十八）」（文選・巻二十九）に「客従二遠方一来、遺二我一端綺一、相去万余里、故人心尚爾、文綵双鴛鴦、裁為二合懽被一（後略）」とある。五臣注は、「済曰、綺上文綵為二鴛鴦文一」と注しており、あやぎぬ上の綾模様の鴛鴦を指す。「葉錦之照レ水浮時」は、秋の紅葉が水面に映るさまを言うから、[15]ここは、紅葉の錦が水面に映り、それに綾模様を持つ鴛鴦が綾模様を添えることを言う。胡蝶巻の方は、山吹が映った水面があり、その波紋に鴛鴦が綾模様を交えていて、鴛鴦が綾模様を添えているところが共通するのである。

　そうすると水鳥が遊んでいるのは、「波鷗戯レ波」と関係があると考えられるのではないか。煙霞がかかる全体の光景も似ているのである。「色をましたる柳、枝を垂れたる」も「春入二枝條一柳眼低」と関わりがあるかも知れない。

　これを初めからみると、元白の越州と杭州の唱和詩を道真が利用して讃岐の海の風景を描いた。同様に順が塩竈の浦の光景を模したと言われる河原院の風流を描くのに利用した。紫式部も六条院の春の風景を描くのに「河原院の賦」を利用した。おそらく同賦に元白の唱和詩が利用されていることを知った上で利用したのではないか。

そう考える理由は、胡蝶巻はそもそも光源氏が提案した春秋争いを描いている巻だからである。少女巻で女御は秋の庭の紅葉を誇ったが、この巻では紫の上が春の庭を誇っている。その文脈の中で見れば、白居易が杭州の春を誇り、元稹が越州の春を誇ったように、紫の上も秋を誇る女御に対して春の庭を誇ったということであると思う。

また、胡蝶巻における春の町は全体として仙界のように描かれているところにも注目される。もともと庭園とは蓬萊山や須弥山が造られるように仙界を模したものである。しかし、「河原院の賦」に「山貌畳レ嵩、岸勢縮レ海」とあるのは、自然を模すことも日本庭園のあり方の基本であることを示している。自然であり、かつ蓬萊山のような仙界であるというのは矛盾する気もするが、元稹や白居易が見た江南の風景はそのようなものであった。元稹が、「我是玉皇香按吏、謫居猶得レ住二蓬萊一」（②元）と言って自らを地上に流されてもなお蓬萊山にいる神仙のように言っているのである。白居易は、それを受けて、「大誇州宅似二仙居一」（②白）と元稹の住まいが「仙居」に似ていることを誇っていると表現しているのである。元稹が自らの住まいを蓬萊に似ているとしたのは、越州自体が東海に近いことや、風景を誇るべき「鏡湖」が近くにあること等が理由であろう。河原院の池庭も「晴望二仙台一、蓬瀛之遠如レ至」と、蓬萊山や瀛州のような仙界に準えられているところがある。紫の上が仙界を模した春の町を女御に対して誇る時、それは極めて元稹の行動と似ていると言える。もともと元白の唱和詩の発想がその背景にあると見るべきものと思う。

四

女御が故母御息所のことを思って秋の夕べに心を動かされると言い、紫の上が春の曙に心を占めていると言うのは、春秋争いを基にして四季の庭を持つ六条院を作ろうという光源氏の考えに合致した。このことは四季の美点を列挙した枕草子の初段を思い起こさせる。

春は曙。やうやう白くなり行く、山ぎは少し明かりて、紫だちたる雲の細くたなびきたる。夏は夜、月の頃はさらなり。…秋は夕暮。…日入りはてて、風の音むしの音《ね》など、はたいふべきにあらず。冬はつとめて。雪の降りたるはいふべきにもあらず…[16]。

この初段の「春は曙」について上野理氏は白居易の詩と結びつけておられる[17]。氏は、春を描いた部分について、「春は」以外に春を特徴づける描写がないこと、春の曙がそれまでの和歌的美意識で確立していたものではなかったことなどから、清少納言も枕草子の読者も共によく知っていた典拠があると考えられ、それを白詩に求めた。結局、洛陽の白居易が蘇州の劉禹錫に贈った律詩「早春憶㆓蘇州㆒寄㆓夢得㆒」〔三二〇九〕を典拠とされた。

呉苑四時風景好　　呉苑《ごゑん》は四時《しいじ》風景好《ことんな》し
就中偏好是春天　　中《なか》に就《つ》きて偏《ひと》へに好《ことんな》きは是れ春の天
霞光曙[18]後殷於火　　霞光《かくわう》は曙《あ》けて後《のち》火より殷《あか》し
水色晴来嫩似煙　　水色《すいしよく》は晴れ来《きた》つて煙《けぶり》よりも嫩《わか》し
士女笙歌宜月下　　士女の笙　歌《しやうか》は月の下《もと》に宜し
使君金紫称花前　　使君の金紫《きんし》は花の前《まへ》に称《かな》ふ

誠知歓楽堪留恋　誠に知りぬ歓楽留恋に堪ふとも
其奈離郷已四年　郷を離るること已に四年なるを其奈《いかん》せむ

「呉苑」は、呉王の苑で蘇州を言う。首聯で蘇州は四季それぞれに美しい中で取り分け春が素晴らしいことを言い、第三句では具体的に春の明け方の「霞光」（朝焼け）が火よりも赤く美しいことを言っている。首聯との関わりで言えば、蘇州の美は一年の内で春の明け方に極まるとも読める。「春天」は現代では単に「春」の意と解されようが、平安時代では、「春の空」とされていたはずである。この春の明け方の空に対する評価を前提として、清少納言は「春は曙」と言い出したとするのである。和漢朗詠集では頷聯は「霞」（七五）に、頸聯は「刺史」（六九〇）に摘句されており、よく知られていた。

上野氏は、さらに「秋は夕暮」については「秋思」（二七〇二）、「晩望」（〇二六七）詩等の、「冬はつとめて」については「初冬早起寄㆓夢得㆒」（三一〇〇）、「冬日早起閑詠」（二九七一）等の白詩を挙げてその影響を示唆されるが、氏の指摘以上に初段と白詩との関わり深いと思われる。夏については月の美が推奨されているが、これも白詩の素材の一つであるとすでに指摘されている[19]。

「秋は夕暮」については、上野氏は挙げないが、第一節で挙げた秋の夕暮を詠んだ白居易の絶句「暮立」（〇七九〇）を念頭におくべきであると思う。再掲しよう。

黄昏独立仏堂前　黄昏《くわうこん》独り立つ仏堂の前《まへ》
満地槐花満樹蝉　地に満つ槐花《くわいくわ》樹に満つ蝉
大抵四時心揔苦　大抵四時《おほむねしいじ》は心揔《すべ》て苦し
就中腸断是秋天　中《なか》に就《つ》きて腸《はらわた》の断《た》ゆるは是れ秋の天

この詩の転結句は、上野氏が「春は曙」の典拠とされた「早春憶㆓蘇州㆒寄㆓夢得㆒」詩の首聯と極めて似て、対偶をなしている。「四時」の中で「春の（曙の）天」と「秋の（夕暮の）天」を「中に就きて」と取り上げているところに対偶性があるのである。詩全体を見ても韻が下平声一先韻であることも一致しており、「前」「字」については、両詩に共通している。

千載佳句では、「早春憶㆓蘇州㆒寄㆓夢得㆒」詩頷聯が「春興」（五〇）に、「暮立」詩転結句が「秋興」（一七七）に収められている。両聯を並べて四時の「興」を考えた場合、もっとも「興」があるのが、「春の（曙の）天」、「秋の（夕暮の）天」であると読める。

このことは、四季の庭を集めた上で、春秋争いを行なっていた源氏物語の六条院構想に通ずる。白詩的に言えば、四時の風情をすべて集めた庭作りをし（「呉苑四時風景好」）、春の曙と秋の夕暮を好む二人に好みを争わせた、というような意味になる。

ここで、薄雲巻の春秋争いについての光源氏の言葉に「年のうちゆきかはる時時の花紅葉、空のけしきにつけても、心のゆくこともしはべりにしもがな」とあったことが想起される。「花」「紅葉」ばかりでなく、「空のけしきにつけても」とあり、季節の空の様子に眼を向けているところが重要である。これこそは、額田王の歌には見られないところであり、白詩的であり、平安朝的なところと思われる。つまり、四季それぞれ趣きがあるとは言え、その中で（「就中」）、ひたすら素晴らしい「春の天」か、ことさらに哀れな「秋の天」かということを意識した言葉なのである。

「暮立」詩は、元和九年（八一四）の作で唱和詩ではないが、「野草芳菲紅錦地」は劉禹錫から洛陽の白居易に贈られた詩の句であり[20]、「霞光曙後殷㆓於火㆒」は、洛陽の白居易が劉禹錫に贈った詩の句である（大和八年〈八三四〉の作とされる）。白居易は杭州刺史を辞した後、宝暦元年（八二五）から翌年にかけて蘇州刺史に任じているから、その頃の江南の風景を思い出して「呉苑」の風景を詠んだのである。これらの詩も、劉白の唱和があってこそ生まれたものと言えよう。

六条院の春秋争いは、光源氏の提案を秋好中宮と紫の上が受けて始まった。その争いは庭の美しさを競うものではあるが、同時に言葉での争いでもあり、次の二人の二組の唱和にそれがあると言える。

〔中宮〕
心から春まつ園はわがやどの紅葉を風のつてにだに見よ　（少女・二七七）

〔紫の上〕
風に散る紅葉はかろし春の色を岩根の松にかけてこそ見め　（少女・二七七）

〔紫の上〕
花園の胡蝶をさへや下草に秋まつむしはうとく見るらむ　（胡蝶・三八）

〔中宮〕
胡蝶にもさそはれなまし心ありて八重山吹を隔てざりせば　（胡蝶・三九）

秋と春を象徴する傍線部の「紅葉」「胡蝶」の語を中心とはするが、傍点部の語にも二人は腐心して唱和している。これは、白居易等が唱和するときに次押したり、相手の言葉尻を捉えて応酬したりしていたことを髣髴させる。これらの唱和歌の背後に、白居易を中心とする元白・劉白詩の世界と人間関係への理解があるのである。

注

（1）「見たまふる」の部分は、新潮日本古典集成では、「見たまふ」とあるが、同書の頭注によって「る」を補った。

（2）新編日本古典文学全集は「大和言の葉」の方は額田王の長歌、及び「春はただ花のひとへに咲くばかり物のあはれは秋ぞまされる」（拾遺集・巻九・雑下・題知らず・読み人知らず（五一一））を挙げる。なお、和歌による春秋争いについては、新潮日本古典集成『源氏物語　四』の付録に詳しい。

（3）源氏釈は石崇の金谷園の故事を挙げる。最近の注では、新編日本古典文学全集は出典未詳としている。新日本古典文学大系は、「源氏釈などに、「晋の右（石）季倫金谷に居り春花林に満ちて五十里の錦障を作る」と掲げているが、出典不明」とある。

（4）『江談抄』（新日本古典文学大系）の第五（六）では、道真のこの句が、元稹の「擺レ塵野馬春無レ暖、拍レ水沙鷗湿翅低」と相似るとするが、白居易の「答二微之見一レ寄」（一二三七）の句であり、元稹に対する答詩であることから誤ったか、と注する（後藤昭雄氏注）。なお、佐藤恒雄氏「菅原道真「松山館」とその周辺」（和漢比較文学会編『菅原道真論集』所収・勉誠出版・平成十五年）参照。

（5）「かげろふ」が「陽炎」を意味することについては、拙稿「平安朝文学における「かげろふ」について―その仏教的背景―」（紫式部学会編『源氏物語と日記文学　研究と資料』古代文学論叢第十二輯・武蔵野書院・平成四年、新間『平安朝文学と漢詩文』所収・和泉書院・平成十五年）で論じた。

（6）白居易詩の引用は、那波本による。ただし自注部分は明暦三年（一六五七）刊の通行本による。訓も主に同書によった。

（7）「御方々の御願ひの心ばへ」（少女・二七四）によって庭を造ったとある。

（8）「劉白唱和集解」のわが国における受容については、拙稿「わが国における元白詩・劉白詩の受容」（太田次男氏他編『白居易研究講座　第四巻』勉誠社・平成六年、『平安朝文学と漢詩文』所収）、三木雅博氏「平安朝における「劉白唱和集解」の享受をめぐって―文人たちの作品と『仲文章』―」（『白居易研究年報』二号・平成十三年五月）、後藤昭雄氏「平安朝における白居易文学の受容―「劉白唱和集解」の場合―」（『テキストの読解と伝承』大阪大学大学

院文学研究科広域文化表現論講座共同研究研究成果報告書・平成十八年三月）等参照。

（9）太田晶二郎氏「白氏詩文の渡来について」（『国文学　解釈と鑑賞』昭和三十一年六月、『太田晶二郎著作集　第一冊』所収・吉川弘文館・平成三年）によれば、日本国見在書目録に「杭越寄詩二十二。月詩題上官儀注」とあるのは、「杭越寄詩二。十二月詩題上官儀注」の誤りである。また、慈覚大師在唐送進録に「杭越寄和詩幷序・帖」とあり、宋志に「元稹白居易李諒寄和詩集一巻」と著録することを指摘する。

（10）花房英樹氏『白居易研究』（世界思想社・昭和四十六年）。なお、元稹詩については、『元氏長慶集』（明楊循吉の影宋鈔本の影印本・中文出版・昭和四十七年）によった。

（11）小島憲之氏監修『田氏家集注　巻之下』（和泉書院・平成六年）参照。担当執筆は新間。

（12）醍醐御記で「六条院」と呼ぶ。なお、河原院については、ベルナール・フランク氏『風流と鬼　平安の光と闇』（平凡社・平成十年）に詳しい。

（13）「河原院の賦」の四季描写と六条院の四季の庭との関わりについては、拙稿「白居易文学と源氏物語の庭園について」（『白居易研究年報』二号・平成十三年五月、新間『源氏物語と白居易の文学』所収・和泉書院・平成十五年）参照。

（14）白居易の新楽府「海漫漫」〔〇一二八〕もこのあとの場面で引用される。

（15）相似た措辞に詩題の「花光水上浮」がある。和漢朗詠集「花」〔一一六〜一一八〕に詩序が載り、桜花が水面に映った様子を描く。

（16）引用は三巻本（一類）系統の岩瀬本を底本とする日本古典文学大系による。

（17）上野理氏「「春曙」考」（『文芸と批評』二巻八号・昭和四十三年四月）。なお、『白氏文集　二』（新釈漢文大系・明治書院）の季報一〇五号（平成十九年五月）に「平安女流文学と白居易―春のあけぼの―」と題して本節の主旨を簡単に述べた。

（18）「曙」字は、明暦三年刊本・千載佳句等による。那波本は「照」に作る。

（19）小島憲之氏『王朝漢詩選』（岩波文庫・昭和六十二年）三九七頁、柳澤良一氏「夏の月の美」（平安文学論究会編

『講座平安文学論究　第九輯』所収・風間書房・平成五年）など。
(20)　瞿蛻園氏『劉禹錫集箋証』（上海古籍出版社・一九八九年）によれば、宝暦元年（八二五）春の作。

第Ⅵ章　李夫人と桐壺巻再論

――「魂」と「おもかげ」――

一

桐壺帝と桐壺更衣とは「朝夕の言種《ことくさ》に、翼《はね》をならべ、枝をかはさむと契らせたまひし」（桐壺・二七）とあるように、かつて玄宗と楊貴妃が交わしたという「比翼連理」の誓いをした。それにも拘わらず、更衣は病死し、帝はひたすらに悲しむ。その秋の夜の帝の悲哀を描いた部分は特に白居易の「長恨歌」〔〇五九六〕の影響が大きいとされ、古くから両者の関係が議論されてきた。帝と更衣のあり方は「長恨歌」に描かれた玄宗と更衣に准えられているということが、定説となっている。

その議論の中に「李夫人」の故事の利用があることを指摘されたのは藤井貞和氏「光源氏物語の端緒の成立」(1)であり、拙稿「李夫人と桐壺巻」(2)においても藤井氏の論に続けて、その点を論じた。その後「桐壺更衣の原像について―李夫人と花山院女御忯子―」(3)を執筆したが、本章においては、それらについて一応の研究のまとめを図り、その問題について改めて考察を加えたい。

藤井氏は、桐壺巻に見える「諸姫の嫉妬・排斥・不安・怨恨」、「女主人公の病臥、退出がち」な様子、帝の「病める寵妃ゆえの溺愛」、それに対する「他人の譏り」を弁えなかったこと等が、少しも「長恨歌」に見えないことに注目され、「長恨歌説話のほかに、中国文学のなかのべつの女主人公のイメージもまた、桐壺の巻にかげを落としているのではないか」という問題意識を抱かれた。それに対する答えが、漢の武帝に愛され、病死して後も武帝を悲しませた李夫人の故事の利用である。武帝の要請を承けて方士が彼女の魂を返した「反魂（香）」の故事でも知られる。藤井説を以下にまとめてみよう。

「長恨歌」の第一句の「傾国」の語は、そもそも李夫人の故事に基づくことを指摘され、さらに「長恨歌」に見えず、李夫人の場合に一致するとして次のような諸点を挙げられた。

○高貴でない身分から出て寵愛をうけたこと
○皇子（光源氏）の誕生
○病臥と悲しい死別
○死後もなお恋慕してやまなかった桐壺帝の悲嘆

また、李夫人の故事と関わりのある描写として具体的に数箇所を挙げられる（〈　〉内は藤井氏の説明）。

○「いとにほひやかに、うつくしげなる人の、いたう面痩せて、いとあはれとものを思ひしみながら、言にいでても聞こえやらず」（桐壺・一五）〈病み衰えてゆく自分を悲しむところ。李夫人もまた、おのれの病みおとろえた顔を見せて武帝を失望させまい（武帝の不興をかったら皇子や兄弟の栄達にひびいてこようから—）と、顔をそむけつづけた〉
○「聞こえまほしげなることはありげなれど」（桐壺・一五）〈光源氏の将来を帝に託そうということであるが、右の李夫人の配慮にかよう〉
○「絵にかける楊貴妃の容貌《かたち》は、いみじき絵師といへども、筆限りありければ、いとにほひ少なし」（桐壺・二七）〈楊貴妃云々とあるけれども、まったくの仮託で、実は李夫人の写真絵の故事にほかならない〉

さらに、李夫人の「写真絵の故事」や「反魂香の故事」については、当時の通俗書にも、源氏物語の中にも多く見いだせるとし、その例として琱玉集（巻十四・日本国見在書目録に著録）の存在を挙げておられる。「漢書の李夫人伝がそのまま流布するのではなく、幾重にも説話化され、通俗化されて時代に浸透していた。白楽天の「李夫人」（白氏文集・巻四）は、そうした基底が時代に用意されていたからこそ、すみやかに日本文学のうえにかげをおとしてゆくことができた」と述べておられる。

桐壺巻に対する影響については、「物語の場面的な影響とちがう。虚構の設定、あるいは構想そのものに関わる仕方で影響をあたえている」とされ、それを「作者はひた隠しに隠した。李夫人のためしとは言わず、場面内的に「楊貴妃のためし」であるとした。楊貴妃を持ち出すことにより、桐壺帝と更衣の愛は「他をかえりみない無謀な愛」であり、「諸姫の迫害、上達部たちの非難が導入される」とされる。

右の構想については、氏の別稿「源氏物語と中国文学」[4]において明確にされている。李夫人の故事を踏まえたゆえに、「桐壺更衣は、身分の低い家柄に出て、帝の寵愛をかちえ、男子をひとりこの世にのこして、帝と恋々たる別れを演じて死んでゆく」のであり、右の「聞こえまほしげなること」は、光源氏の将来を帝に託すことなのであるから、「桐壺更衣や、その父大納言の祈りの込められたひとり子光君が、苦難をへて栄えきわまる地位に行きつくまでを、物語はこれより描きつづけてゆくだろう」という重要な構想の発端になるとされる。

拙稿「李夫人と桐壺巻」では、李夫人の故事の利用について直接漢書外戚伝や白居易「李夫人」〔〇一六〇〕詩を挙げて源氏物語と比較し、主に次の点を加えた。

楊貴妃の造型には、李夫人が関わりがあること。「長恨歌」の第一句「漢皇重レ色思二傾国一」に見える「傾国」の語だけではなく、陳鴻の「長恨歌伝」に、楊貴妃の美貌を「漢武帝如二李夫人一」と書いたところがあり、楊貴妃は李夫人のようであるとされている。「長恨歌」の方士（道士）は、始めに李夫人の時のように魂を招こうとしたが失敗し、それから自ら出向いて広く世界を探し回り、ようやく蓬莱山で仙女に生まれ変わった楊貴妃を探し出した。

それゆえ仙女楊貴妃の存在は、反魂の故事の一変形と考えられる。「長恨歌」における玄宗の悲嘆も武帝の悲嘆を下敷きにしたものであること。

漢書外戚伝の本文及び注の文章と桐壺巻の描写が関連があること。藤井氏が指摘された更衣の「聞こえまほしげなること」の内容が、帝に光源氏の将来を寄託することであることを「不言の依頼」ということばでまとめた。

帝が更衣の身代わりとして求めた形見の光源氏と更衣の相似形である藤壺の登場は反魂香によって招かれた李夫人の魂のようなものであったこと。「血縁」と「相似」を条件として、この二人が物語に登場してきたのである。そのあり方は、藤壺に相似の若紫の登場においても見られるし、宇治十帖での大君に相似の浮舟の登場においても見られる。源氏物語の大きな構想に関わる長編化の方法である。

右の議論の典拠となるのは、主に漢書外戚伝と白居易の新楽府「李夫人」である。音曲をもって武帝に仕えた李延年が妹を売り込むために武帝の前で歌った歌、

北方有二佳人一。絶世而独立。一顧傾二人城一。再顧傾二人国一。寧不レ知傾城与二傾国一。佳人難二再得一。

が、外戚伝（李夫人伝）の冒頭に置かれている。この「傾国」の語が「長恨歌」の第一句に用いられた。

外戚伝では、李夫人を悼む武帝自身の詩や賦もあり、その心境が文学化されている。

上思二念李夫人一不レ已。方士斉人少翁言、能致二其神一。廼夜張二燈燭一設二帷帳一、陳二酒肉一、而令下上居二他帳一遙望上。望見好女如二李夫人之貌一、還レ握坐而歩。又不レ得二就視一。上愈益相思悲感。為作レ詩曰、

是邪非邪立而望レ之

偏何　姍々其来遅

上李夫人を思念して已まず。方士斉人少翁言はく、能く其神を致すと。廼ち夜に燈燭を張り、帷帳を設け、酒肉を陳ね、而して上をして他帳に居り遙望せしむ。望見するに好女の李夫人の貌の如き、握に還りて坐

して歩す。又就視することを得ず。上愈益相ひ思ひて悲感す。為に詩を作りて曰く、

是か非か立ちて之を望めば、
偏として何ぞ、姍々として其の来ることの遅き

方士が武帝の要請を承けて李夫人の「神」（魂）を招いたのである。これは後に「反魂香」の故事と呼ばれる。

白居易の「李夫人」詩はこの故事を中心に描いている。左に神田本白氏文集の本文と訓読に基づいて全文を挙げる。(5)

李夫人　鑑嬖惑也　　李夫人　嬖惑を鑑たり
漢武帝　　漢の武帝
初喪李夫人　　初めて李夫人を喪へり
夫人病時不肯別　　夫人の病《やまひ》せし時に別れ肯《がへ》んぜず
死後留得生前恩　　死して後に生前の恩を留め得たり（以上二句、病時対面の拒否）
君恩未尽念未已　　君が恩尽きざれば念ひ已まず
甘泉殿裏令写真　　甘泉殿の裏《うち》に真を写さしむ
丹青画出竟何益　　丹青画き出でたり竟《つひ》に何の益かあらむ
不言不笑愁殺君　　言《ものい》はず笑はず君を愁ひ殺《そ》す（以上四句「写真」の故事）
又令方士合霊薬　　又方士をして霊薬を合せしむ
玉釜煎錬金炉焚　　玉釜に煎錬して金炉に焚く
九華帳深夜悄悄　　九華の帳深くして夜《よる》悄悄たり
反魂香反夫人魂　　反魂の香は夫人の魂を反《はん》す

夫人之魂在何許
香煙引到焚香処
既来何苦不須臾
縹眇悠揚還滅去
去何速兮来何遅
是耶非耶両不知
翠蛾髣髴平生貌
不似昭陽寝病時
魂之不来兮君心苦
魂之来兮君亦悲
背燈隔帳不得語
安用暫来遙見為
傷心不独武皇帝
自古及今多若斯
君不見穆王三日哭
重壁台前傷盛姫
又不見泰陵一掬涙
馬嵬路上念楊妃
縦令妍姿艶骨化為土

夫人の魂何《いづ》れの許《ところ》にか在る
香の煙引きて香を焚く処に到る
既に来つて何ぞ苦しく須臾《しばらくも》あらざることを
縹眇悠揚として還つて滅え去る
去ること何ぞ速く来《きた》ること何ぞ遅き
是《それ》か非《あらぬ》か両《ふたつなが》ら知らず
翠蛾髣髴《ほの》めけり平生の貌《かほ》に
似ず昭陽に病に寝《ふ》せし時に
魂の来らざるときには君の心苦しぶ
魂の来るときにも君亦悲しぶ
燈を背《そむ》け帳を隔てて語《ものい》ふこと得ず
安んぞ暫く来つて遙かに見ることを用《も》て為む（以上十六句「反魂香」の故事）
心を傷しむることは独り武皇帝のみにあらず
古へより今に及ぶまでに多く斯くの若《ごと》し
君見ずや穆王の三日の哭を
重壁台の前に盛姫を傷む
又泰陵の一掬の涙を見ずや
馬嵬の路の上《ほとり》に楊妃を念へり
縦令《たとひ》妍姿艶骨をもて化して土と為るとも

此恨長在無銷期　　此の恨みは長く在つて銷ゆる期《とき》無けむ
生亦惑　死亦惑　　生きても亦惑はし　死しても亦惑はす
尤物感人忘不得　　尤《けや》けき物の人を感ぜしむること忘るること得ず
人非木石皆有情　　人木石《ぼくせき》に非ざれば皆情《なさけ》有り
不如不遇傾城色　　如《し》かじ傾城の色に遇はざらむには

漢書における武帝の詩もこの白詩に取り入れられている。反魂香によって帰って来た魂の姿を描いたところに、「去ること何ぞ速く来ること何ぞ遅き、是《それ》か非《あらぬ》か両《ふたつなが》ら知らず」とあるのは、武帝詩の「是か非か立ちて之を望めば、偏として何ぞ、姍々として其の来ることの遅き」を踏まえたものである。

二

藤井氏は「構想の基軸はあきらかに李夫人のためしであるにもかかわらず、作者はひた隠しに隠した(6)」と言われるが、李夫人の故事は白居易の新楽府「李夫人」でも知られた有名なものであり、隠すまでもない明らかな典拠の使用というべきである。紫式部も中宮彰子に新楽府を教えていたことが紫式部日記に記されている。

源順が、十五夜の月が雨のゆえに見られないことを、「楊貴妃」と「李夫人」を対にして詠んでいる。

楊貴妃帰唐帝思　　李夫人夫漢皇情
楊貴妃帰つて唐帝の思ひ　　李夫人去つて漢皇の情《こころ》
（和漢朗詠集・十五夜「対レ雨恋レ月」（二五〇））

白居易「李夫人」詩の後半では、周の穆王が盛姫を失って悲しんだ故事と共に、玄宗が楊貴妃を悼んだ「長恨歌」

の故事が引かれている。このことが、「李夫人」と「楊貴妃」を一対のものとして見る一つの理由となっていると思う。その結句に「不レ如不レ遇二傾城色一」と「傾城」の語を用い、この語は李夫人や楊貴妃に対して使われている。「長恨歌」では、「傾国」は楊貴妃に対して使われていた。この二人の対は、「傾城」「傾国」と呼ばれた絶世の美女の対であり、彼女らを失った武帝や玄宗の惑いの心が雨中に十五夜の月を求める心に移されている。

李夫人の故事が使われているもう一つの例として、慶滋保胤の「為二大納言藤原卿息女女御四十九日一願文」（本朝文粋・巻十四（四二一））がある。この願文は藤原為光の女である花山天皇の弘徽殿女御、忯子の四十九日のために寛和元年（九八五）に為光の立場に立って書かれたものである。左に一部を引用しよう。

…清涼之春花、日遅或賜二共翫一。弘徽之秋月、夜永不レ許二独看一。…去七月終即レ世矣。昔李夫人之反レ魂、尚可レ労二方士一。大長者之出レ孕、竊欲レ恨二如来一。哀哉片時不レ見、鬱腸宛如二千万秋一。痛哉一夕相離、老涙已且二四十余日一。弟子訪二旅魂一而未レ由、故図二金人一以為レ使。将レ通二音信一而無レ便、兼写二宝偈一以代レ書。…

李夫人の故事は、「昔李夫人之反レ魂、尚可レ労二方士一」と引かれる。昔、李夫人の魂を方士の労によって反魂香で呼びもどすことができたが、今の私も同じ気持ちである、との意である。「弟子訪二旅魂一而未レ由、故図二金人一以為レ使。将レ通二音信一而無レ便、兼写二宝偈一以代レ書」のところも、「長恨歌」における方士のようには、亡き娘の魂を見つけ出せないので「金人」（仏）を描いて魂を求める使いとし、手紙を出せないかわりに「宝偈」を写すという意であり、一連の表現と言えよう。順の雨中の月を求めた対句のように、李夫人の故事と「長恨歌」の故事を同時に使っているのである。魂の行方の問題がこの願文の主題であり、結局は仏の力にすがって死者の極楽往生を願うというのがその結論である。拙稿では、右の願文や花山天皇の歌合などを根拠として、女御忯子が桐壺更衣のモデルとなったと述べた[7]。

平康頼の宝物集（七巻本・巻一）においては、源順の雨中の月を求めた対句を挙げた上で、さらに関連の和歌を

も挙げる。(8)

おもひかね別れし野辺を来てみれば浅茅が原に秋風ぞふく　源道済

故郷は浅茅が原とあれはててよすがら虫の声のみぞする　道命阿闍梨

きく人もなかりし夜半の契りをば七夕のみぞ空に知るらん　江侍従

まぼろしの伝《つて》に聞くこそ悲しけれ契りしことは夢ならねども　藤原為忠朝臣

これらの長恨歌の句題和歌と言うべきものに加えて、「詩の末の句に就きて、李夫人の歌にも侍るべし」として、

なき影を石に移して見てもなほまた逢ひがたき歎きをぞする　覚盛法師

という歌を挙げる。「李夫人去漢皇情」の句に関わる和歌の例として拾遺記に見えた「温石」の故事を踏まえる歌を挙げているのである。

この温石の故事については、藤井氏が紹介されている。(9) 宿木巻に、「昔おぼゆる人形をもつくり、絵にも描きとりて、行ひはべらむとなむ、思うたまへなりにたる」（宿木・二二一）とあるところに、この故事を河海抄が付している。これは王子年の拾遺記に見られる説話で、李夫人の死後、暗海にある潜英という石で像を作れば生きているごとくである、という話を聞いた武帝が石を求めさせて、夫人の像を彫らせるという内容である。この像と大君の「形代」としての浮舟の登場を結びつけておられる。

宝物集のこのあたりは、子を宝とする意見に対して、「人の子、親の為に宝と申すべくも侍らざるめり」という反対意見に関する例が多く挙がっている。新日本古典文学大系では、「子は宝にあらず」という見出しを付している。その親不孝の例の一つとして、安祿山が子の安慶緒に殺され、史思（師）明が子の史朝義に殺されたことを述べる。それらの事件の源として、「長恨歌」の楊貴妃と玄宗が引き合いに出され、話が李夫人にも及んでいるのである。

平家物語も、高倉天皇中宮、平徳子の懐妊のさまを、李夫人と楊貴妃を使って描いている。[10]

一たびゑめば百《もも》の媚ありけむ漢の李夫人の、昭陽殿の病の床もかくやとおぼえ、唐の楊貴姫、李花一枝春の雨をおび、芙蓉の風にしほれ、女郎花の露おもげなるよりも、猶いたはしき御さまなり。

「長恨歌」の「廻レ眸一笑百媚生」「梨花一枝春帯レ雨」「太液芙蓉未央柳」、「李夫人」の「不レ似昭陽寝レ病時」などを混ぜ合わせたような表現になっている。さらに帝が桐壺更衣を「らうたげなりしを」（桐壺・二七）と思い出すところの異文「らうたげなりしありさまは女郎花の風になびきたるよりもなよびて撫子の露に濡れたるよりもらうたくなつかしかりしかたちけはひを」[11]（河内本）等との関連を考えると、桐壺更衣像に基づいて徳子像を造型していると見ることができる。更衣が李夫人と楊貴妃を基にして書かれていることを理解しての受容と考えられる。

この二人を並べるような発想の出現は、白居易の「長恨歌」、陳鴻「長恨歌伝」に李夫人像が使われていること、白居易「李夫人」に楊貴妃像が使われていることに間接的な理由があるが、直接的には、源順の詩句が人口に膾炙したことが理由であろう。

しかし、「長恨歌」は元和元年（八〇六）に作られ、わが国にも九世紀前半にはすでに読まれていた証はあるが、[12]漢書に由来する李夫人の方が遙かに古くから知られていた。それだけに李夫人の故事の受容は長い歴史を持つと言える。

三

漢書に発する李夫人像の展開についてさらに追究してみたい。晉の潘岳に亡き妻を悼む「悼亡詩三首」[13]（文選・巻二十三）があり、その第一首に李夫人に関わりそうな次の句がある。

帷屛無髣髴　帷屛に髣髴たること無く
翰墨有余跡　翰墨に余跡有り

屛風のあたりにほのかに妻の姿が見えることもなく、その筆の跡を残すのみである、の意である。この「髣髴」の語は、李善注に、「説文曰、相似見而不レ諦也」とある。「諦」は、明らかな意味。似てはいるが明らかではないことを言う。また、五臣注に「銑曰、髣髴、謂レ不レ見二形象一也」とあって、かたちを見ないことを言うとする。これだけでは、李夫人と関係のあることが分かりにくいが、第二首には、明らかに李夫人に対する言及がある。

独無李氏霊　独り李氏の霊無し
髣髴睹爾容　髣髴として爾《そ》の容《かたち》を睹《み》たり

李夫人の霊は出現して、容貌を見ることができたが、妻にはその霊はない、ただおもかげにほのかにその容貌を見る、の意である[14]。李善注は「桓子新論曰、武帝所レ幸李夫人死。方士李少君言、能致二其神一。乃夜設レ燭張レ幄、令三帝居二他帳一。遙見下好女似二夫人之状一、還レ帳坐上也」とほぼ漢書と同じ記事を引く。五臣注は、「翰曰、李夫人同二善注一。安仁嗟下其妻無二此霊一可上見二其容貌一」と記す。安仁は潘岳の字である。ここでの「霊」は、死者の魂が呼び戻され、生きていた時の形をとって出現する幽霊を意味するものと思われる。

さらに、

寝興目存形　寝興して目形を存す
遺音猶在耳　遺音猶耳にあり

と、目や耳には、妻のおもかげや声が残っていることを描く。

第三首には、

孤魂独煢煢　孤魂独り煢煢たり

安知霊与無　　安《いづく》んぞ知らん霊と無きとを

とあって、妻の孤独の魂は寂しい、どうして（李夫人のように形をとって出現する）霊があるかないかを知ることができよう、の意である。五臣注に「向曰、煢煢孤貌。安何也。亡者孤魂不レ見二其象一、何知二其有レ霊与一レ無レ霊也」とある。第二首と第三首は、李夫人のようには、亡き妻の幽霊が見えないことを嘆いている。

文選は、同じく潘岳が妻を哀悼した「哀二永逝一文」（巻五十七）を載せる。この作においても李夫人の幽霊を意識して用いている。

想孤魂兮眷旧宇　　孤魂を想ひて旧宇を眷《かへりみ》る
視倏忽兮若髣髴　　視ること倏忽《しゆくこつ》として髣髴たるが若《ごと》し
徒髣髴兮在慮　　徒《ただ》に髣髴として慮《おもんぱかり》に在り
靡耳目兮一遇　　耳目の一たび遇はんことを靡《こひねが》ふ

亡き妻の孤独の魂を想って家を顧みるとたちまちほのかに妻の姿が見えた、しかし、（おもかげとして）心の中に見えただけなので、実際にこの目で姿を見、この耳で声を聞きたい、の意である。はじめの「髣髴」に対して五臣注は、「髣髴、謂レ似二平生時一也」とある。白居易「李夫人」に、「翠蛾髣髴平生貌」とあるのは、これを引いた可能性がある。

次に掲げる段では、漢書の武帝詩の「是邪非邪」を直接引いている。

是乎非乎何遑　　是なるか非なるか何《いづ》くにか遑《ゆ》ける
趣一遇兮目中　　趣《もと》めて一たび目中に遇ふ
既遇目兮無兆　　既に目に遇へども兆《しるし》無し
曾寤寐兮弗夢　　曾《かつ》て寤《さめ》ても寐《いね》ても夢みず

何か見えたような気がするが、それは本物なのかにせものなのか、どこに行ってしまったのか、逢うことを望んで目の中に出逢う、目の中で出逢ったけれどもそれは形を持たないし、全く夢にも見ない、の意である。李善注は、「漢書曰、孝武李夫人卒。悲感作レ詩曰、是邪非邪、立而望レ之、偏何、姗姗其来遅」と漢書を引く。五臣注は、「翰曰、遑暇也。趣求也。遇逢也。言、相二望其儀形一、何暇分二其是非一。但求三一逢二目中一也」と記す。また、「済曰、兆形也。逢二於目一者、皆無二形兆一。而寤寐間亦不レ夢也」とあり、目に見るけれどもそれは「おもかげ」であって、形を持たないことを強調する。そこに神秘的な「反魂香」は介在せず、漢書における李夫人の幽霊の姿が、妻の「おもかげ」に置き換えられている。神秘的であった李夫人の反魂香の故事が、より現実的な、それゆえに普遍的な表現となっている。白居易「長恨歌」に、「魂魄不二曾来入レ夢」とあるのは、「曾寤寐兮弗レ夢」を承けていよう。

また、潘岳「是乎非乎」の古訓に「それかもあらぬかも」とあることを小林芳規氏が指摘する。[15]白居易「李夫人」詩の「それかあらぬか」という訓は、上代の文選の訓の伝統に立って付されたと言える。

神田本白氏文集は、十二世紀初頭に書写され加点されているが、古今集にこの「それかあらぬか」という語句が出てくるので、九世紀末頃にはこの訓があったと考えられる。[16]

　こぞの夏なきふるしてしほととぎすそれかあらぬか声のかはらぬ
　　　　　　　　（夏・題知らず・詠み人知らず〔一五九〕）

　かげろふのそれかあらぬか春雨のふるひとなれば袖ぞ濡れぬる
　　　　　　　　（恋四・題知らず・詠み人知らず〔七三一〕）

いずれも以前に知っていたものと似たものが現われ、それが本当に知っていたものであるのか、それともそうではないのか、と疑っている例である。発想それ自体が李夫人の反魂香の故事に拠るのであろう。特に後者は、「（雨の）

降る日（と）」と「古人」を掛け、涙で袖まで濡らしており、あたかも李夫人の霊を見た武帝の歌とも取れる内容となっている。

四

潘岳の「李夫人」利用の特徴は、「悼亡詩」「哀二永逝一文」ともに漢書の李夫人伝に見えない「髣髴」の語が使われていることである。白居易「李夫人」には、「翠蛾髣髴平生貌」とあり、おそらく潘岳の表現を襲ったのであろう。「髣髴」は、古くは楚辞において神霊に対して使われた語であり、文選にも例は多い。(17) 漢の楊雄「甘泉賦」（文選・巻七）には、「雖三方征僑与二偓佺一兮、猶彷彿其若レ夢」とあり、征僑や偓佺のような仙人が上空から甘泉宮を見ても、壮大過ぎてはっきりしないさまを描く。李善注には、「説文曰、彷彿相似視不レ諟也。楚辞曰、時彷彿以遙見。諟即諦字。音帝」とある。この注によれば「髣髴」は、相似ていて、見ても諟《たし》かでないことを言う。

宋玉「神女賦序」（文選・巻十九）にも宋玉が夢に見た巫山の神女のさまを「髣髴」の語で描く。

目色髣髴、乍若有記。見一婦人。状甚奇異。寐而夢之、寤不自識。
（目色髣髴として、乍《たちま》ちに記すること有るが若《ごと》し。一《ひと》りの婦人を見る。状《かたち》甚だ奇《あや》しく異《こと》んなり。寐《いね》て夢みる。寤《さめ》て自《みづか》ら識らず。）

李善注には「如レ有レ可二記識一也。髣髴、見不レ審也」とある。「寐」「寤」の語があることから、潘岳「哀二永逝一文」の「曾寤寐兮弗レ夢」は、これを襲ったと考えられる。それがさらに「長恨歌」の「魂魄不二曾来入一レ夢」となって行くと思われる。

魏の曹植「洛神賦」（文選・巻十九）に描かれた洛神の神女の描写がそれに続く。

髣髴兮若軽雲之蔽月。飄颻兮若流風之廻雪。遠而望之、皎若太陽升朝霞。迫而察之、灼若芙渠出渌波。

（髣髴として軽雲の月を蔽《かく》すが若し。飄颻として流風の雪を廻らすが若し。遠くして望めば、皎として太陽の朝霞に升るが若し。迫《ちか》くして察れば、灼として芙渠の渌波を出づるが若し。）

これらの例から「髣髴」は、神女や霊魂の「ほのか」な姿を描く時の語であることが知られる。潘岳はそれゆえに李夫人の霊に関わる亡き妻の「おもかげ」を見るときの描写に使った。

万葉集は、この「髣髴」の語を訓語表記で多く用いているので、その例を挙げよう。〈　〉内の原文の漢字表記に対して、右の訓は現代の訓読の代表として、日本古典文学大系の訓読を付した。左の訓は、旧訓の代表として西本願寺本の訓を付した。ここでは、万葉集の平安時代における受容を考えたいので、旧訓を付したのである。現在の訓読は「ほのか（に）」「おほ（に）」など様々にされているが、歌の内容は、文選の諸例と大きく隔たっているわけではなく、ほのかに見た女性を慕う歌や親しい女性の死を悼む歌が基本となっている。

○ほのかに見た（見たい）女性を慕う歌

梓弓音聞く我も〈髣髴見之《おぼにみし》《ほのにみし》〉こと悔しきを　（吉備津采女死時、柿本朝臣人麿作歌・巻二〔二一七〕）

〈玉蜻蜓髣髴所見而《たまかぎるほのかにみえて》《かげろふのほのかにみえて》〉別れなばもとなや恋ひむ逢ふ時までは　（山上臣憶良七夕歌・巻八〔一五二六〕）

切目山行きかふ道の〈朝霞　髣髴谷八《あさがすみほのかにだにや》《あさがすみほのかにだにや》〉妹に逢はざらむ　（寄物陳思・巻十二〔三〇三七〕）

朝影にわが身はなりぬ〈玉蜻　髣髴所見而《たまかぎるほのかにみえて》《かげろふのほのかにみえて》〉去にし子ゆゑに　（同〔三〇八五〕）

志賀の海人の釣し燈せるいざり火の〈髣髴妹乎見将因毛欲得《ほのかにいもをみむよしもがも》《ほのかにいもをみむよしもがも》〉

（同〔三一七〇〕）

○親しい女性の死を悼む歌。

…うつせみと思ひし妹が〈珠蜻蛉髣髴谷裳《たまかぎるほのかにだにも》《かげろふのほのかにだにも》〉見えなく思へば

（柿本朝臣人麿、妻死之後、泣血哀慟作歌・巻二〔二一〇〕）

…〈朝霧髣髴為乍《あさぎりのおほになりつつ》《あさぎりのほのめかしつつ》〉山背の相楽山の山の間に行き過ぎぬれば…

（悲二傷死妻一、高橋朝臣作歌・巻三〔四八一〕）

これらの諸例の発想や表現は、文選の「神女賦」「洛神賦」や潘岳の亡き妻を悼む作に拠ったとして良いのではあるまいか。また、愛する人の「かげ」（おもかげ）が見えて忘れられない、という次の歌なども潘岳の影響を考えてよいのではないか。

人はよし思ひやむとも玉かづら〈影爾所見乍《かげにみえつつ》《かげにみえつつ》〉忘らえぬかも

（天皇崩御之時、倭大后御作歌・巻二〔一四九〕）

二一〇番の人麻呂歌には、「髣髴」の語に、「珠蜻蛉《たまかぎる》」という枕詞が付いている。この語は、旧訓では「かげろふの」と訓まれている。一五二六番の憶良歌には、「玉蜻蜓《たまかぎる》」とあり、やはり「かげろふの」と訓んで「ほのかにみえて」に続いている。平安朝では、そう訓まれたと見なしたい。ここで平安朝の「かげろふ」について考察する必要を感じる。万葉集の歌を含むとされる古今六帖を主に取り上げる。

古今六帖で「かげろふ」を含む歌十八首を列挙する。このうち、万葉集の異文歌と認められているものは、六首ある。(18) それらについて左に「＊」を付して万葉歌を挙げた。また、問題部分については、万葉集の原表記を記した。その右の訓は日本古典文学大系、左の訓は西本願寺本によって付した。

〔第一・歳時・睦月〕
いまさらに雪ふらめやもかげろふのもゆる春べとなりにしものを〔一一〕
＊いまさらに雪降らめやも〈蜻火之《かぎろひの》《かげろふの》〉燃ゆる春べとなりにしものを　（春雑歌・詠レ雪・巻十〔一八三五〕）

〔第一・天・露〕
秋萩におく白露のかげろふはおつるなみだのとどめかねつも〔五八二〕
＊秋萩に置きたる露の〈風吹而《かぜふきて》《かぜふきて》〉落つる涙は留めかねつる　（秋相聞・山口女王・巻八〔一六一七〕）

〔第一・天・かすみ〕
かげろふの夕さりくれば里人の露おきかたに霞たなびく〔六二四〕
＊〈玉蜻《たまかぎる》《かげろふの》〉夕さり来れば猟《さつ》人の弓月が岳に霞たなびく　（春雑歌・人麿歌集・巻十〔一八一六〕）

〔第一・天・いなづま〕
いなづまはかげろふばかりありし時秋のたのみは人しりにけり〔八一六〕

〔第一・天・かげろふ〕
世のなかと思ひしものをかげろふのあるかなきかのよにこそ有りけれ〔八二〇〕
かげろふのそれかあらぬか春雨のふるひとみれば袖ぞ濡れぬる〔八二一〕
かげろふのさやにこそ見ねむま玉のよるのひとめは恋しかりけり〔八二二〕
かげろふのひとめからにやあやしくもおもわすれせぬいもにも有るかな〔八二三〕
かげろふのひとめばかりはほのめきてこぬよあまたになりにけるかな〔八二四〕
ありと見てたのむぞかたきかげろふのいつともしらぬ身とはしるしる〔八二五〕
かげろふのほのめくかげに見てしよりたれともしらぬ恋もするかな〔八二六〕

つれづれのはるひにまよふかげろふのかげ見しよりぞ人は恋しき〔八二七〕
てにとれどたえてとられぬかげろふのうつろひやすき君が心よ〔八二八〕

〔第四・せんとうか〕

しのすすきほにいでぬ君をわれはするも、かげろふのためとめのみしひとゆゑに〔二五一五〕
＊はだ薄穂には咲き出ぬ〈恋乎《こひを》〉をわがする、〈玉蜻《たまかぎる》《かげろふの》　直一目耳《ただひとめのみ》《ただひとめのみ》視《み》《み》之《し》《し》人故爾《ひとゆゑに》《ひとゆゑに》〉
（秋雑歌・旋頭歌・巻十〔二三一一〕）

〔第五・雑思・はじめてあへる〕

たまさかにあひみそめてはかげろふのほのかにとはたおもはじものを〔二五七七〕

〔第五・雑思・あした〕

おぼつかなゆめかうつつかかげろふのほのめくよりもはかなかりしか〔二五九二〕

〔第五・雑思・ちかふ〕

かげろふのいはがきぬまのかくれにはふしてしぬともながれはいはじ〔二九六八〕
＊〈玉蜻《たまかぎる》《かげろふの》〉石垣淵の隠りには伏して死ぬとも〈汝名《ながな》《ながな》羽《は》《は》不謂《のらじ》《いはじ》〉
（寄物陳思・巻十一〔二七〇〇〕）

〔第五・雑思・おもひやす〕

あさかげにわが身はなりぬかげろふのほのかにみえていにしこゆゑに〔三〇〇四〕
＊朝影にわが身はなりぬ〈玉蜻《たまかぎる》《かげろふの》　髣髴所《ほのかにみ》《ほのかにみ》見《え》《え》而《て》《て》〉去にし子ゆゑに
（寄物陳思・巻十二〔三〇八五〕）

この一覧から分かることは、万葉集の「蜻火之」「玉蜻」が古今六帖では、「かげろふの」と訓まれていることである。また、右の十八首の中では、万葉集の異文歌六首は、上代の古い歌と認められるので他の歌の表現の基盤となって行ったはずである。

二五一五番の旋頭歌は、意味が通りにくい。もとの万葉歌から想定される歌は、西本願寺本の訓などを考慮して、「しのすすき穂にいでぬ恋を我はするも、かげろふのただ一目のみ見し人ゆゑに」となろう。二九六八番歌も「ながれは」では、意味が通らないので、「汝が名は」が正しいと思われる。

「かげろふ」は虫の「蜻蛉」の意味に取られることもあるが、古今六帖では「天」部にまとまって配列されているところから明らかなように「陽炎」である。この語と維摩経に見える無常の「十喩」の一つである「陽炎喩」との関わりについては、かつて述べたことがある[19]。

その前提で、六帖歌を見ると三〇〇四番歌に「かげろふのほのかにみえて」とあるのが注目される。これは、陽炎のように「髣髴《ほの》」かに見えて去った女性を思って痩せてしまったという意味の歌である。

二五一五番歌も「かげろふのただ一目のみ見し人ゆゑに」という歌だとすると、「かげろふ」に関しては「ほのか」「ただ一目」などという語が続くことになる。他の六帖歌を見ると、やはり「かげろふ」は、「ほのか」「ほのめく」「一目」等と結びつけられている。そして「髣髴」や「一目」というのは、潘岳の「悼亡詩」や「哀㆓永逝㆒文」に見えた表現なのである。後者に「趣一遇㆓兮目中㆒」とあった。そこには李夫人の影があると見ることができる。和語の「かげろふ」は、「ほのか」「一目」などと結び付けられており、かつ李夫人的背景を持つ場合があると考えられる。

ここから言えることは、万葉集で「蜻火之」「玉蜻」等と表記されているところは、平安朝では、「かげろふ(の)」と訓まれていたこと、平安朝に入って作られた歌も「かげろふ」は、「ほのか」「ほのめく」「一目」と結びつけられているが、それは万葉集の伝統の上に立った表現であったことである。そしてその背景に「髣髴」という語を中心とした文選の作品があるのである。

ただし、「かげろふ」の語の周辺にも新たな変化が生じた。維摩経十喩の陽炎喩と結び付けられる例が増えること、そして白居易の「李夫人」詩が読まれるようになったことである。そして前述したように、「それかもあらぬかも」は「それかあらぬか」というように訓まれるようになった。その結果、古今六帖の八二一番歌（古今集〔七三二〕）の、「かげろふのそれかあらぬか春雨のふるひとなれば袖ぞ濡れぬる」という歌が作られるようになったのである。この歌は、武帝が李夫人を見て涙を流したような内容である。すなわち、李夫人の魂の影を引きずっており、しかも白居易の「李夫人」詩を背景に見ることができる。「あさかげにわが身はなりぬかげろふのほのかにみえていにしこゆゑに」〔三〇〇四〕が万葉的な歌とすれば、「かげろふのそれかあらぬか」歌は、平安朝的な歌と言えよう。また、新撰万葉集には、「髣髴《ほの》丹《に》見《み》芝《し》人丹《ひとに》思緒《おもひを》属染手《つけそめて》心幹《こころから》許《こ》曾《そ》下丹《したに》焦礼《こがるれ》」（巻下・恋〔四八二〕）と、「髣髴」を「ほの」と訓ませた例がある。「髣髴」という漢語と「ほの（か）」という和語は強い結びつきがある。

五

桐壺更衣の美貌はどのようなものだったろうか。楊貴妃に准らえられれほどであったが、思いのほかにその描写は少ない。その子の光源氏は「世になくきよらなる玉の男《をのこ》御子」（桐壺・一二）であり、「めづらかなる御容貌《かたち》」（同）であった。その母なのであるから、読者が美女と思うのはもっともである。一方、弘徽殿の女御らから嫉妬されて病を得た更衣は次のように描かれている。

いとにほひやかに、うつくしげなる人の、いたう面痩せて、いとあはれとものを思ひしみながら、言にいでても聞こえやらず、あるかなきかに消え入りつつものしたまふを御覧ずるに、（桐壺・一五）

「いとにほひやかに、うつくしげなる人」というのが、更衣の美貌に対する端的な表現と言えよう。李夫人は病気で容貌が毀なわれていたため、寵を失うのを恐れて武帝との対面を拒否したが、更衣は最後の別れの場面で却って帝にその美貌を印象づけている。また、死後は「もの思ひ知りたまふは、様、容貌のめでたかりしこと、心ばせのなだらかにめやすく、憎みがたかりしことなど、今ぞおぼしいづる」（桐壺・一八）とその美貌を思い出されている。生きている更衣については、帝は目前にその姿を眺めていたが、死んでからはひたすら「おもかげ」の存在として心の中に求めざるを得ない。

野分だちて、にはかに膚寒き夕暮のほど、常よりもおぼしいづること多くて、靫負の命婦といふをつかはす。夕月夜のをかしきほどにいだし立てさせたまひて、やがてながめおはします。かうやうのをりは、御遊びなどせさせたまひしに、心ことなるものの音をかき鳴らし、はかなく聞こえいづる言の葉も、人よりはことなりしけはひ容貌の、おもかげにつと添ひておぼさるるにも、闇のうつつにはなほ劣りけり。

（桐壺・一九）

「人よりはことなりしけはひ容貌」が「おもかげ」に見えたと言っている。ここで引かれた「闇のうつつ」とは、古今集の「むば玉の闇のうつつはさだかなる夢にいくかもまさらざりけり」（恋三・題知らず・詠み人知らず（六四七））である。この歌では、愛する人に闇で逢ったが、それははっきりとした夢にどれほども勝っていなかった（闇でない逢い方をしたい）、の意であり、それを逆手に取って、桐壺巻では、いくらはっきりとしたおもかげでも、生きていて闇で逢っているのに劣っていた（闇の中ででも生きた更衣に逢いたい）と言っている。更衣は生身の存在から、死んで「おもかげ」としての存在に移行したとも言える。これは、潘岳の詩文に見えた心の中の「髣髴」とした、妻の姿とほとんど変わらない。「寝興目存㆑形、遺音猶在㆑耳」とあって、目や耳には、妻のおもかげや声が残っていることを描いていた。「はかなく聞こえいづる言の葉も、人よりはことなりしけはひ容貌」とあるのと酷似していると言える。

こうして「おもかげ」を抱いて帝は更衣の実家に靫負命婦を派遣する。それは、「長恨歌」で死んだ楊貴妃を捜させるために方士を派遣するに類した行動であったが、命婦はその役割を果たすことができず、単なる形見の品を持ち帰るだけであり、亡き人の住処を尋ね得なかった。

かの贈り物御覧ぜさす。亡き人の住処《すみか》尋ねいでたりけむ、しるしの釵ならましかば、と思ほすも、いとかひなし。

尋ねゆく幻もがなつてにても魂《たま》のありかをそこと知るべく　（桐壺・二七）

「亡き人の住処」は、「長恨歌」では蓬莱山であった。帝は「魂のありか」を求めたが、結局更衣の魂の所在は分からなかった。潘岳の「孤魂独煢煢、安知霊与レ無」と同じである。

そして長恨歌屏風を見ながら更衣を偲んだ。その容貌は楊貴妃と比較されている。藤井氏が李夫人の写真の故事を踏まえたとされたところである。

絵にかける楊貴妃の容貌は、いみじき絵師といへども、筆限りありければ、いとにほひ少なし。太液の芙蓉、未央の柳も、げに通ひたりし容貌を、唐めいたるよそひはうるはしうこそありけめ、なつかしうらうたげなりしをおぼしいづるに、花鳥の色にも音《ね》にもよそふべきかたぞなき。　（桐壺・二七）

楊貴妃に比べて「なつかしうらうたげなりし」と言われている。楊貴妃に准らえられていた更衣はここでは、楊貴妃とも比べられず、その美貌は花とも、美声は鳥とも比べられないものとして帝に思い出されている。「寝興目存レ形、遺音猶在レ耳」と同じことは、ここでも繰り返されている。

そして寝られぬ夜を過ごし、ようやく朝を迎えても更衣を思い出すばかりであった。

朝《あした》に起きさせたまふとても、明くるも知らで、とおぼしいづるにも、なほ朝政はおこたらせたまひぬべかめり。
（桐壺・二八）

ここでの引き歌は伊勢集の「玉すだれ明くるも知らで寝しものを夢にも見じと思ひかけきや」〔五五〕であり、「夢にも見じ」という内容を含んでいる。「長恨歌」の「魂魄不㆓曾来入㆑夢」を訳したところであり、もともと潘岳の「曾寤寐兮弗㆑夢」に基づいていた。帝は夢に更衣の姿を見ることができなかったのである。武帝は反魂香によって李夫人の魂を見、玄宗は方士の持ち帰った「しるしの釵」によって仙女楊貴妃の存在を確信できたが、桐壺帝にはそれらの幸運は与えられず、むしろ潘岳と同じだと言える。潘岳の作では「孤魂」と呼ばれ、保胤の願文では、「弟子訪㆓旅魂㆒而未㆑由」とあった「旅魂」の行方が、帝の最関心事であった。心におもかげを抱き、魂の行方を求めるというのが、帝の状況である。

さしあたって形見としての若宮を宮中に呼び戻すことはできたが、更衣を失った心の空白を埋めるには藤壺の登場が必要であった。

今もほの見たてまつりて、「亡せたまひにし御息所の御容貌に似たまへる人を、三代の宮仕へに伝はりぬるに、え見たてまつりつけぬを、后の宮の姫宮こそ、いとようおぼえて生ひいでさせたまへりけれ。ありがたき御容貌人になむ」と奏しけるに、
（桐壺・三二）

帝が抱いていた「おもかげ」に限りなく近い容貌を持った女性が、藤壺なのである。三代に仕えた典侍が、「ほの見」た藤壺は李夫人の魂のように帝の前に現れた。潘岳が求めた「李氏の霊」は出現せず、ついにおもかげを抱いて悲しむに終ったが、藤壺の出現により、武帝が見た李夫人の霊のごときものを帝は得たのである。

桐壺更衣の「おもかげ」を求めるものがもう一人いた。母を求める光源氏である。光源氏は母を覚えてはいな

かったが、まわりのものが皆更衣と藤壺との相似を言うので、光源氏も母の「おもかげ」を持ったものとして藤壺を愛するようになるのである。

ただし、それはあくまで父の妻であり、自分の妻にできる女性ではなかった。そこに、相似の「おもかげ」を持ったものとして若紫が登場する。

　つらつき、いとらうたげにて、眉のわたりうちけぶり、いはけなくかいやりたる額つき、髪ざし、いみじううつくし。…さるは、かぎりなう心を尽くし聞ゆる人に、いとよう似たてまつれるが、まもらるるなりけり、
（若紫・一九〇）

思いがけず北山の某《なにがし》寺で見かけた少女は藤壺にそっくりであり、自ずと見つめられるのであった。夜になって北山の僧都と対面した時にも少女の「おもかげ」が気にかかり、無礼を承知で光源氏は少女の素姓を尋ねている。

　昼のおもかげ心にかかりて恋しければ、「ここにものしたまふは誰にか。尋ねきこえまほしき夢を見たまへしかな。今日なむ思ひあはせつる」と聞こえたまへば、
（若紫・一九四）

僧都から少女の素姓を聞いた光源氏は、当面の保護者である祖母の尼君に歌を贈る。

　夕まぐれほのかに花の色を見てけさは霞の立ちぞわづらふ
（若紫・二〇四）

少女は、「ほのか」に見たと表現されている。「髣髴」と表記できるところである。なお、北山を下りた光源氏は、少女の保護者である尼君に早速歌を送っている。

　おもかげは身をも離れず山桜心の限りとめて来しかど
（若紫・二一〇）

この少女の「おもかげ」は、藤壺にそっくりであり、従って桐壺更衣にも似ているはずである。いはば、桐壺帝が心に抱いた亡き更衣の「おもかげ」が姿を現して藤壺となり、その「おもかげ」が姿を現して若紫となり、その「おもかげ」を心に抱いて光源氏は山を下りたのである。女性は三人であるが、ほぼ同じ一つの「おもかげ」を中心として物語は展開して行く。その背景に死後に姿を現した李夫人の魂の存在を見ることができるのである。

注

（1）藤井貞和氏「光源氏物語の端緒の成立」（同氏『源氏物語の始原と現在』所収・三一書房・昭和四十七年、『同　定本』冬樹社・昭和五十五年、初出は『文学』昭和四十七年一月）。

（2）拙稿「李夫人と桐壺巻」（阪倉篤義氏監修『論集　日本文学・日本語2　中古』角川書店・昭和五十二年、新間『源氏物語と白居易の文学』所収・和泉書院・平成十五年）。なお、李夫人について触れた論文には、三田村雅子氏「「李夫人」と浮舟物語」（『文芸と批評』三巻七号、昭和四十六年十月。日本文学研究資料叢書『源氏物語Ⅳ』所収・有精堂・昭和五十七年）、拙稿「源氏物語の結末について―長恨歌と李夫人と―」（『国語国文』昭和五十四年三月、『源氏物語と白居易の文学』所収）、久保田孝夫氏「光源氏物語の長恨歌引用の表現―李夫人・子の存在・独詠歌―」（南波浩氏編『王朝物語とその周辺』笠間書院・昭和五十七年）、藤原克己氏「紫式部と漢文学―宇治の大君と〈婦人苦〉」（『国文論叢』十七号・神戸大学国語国文学会・平成二年三月）、横井孝氏「螺旋としての源氏物語―竹取物語・長恨歌・李夫人―」（王朝物語研究会編『論集源氏物語とその前後2』新典社・平成四年）等がある。

（3）拙稿「桐壺更衣の原像について―李夫人と花山院女御忯子―」（森一郎氏編『源氏物語作中人物論集』勉誠社・平成五年、『源氏物語と白居易の文学』所収）。なお、『桐壺帝・桐壺更衣』（人物で読む源氏物語・勉誠出版・平成十七年）に初出稿から再録した。

（4）藤井貞和氏「源氏物語と中国文学」（『国文学　解釈と鑑賞』別冊・講座日本文学『源氏物語　上』昭和五十三年五月）。

（5）太田次男・小林芳規両氏『神田本白氏文集の研究』（勉誠社・昭和五十七年）及び、同書に基づく『源氏物語七』（新潮日本古典集成・昭和五十八年）の付録を参照して訓読を構成した。

（6）注1藤井氏論文。

（7）注3の拙稿。

（8）宝物集の引用は、七巻本を底本とする新日本古典文学大系によった。

（9）注4藤井氏論文。

（10）平家物語の引用は、覚一本系統の龍谷大学本を底本とする日本古典文学大系によった。

（11）河内本の引用は、『源氏物語大成』（校異篇）によったが、表記は改めた。

（12）弘仁九年（八一八）成立の文華秀麗集（巻中）の巨勢識人「奉レ和二春閨怨一」詩に影響が見られる。小島憲之氏『上代日本文学と中国文学　下』（塙書房・昭和四十年）一四八三頁参照。

（13）文選の本文・訓読は主に『和刻本　文選』（慶安五年刊本の影印・汲古書院・昭和四十九年）による。

（14）注3の拙稿では、全釈漢文大系『文選　三』の訓読を参照し、「独り李氏の霊の、髣髴として爾《そ》の容《かたち》を睹《み》ること無し」と訓んだが、訓読を改めた。

（15）小林芳規氏「上代における『文選』の訓読」（全釈漢文大系『文選　一』月報八・昭和四十九年）。

（16）小島憲之氏「漢語の中の平安佳人―『源氏物語』へ―」（『文学』昭和五十七年八月）に指摘がある。

（17）拙稿「夕顔の誕生と漢詩文―「花の顔」をめぐって―」（源氏物語探究会編『源氏物語の探究　第十輯』風間書房・昭和六十年、『源氏物語と白居易の文学』所収）。

（18）中西進氏『古今六帖の万葉歌』（武蔵野書院・昭和三十九年）を参照した。

（19）拙稿「平安朝文学における「かげろふ」について―その仏教的背景―」（紫式部学会編『源氏物語と日記文学　研究と資料』古代文学論叢第十二輯・武蔵野書院・平成四年、『源氏物語と白居易の文学』所収）。

第二部　「松竹」と源氏物語

第Ⅰ章　「松風」と「琴」

——新撰万葉集から源氏物語へ——

一

源氏物語には松風巻がある。この「松風」という巻名は、明石の浦から洛西大堰《おおい》川北岸の山荘に移った明石の上とその母明石の尼君の二人が歌を唱和する場面に基づく。光源氏が明石を去る時に渡した形見の琴《きん》の琴（七絃）を明石の上がかき鳴らすと、おりから大堰の「松風」が「琴」の音に響き合った。

　なかなかもの思ひ続けられて、捨てし家居も恋しう、つれづれなれば、かの御かたみの琴《きん》を掻き鳴らす。をりのいみじう忍びがたければ、人離れたるかたにうちとけてすこし弾くに、松風はしたなく響きあひたり。尼君、もの悲しげにて寄り臥したまへるに、起きあがりて、

〔尼君〕
身をかへてひとり帰れる山里に聞きしに似たる松風ぞ吹く[1]

御方、

〔明石の上〕
故里に見し世の友を恋ひわびてさへづる琴[2]（言）を誰か分くらむ　（松風・二二九）

また、その後光源氏が山荘の明石の上のもとを訪れ、久々に二人が再会する場面にも「松の響き」が描かれてい

る。明石での再会の約束が実現されたことを光源氏が琴《きん》の琴を弾くことによって確認するのである。

　ありし夜のことおぼし出でらるるをり過ぐさず、かの琴《きん》の御琴さし出でたり。そこはかとなくものあはれなるに、え忍びたまはで掻き鳴らしたまふ。まだ調べもかはらず、ひきかへし、そのをりのここちしたまふ。

　女、

〔源氏〕

契りしにかはらぬ琴（言）の調べにて絶えぬ心のほどは知りきや

〔明石の上〕

かはらじと契りし琴（言）を頼みにて松の響きに音《ね》を添へしかな　（松風・一二三五）

　ほかにも源氏物語には、「松風」が吹く場面があるが、そのうちのいくつかについて、「松風」と「琴」との関連を認めつつも、白居易の新楽府中の詩「陵園ノ妾」〔〇一六一〕との関わりがあると考えられるとかつて拙稿で論[3]じた。愛する男性がいないか、もしくは離れて寂しく山里で暮らすような女性が「松風」を聞く場面では、「陵園妾」の次の一節が基本的に使われていると考えた。

松門到暁月徘徊　　松門暁に到つて月徘徊す
栢城尽日風蕭瑟　　栢城《はくせい》尽日《ひねもす》に風蕭瑟《せうしつ》たり
松門栢城幽閉深　　松門栢城幽閉深し
聞蟬聴鶯感光陰　　蟬を聞き鶯を聴きてのみ光陰に感ず

右に見える「蕭瑟」の語は本来秋風の寂しさを表わす語であるが、[4]「瑟」を含むため「琴」への連想が働くこともある。例えば、源順の「随レ嵐落葉含二蕭瑟一、濺レ石飛泉弄二雅琴一」（和漢朗詠集・落葉〔三一三〕）では「蕭瑟」と「雅琴」を対にし、寂しい秋風の音と琴のような飛泉の響きを並列して、字面の上では琴瑟の音が聞こえるようである。「陵園妾」詩から「松風」と「琴」を連想することは不自然ではない。
しかし、やはり「松風」と「琴」との関連は直接的なので、本章ではその点を中心に考察して行く。(5)

二

松風巻の先に引いた場面では、拾遺集（巻八・雑上）に見える斎宮女御徽子(6)の歌が注されるのが常であるので、まずその歌について考えたい。(7)

野の宮に斎宮の庚申し侍りけるに、「松風入㆓夜琴㆒」と
いふ題を詠み侍りける　斎宮女御
琴の音《ね》に峰の松風通ふらしいづれのをより調べそめけん（四五一）
松風の音《おと》に乱るる琴のねをひけば子の日の心地こそすれ（四五二）

この二首は、嵯峨野の野の宮で庚申の夜に作られている。第一首の「琴の音に」の歌が和漢朗詠集（管絃（四六九））に採られてよく知られており、松風巻の「松風はしたなく響きあひたり」のところに注される。しかし、第二首目も同時の詠であり、さらに順集にもその時に作られた源順の歌序と歌が見えるので、「琴の音に」の歌を解釈するに際して併せて考察する必要があろう。順の歌序と歌を左に挙げる。(8)

初めの冬の庚申《かのえさる》の夜、伊勢の斎きの宮に侍ひて、「松の声夜の琴に入る」といふことを題にて奉る歌の序

伊勢の斎きの宮、秋の野の宮にわたらせ給ひて後、冬の山風寒くなりての、初めつ方二十七日《はつかなぬか》の夜、庚申《かのえさる》に当れり。長々しき夜を、つくづくとやは明かすべきとおぼして、御簾の内に侍ふおもと人、みはしのもとにまゐれるまうち君たち歌詠ませ遊びせさせ給ふ。

歌の題に曰く、「松の風夜の琴に入る」。これにつけて聞けば、足引きの山おろしに響くなる松の深緑も、むば玉の夜半に聞ゆる琴のおもしろさも、ひとつにみな乱れ合ひ、行き通ひて、むべも昔の人の「風松に入る」といふ琴の調べを、作り置き伝へけむとなん思ほえける。

順が頭《かしら》の吹雪は、夏も冬も分かぬ雪かと誤たれ、心の闇は、唐《から》にも大和にもすべて尽きなく、おまへの遣り水に浮べる残りの菊に思ひ合はすれば、いづみばかりに沈む身はづかしく、名に高き衣笠岡に照れる紅葉葉を見わたせば、かかる円居《まとゐ》に侍ふことさへまばゆけれど、さまらばあれ、世人こそ聞きても笑はめ、かけまくもかしこきおほみ神は、あはれとも恵みさきまへ給ひてんとて、今のいにしへを見るがごと、こよひの事を後の人も見よとて、書き記し奉るは、おほせごとに従ふなり。

夜を寒み琴にしも入る松風は君にひかれて千代や添ふらむ

歌会の日は、この序に冬の初めの二十七日庚申とあって、十月二十七日と知られる。斎宮規子内親王は、母親の斎宮女御徽子とともに、貞元元年（九七六）九月二十一日に野の宮に入り、翌年九月十六日に伊勢に下向している。その間であるから、この歌会は貞元元年十月二十七日庚申の日の夜に行なわれたことになる。斎宮規子内親王の主催であった。

この歌会の題は、拾遺集に「松風入㆓夜琴㆒」とあり、順の序にも「歌の題に曰く」として、「松の風夜の琴に入る」とあるが、序の詞書の方には「松の声夜の琴に入る」とある。この題は、和漢朗詠集や拾遺集の諸注の指摘のように、もともと初唐李嶠の李嶠百二十詠の第四「風」詩の第六句目を句題としたものである。

李嶠詩の第五・六句は、次のような対句をなしている。

月影臨秋扇　　月影秋扇を臨《てら》す
[9]
松声入夜琴　　松声夜琴に入る

この歌会は、めでたい雰囲気を特徴としている。徽子の第二首目に「ねをひけば」とあるのは、「音《ね》を弾けば」と「根を引けば」とを掛けてある。「根を引」くは正月の子の日に野遊して小松を引くことを言い、そこから正月の「子《ね》の日」を連想し、その日の気持がすると言っている。句題に含まれる「松」にちなみ、申《さる》の日ということもあって、「子の日」と言ったのである。順の歌に「(君に)ひかれて」とあるのも「弾かれて」と「引かれて」と掛けてあり、子の日に小松を引くことから「松」の縁語になっている。「千代」とあるのは、千年の寿命を持つ「松」に由来する。いずれも句題の「松」にちなんだめでたい表現である。

そのめでたさは、この歌会をわが身のほどに余る場とみなした順の序にもよく表われている。「かしこきおほみ神」とあるのは、斎宮が仕える天照大神のことで、その恩恵に期待している。

この雰囲気は、賢木巻や松風巻に描かれた孤独な女性が住む嵯峨野の「もののあはれ」を尽くした情景とは異なっており、前掲の拙稿ではそのような場面で松風が吹く場合の「陵園妾」詩の受容をも想定したのであった。「琴の音に」の歌についても徽子の寂しい心境を表現していると見るのは深読みに過ぎよう。[10]

さらに、徽子の歌の「いづれのを」に注目したい。「を」は山の「尾《を》(峰)」と琴の「緒《を》」との掛詞とされるが、「尾」については、嵯峨野の地理から具体的な解釈も可能である。この当時有名な地名は大堰川南岸の松尾と北岸の小倉山、亀山などが挙げられる。松尾には、延喜式内社の松尾社があり、亀山はそのふもとに兼明親王が山荘雄《お》蔵《ぐら》殿を営んだ。古今集に「亀の緒(尾)の山の岩根を尋《と》めて落つる滝の白玉千代の数かも」(巻七・賀・貞辰の親王の、をばの四十の賀を大堰にてしける日詠める・紀惟岳（三五〇）とある「亀の緒」は、この亀山である。兼明親王の「菟裘賦」（本朝文粋・巻一〔一二〕）にも、「吾将レ入二亀緒之巌隈一」とあり、その自注に「亀緒便亀山也。猶如二亀尾一之読レ之故云」[11]とあるので、「亀山」の異称が「亀の緒」であることははっきりしている。松尾はやや南に離れているので、特に「緒」字を持った亀の緒（亀山）を多少意識して徽子は「いづれのを」と詠んだのではないか。この夜のめでたい雰囲気と句題の「松」字に「亀の緒」は似つかわしい。徽子が「琴の音に」の歌を詠んだ前年の天延三年（九七五）八月十三日に、兼明親王は亀山の神を祀っており（「祭二亀山神一文」・本朝文粋・巻十三〔三九〇〕）、山荘を設けたのはそれ以前であることが知られる。

　句題の典拠となった李嶠百二十詠には唐の張庭芳の注が残る。今、有注本の天理図書館本と慶応大学本について「風」詩の第五・六句の注を参照すると、第五句には、班婕妤「怨歌行」（文選・巻二十七）の「裁為二合歓扇一、団団似二明月一」を注している。第六句に対しての両本の注は左のようになっている。

　　琴有二風入松曲一也。
（天理図書館本・一百二十詠詩注）

　琴有二風入松曲一也。言、風吹レ松作レ声似二鳴琴一也。謝脁詩曰、復此風中琴也。
（慶応大学本・百二十詠詩注）

両注は、まず琴には「風入松《ふうじつしよう》」曲があることを記すが、慶応大学本は、さらに「言、風吹レ松作レ声似二鳴琴一也。謝脁詩曰、復此風中琴也」と続いており、天理図書館本はその部分を欠いている。両者を比較すると、後述するように慶応大学本の形の方が古くから有力であったと考えられる。

　鎌倉初期に成立した源光行の百詠和歌[12]では、「松声入二夜琴一」に対しては、「琴有二風入松曲一也。いふ心は風松をふきて作レ声似二鳴琴一也」とあり、「吹かぬまはいつかは琴のねに通ふ風こそ松のしらべなりけれ」とそもそもの題の「風」を中心に置いて作歌している。
百詠和歌の説明は、慶応大学本の「琴有二風入松曲一也」以下を引用しつつ、一部訓読したものとなっており、光行は慶応大学本系統の注によったことが分かる。
慶応大学本に「言、風吹レ松作レ声似二鳴琴一也」とあり、光行も「いふ心は」とそこを引用しているのは、「風入松」曲の由来の説明でもあるし、李嶠詩の第六句の説明ともなっている。松風の音は琴の音色に似ているので、「風入松」曲が出来たし、また「松声入二夜琴一」が、琴の音に似た松風の音が松風の音に似た琴の音に混じり込んで来る、という意味であることを説明しているのである。いわば、松の声という自然の音が琴の音に入り込み合奏するのである。第五句の「月影臨二秋扇一」の方も、団扇に似た白い月の光が明月に似た白い団扇を照らすという意であり、確かにこの二句はうまく対をなしていると言える。扇から風が発するので、「風」詩の句となり得るのである。

順の序にも「昔の人の「風松に入る」といふ琴の調べを、作り置き伝へけむ」とあって、「風入松」曲についての言及がある。この点、右の張庭芳注に見える「琴有二風入松曲一也」と一致する。順は李嶠百二十詠注を併せて読んでいたと思われる。句題を選んだのも順であろう。[13]

「風入松」曲は、初学記（琴）に「琴歴曰、琴曲有二蔡氏五弄、…風入松、烏夜啼…石上流泉…一」とあり、また楽府詩集（琴曲歌辞四）の唐僧皎然「風入松歌」の題解に、「琴集曰、風入松、晉嵆康所レ作也」とあって、魏晉の文人の嵆康（叔夜）の作であると伝えられてる。

慶応大学本に「謝朓詩曰、復此風中琴也」とあるのは、斉の謝朓（玄暉）の「郡内高斎閑坐、答二呂法曹一」（文選・巻二十六）に、「日出衆鳥散、山暝孤猿吟。已有二池上酌一、復此風中琴」（日出づれば衆鳥散じ、山暝《く》れなば孤猿吟ず。已に池上の酌有り、復た此の風中の琴あり）とあるのによる。この「風中琴」については、李善注に「嵆康贈二秀才一詩曰、習習和風、吹二我素琴一」と注し、五臣注には、「翰曰、風中琴、謂下致二琴風中一令中自鳴上。聴レ之以為レ楽也」と注している。李善注が引く「嵆康贈二秀才一詩」というのは、嵆康の「贈二秀才入レ軍五首〔其三〕」（文選・巻二十四）である。李善や五臣の注によれば、嵆康が自分の素琴（質素な琴）が風が吹いて自然に鳴ることを詩に詠んだのを踏まえて、謝朓が「復此風中琴」と詠んだのである。

李嶠詩に慶応大学本の注「謝朓詩曰、復此風中琴也」が付されているのは、第五句が、風が琴に入って行くという意味なので、「風中琴」と似ていると考えたからであろう。この「風中琴」は、嵆康と謝朓の作の中では松或いは松風と関わりがない。李嶠詩の「松声入二夜琴一」の注に記されていることによって、松、或いは松風と関わってくるのである。

「琴」と「松」との関わりについては、以上のことがらが、李嶠百二十詠「風」詩とその張庭芳注などを介して知られていた。これを次の四項目にまとめることができる。

①松声―琴の音に似る松風の音。張庭芳注に「言、風吹レ松作レ声似二鳴琴一也」とあり、嵆康作「風入松」曲が出来る理由となる。
②琴の音《ね》―松声を写す琴の音。「風入松」曲は、松声を写したものである。
③風中琴―風の中に置かれた琴が鳴る。嵆康詩・謝朓詩による。直接「松」とは関わらないが、張庭芳注で言及されることにより、間接的に関わる。
④松声入二夜琴一―松風の音が夜の琴の音に混じり、入り込んでくる。李嶠「風」詩の句。この場合、松声は琴の音に似ているのであるから、似たものが混じり響き合うということになる。

なお、五絃の琴《きん》の音が松風のように聞こえる、と表現する例として、白居易の新楽府「五絃弾」〔〇一四一〕がある。[14]

第一第二絃索索　　第一第二の絃索索たり
秋風払松疎韻落　　秋の風松を払ひて疎《おろそか》なる韻《しらべ》落ちたり
第三第四絃冷冷　　第三第四の絃冷冷たり
夜鶴憶子籠中鳴　　夜の鶴子を憶ひて籠《こ》の中に鳴く
第五絃声最掩抑　　第五の絃の声最も掩抑たり
隴水凍咽流不得　　隴水凍《こ》い咽びて流るること得ず

この部分は摘句されて和漢朗詠集（管絃（四六二））に載せる。第二句が②の例となる。源順は、鶴の鳴き声を「叫レ漢遙驚孤枕夢、和レ風漫入五絃弾」（和漢朗詠集・鶴（四五〇））と描くが、これは「五絃弾」詩と「松声入二夜琴一」をともに用いて、鶴の声が風に和して五絃の琴の音に入りこんでいると詠んでいるのである。

右の四項目だけで「松風」と「琴」との関連表現をすべて覆えるわけではないが、一応の基準として、十世紀初頭頃までの日本人の漢詩文に当てはめてみる。

まず、藤原史（不比等）「五言、遊二吉野一」（懐風藻（三一））の「翻知玄圃近、対翫入レ松風」（翻りて知る玄圃近きことを、対ひて翫ぶ松に入る風）は、自然の風が松に入って音を立てているのを聞いており、①に分類される。「入レ松」のところで、琴曲の「風入松」曲を意識している。

島田忠臣の「題二扇上画松一」（田氏家集・巻上（五八））の「随レ扇揺二枝葉一、偏疑風入レ松」（扇ぐに随ひて枝葉揺らぎ、偏へに疑ふ風の松に入るかと）は、扇上の松を詠んでおり、扇ぐと風が松に入るかと感じられると言う。やはり「風入松」曲を連想しており、①に分類される。

同じ忠臣の「池榭消レ暑」（田氏家集・巻下（一五二））の「月沈二蘋藻一銀鈎影、風触二松杉一玉軫声」（月蘋藻に沈む銀鈎の影、風松杉に触る玉軫の声）では、松や杉に触れる風の音はあたかも琴の音色のようである、と言っており、

①に分類される。なお、この句は、白居易の「春池閑汎」〔三五四八〕に、「花助二銀盃器一、松添二玉軫声一」とあるのに基づく。[15]白居易の方も松風の音は琴の音色のように聞こえるの意で、①に分類される。

菅原道真「客舎冬夜」（菅家文草・巻三〔二一〇〕）の「行楽去留遵二月砌一、詠詩緩急播二風松一」（行楽の去留は月砌に遵ふ、詠詩の緩急は風松に播《うご》かさる）は、琴の音色に聞こえる松風の音によって詩を詠ずる緩急の速度が決まるとの意味なので、やはり①に分類される。

また、道真の「風中琴」（菅家文草・巻五〔四〇一〕）に、「清琴風処響、恰似レ有二人弾一」（清琴風処に響く、恰も人の弾ずること有るが似《ごと》し）とあるのは、詩題自体が謝眺詩に基づくので、③に分類される。ただし、詩の内容は「松風」とは関連しない。

道真の「感二吏部王弾レ琴、応レ製」（菅家後集〔四七四〕）の場合は、「酒酣莫レ奏蕭蕭曲、峡水松風惣断レ腸」（酒酣《たけなは》にして奏すること莫れ蕭蕭の曲、峡水松風惣て腸《はらわた》を断つ）では、「松風」のように聞こえる琴の音を詠んだ詩であり、②に分類される。

この詩では、「松風」と並べて「峡水」とあり、琴の音を聞いて水の流れを連想している。琴の音から水の音への連想については、初学記（琴）所引の琴歴に「石上流泉」曲があるが、もともとは、「知音」の故事に基づく。この故事は、呂氏春秋に見える。

伯牙鼓レ琴、鍾子期聴レ之。方鼓レ琴而志在二太山一、鍾子期曰、善哉乎鼓レ琴、巍巍乎、若二太山一。少選之間而志在二流水一、鍾子期又曰、善哉乎鼓レ琴、湯湯乎若二流水一。鍾子期死。伯牙破レ琴絶レ絃、終身不二復鼓一レ琴。以為、世無下足二復為鼓一レ琴者上。[16]

琴の名手である伯牙が泰山を思いながら琴を弾くと伯牙の琴を良く理解した鍾子期は山を連想し、伯牙が流水を思いながら弾くと鍾子期は水の流れを連想したという。これが「知音」であり、鍾子期が死んだ後伯牙は自ら絃を絶ったというのが蒙求の「伯牙絶絃」（二一八）である。鍾子期が琴の音を聞いて山や水音を連想して以来、その連想が琴の詩に詠まれることとなった。

「流水」については、わが国では、早く懐風藻の境部王「宴二長王宅一」（五〇）に、「歌是飛塵曲、絃即激流声」とあり、文華秀麗集の良岑安世「山亭聴レ琴」（二四二）に、「一聞焼尾手下響、三峡流泉坐上知」とある。中唐章孝標「駱谷行」にも谷川の水を琴の音に聞いた「山花織レ錦時聊看、澗水弾レ琴不レ暇聴」があり、これは大江千里の句題和歌にも句題として採られている。[17] 千載佳句（琴）には、「不レ待江上移入レ座、便聞三峡水来声」（唐枢「贈二琴僧一」（七五三））や「絃中恨起二湘山遠一、指下情多二楚峡流一」（蘇替「聴レ琴」（七五一））がある。

蘇替の句では、「湘山」と「楚峡」という山と水が対になっており、「知音」の故事の利用が明らかである。文華秀麗集の巨勢識人「琴興」（一四三）には、「形如二龍鳳一性閑寂、声韻二山水一響幽深」とある。「声山水を韻かす」とは、琴の音色が山の響き、水の響きに聞こえるの意味で、これも知音の故事を踏まえている。

道真の「峡水松風」に極めて近いものとして中唐王建の「聴レ琴」に、「無事此身離二白雲一、松風渓水不二曾聞一」がある。他に「松風」と「水」を組み合せた作としては、千載佳句（琴）に「泉迸二幽音一離二石底一、松含二細韻一在二霜枝一」（方干「聴レ弾レ琴」（七五八））とある。これらは、知音の故事を踏まえているものの、本来の知音の故事が持っていた「山」と「水」の対が少々不明確になっている。しかし、対として見れば、例えば「峡水」に対して「松風」と言えば、それは山に生えている松を吹く風の音と解すべきもののように思われる。そう考えるならば、道真の四七四番詩の「峡水松風」という詩句と後述の新撰万葉集（六五）の「翠嶺松声」や歌語「峰の松風」は近似の表現と言える。

紀長谷雄に「風中琴賦」（本朝文粋・巻一（九））があるが、これは道真の四〇一番詩と同じく「風中琴」を題としており、①に分類される。その賦の中で「入松易レ乱、欲レ悩二明君之魂一。流水不レ返、応レ送二列子之乗一」（入松《じっしょう》乱れ易し、明君が魂を悩まさむとす。流水返らず、列子が乗を送るべし）の四句が、和漢朗詠集（風〔三九八〕）に摘句されている。「風中琴」の題で「入松」の語が出てくるが、前述したように「風中琴」の語の典拠となっている文選の謝朓詩と「風入松」曲に由来する「入松」の語は本来関係がない。李嶠「風」詩の注があってはじめて両者は結びつくのであるから、長谷雄は張庭芳注を見て両者を結びつけたと考えられる。このことからも慶応大学本に見られる「謝朓詩曰、復此風中琴也」は本来の張庭芳注にあったと見られる。「入松」と「流水」の対は、方干の句や道真の「峡水松風」と同じ形の対になっている。

この長谷雄の「入松易ㇾ乱」は、斎宮女御の「松風の音に乱るる琴のね」（拾遺集〔四五一〕）に使われたし、順の序の「足引きの山おろしに響くなる松の深緑も、むば玉の夜半に聞ゆる琴のおもしろさも、ひとつにみな乱れ合ひ」と使われたのである。

三

次に歌語の「松風」について考えてみたい。万葉集には「松風」の語は三例（〔二五七〕〔二六〇〕〔一四五八〕）あるが、琴と関連する例はない。新撰万葉集に「松風」「松の声《ね》」の語が見られ、ともに「琴」に関わる。新撰万葉集上巻では、和歌にそれを訳した絶句が付されており、漢詩と和歌の表現の相関が看取できるので、そこから検討したい(18)。

まず、上巻の夏部に「琴」と「松風」と「蝉」が組み合せられた例が見られる。

琴の声《ね》に響き通へる松風を調べても鳴く蝉の音《こゑ》かな(19)〔三七〕

（琴之声丹響通倍留松風緒調店鳴蟬之音鉋）
邕郎死後罷琴声　　邕郎《ようらう》死して後琴声罷む
可賞松蟬両混并　　賞《め》づべし松と蟬と両《ふたつながら》混じり并ふを
一曲弾来千緒乱　　一曲弾き来りて千緒乱る
万端調処八音清　　万端調ぶる処《ところ》八音清し

詩の「邕郎」は、後漢の蔡邕《さいよう》のことで琴《きん》の名手として知られていた（後漢書・列伝第五十一下・蔡邕伝）。初学記所引の琴歴に「蔡氏五弄」の曲が見え、「琴賦」（芸文類聚・琴）の作もある。

蔡邕と蟬との関連については次の話が知られている。蔡邕が隣人の宴に招かれた時に琴を弾くものがあった。その音に「殺心」が感じられたと蔡邕が言うと、琴の奏者は、実は鳴いている蟬がカマキリに狙われているのを気に掛けながら弾いていた、と語った（後漢書・蔡邕伝、芸文類聚・琴・蟬）。蔡邕には「蟬賦」（芸文類聚・蟬）の作もある。

詩の「松蟬」は、「松声」と「蟬声」のことで、ここはともに琴の声に似ているといっている。新撰万葉集では三九番でも「響処多疑二琴瑟曲一、遊時最似二錦綾窠一」と蟬の声を「琴瑟曲」と似ていると表現している。蟬の声を詠んだ五五番の詩にも「一一流聞邕子瑟、閨中自レ此思沈沈」とあって、蟬の声が蔡邕の弾く瑟の音に聞こえると言っている。蟬の声が琴の音色に似るというのは、中唐の盧仝「新蟬」に、「泉溜潜幽咽、琴鳴乍往還」とあって、蟬の声を「琴鳴」と言っている。また、晩唐の杜牧「題二張処士山荘一一絶」に、「好鳥疑レ敲レ磬、風蟬認レ軋レ箏」と蟬の声を箏の音色に似ていると言う。千載佳句（箏）にも七六九番の劉禹錫の句の題注に「聴レ軋レ箏発句云、満座無レ言聴レ軋レ箏、秋山碧樹一蟬清」（全唐詩不載）とあって、箏の音を蟬の清らかな鳴き声に喩えている。

その蔡邕が死んだ後に琴の音色が聞こえなくなり、それに代わるものとして琴の音に似た松風の音と蟬の声が混じり合って聞こえると言う。

三七番の歌の「琴の声《ね》に響き通へる松風」は、琴の音色に通ずる松風の音は、という意で、松風そのものを表わしているので、前節の四分類の中では①に相当しよう。「調べても鳴く蟬の声かな」では、琴のような松風と調べを合せて鳴く蟬の声と言っており、琴に合せて鳴く蟬を擬人化している。蟬の声は琴（箏、瑟）に似ているのであるから、松の琴に蟬の瑟（或いは箏）が合せて合奏している様を想定している。詩の方もほぼ同じ内容である。

次に上巻秋部の例を検討する。

松の声《ね》を風の調べに任せては龍田姫こそ秋は弾くらめ(20)〔六五〕

（松之声緒風之調丹任手者龍田姫子曾秋者弾良咩）

翠嶺松声似雅琴　　翠嶺の松声雅琴に似たり
秋風和処聴徽音　　秋風和する処徽《ち》音を聴く
伯牙輟手幾千歳　　伯牙手を輟《や》めてより幾千歳
想像古調在此林　　想像す古調此の林に在り

歌に「松の声《ね》を風の調べに任せ」るとあるのは、「風入松」曲のように風が松に入って音を立てるのである。秋の女神の龍田姫が風をあたかも自分の手のように操作して、松（という琴）に音を立てさせている、と解釈できる。

詩は、蔡邕に替えてここでは「伯牙絶絃」の故事を引き、伯牙の弾く琴の音が聞こえなくなった後、それに似た自然の松風の音が聞こえると言っている。詩と歌の双方に琴の音色に似た自然の松風が描かれており、四分類の中では、やはり①に分類される。自然の松風の音が人為の琴の音に似ているので、自然の中にある人格神、ここでは龍田姫を琴の奏者として歌の中に詠みこんでいる。「秋風」と「松」との取合せは、前引の「五絃弾」詩との関わりが考えられる。詩の「翠嶺松声」は、「松風」の吹く場所を山と限定し、知音の故事から展開した表現である。後述の兼輔の歌や斎宮女御の歌の「峰の松風」の先蹤としての意味がある。

右の二例は、琴の音に似た自然の松風の音を詠んでいた。次に新撰万葉集以後の作で自然の松風を詠んでいると考えられるものを二、三取り上げよう。

貫之集（延喜十七年の冬、中務の宮の御屏風の歌（九四））の例。

　滝あるところ

松の音《おと》琴に調ぶる山風は滝の糸をやすげて引くらん

拾遺集（巻七・物名（三七二））の例[21]。

　ひぐらし

松のねは秋の調べに聞こゆなり高くせめあげて風ぞひくらし

貫之

この二例は、擬人化された風が琴を弾くことになっており、やはり①に分類される。特に前者では山風の松声であり、同時に水の音も詠み込んでいるから知音の「山水」に基づくと言える。また、秋風という限定は、新撰万葉集の六五番と同じく、「五絃弾」詩との関わりが想定できる。

琴を弾く主体を右の二首は風とし、新撰万葉集六五番では、女神の龍田姫が弾くとしていた。この表現法は、①の松風が琴の音に似ている、ということを表現するだけではなく、③の風中琴をも意識した表現だと思う。風が琴を弾くというのが風中琴であり、松風が琴の音に聞こえる、という理由を自然の中に風中琴があるかのように歌に作っているのである。

後撰集（巻三・夏〔一六七〕〔一六八〕）の例。

夏の夜、深養父が琴ひくを聞きて　藤原兼輔朝臣
短か夜のふけゆくままに高砂の峰の松風吹くかとぞ聞く

おなじ心を　貫之
あし引きの山下水はゆきかよひ琴の音《ね》にさへ流るべらなり

兼輔歌は、琴の音を峰の松風のように聞いているので②に分類される。貫之歌の方は、琴の音色を「山下水」のようだと言っているが、後撰集新抄は「師云」として、「（兼輔の歌に）高砂の峰の松風とあるを、此歌にては、伯牙絶絃の故事の志在㆓高山㆒云々の事にとりなされたるなるべし」と記している。兼輔歌を貫之が知音の故事を詠み込んでいるものとみなして、「高山」に対して「流水」に相当する歌を詠んだとするのである(22)。

この説をさらに積極的に展開させると、そもそも兼輔と貫之は、はじめから二人で鍾子期を気取って知音の故事を詠み込んだと解せる。そうすると「高砂の峰」の部分は知音の故事の「高山」に当り、「山下水」が「流水」に当ることになる。道真の「峡水松風」の組み合せから見ると、さらに知音の故事に近づけて山の要素を加えたために「峰の松風」という歌語が生まれたことになる。これが斎宮女御の歌に用いられた。

四

源氏物語にもどり、「松風」と「琴」の表現について第二節の四分類を考慮しながら検討を加えたい。

紅葉賀巻に朱雀院での賀宴の場面がある。管絃が奏され、松風が吹く中に青海波を舞う光源氏が登場する。

木高き紅葉のかげに、四十人の垣代、言ひ知らず吹き立てたるものの音どもにあひたる松風、まことの深山お

ろしと聞こえて吹きまよひ、色々に散り交ふ木の葉のなかより、青海波のかかやき出でたるさま、いと恐ろしきまで見ゆ。

（紅葉賀・一四）

ここでは、「吹き立てたる」とある管楽器の音が松風と混じり合うと書かれている。四分類の中では、松風の音と楽器の音が入り混じるという点からは④の趣きがある。千載佳句（夜宴）にある白居易の「九龍潭月落㆓杯酒㆒、三品松風飄㆓管絃㆒」（「従㆓龍潭寺㆒至㆓少林寺㆒、題贈㆓同遊者㆒」〔二七九五〕）に似るところもある。(23)

賢木巻で、光源氏が嵯峨野の野の宮を訪れる場面に松風が吹く。

遙けき野辺を分け入りたまふより、いとものあはれなり。秋の花みなおとろへつつ、浅茅が原もかれがれなる虫の音に、松風すごく吹きあはせて、その琴とも聞き分かれぬほどに、ものの音ども絶え絶え聞こえたる、いと艶なり。

（賢木・一一九）

嵯峨野に分け入ると秋の虫の音も枯れがれである。野の宮の方からは、松風が吹き合せているために和琴であるか琴《きん》の琴であるか具体的な楽器名は分からないが、何か琴の音が聞こえてくる。場所が野の宮であるだけに斎宮女御の「琴の音に」の歌を意識しており、第一節の分類によれば、④ということになる。

明石巻では、光源氏が都から持って来た琴《きん》で広陵の曲を弾くと、それが明石の上が住む岡辺の家にまで聞こえてくる。

広陵といふ手を、ある限り弾きすましたまへるに、かの岡辺の家も、松の響き波の音に合ひて、心ばせある若人は身にしみて思ふべかめり。

（明石・二七五）

琴《きん》の音が松風と波の音と混じり合っており、④に分類される。松風と水の音を並べたことについては、知音の故事に関わる。明石の上が住む岡辺の家は後述のように松に特徴があった。小高い岡の松風を海辺からの波の音に並べているのである。

同じ明石巻で、明石の入道が光源氏に明石の上の箏を聞かせたいと言っている場面には、山伏が聞く松風が出てくる。

「…山伏のひが耳に、松風を聞きわたしはべるにやあらむ。いかで、これ忍びて聞こしめさせてしがな」と聞こゆるままに、うちわななきて涙おとすべかめり。

（明石・二七七）

この「山伏」は、従来入道が自分自身のことを謙遜していると解釈されているが、ここは娘を卑下していると考える方が良い。手習巻（二三七）で浮舟が「われも今は山伏ぞかし」と、自分を「山伏」と呼んでいるところもある。ここは、入道から見て自分の娘が松風をずっと聞いて来て、それから箏を学んだことを言っているのである。嵆康が松風の音を聞いて「風入松」曲を作曲したことを念頭に置いた発言と受け取れるので①に関わる。

光源氏が八月十三夜に初めて明石の上に逢いに自ら岡辺の家に赴く場面でも松風が響く。

これは心細く住みたるさま、ここにゐて、思ひ残すことはあらじとすらむと、おぼしやるるに、ものあはれなり。三昧堂近くて、鐘の声、松風に響きあひて、もの悲しう、岩に生ひたる松の根ざしも、心ばへあるさまなり。前栽どもに虫の音を尽くしたり。

（明石・二八九）

ここでは、鐘の声と松風が響き合い、そこに虫の音が加わっている。この松風を明石の上が聞きならしていた。直接琴が出てくるわけではないが、明石の上の弾きならす箏の話題が出る直前の場面なので、背景としては重要である。

近き几帳の紐に、箏の琴のひき鳴らされたるも、けはひしどけなく、うちとけながらかきまさぐりけるほど見えてをかしければ、「この聞きならしたる琴をさへや」など、よろづにのたまふ。

〔源氏〕

むつごとを語り合せむ人もがな憂き世の夢もなかば覚むやと

（明石・二九〇）

「近き几帳の紐に、箏の琴のひき鳴らされたる」とあるところは、「ひき慣らされたる」との解釈もあるが、几帳の野筋が風に吹かれて箏の絃を鳴らしたという説に立つならば、風が琴を弾いたことになり、「風中琴」と一致する。第一節の分類の③に当る。

本章冒頭に掲げた松風巻の大堰の場面では、明石の上が弾いている琴《きん》の琴の音に松風が響き合っていた。その後の場面では光源氏の琴《きん》の音に「松の響き」が加わっていた。いずれも分類の④に当る。大堰も嵯峨野の一部であり、斎宮女御の歌が作られた場所である。

手習巻で比叡山麓の小野の地において、横川の僧都の妹尼君が琴《きん》を弾く場面がある。

かの夕霧の御息所のおはせし山里よりは、今すこし入りて、山に片かけたる家なれば、松陰しげく、風の音もいと心細きに、つれづれに行ひをのみしつつ、いつともなくしめやかなり。尼君ぞ、月など明き夜は、琴《きん》など弾きたまふ。

（手習・一九三）

その後で、妹尼君の母尼君が登場し、中将が吹く笛に合せて妹尼君に琴を弾くように勧める。

「いでや、これはひがごとになりてはべらむ」と言ひながら弾く。今様は、をさをさなべての人の、今は好まずなりゆくものなれば、なかなかめづらしくあはれに聞こゆ。松風もいとよくもてはやす。吹き合はせたる笛の音に、月もかよひて澄めるここちすれば、いよいよめでられて、宵まどひもせず起きゐたり。
（手習・二一〇）

この場面は、琴の音に松風が加わるので分類の④に当る。その上に笛の音が加わる。

五

前節までで検討して来たように、源氏物語の「松風」と「琴」との関わりは、李嶠百二十詠「風」詩とその注、或いは白居易の「五絃弾」詩等の表現を参考にして理解する必要がある。特に明石巻から松風巻にかけては明石の上と光源氏をめぐって、松と松風と琴が重要な働きをしている。この点については、加藤静子氏がすでに論じておられるが(24)、ここでも確認して置きたい。

明石の浦の風景では松が強調されている。光源氏の琴は「かの岡辺の家も、松の響き波の音に合ひて、心ばせある若人は身にしみて思ふべかめり」（明石・二七五）と岡辺の家に松風と波の音に混じって響いている。明石の上が住む岡辺の家は、「三昧堂近くて、鐘の声、松風に響きあひて、もの悲しう、岩に生ひたる松の根ざしも、心ばへあるさまなり」（明石・二八九）と、風情がある松が生え、もの悲しく松風の音が聞こえていた(25)。

明石巻での光源氏と明石の上の出逢いは、基本的には白居易の「琵琶行」に描かれた白居易と琵琶を弾く女との出逢いを写したものであると拙稿で論じた(26)。琴、箏、琵琶などの琴が明石巻では重要な働きをし、それは「琵琶行」の琵琶から受け継がれたものと見られる。しかもそこに「松」が組み合されることによって、松という自然と箏の得意な明石の上とが一体化される。

後の松風巻では、大堰という土地が明石の浦とよく似たところとして設定されており、水辺の松風の響きに特徴がある。そこで光源氏と明石の上が再会し、明石の上と光源氏が弾く琴の音が聞こえる。

薄雲巻では、明石の姫君を紫の上に養女に出すことになり、大堰から二条院へ移す場面があるが、そこでの明石の上と光源氏の唱和歌は次のように松を中心に置いたものである。

〔明石の上〕
末遠き二葉の松に引き別れいつか木高きかげを見るべき
〔源氏〕
生ひそめし根も深ければ武隈《たけくま》の松に小松の千代をならべむ
（薄雲・一五五）

ここでは、明石の上が姫君を「二葉の松」に喩え、その将来を「木高きかげ」と言っている。すでに松風巻で尼君が姫君のことを「二葉の松」（松風・一三三）と呼んでおり、その言葉を明石の上が繰り返した形になっている。

それに対し、光源氏は「武隈の松」を持ち出して、娘と別れねばならない明石の上を慰めている。「武隈の松」は、後撰集（巻十七・雑三〔一二四一〕）に、

陸奥《みちのく》の守にまかり下れるに、武隈の松の枯れて侍りけるを見て、小松を植ゑ継がせ侍りて、任果てて後、また同じ国にまかりなりて、かの先の任に植ゑし松を見侍りて
藤原元善の朝臣
植ゑし時契りやしけむ武隈の松をふたたび逢ひ見つるかな

とあるのを踏まえる。武隈の松は、「武隈の松はふた木を都人いかがと問はばみきと答へむ」（後拾遺集・巻十八・

雑四・橘季通（一〇四一）とあるように相生であり、光源氏と明石の上の二人を喩えるという説が有力である。しかし、季通は、康平三年（一〇六〇）年没であり、おそらくこの歌は源氏物語以後の作であろう。武隈の松が相生であることは季通の歌で初めて知られたようにも見えるので、光源氏の歌では相生は問題としていないとする方がよいのではないか。

松を植えた者と植えられた松との「契り」が元善歌の主題となっている。陸奥に二度行くことはなかなかあることではなく、自分が植えた松と再会できるとは思わなかった。それが思いがけずに再会できたので、それを「契り」と表現している。元善と松との遙かな距離が前提となっており、それが光源氏と明石の上との距離に似ていると光源氏は思った。以前は都と明石、今は都と大堰というように、表面上は二人の距離は離れているが、深い「契り」があることについては武隈の松と同じだと言っているのである。しかも、詞書に「小松」の語もあり、武隈の松は小松から成長する印象がある。武隈の松は、明石の上一人を喩えていると見るべきであろう。「生ひそめし根も深」いというのは、光源氏と明石の上の契りがあって「小松」ともいうべき姫君が生まれたことを言う。末遠き二葉の小松（姫君）と同様に武隈の松（明石の上）も「千代」の命を持つだろう、と詠んだのである。

このように明石の上と松との結びつきは深い。それは明石の浦の松の風景に源を持ち、琴と結びつくことによって光源氏との出逢いの契機となっている。その松風は琴の音色を連想させるし、一人聞く松風は孤独の象徴ともなっている。ひいては松は明石の上その人を象徴するものともなり、そこから生まれた姫君を「二葉の松」や「小松」と呼ぶことにもなる。明石の上は後に六条院の冬の町に入るが、そこには松が植えられている。これらの「松」に関わる表現は「松の構想」とも呼ぶことができよう。その点については、別に論じたい。

注

(1) このあたりの描写は、群書類従本「浦島子伝」で浦島子が故郷の澄江浦に帰ってきた時に、「尋不レ値二七世之孫一、求只茂二万歳之松一」とあるのに似る。

(2) 「琴」と「言」とを掛けることは、白居易「琵琶行」に見える琵琶の音と琵琶を弾く女の言葉とを同一視する発想に関わると思われる。拙稿「源氏物語と白詩―明石巻における「琵琶行」の受容を中心に―」（増田繁夫・鈴木日出男・伊井春樹三氏編『源氏物語研究集成　第九巻　源氏物語の和歌と漢詩文』風間書房・平成十二年、新間『源氏物語と白居易の文学』所収・和泉書院・平成十五年）参照。

(3) 拙稿「松風の吹く風景―新楽府「陵園妾」と源氏物語―」（『国語と国文学』平成十年十一月、『源氏物語と白居易の文学』所収）。

(4) 宋玉「秋興賦」（文選・巻十三）の「悲哉秋之為レ気也。蕭瑟兮草木揺落而変衰」の五臣注に「翰曰、蕭瑟秋風貌」とある。

(5) 琴の音については、中野方子氏「「白雪曲」と「琴心」―貫之の琴の歌と漢詩文―」（『中古文学』五二号・平成五年十一月）、三木雅博氏「楽の音と歌声をめぐる小考―中国文学の受容と古代和歌の領域の拡大―」（『大谷女子大国文』二八号・平成十年三月、同氏『平安詩歌の展開と中国文学』所収・和泉書院・平成十一年）参照。

(6) 山中智恵子氏『斎宮女御徽子女王　歌と生涯』（大和書房・昭和五十一年）、平安文学輪読会『斎宮女御集注釈』（塙書房・昭和五十六年）参照。

(7) 高島要氏「日本古典における「李嶠百詠」をめぐって」（川口久雄氏編『古典の変容と新生』明治書院・昭和五十九年）で、斎宮女御の歌を中心として李嶠「風」詩の影響を論じておられる。なお、関連する論として黒須重彦氏に『源氏物語の実相―漢文学の内在化―』（笠間書院・平成八年）一「漢文学の内在化過程―歌語「峰の松風」の諸相―」、二「「峰の松風」と『源氏物語』の諸場面」、及び『源氏物語探索』（武蔵野書院・平成九年）「「峰の松風」について―「樊姫」から「斎宮女御」まで―」がある。

(8) 和歌史研究会編『私家集大成　中古Ⅰ』（明治書院・昭和四十八年）所収の書陵部蔵御所本三十六人集と書陵部蔵

歌仙集の順集から本文を作成した。
(9)「松声」のところは、全唐詩など「松清」に作る本もある。注7の高島論文、及び柳瀬喜代志氏『李嶠百二十詠索引』(東方書店・平成三年)の「風」詩の校異参照。「清」に作る本は多く第五句の「影」を「動」に作り、「動」と「清」の対となる。高島氏は李嶠の詩の「松声」を題にする時に「松風」に改めたとされる。或いは単なる写本の誤りであるかも知れない。
(10)注6の山中氏著書では、「琴の音」の歌を寂しい心境を詠んだものとする。
(11)この句は読みがたい。本朝文粋の静嘉堂文庫本では、「読之」の右に「韻也」の注記がある。なお、古今和歌集正義は、「亀の緒の」の歌にこの「菟裘賦」の自注を引いている。
(12)杤尾武氏『百詠和歌注』(汲古書院・昭和五十四年)参照。
(13)注7の高島論文で、順が句題を選んだとされる。
(14)「五絃弾」の本文と訓読は神田本白氏文集を基本にして作成した。この作品と源氏物語明石巻との関わりについては、注2の拙稿参照。ただし、そこでは、「五絃弾」の楽器を通説に従い「五絃」の「琵琶」としたが、「五絃琴《きん》」と見なした方が良いようである。このことについては、別に論じたい。
(15)小島憲之氏監修『田氏家集注　巻之下』(和泉書院・平成六年)に指摘がある(谷口孝介氏担当)。
(16)この話は列子(湯問篇)にも載せる。
(17)章孝標の句に対して、千里は「山ごとに花の錦を織ればこそ見ゆるに心のやすきことなし」(九一)、「谷の水琴の音絶えず聞こゆれば時の間をだにへだてずぞ見る」(九二)と詠んでいる。なお、章孝標については金子彦二郎氏「章孝標の詩と日本文学」(同氏『増補　平安文学と白氏文集―道真の文学研究篇第二冊―』所収・芸林舎・昭和五十三年)参照。
(18)以下、新撰万葉集の和歌及び漢詩の解釈については、新撰万葉集研究会での議論に負うところがある。
(19)寛平御時后宮歌合(十巻本)、古今六帖(夏の風〔三九八〕)。詩の一・二句は、新撰朗詠集(蟬〔一七八〕)に摘句されている。

(20) 後撰集（巻五・秋上「是貞の親王の家歌合に・壬生忠岑」〔二六五〕）。忠岑集〔一九〕。
(21) 拾遺抄（雑上〔四八八〕）では、凡河内躬恒の作とする。躬恒集〔四〇〕。
(22) 注5に引く中野氏論文で後撰集新抄を引く。
(23) この対句は原詩では、淵に映る月を盃の酒に映ると見立て、松風を管絃の響きに見立てているが、千載佳句では「夜宴」に分類されているので、実景と解釈したと考えられる。
(24) 加藤静子氏「須磨の巻の「琴」の琴から松風へ—物語生成の一断面—」（『相模国文』一八号・平成三年三月）。なお、明石の上と松との関連を述べた論として、清水（馬場）婦久子氏「源氏物語「六条院」の変容」（『中古文学』二三号・昭和五十四年四月、同氏『源氏物語の風景と和歌』所収・和泉書院・平成九年）がある。
(25) 「岡辺」と「松」の語を用いた歌に、「夕月夜さすや岡辺の松の葉のいつとも分かぬ恋もするかな」（古今集・巻十一・恋一〔四九〇〕）やその類歌「朝日子がさすや岡辺の松が枝のいつとも知らぬ恋もするかな」（古今六帖・照る日〔二六二〕）がある。
(26) 注2の拙稿。

補注

初出時に以下の補記を付した。「本稿脱稿後に上原作和氏「懐風の琴—「知音」の故事と歌語「松風」の生成」（『懐風藻研究』第七号、平成十三年一月）が刊行された。一部内容が重なるところがあり、また参考にすべき点が多いので、併せて参照されたい」。

第Ⅱ章　「松」の神性と源氏物語

一、源氏物語における「松の構想」

源氏物語には、「松の構想」と呼ぶことができる一貫した「松」に関わる表現があり、それは特に明石の上と明石の姫君に結び付けられている。[1] 例えば光源氏が造営した六条院は田の字型の四つの町からなり、各々が春夏秋冬に美しい庭を持つが、西北の冬の町には明石の上が住み、その庭は垣として植えられた松によって特徴づけられている。

西の町は、北面《きたおもて》築き分けて、御倉《みくら》町なり。隔ての垣に松の木しげく、雪をもてあそばむたよりによせたり。（少女・二七五）

六条院の四季の庭がそこに住む女性の希望を容れて造られたことは、右の描写の前に、

もとありける池山をも、便なき所なるをば崩しかへて、水のおもむき、山のおきてをあらためて、さまざまに、御方々の御願ひの心ばへを造らせたまへり。（少女・二七三）

とあることから分かる。「心ばへ」は、「心」が「延《は》へ」ることである。心のありさまが外に現われ、そこから察せられる心のあり方を言うことが原義と思われ、結局趣味、好みの意味になって行く。松が植えられている冬の庭が

造営されたのも光源氏が明石の上の好みに配慮したものと言えよう。

明石の上が松の庭を好む理由の第一は、彼女が育った海に面した明石の風景によるものと思われる。明石巻に描かれている明石の風景には盛んに琴と関連する松が登場する。(2)

まず、光源氏が弾く琴《きん》の音が松風とともに明石の上の住む岡辺の家にまで届いて、明石の上や女房達を感動させるところで、松風の響きが聞こえる。

かの岡辺の家も、松の響き波の音に合ひて、心ばせある若人は身にしみて思ふべかめり。
（明石・二七五）

明石の上はこの松風を聞きながら嵯峨天皇由来の箏の奏法を父親の明石の入道から学んでいる。

〔入道〕「…山伏のひが耳に、松風を聞きわたしはべるにやあらむ(3)。いかで、これ忍びて聞こしめさせてしがな」と聞こゆるままに、うちわななきて涙おとすべかめり。
（明石・二七七）

八月十三夜に初めて光源氏は岡辺の明石の上のもとを訪れる。そこには松風が響き、風情ある松が植わっていた。松は特にこの岡辺の家の周囲に植わっているように書かれている。

これは心細く住みたるさま、ここにゐて、思ひ残すことはあらじとすらむと、おぼしやるるに、ものあはれなり。三昧堂近くて、鐘の声、松風に響きあひて、もの悲しう、岩に生ひたる松の根ざしも、心ばへあるさまなり。前栽どもに虫の声を尽くしたり。
（明石・二八九）

澪標巻に入ると、誕生した明石の姫君と松が関連づけられている。五月五日は明石の姫君の五十日《いか》に当ったが、光源氏が明石へ送った祝いの歌に「海松《うみまつ》」（みる）が出てくる。

海松や時ぞともなき蔭にゐて何のあやめもいかにわくらむ
（澪標・二五）

京に帰った光源氏がお礼参りの意味を込めて住吉大社に参詣し、明石の上と再会するところで有名な住吉の松原が描かれる。

松原の深緑なるに、花紅葉をこき散らしたると見ゆるうへのきぬの濃き薄き、数知らず。
（澪標・三二）

松風巻では大堰《おおい》河畔の山荘の風景が海と似ており、そこに生える松が強調されている。松風も明石で聞いたものと似ていた。

〔惟光〕「あたりをかしうて、海づらに通ひたる所のさまになむはべりける」…これは川づらに、えもいはぬ松蔭に、何のいたはりもなく建てたる寝殿のことそぎたるさまも、おのづから山里のあはれを見せたり。
（松風・一二三）

なかなかもの思ひ続けられて、捨てし家居も恋しう、つれづれなれば、かの御かたみの琴《きん》を掻き鳴らす。をりのいみじう忍びがたければ、人離れたるかたにうちとけてすこし弾くに、松風はしたなく響きあひたり。尼君、もの悲しげにて寄り臥したまへるに、起きあがりて、

〔尼君〕
身をかへてひとり帰れる山里に聞きしに似たる松風ぞ吹く

御方、

〔明石の上〕
故里に見し世の友を恋ひわびてさへづることを誰か分くらむ

（松風・一二九）

ここに見える松風が巻名になっている。この巻名自体が明石の風景と関わりがあるものなのである。

松風巻と薄雲巻では、明石巻に引き続き、明石の姫君と松とが結びつけられているところがある。姫君は「二葉の松」と呼ばれており、明石の上との関連が「（松の）根ざし」と表現されている。

〔尼君〕「荒磯陰に心苦しう思ひきこえさせはべりし二葉の松も、今はたのもしき御生ひ先と祝ひきこえさするを、浅き根ざしゆゑやいかがと、かたがた心尽くされはべる」　（松風・一三三）

明石の姫君が大堰の明石の上のもとから二条院の紫の上に引き取られるところでも、姫君の成長が松の成長のように描かれる。

〔明石の上〕
末遠き二葉の松に引き別れいつか木《こ》高きかげを見るべき　（薄雲・一五五）

〔光源氏〕
生ひそめし根も深ければ武隈の松に小松の千代をならべむ　（薄雲・一五六）

初音巻では、正月初子の日、六条院冬の町の明石の上から春の町の姫君のもとに五葉の松に鶯が止まる洲浜台が贈られる。次の明石の上の歌では鶯の「初音」が正月行事の「初子」と掛けられており、この巻名も松と密接な関係がある。明石の上は「松の根」と呼ばれている。

えならぬ五葉の枝にうつる鶯も、思ふ心あらむかし。

〔明石の上〕
年月を待つ（松）にひかれて経る人にけふ鶯の初音聞かせよ　（初音・一三）
〔明石の姫君〕
ひきわかれ年は経れども鶯の巣立ちし松の根を忘れめや　（初音・一四）

若菜下巻では、冷泉院の帝の譲位後、明石の姫君腹の第一皇子が皇太子になり、光源氏はお礼参りと将来の祈願のために住吉詣でをする。紫の上、姫君、明石の上、明石の尼君が同行する。光源氏が明石の尼君に贈った歌に松が詠み込まれる。ここの松は尼君の喩えともなっている。

〔光源氏〕
たれかまた心を知りて住吉の神代を経たる松にこと問ふ　（若菜下・一五七）

松は住吉の神の霊験を象徴するものであった。

〔紫の上〕
住の江の松に夜ぶかく置く霜は神のかけたる木綿鬘《ゆふかづら》かも　（若菜下・一五九）

…かかるをりふしの歌は、例の上手めきたまふ男たちも、なかなか出で消えして、松の千歳より離れて、今めかしきことなければ、うるさくてなむ。

これらを一貫した表現と認め、「松の構想」と呼びたい。最後の住吉大社の例に「松の千歳」とあるように、この「松の構想」は松の永遠性と関わりがあると考えられる。その永遠性は神性を背景とするのである。

二、「松」と和歌

松が永遠という概念と結びつくことは延喜五年（九〇五）成立の古今集に見えるので、いくつか例を挙げよう。

まず、鶴と亀の歌。

　鶴亀も千歳ののちは知らなくに飽かぬ心にまかせ果ててむ

（賀の歌・在原滋春〔三五五〕）

同じような詠みぶりで、松と鶴を詠む。(4)

　よろづ世を待つ（松）にぞ君をいはひつる（鶴）千歳のかげにすまむと思へば

（賀の歌・素性法師〔三五六〕）

これらの歌は長寿を祝う賀の歌で、中国的な鶴・亀・松を並べて、千年もしくはそれ以上の長寿を祝う。このような表現は続日本後紀の嘉祥二年（八四九）三月二十六日条に見える仁明天皇の四十の賀の長歌に「松」と「藤」の組み合せで、早くも見える。興福寺の僧侶が仏像や長寿に因む霊異の像とともに長歌を献上している。長歌中に「五種《いつくさ》の宝の雲」とあるが、これは献上された長寿にゆかりの五種の作り物が歌に詠み込まれたのである。次の①から⑤がその内容である（かぎ括弧内が長歌の詞句）。これらは洲浜台（島台）の源流と見られる。

①観音の一手

「大悲者《だいひさ》の、千種《ちぐさ》の御手《みて》の、人の世を、万代《よろづよ》延《のぶ》る、一種《ひとくさ》を、別《こと》に荘《かざ》りて、万代に、皇《きみ》を鎮《いは》へり」

②磯の松と藤

「磯の上の、緑の松は、百種《ももくさ》の、葛《かづら》に別《こと》に、藤の花、開き栄えて、万世に、皇を鎮へり」

③枝に鳴く鶯

「鶯は、枝に遊びて、飛び舞ひて、囀《さへづ》り歌ひ、万世に、皇を鎮へり」

④浜の鶴

「沢の鶴、命を長み、浜に出て、歓び舞ひて、満つ潮の、断ゆる時無く、万代に、皇を鎮へり」

⑤芥子劫・磐石劫の二天人

「薫修《くず》法《ほふ》の、力を広み、大悲者の、護《まも》りを厚み、万代に、大御世《みよ》成せば、…毘礼《ひれ》衣《ごろも》、裾垂れ飛ばし、払ふ人、払はず成りて、皇の護りの、法《のり》の薬を、擎《ささ》げ持ち、来り候ふ」

松に関わるのは②の「磯の松と藤」であり、天皇の永遠の長寿をことほいでいる。「松」に「藤の花」がまとわりついて栄えている様子を作り物としたのは、藤原氏の氏寺である興福寺の僧侶の献上品である以上、皇室を守り繁栄する藤原氏を表わしていると考えられる。[5] また、この長歌や作り物が三月下旬の藤の花の咲く季節に献上されたのも、ことさらに藤の花を強調するためであった可能性もある。

松やともに詠まれた鶴などは不老長寿に縁のあるもので、それにあやかりたいということである。この長歌の発想が前掲の古今集の三五五・三五六番などの賀の歌に受け継がれて行くのである。

さらに古今集の歌を見よう。

我見ても久しくなりぬ住の江の岸の姫松幾代経《へ》ぬらむ　（雑上・よみ人知らず〔九〇五〕）

住吉の岸の姫松人ならば幾代か経しと問はましものを　（雑上・よみ人知らず〔九〇六〕）

梓弓いその小松誰が世にかよろづ世かねて種をまきけむ
（雑上・よみ人知らず〔九〇七〕）

右の三首は、人間の寿命をはるかに越えた松の長命を詠んでいる。九〇五・九〇六番の「住の江」「住吉」は単なる地名ではなく、住吉大社のあるところであり、この永遠性は暗に住吉の神と結びつけられている。

明らかに神（或いは神社）の永遠性と結びつけられた歌には賀茂社の歌がある。

ちはやぶる賀茂の社《やしろ》の姫小松よろづ世経《ふ》とも色はかはらじ
（冬の賀茂の祭の歌・藤原敏行〔一一〇〇〕）

このような歌が生まれるのは、日本の神々の世界の永遠性（時間に制約され死すべきものである人間からは超越した世界）を中国的な「松」で表現しようとしたことに原因があると思われる。神社は永遠である神を祀る場所であるから、人間世界にある場所でありながらその場所には永遠性が強調される。その永遠性が「松」によって象徴されているということになる。この場合、「神々の世界」は道教的な神仙世界の影響をかなり受けていると考えられる。松が「老松」でなく、「姫（小）松」と言われるのは、永遠の若さを保持するという意味合いを持っていると考えられる。

三、儒教系の「松」と道教系の「松」

中国における「松」は、儒教系と道教系（神仙系）に大別できよう。儒教系としては、論語（子罕篇）に「歳寒、然後知松柏之後凋也」（歳寒くして、然る後に松柏の凋《しぼ》むに後《おく》るることを知る也）とあるのが有名である。常緑の松柏は寒い時節になってはじめてその緑を失うことが他よりも遅れるのを知る、の意味である。この条について論語義疏（補注）（魏何晏注、梁皇侃疏）の何晏の注は、凡人は治まっている世には君子と同じように自らを整えることができるが、濁った世には君子がその正しさをあらわす、と解釈している。松は君子の喩えであり、苦しい時にこそ貞節を失わないのが君子なのである。

また、道教系としては、淮南子（説山訓）に「千年之松」とあって、極めて長寿の木とされる。これは、芸文類聚の「松」に引かれる。他の例を芸文類聚や初学記等の類書から挙げよう。

劉向神仙伝に曰く、偓佺好みて松実を食す。能く飛行して、速きこと走馬の如し。…時に服を受くる者、皆三百歳に至る。（芸文類聚・松）

神境記に曰く、営陽郡の南に石室有り。室後に孤松千丈有り。常に双鶴有り。…伝へて曰く、昔夫婦二人有り。…年既に数百、化して双鶴と成る。（芸文類聚・松）

抱朴子に曰く、…又玉策記に曰く、千歳の松樹、四辺披き起つ、…其の中に物有り、或いは青牛の如し…、皆寿万歳なり。（初学記・松）

儒教系の方は寒さにも変わらぬ松の緑を強調するので、松の不変性を評価する。道教系の方は、松の長命を認め、その永遠性を評価しているということになろう。

平安朝に良く読まれ漢詩の手本とされた初唐李嶠の李嶠百二十詠の「松」詩は、この儒教系と道教系の表現を併せ持っている。

鬱鬱高山表、森森幽澗垂　　鬱鬱たり高山の表《うへ》、森森たり幽澗の垂《ほとり》

鶴棲君子樹、風払大夫枝　　鶴は棲む君子樹、風は払ふ大夫の枝
百尺條陰合、千年蓋影披　　百尺にして條《えだ》の陰合ふ、千年にして蓋《かさ》の影披《ひら》く
歳寒終不改、勁節幸君知　　歳寒くして終《つひ》に改めず、勁節君が知らむことを幸《ねが》ふ

第三句に「君子の樹」とあるところや第七・八句の「歳寒くして終《つひ》に改めず、勁節君が知らむことを幸《ねが》ふ」は、論語に基づいて松の不変性を詠んでおり、儒教系である。また、第二句に「鶴」と結びついているところや第六句に「千年」とあるところは、永遠性を強調しており、道教系と言えよう。

四、菅原道真の「松」

寛平八年（八九八）閏正月六日の初子《はつね》の日に、菅原道真は宇多天皇の雲林院行幸に同行して、その初子の行事の由来を詩序に残している。(6)

予亦嘗聞于故老、曰、上陽子日、野遊厭老、其事如何、其儀如何、倚松樹以摩腰、習風霜之難犯也、和菜羹而啜口、期気味之克調也。

（予亦た嘗て故老に聞くに、曰く、上陽の子の日、野遊して老を厭ふ、其の事如何、其の儀如何といふに、松樹に倚《よ》つて以つて腰を摩《す》るは、風霜の犯しがたきに習ふ也、菜羹を和して口に啜るは、気味の克く調ふるを期する也。）

故老の話によれば、正月の初子《はつね》の日に、野遊びして老いを厭うが、長命を得るために、松に寄って腰をする、というのである。ここでは、松は「風霜」が犯しがたいものであるから永遠であると言っていて、儒教系と道教系の双方の考え方が使われている。

子の日は長寿を祈り小松の根を引くことになって行く。「子の日する野辺に小松のなかりせば千代のためしに何を引かまし」（拾遺集・春・壬生忠岑〔二三〕）という歌もある。これらの松は正月の門松の源流というべきものと考えられる。

宇多天皇の命で作られた同じ道真の「春惜桜花、応製」（春に桜花を惜しむ、製に応ず・菅家文草〔三八四〕）の序には、清涼殿の桜の花と松・竹を並べている。

　此花之遇此時也、紅艶与薫香而已。夫勁節可愛、貞心可憐。花北有五粒松。雖小不失勁節。花南有数竿竹。雖細能守貞心。人皆見花、不見松竹。臣願我君兼惜松竹云爾。謹序。

　（此の花の此の時に遇へるや、紅艶と薫香とのみ。夫れ勁節愛すべし、貞心憐れぶべし。花の北に五粒の松有り。小なりといへども勁節を失はず。花の南に数竿の竹有り。細しといへども能く貞心を守る。人皆花を見て、松竹を見ず。臣願はくは我が君兼ねて松竹を惜しめと爾《しか》云ふ。謹しみて序す。）

道真は、天皇の御殿である清涼殿の桜の花の美しさと天皇が花を愛することを褒め称えたあと、花はただ「紅艶」と「薫香」ばかりである、花のかたわらに目立たないので誰も見ようとしない「松」の「勁節」と「竹」の「貞心」を花と共に愛惜していただきたい、と言っている。「勁節」は李嶠の「松」に見えた語であった。

同じような表現は、「早春侍宴、同賦殿前梅花、応製」（早春宴に侍し、同じく殿前の梅花を賦す、製に応ず・菅家文草〔四四〇〕）にも見える。

　非紅非紫綻春光　　紅《くれなゐ》にあらず紫にあらず春光に綻《ほころ》ぶ
　天素従来奉玉皇　　天素従来《もとより》玉皇に奉る
　羊角風猶頒暁気　　羊角の風は猶暁気を頒《わか》つ
　鵝毛雪剰仮寒粧　　鵝毛の雪は剰《あまつさ》へ寒粧を仮す

不容粉妓偸看取　　粉妓の偸《ひそ》かに看取するを容《ゆる》さず
応叱黄鸝戯踏傷　　応《まさ》に黄鸝の戯れに踏み傷《やぶ》るを叱るべし
請莫多憐梅一樹　　請ふ多く憐れむこと莫れ梅一樹
色青松竹立花傍　　色青くして松竹花の傍《かたは》らに立てり

清涼殿の白梅の美しさを称えたあと、「請ふ多く憐れむこと莫れ梅一樹、色青くして松竹花の傍《かたはら》に立てり」と言っている。梅を愛しすぎないで、青々とした松と竹（三八四番で言えば「勁節」と「貞心」）に目をやって欲しい、と言う意である。

この詩も宇多天皇の命令によって作られているので、この考えは直接天皇に向かって表明されたものである。花を愛する天皇と、それを認めつつ「松竹」にも目を向ける必要があるとする道真の二人の姿が髣髴とする。

この道真の思想は他に例が無いわけではない。紫宸殿（南殿）には、華やかな梅と常磐木の橘が植えられ、後に梅は桜に変更されたという(7)。より古くは古事記や日本書紀に見られる磐長姫と木《こ》の花の咲くや姫の組み合せがある。そうした伝統に即して道真は松や竹の永遠性不変性を推賞したのであろう。

五、「松の構想」の意味

六条院は九世紀後半に左大臣源融が造営した河原院を基本として造型されているとされる。融の死後河原院は宇多上皇に献上され、融の幽霊が出現したという。十世紀半ばに源順が「源澄才子が河原院の賦に同じ奉る」（本朝文粋・巻一〔一〇〕）を残すが、そこに六条院の四季構想に関わると見られる四季表現がある(8)。

夜登月殿、蘭路之清可嘲、晴望仙台、蓬瀛之遠如至。是以四運雖転、一賞無忒。春玩梅於孟陬、秋折藕於夷則。

九夏三伏之暑月、竹含錯午之風、玄冬素雪之寒朝、松彰君子之徳。(9)

(夜に月殿に登れば、蘭路の清らかなること嘲るべく、晴れに仙台に望めば、蓬瀛の遠きに至れるが如し。是を以つて四運転ずると雖も、一賞忒《たが》ふこと無し。春は梅を孟陬に玩び、秋は藕《はちす》を夷則に折る。九夏三伏の暑き月は、竹錯午の風を含み、玄冬素雪の寒き朝《あした》は、松君子の徳を彰はす。)

四季折々の河原院の風情を、春は梅、夏は竹、秋は蓮、冬は松によって表わしている。冬には、雪の寒い朝は松が「君子の徳」を明らかにするという。ここには、儒教系の松の特性が表われている。雪に遭っても緑を失わない庭の松は、六条院にもあった。それは、冬の町の主人である明石の上の姿に通ずると言えるであろう。

一方、庭園はもともと仙界である蓬莱山や須弥山を再現するものでもあった。右の源順の賦にも「晴れに仙台を望めば、蓬瀛の遠きに至れるが如し」とあって、河原院は「蓬莱」「瀛洲」という仙界のようでもあった。庭の松は儒教的な不変性(君子の徳)を表わすとともに道教的な永遠性をも同時に表わすことができるのである。例えば、初音巻では長寿を願う正月の子の日の小松引きが六条院で行なわれている。

道教的な神仙世界は、日本の神々の世界と容易に習合する。神の世界は永遠不変であるため「松」は神と縁のある神性を帯びたものとされた。古今集では、住吉社と縁のある「住の江の姫松」の長寿が詠まれ(九〇五・九〇六)、賀茂社に関して「ちはやぶる賀茂の社《やしろ》の姫小松よろづ世経《ふ》とも色は変らじ」(一一〇〇)と詠まれる。「松」に関して道教と神道の習合がある。

菅原道真は、庭の松や竹の永遠性不変性を重視せよという詩や詩序を華やかな梅や桜に対比させつつ作っている。

源氏物語では、明石の松の風景が大堰河畔を経て、六条院の冬の町にもたらされた。それが明石の上の好みでもあり、明石の上を象徴する植物ともなっている。明石の上は厳しい状況にあっても節を失わない、「君子の徳」を持った女性として描かれていると言えよう。また、明石の姫君は、「小松」に喩えられており、松の永遠と不変の属性は姫君に受け継がれるものでもあった。

明石の姫君には実母の明石の上とともに養母の紫の上がいる。紫の上は春の桜や梅を好み、六条院では、その好みに従って春の町を居所としていた。光源氏との出逢いも山桜が盛りの北山であったし、野分巻では霞の中の「樺桜」のようであるとされ、若菜下巻では「桜」のようだとされている。紫の上は桜に象徴される女性であった。

道真の思想では、桜や梅の花とともに松や竹も愛惜される必要があった。それに学んで、明石の上の「松」の属性と、紫の上の「桜」の属性がともに姫君に承け継がれる必要がある、と紫式部は構想したのではないだろうか。将来、中宮になるはずの十全な女性に成長するためには、神性を背景とする永遠不変の「松」と美しい「桜」の二つの要素が必要とされたのである。それは、古事記や日本書紀に見られる磐長姫と木《こ》の花の咲くや姫という古い組み合せの平安朝的な表現であり、紫宸殿の橘と桜に通ずるものであったのではなかろうか。

注

(1) 源氏物語における松の意味について触れたものには、広田収氏「源氏物語の基層原理―植物の呪性―」（廣川勝美氏編『源氏物語の植物』笠間書院・昭和五十三年）、清水（馬場）婦久子氏「源氏物語「六条院」の変容」（『中古文学』二三号・昭和五十四年四月、同氏『源氏物語の風景と和歌』所収・和泉書院・平成九年）などがある。なお、文化史的に松について書かれたものに有岡利幸氏『松と日本人』（人文書院・平成五年）、同氏『松　日本の心と風景』（人文書院・平成六年）がある。

(2) 松と琴との関連については、拙稿「新楽府「陵園妾」と源氏物語―松風の吹く風景―」（『国語と国文学』平成十年十一月、新間『源氏物語と白居易の文学』所収・和泉書院・平成十五年）、「「松風」と「琴」―新撰万葉集から源氏物語へ―」（片桐洋一氏編『王朝文学の本質と変容　散文編』和泉書院・平成十三年、本書第Ⅰ章）参照。なお、明石巻における琴については、拙稿「源氏物語と白詩―明石巻における「琵琶行」の受容を中心に―」（増田繁夫・鈴木日出男・伊井春樹三氏編『源氏物語研究集成　第九巻　源氏物語の和歌と漢詩文』風間書房・平成十二年、『源氏物語と白居易の文学』所収）で詳説した。

（3）「松風を聞きわたす」は、明石上が松風をずっと聞いて来て、そこから箏の音色を学んだとの意と考えられる。このことは、注2の拙稿「新楽府「陵園妾」と源氏物語―松風の吹く風景―」で指摘した。

（4）松と鶴については、片桐洋一氏「松鶴図淵源考―古今集時代研究序説（一）―」（『国語国文』昭和三十五年六月、同氏『古今集の研究』所収・明治書院・平成三年）に詳しい。

（5）藤と藤原氏を結びつけた例としては、島田とよ子氏が、続日本紀天平宝字二年二月二十七日条の「奇藤」が藤原仲麻呂を指すのが最も古いのではないか、と言われる。同氏の「明石中宮と藤の花―「木高き木より咲きかゝりて」―」（源氏物語探究会編『源氏物語の探究　第十輯』風間書房・昭和六十年）。なお、松に蔓性の植物がまとわりつく様子が繁栄の象徴となるのは、毛詩（小雅・頍弁）の「蔦与女蘿、施于松柏」（蔦と女蘿と、松柏に施《し》く）などが背景にあると考えられる。注は、毛伝に「蔦は寄生也。女蘿と菟糸とは松蘿也。諸公の自ら尊有るにあらず、王の尊に託するに喩ふるなり」とある。松と藤については、片桐洋一氏「松にかかれる藤浪の―古今集時代研究序説のうち―」（『文学・語学』二〇号、昭和三十六年六月）、安田徳子氏「藤詠考―古今歌人の詠歌基盤―」（和漢比較文学会編『古今集と漢文学』和漢比較文学叢書一一・汲古書院・平成四年）参照。正倉院蔵の阮咸に描かれた「樹下囲碁図」に松にかかる藤の図柄が見えることが知られている。

（6）「雲林院に扈従するに感歎に勝へず、聊か観る所を叙ぶ」（菅家文草〔四三二〕、本朝文粋・巻九〔二三五〕）。なお「倚松樹」以下は、和漢朗詠集「子の日」〔二九〕に摘句され載せられている。

（7）山田孝雄『桜史』（桜書房・昭和十六年、講談社学術文庫・平成二年）の「南殿の桜」に詳しい。

（8）このことについては、拙稿「白居易の文学と源氏物語の庭園について」（『白居易研究年報』二号・平成十三年五月、『源氏物語と白居易の文学』所収）参照。

（9）「九夏三伏」以下は和漢朗詠集「松」〔四二四〕に摘句され載せられている。

補注（二〇九頁一行）

初出時は論語注疏（魏何晏注、宋邢昺疏）を引いたが、より古い論語義疏に改めた。

第Ⅲ章　菅原道真の「松竹」と源氏物語

一

菅原道真は宇多醍醐朝に仕え、延喜三年（九〇三）大宰権帥で一生を終えるまでに数多くの詩文を作った。一方、源氏物語は、多くの点で宇多醍醐朝を髣髴とさせるように書かれている。例えば桐壺巻には「亭子院」（宇多上皇）が作らせ、伊勢と紀貫之に歌を詠ませた長恨歌屏風が出て来るし、「高麗《こま》」（渤海）の人相見に関わる文脈で、宇多天皇が譲位時に醍醐天皇に残した「宇多の帝の御誡《いましめ》（寛平の御遺誡）」（桐壺・三一）が引かれている。御遺誡の眼目は、時平と道真を補佐役にせよ、ということであった。また、須磨巻で光源氏が月を見ながら「ただこれ西に行くなり[1]」と道真の詩を口ずさむなど須磨退居の光源氏には道真に関わる部分が多いことは周知である。

作者の紫式部がそうした物語を描く際に、後に大鏡や北野天神縁起絵巻に記されるような説話的道真像に拠ったことは間違いないが、一方で直接菅家文草や菅家後集所載の詩文に拠ったところもあろう。道真の作品と源氏物語とは、深い関わりがあるのではなかろうか。

拙稿「「松」の神性と『源氏物語』[2]」では、明石の上が住む六条院の冬の町に植えられている松を中心とした「松の構想」の存在を認め、その中で道真の描く松を取り上げた。本章ではそれを承け、六条院冬の町の松の背景に道真の詩文に見える「松竹」についての見方があることを、より詳細に論ずることとする。

源氏物語の六条院は田の字型の四つの町に分けられ、各々の町にはそれぞれ春夏秋冬に見どころのある美しい庭が造られた。その造営の動機は、光源氏がまだ女御であった秋好中宮に春と秋の好みを質問するかたちで薄雲巻に記されている。

二

はかばかしきかたの望みはさるものにて、年のうちゆきかはる時時の花紅葉、空のけしきにつけても、心のゆくこともしはべりにしがな。春の花の林、秋の野の盛りを、とりどりに人あらそひはべりける、…狭き垣根のうちなりとも、そのをりをりの心見知るばかり、春の花の木をも植ゑわたし、秋の草をも掘り移して、いたづらなる野辺の虫をも住ませて、人に御覧ぜさせむと思ひたまふるを、いづかたにか御心寄せはべるべからむ。

（薄雲・一八二）

光源氏は、季節に応じて「心のゆくこと」をしたいと願っているが、その内容は、「狭き垣根のうち」に季節の木草を植え、人々がする春秋の争いをしてみたい、或いは身内の女性に見せたい、というものであった。中宮は母御息所が亡くなった秋に心が惹かれると答えている。

少女巻に四町からなる六条院造営の具体的な記述がある。

大殿、静かなる御住ひを、同じくは広く見どころありて、ここかしこにておぼつかなき山里人などをも、集へ住まはせむの御心にて、六条京極のわたりに、中宮の御古き宮のほとりを、四町《よまち》に占めて造らせたまふ。

（少女・二七二）

六条御息所の旧居の地を含んで造られ、「静かなる御住ひ」とあるように、閑居を志向している。(3) 完成した六条院には中秋八月に居を移している。

八月にぞ、六条の院造り果ててわたりたまふ。未申《ひつじさる》の町は、中宮の御古宮なれば、やがておはしますべし。辰巳《たつみ》は、殿のおはすべき町なり。丑寅《うしとら》は、東の院に住みたまふ対の御方（花散里）、戌亥《いぬゐ》の町は、明石の御方とおぼしおきてさせ給へり。もとありける池山をも、便なき所なるをば崩しかへて、水のおもむき、山のおきてをあらためて、さまざまに、御方々の御願ひの心ばへを造らせたまへり。

（少女・二七三）

庭は新たに大きく造り変えられた。「御方々」とは、秋の町の秋好中宮、春の町の紫の上、夏の町の花散里、冬の町の明石の上の四人である。その「御願ひの心ばへ」の「心ばへ」の語に注目したい。「心ばへ」は、「心延へ」であり、「辺りにただよわせて、何かの形で現わしている様子から察せられる気持・本性、または趣向・心構えなど」（『岩波古語辞典』）と説明される。つまり本来外からは見えないはずの心の延長が表に現われたものというのが、その原義である。それが、「好み」「趣向」の意味になって行く。ここは、四人の女性達の心の中の好みをそのまま庭造りの趣向として表現したと言っているのである。

光源氏は前述のように秋好中宮に春と秋のどちらが好きかと質問しており、中宮は秋だと答えている。紫の上に対する質問の場面はないが、同種の質問がされ、「春のあけぼの」を好むと答えたというように書かれている（薄雲・一八四）。花散里と明石の上に対しては質問したことも、その答えも書かれていない。しかし、ここに「御願ひの心ばへ」とあるので、その二人にも質問がされたか、もしくはその趣味を光源氏は充分に把握していたと考えられる。その上で花散里の町には夏の庭が造られ、明石の上の町には冬の庭が造られたはずである。花散里は夏を好み、明石の上は冬を好んでいたのである。

冬の町は、

西の町は、北面築《つ》き分けて、御倉町なり。隔ての垣に松の木のしげく、雪をもてあそばむたよりによせたり。冬のはじめ、朝霜むすぶべき菊の籬《まがき》、われは顔なる柞《ははそ》原、をさをさ名も知らぬ深山木どもの木深きなどを移し植ゑたり。

（少女・二七五）

と、庭木として松を筆頭に挙げている。明石の上の冬に対する好みは、主に松に対する好みではなかろうか。初音巻で明石の上は「年月を松（待つ）に引かれて経る人にけふ鶯の初音聞かせよ」（初音・一三）と、自らを「松（待つ）」に準えていて、松に対する好みが分かる。ここばかりでなく、松は物語の中で明石の上と密接に結びつけられている。前稿では、それを「松の構想」と呼んだ。

六条院は左大臣源融の造営した河原院の像を写したと言われる。冬の町の松についても、河原院の松と関係があるのではあるまいか。

源順の「河原院賦」（本朝文粋・巻一〔一〇〕）には、

是以四運雖転、一賞無忒。春玩梅於孟陬、秋折藕於夷則。九夏三伏之暑月、竹含錯午之風、玄冬素雪之寒朝、松彰君子之徳。

（是を以つて四運転ずると雖も、一賞忒《たが》ふこと無し。春は梅を孟陬に玩び、秋は藕《はちす》を夷則に折る。九夏三伏の暑き月は、竹錯午の風を含み、玄冬素雪の寒き朝《あした》は、松君子の徳を彰はす。(4)）

という四季の風景がある。春は梅、夏は竹、秋は蓮、冬は松がその景物である。冬には、雪の寒い朝は「松」が「君子の徳」を明らかにするという。これは、論語子罕篇に「歳寒、然後知松柏之後凋也」（歳寒くして、然る後に松柏の凋《しぼ》むに後《おく》るることを知る也）とあるのに基づく。論語義疏(補注1)では、魏の何晏の注に「凡人処二治世一亦能自脩整与二君子一同、在二濁世一然後知三君子之正不二苟容一」とあり、治まった世ではなく濁世において初めて君子が人に迎合しないことが分かる、との意と解釈する。梁の皇侃の疏には、「此欲レ明下君子徳性与二小人一異上也」とあって、松柏を小人とは異なる君子の「徳性」の喩えとしている。つまり、常緑の松柏は寒い時節になって初めてその緑を失うことが他よりも遅れるのを知るの意で、濁世の厳しい世に貞節を持す君子の喩えとされている。

後の例では、松柏を並べずに松のみについて、この比喩が用いられる場合がある。

初唐李嶠の李嶠百二十詠に「松」詩がある。

欝欝高山表　欝欝たり高山の表《うへ》
森森幽澗垂　森森たり幽澗の垂《ほとり》
鶴棲君子樹　鶴は棲む君子の樹
風払大夫枝　風は払ふ大夫の枝
百尺條陰合　百尺にして條《えだ》の陰合ふ
千年蓋影披　千年にして蓋《かさ》の影披《ひら》く
歳寒終不改　歳寒くして終《つひ》に改めず
勁節幸君知　勁節君が知らむことを幸《ねが》ふ

第三句目に「君子の樹」、第七第八句目に「歳寒くして終《つひ》に改めず、勁節君が知らむことを幸《ねが》ふ」とあるのは、論語子罕篇によっており、松の儒教的側面を詠んでいる(5)。これを松の持つ不変の属性と呼ぶことにする。

しかし、右の詩において、松は、「鶴」を住まわせ、「千年」の寿命を持つ長寿の木でもあった。この長寿の松は道教的（神仙的）であり、儒教的な不変に対し、永遠の属性を持つと表現できよう。この永遠性は、わが国の神性と習合していると前掲の拙稿では論じた。

六条院の冬の町の松は、単に明石の上の好みを表わすばかりではなく、君子の徳を備えた女性であるという、明石の上に対する性格づけの意味をも表わしていると思われる。元播磨守の娘という出自を恥じて終始控え目ではあるが、六条院の北西でじっと厳しさに耐えながら明石の姫君の成長を待つ姿は冬の松の不変の印象を持つ。

それは、桜を好む紫の上が桜のような女性として描かれていることと同じである。言い換えれば、明石の上は松によって象徴される女性であり、紫の上は桜によって象徴される女性なのである。

この二人は中宮となるはずの明石の姫君から見れば、実母と養母という特別な存在である。桜のような紫の上と、松のような明石の上という二人の母親を持つことが中宮となり、国母となる条件であったのではないだろうか。松には永遠の属性もあるから、姫君の長寿を予祝する意味も込められていよう。桜が持つ美の属性、松の持つ不変、永遠の属性が二人の母親にあるのではないか。

これに類した表現を歴史の上に求めるならば、日本書紀（第九段一書第二）に見える磐長姫と木花開耶《このはなのさくや》姫《ひめ》という古い組み合せがある。天降った天津《あまつ》彦火瓊《ひこほのに》瓊《に》杵尊《ぎのみこと》は美貌の木花開耶姫を見染めて結婚を願う。父大山祇神《おおやまづみのかみ》は、姉の磐長姫を共に奉りたいと申し出るが、磐長姫はその醜さ故に召さなかったという。妹はすぐに妊娠し、磐長姫は恥じて、「もし二人を共にお召しになっていたら、生まれた子は「盤石《ときはかちは》」(6)のように長寿であろう。お召しがなかったので、子は花のように散るだろう」と語る。或いは「人々は「木《こ》の花」のようにすぐ衰えるだろう」と言ったという。そして、これが「世人」の短命の由来だと記す(7)。

古来、磐は不変と永遠の属性を持つと認識されて来た。それが、右の「盤石」の訓や祝詞に見える「常磐《ときは》」「堅磐《かき（ち）は》」の語の由来であり、また磐長姫の名の由来でもある。「常磐」の「常」は、字義としては、常住不変、一定の意味であるが、訓の「とこ」は、「常世《とこよ》」という語で明らかなように不変性ばかりでなく永遠性をも兼ねる言葉である(8)。「常磐」は、その「常《とこ》」にさらに不変と永遠を象徴する「磐」が加わっている語である。

さて、磐長姫が召されるかどうかが、生まれる子が長寿を得られるかどうかに関わっていた。生まれた子は、火《ほの》闌降命《すそりのみこと》、彦火火出見尊《ひこほほでみのみこと》、火明命《ほのあかりのみこと》であり、彦火火出見尊の孫が神武天皇である。天皇家の祖先の彦火火出見尊の寿命は、木花開耶姫と磐長姫が后として両立するかどうかに左右されていたのである。

従って、后としては、花のような美しさと磐のような長命を併せて持つのが、理想だということになる。いわば、美と永遠という二つの属性が国母としての条件になる。

平安朝では、日本書紀は日本紀講書などを通じて良く読まれていたので、木花開耶姫の話は単なる伝説ではなく、歴史そのものとして捉えられていたであろう。日本書紀はそもそも皇統を描く書である。源氏物語は物語とは言え、皇統を記すものであるから、国母としての条件を理想的に描くならば、この歴史の利用は大いにあり得たと思われる。桜と松の属性を兼ね備えた二人の母を持った明石の姫君はその条件に叶っているように見える。

しかし、書紀の花と磐と、源氏物語六条院の庭木の桜と松との間には、今少し懸隔があるように感ぜられる。その懸隔を埋めるものとして、次に紫宸殿前の二本の木に注目して見たい。

三

平安京の内裏が造営されて間もなく、正殿であり南面する紫宸殿（南殿）の前には、東には梅が、西には橘が植えられた。その由来はつまびらかにしないが、梅は仁明天皇の頃に桜に変わっていたと言われる[9]。これが所謂左近の桜と右近の橘である。

橘に対する意識は、天平八年（七三六）十一月に葛城王（後の橘諸兄）等が橘氏賜姓の願いを上表し、それが許された時の記事やその時の歌の中に見える。上表文中に記された橘は、

橘者果子之長上、人所レ好、柯凌二霜雪一而繁茂、葉経二寒暑一而不レ彫。…流二橘氏之殊名一、万歳無レ窮、千葉相伝。

（続日本紀・天平八年十一月十一日条）

というように、「霜雪」を凌いで茂る不変の性質を持つものであった。それが氏族の永遠性に結び付けられている。

万葉集にはその時の聖武天皇の御製も残っている。

橘は実さへ花さへその葉さへ枝《え》に霜降れどいや〈常葉《とこは》〉の木

（万葉集・巻六〔一〇〇九〕）

ここでも橘は実、花、葉、についてその不変性が強調され、その常緑の性質を「常葉《とこは》」と呼んでいる。「とこ」は、不変と永遠性を兼ねる言葉であった。橘は、不変であるが故に永遠性を持つと認識されており、右の二例はいずれも氏族の永遠性を橘の属性に託している。

大伴家持は橘氏に親しかったためもあってか「橘歌一首」を詠んでいる。

秋づけば　時雨の雨降り　あしひきの　山の木末《こぬれ》は　紅に　にほひ散れども　橘の　なれるその実は　直《ひた》照り
に　弥《いや》見が欲しく　み雪降る　冬に到れば　霜置けども　その葉も枯れず　〈常磐奈須《ときはなす》〉　いや栄映《さかば》えに…

（万葉集・巻十八〔四一一一〕）

ここでは、他の木々の秋の紅葉のはかなさに対し、落ちずに生《な》っている橘の実と、雪や霜に枯れない常緑の葉は、不変性と永遠性を兼ねた「常磐《ときは》」という語で表現されている。後に常緑の木を「常磐木」と呼ぶのもこうした発想から来ている。

橘が冬の霜に枯れないことについては、中国に次のような例があり、続日本紀等の先蹤をなしている。

独有二凌レ霜橘一、栄麗在二中州一。従来自有レ節、歳暮将何憂。

（芸文類聚・橘、斉虞義「橘詩」）

若乃秋夜初露、長郊欲レ素、風賣レ寒而北来、雁銜レ霜而南渡、方散レ藻二於年深一、遂凝レ貞二於冬暮一

（芸文類聚・橘、梁呉筠「橘賦」）

これらの例では、冬に見られる橘の不変性を「節」「貞」という語で表現している。あたかも前述の論語による松の属性を見るようである。万葉集の例と比較すると、不変性はあるが、永遠性が強調されていることはない。

万葉集では、松の方も、

八千種の花は移ろふ〈等伎波奈流《ときはなる》〉松のさ枝をわれは結ばな

（大伴家持・巻二十（四五〇一））

と「常磐」の木として詠まれている。橘と松はわが国では「常磐」と「貞節」という点で共通性を持つと言えよう。紫宸殿前の梅と橘は、美しくもはかない花を持つ梅と、「常磐」の木である橘という対照性を持つ。仁明朝の頃、外来の梅が桜に変わったことから、ますます木花開耶姫と磐長姫の対に似た対照性を示すことになった。紫宸殿は天皇の公式の行事が行なわれる場所であり（補注2）、そこに木花開耶姫の話が関わっている可能性はある。美と永遠を両立させる考えは紫宸殿前の二本の木に託されていると見ることができる。

また、桜（梅）と橘という対照的な二種の木の組み合せは、橘と松の属性が似ているが故に、桜（梅）と松という組み合せに容易に置き換えられ得ることが分かる。

四

菅原道真も内裏に植えられた二種類の木の対照性に深い関心を持っていた。宇多天皇の命で作られた左の作では、「桜」と「松竹」の対照性に注目している。（10）

春惜二桜花一、応レ製一首。并レ序（菅家文草・巻五（三八四））

承和之代、清涼殿東二三歩、有㆓一桜樹㆒。樹老代亦変、代変樹遂枯。先皇駆暦之初、事皆法㆓則承和㆒。特詔㆘知㆑種㆑樹者㆒、移㆓山木㆒、備㆓庭実㆒。移得之後、十有余年、枝葉惟新、根亥如㆑旧。我君毎㆑及㆓花時㆒、惜㆓紅艶㆒以叙㆓叡情㆒、翫㆓薫香㆒以廻㆓恩眄㆒。此花之遇㆓此時㆒也、紅艶与㆓薫香㆒而已。夫勁節可㆑愛、貞心可㆑憐。花北有㆓五粒松㆒。雖㆑小不㆑失㆓勁節㆒。花南有㆓数竿竹㆒。雖㆑細能守㆓貞心㆒。人皆見㆑花、不㆑見㆓松竹㆒。臣願我君兼惜㆓松竹㆒云爾。謹序。

春物春情更問誰　　春の物春の情《こころ》更に誰にか問はむ
紅桜一樹酒三遅　　紅桜一樹酒三遅
綺羅切歯相同色　　綺羅歯を切《くひしば》る色を相同じくして
桃李慙顔共遇時　　桃李顔を慙《は》づ時に共に遇ひて
欲裹飛香憑舞袖　　飛香を裹《つつ》まむと欲しては舞袖憑《よ》る
将纏晩帯有遊糸　　晩帯を纏《まと》はむとするは遊糸有り
何因苦惜花零落　　何に因ってか苦《ねんごろ》に惜しむ花の零落することを
為是微臣職拾遺（補注3）　　是れ微臣の拾遺を職とするが為なり

承和の仁明天皇の代に清涼殿の東に桜が一本植わっていた。それが枯れて「先皇」（光孝天皇）の御代の初めに、多く承和の先例に倣った中で新たな桜が山から移し植えられ、「庭実」として備えられたのである。十数年後それを愛でて宇多天皇が詩を詠ませた。

紫宸殿前の梅が桜に変わったのは仁明天皇の頃という。仁明天皇の承和年間にあった清涼殿の桜もそれと関係があるかも知れない。宇多天皇から見れば仁明天皇は祖父、光孝天皇は父に当る。祖父の代に由来を持つ桜を孫の宇多天皇が愛惜しているということになる。

川口久雄氏の注[11]では、この序と詩は日本紀略寛平七年（八九五）二月某日条の「公宴、賦下春翫二桜花一之詩上」とある折の作かとする。承和は仁明天皇天長十一年（八三四）正月改元から承和十五年（八四八）六月に嘉祥と改元するまでの元号である。光孝天皇の在位は元慶八年（八八四）から仁和三年（八八七）までである。八三〇、四〇年代に清涼殿前にあった桜はいつしか枯れ、八八四年頃に新たに山から移し植えられた。時と共に枝葉が茂り、根は元の桜のようにまでなり、毎春宇多天皇が賞翫した。十一年後の八九五年二月に天皇は文人達に詩を詠ませた。桜が移植された頃の光孝天皇即位の元慶八年は道真は四十歳であった。序の制作時に道真は五十一歳であり、この桜の由来について熟知していた。

道真は花を愛惜する詩を作る時に条件を出した。花の北側に「五粒松」[12]があり、小さいけれども「勁節」を失わない、花の南側に「数竿竹」があり、細いけれども「貞心」を守っている、「勁節」や「貞心」は愛すべきであるから、「我君」も花の「紅艶」「薫香」ばかりでなく、「兼」ねて「松竹」を愛すべきである、と言う。このうち「勁節」は、前掲の李嶠「松」詩に、「勁節幸二君知一」（勁節君が知らむことを幸《ねが》ふ）とあるのを用いている[13]。冬の寒さにも変わらない「強い貞節」を意味する語である[14]。

道真がわざわざ「桜」を詠むのに「松竹」に言及したのは、天皇を諫めるためであった[15]。その諫めは、詩の第七・八句に、「何に因つてか苦《ねんごろ》に惜しむ花の零落することを、是れ微臣の拾遺を職とするが為なり」とあるように道真の当時の官職と関わりがある。これは、花が散ることをことさらに惜しむのは、自分が「拾遺」を職としているためである、という意である。落ちた花びらを拾い集めるのに関心があるという気持であろう。

ただし、「拾遺」は、侍従の唐名（拾芥抄・唐名部）である。侍従は、「職員令」（中務省）に、「侍従八人、掌二常侍規諫、拾レ遺補レ闕一」とある。この「遺」は、令集解に毛詩鄭箋を挙げ、「遺、亡也、失也」と注する。すなわち拾遺は、亡失したものを拾い、欠を補って諫めることを仕事とするのである。唐制では、左拾遺と右拾遺があり、共に諫官であった。

道真は、寛平六年（八九四）八月二十一日には、参議左大弁であり、遣唐大使となった。しかし、九月三十日に遣唐使派遣を停止した。その十二月十五日に侍従を兼ねる。この詩はその二箇月後に作られている。時に道真五十一歳であった。

白居易は道真に大きな影響を与えた詩人であるが、左拾遺の職に就いており、道真はそれを意識したに違いない。白居易が左拾遺になったのは、三十七歳の元和三年（八〇八）四月であり、二年間その職にあった。在職中の元和四年には、「新楽府」五十首を作っており、諷諭詩制作に熱心な頃であった。道真が「寒早十首」を作るときに参考にした「秦中吟」十首もこの頃の作である(16)。白居易は詩を利用して諫官の職務を全うしようとした。道真もそれに倣い、天皇を諫めるため「拾遺」の語にこだわって、それを詩に用いた。

道真の父是善も白居易の官職とわが身の官職が同じであることを記し残している。扶桑略記によれば、陽成天皇の貞観十九年（元慶元年〈八七七〉）暮春三月、南淵年名の洛北小野山荘で尚歯会を開き、老齢の大江音人、藤原冬緒、菅原是善、文室有真、菅原秋緒、中臣是直の六人が招かれた。この時参議刑部卿兼勘解長官であった是善が序を作り、それが扶桑略記及び本朝文粋に残されている(17)。その序に、白居易の尚歯会の障子絵が日本に伝えられ、それにちなんで、年名が小野でわが国初の尚歯会を開いたと記されている。三十三歳の道真も父の付き添いとして参加している(18)。

白居易の方は、武宗の会昌五年（八四五）三月二十一日、七十四歳の時に七老尚歯会を洛陽履道里の自宅で開いている。是善は、序の中で「是善官号同二白氏一」と言っている。これは白居易が会昌二年（八四二）春に刑部尚書を贈られて致仕したことを踏まえた表現である。柿村注は、公卿補任（貞観十九年条）を引いて、六十六歳の参議であった是善が正月十五日に刑部卿を兼ねたと注する。刑部卿の唐名が刑部尚書であり、官号が白氏と同じであるというのは、刑部卿であったことを言う。道真が白居易の官職を意識したことについては、父是善のこうした発想が影響したと思われる。

道真は三八四番の序の中で山から移し植えた桜を「庭実」に備えると言っているが、この語も白居易と関わりがある。この「庭実」について柿村注は、「庭実千品、旨酒万鍾」（文選・巻一・班固「東都賦」）引き、川口注もそれを襲うが、当らない。

島田忠臣の「対レ竹自伴」（田氏家集・巻中（七七））(19)に、「中虚猶合レ為二庭実一、外密終期レ起二砌陰一」とあり、その「庭実」について、小島憲之氏『古今集以前』では、白居易「養竹記」（一四七四）を引き、「「庭実」は『儀礼』（聘礼）に由来する語、庭先に並べられた貢物の意。ここはやや転じて、竹林を指して、「庭の眺めを満たすよき物」といった意味に解してよかろう」と記している。文選の例は、「庭先に並べられた貢物」の意であるに対し、道真の「庭実」の方は、小島説の「庭の眺めを満たすよき物」の意が妥当である。

小島氏が引く、白居易の「養竹記」は竹と君子を関連させている。

竹似レ賢何哉。竹本固、固以樹レ徳。君子見二基本一、則思二善建不レ抜者一。竹性直、直以立レ身。君子見二其性一、則思二中立不レ倚者一。竹心空、空以体レ道。君子見二其心一、則思二応用虚レ受者一。竹節貞、貞以立レ志。君子見二其節一、則思三砥二礪名行一。夷険一致者夫如レ是。故君子人多樹レ之、為二庭実一焉。（後略）

竹は賢人に似ている。君子はその「固」い「本」を見ては、「善く建ちて抜かざる」ことを思い、その「直」なる「性」を見ては「中立して倚らざる」ことを思い、その「空」なる「心」を見ては「応用して受を虚しくする」ことを思い、その「貞」なる「節」を見ては「名行を砥礪する」ことを思う。この竹と賢人の性格の一致により、君子は多く「庭実」としてそれを庭に「樹《う》」えるのである。

ここでの竹は、君子の性質を持つ故に、君子が庭に植えていつもその性質を学ぶようなものとして描かれている。

そのような庭木を「庭実」と言ったとすると、この語は一種の規範性を帯びていると言って良いのではないか[20]。庭にあり、いつも見て規範とする木、という意味になるのである。

改めて忠臣の詩の全体を挙げよう。

対竹自伴　　竹に対ひて自ら伴《とも》とす
静地閑居伴竹林　　静地に閑居して竹林を伴とす
自余人事不相侵　　自余の人事は相侵さず
中虚猶合為庭実　　中《うち》虚にして猶庭実と為すべし
外密終期起砌陰　　外《そと》密にして終《つひ》に砌陰と起《た》つを期《ちぎ》る
風有作声如会嘯　　風声を作すこと有りて嘯を会するが如し
霜無変節是同心　　霜節を変ずること無きは是れ心を同じうす
世間交結真朋少　　世間の交結真朋少なし
唯対青葱契断金　　唯青葱に対ひて断金を契る

忠臣は煩わしい世間の人と比べて、より信頼するに足る「伴《とも》」として竹を眺めている。「霜節を変ずること無きは是れ心を同じうす」というのは、竹の貞節を自分も持つものとして共感しているのである。結局、世間の友人よりも深い契りを竹に感じて、竹を規範として捉えている。それを「庭実」と呼んでいるのである。

道真は「晩冬過二文郎中一、翫二庭前早梅一」（菅家文草（四九）[21]）の序にも、「厳冬已晩。具瞻二庭実一、梅樹在レ前」と「庭実」の語を用いている。禁酒令が出たときに、文郎中を尋ねて酒を飲み、庭の早梅を見て詠んだ詩である。

一年何物始終来　　一年何物か始終して来れる
請見寒中有早梅　　請ふ見よ寒中に早梅有ることを

更使此間芳意篤　　更に此の間芳意をして篤からしめむは
応縁相接故人盃　　故人の盃に相接するに縁《よ》るべし

ここでは、「芳意」（花の心）をより篤くするのは「故人」（友人）と酒を酌み交わすことだ、と詠んでいる。梅を友人と同等の親しいものと擬人化している。その梅を「庭実」の一番目立つものとして取り上げて、詩に詠んでいる。

白居易は、竹に対してこの語を用い、忠臣もそれに倣って竹に対して用い、道真は清涼殿の桜に対して用い、或いは文郎中の庭の梅に対して用いている。いずれも小島説のように「庭の眺めを満たすよき物」の意に解せるが、清涼殿の桜以外の例は、「実」のところに意味が加わっていると思われる。中身のある、規範性があるものとみなしている。

菅家文草（巻六）には花に対して「松竹」を詠み込んだ詩がもう一首ある。

早春侍宴、同賦殿前梅花。応レ製〔四四〇〕

早春宴に侍し、同じく殿前の梅花を賦す。製に応ず。

非紅非紫綻春光　　紅《くれなゐ》にあらず紫にあらず春光に綻《ほころ》ぶ
天素従来奉玉皇　　天素従来《もとより》玉皇に奉る
羊角風猶頒暁気　　羊角の風は猶暁気を頒《わか》つ
鵝毛雪剰仮寒粧　　鵝毛の雪は剰《あまつさ》へ寒粧を仮す
不容粉妓偸看取　　粉妓の偸《ひそ》かに看取するを容《ゆる》さず
応叱黄鸝戯踏傷　　応《まさ》に黄鸝の戯れに踏み傷《やぶ》るを叱るべし
請莫多憐梅一樹　　請ふ多く憐れむこと莫れ梅一樹
色青松竹立花傍　　色青くして松竹花の傍《かたは》らに立てり

この詩は川口注によれば、日本紀略寛平九年（八九七）正月二十四日条の「内宴題云、殿前翫㆓梅花㆒」とある折の作で、清涼殿の前の白梅を詠んでいる。時に道真は従三位中納言であり、左大弁、春宮権大夫、侍従、遣唐大使、民部卿を兼ねていたようである。

清涼殿の白梅の美しさを称えたあと、「請ふ多く憐れむこと莫れ梅一樹、色青くして松竹花の傍《かたは》らに立てり」と言っている。梅を愛しすぎないで、青々とした松と竹（三八四番で言えば「勁節」と「貞心」）に目をやって欲しい、と言う意である。

この詩も宇多天皇の命令による作なので、この考えは直接天皇に向かって表明されたものである。花を愛する宇多天皇と、それを認めつつ「松竹」にも目を向ける必要があるとする道真の二人の姿が髣髴とする。天皇はこのような道真を篤く信任し、この年の七月に時平と道真を補佐役とするようにとの内容を持つ「寛平御遺戒」を残して十三歳の醍醐天皇に位を譲ることになる。

五

道真が桜や梅を詠むに際して、「松竹」に目を向けよと述べたのは、紫宸殿前の桜と橘を意識したためかも知れない。しかし、橘が永遠性を基調とするのに対して、道真の「松竹」は儒教的な不変性を基調とするように見受けられる。また、桜や梅に対し、「松竹」の存在を主張するような道真の批判精神について考察する必要があろう。

この批判精神は、白居易が左拾遺時代に作った「新楽府」などに見える花実論に由来すると思われる。「新楽府」の第二十八「牡丹芳」（〇一五二）を見てみよう（引用・訓読は神田本白氏文集により構成した）。

牡丹芳

牡《ぼ》丹芳《たんはう》

　美天子憂農也
牡丹芳　牡丹芳
黄金蕊綻紅玉房
千片赤英霞爛々
百枝絳焰燈煌々
（中略）
華開花落二十日
一城之人皆若狂
三代以還文勝質
人心重華不重実
重花直至牡丹芳
其来有漸非今日
元和天子憂農桑
卹下動天天降祥
去歳嘉禾生九穂
田中寂寞無人至
今年瑞麦分両岐
君心独喜無人知
無人知可歎息

　天子の農を憂ふることを美《ほ》めたり
牡《ぼ》丹芳《たんはう》　牡丹芳
黄金の蕊《はなふさ》　綻びて紅玉の房あり
千片赤英は霞《かすみ》　爛々たり
百枝絳焰は燈《ともしび》　煌々たり

華開き花落つ二十日
一城の人皆狂《たは》れたるが若《ごと》し
三代より以還《このかた》文質に勝てり
人の心華《くわ》を重むじて実《じつ》を重むぜず
花《くわ》を重むじて直《ただ》に牡丹芳に至る
其の来《きた》ること漸《ぜん》有り今日《けふ》のみにあらず
元和の天子農桑を憂へたまふ
下《しも》を卹《めぐ》み天を動かして天祥を降《かう》す
去《い》ぬる歳嘉《としか》禾九穂《くわきうすい》生ひたり
田中《でんちう》寂寞として人の至る無し
今《こ》年瑞麦《としずいばく》両岐に分れたり
君の心独り喜びて人の知る無し
人の知る無くは歎息すべし

我願暫求造化力　我れ願はくは暫《しば》し造化の力を求めて
滅却牡丹妖艶色　牡丹の妖艶の色を滅《おと》し却《しりぞ》けて
少迴士女愛花心　少しく士女の花を愛する心を迴《めぐ》らして
同助吾君憂稼穡　同じく吾が君の稼穡《かしょく》を憂へたまふことを助けよ

この詩は、題序に「天子の農を憂ふることを美《ほ》めたり」とあるように、人々が牡丹の花に心を奪われている時、憲宗皇帝唯一人が農事を憂えているのを美めるということを主題とする。

牡丹が咲く二十日間、町中の人は狂ったように賞翫するが、それは昨日今日のことではない。「三代より以還《このかた》文質に勝てり」とあるように、夏殷周以来「文」が「質」に勝ったところにその遠因がある。「人の心」は「花」ばかりを重んじて「実」を重んじない。元和の憲宗皇帝だけが、瑞祥の「九穂」「瑞麦」を見ては穀物の出来に心を砕いている。牡丹の「妖艶の色」を滅らし、人々が花を愛する心を我が君が農作を憂えるのを助けるように変えさせたい。

抽象的に言えば牡丹の芳《はな》は、「花」であり、麦や稲穂は、「実」である。後述するように「文」は「花」であり、「質」は「実」である。「文」が「質」に勝つような風潮が続いて、人々が「実」を軽視し、「花」ばかりを重んじている。ここに白居易の花実論が見られる。

白居易の花実論は、六朝の花実論を批判するところに成り立っている。それについて古今集の序文との関連で論じたことがあるが、(22)改めてその概要を次に記す。

論語には、君子論として「文質彬彬」という語があり、六朝では、この「文質」は、「花実」と捉えられてきた。論語雍也篇第六に、

子曰、質勝レ文則野、文勝レ質則史。文質彬々、然後君子。

とある。「文」と「質」とが備って、始めて「野」（野人）でも「史」（文書係）でもない「君子」になれるというのである。この条についての梁の皇侃の論語義疏では、

質実也。勝多也。文華也。

とあって、「質」を「実」の意とし、「文」を「華」の意としている。「文質」は「華（花）実」となるのである。[23]

さらに、論語の顔淵第十二では「文」と「質」に関して、次の一条がある。

棘子成曰、君子質而已矣。何以レ文為矣。子貢曰、惜乎。夫子之説二君子一也、駟不レ及レ舌。文猶レ質也、質猶レ文也、虎豹之鞟、猶二犬羊之鞟一也。

「質」が備っていれば君子たり得、文は必要ないのではないか、という棘子成の意見に対し、子貢が、「文」も「質」も共に重要だ、もし「質」だけで充分ならば、虎や豹の「鞟」（なめしがわ）と犬や羊の「鞟」が変わりないように、君子も普通の人と同じになってしまう、と反論している。

この君子論は、六朝では同時に文学論ともなって行く。梁の劉勰の詩論、文心雕龍の例を引こう。

聖賢書辞、総称二文章一。…木体実而花萼振、文附レ質。虎豹無レ文、則鞟同二犬羊一。…質待レ文也。

（情采・第三十一）

この例では、経書などの「聖賢書辞」が文章の規範であり、「花」も「実」も備える、としている。後に続く「文」「質」は、「花」「実」に対応する語である。

白居易はこうした六朝の君子論や文学論を批判する。白居易にすれば、人心は三代以来堕落し続け、六朝文学に至っては華やかさだけを追求したものに見えたのである。その文学的立場を明確にした「与二元九一書」（一四八六）では、花ばかりとなった六朝の文学を批判し、実を重要視して詩（毛詩）の精神に帰れと主張している。毛詩大序の六義—比・賦・興・風・雅・頌—こそが詩の真精神であり、そこに実があるというのである。

「新楽府序」〔〇一二四〕に、「卒章顕二其志一、詩三百篇之義也」とあり、五十首それぞれの詩の終章に志を表現しているのは、毛詩「三百篇」に倣ったと言っている。「牡丹芳」に見える実重視についても毛詩に倣ったものと言えるのである。

　こうした白居易の花実論が典型的に表われているのが、「牡丹芳」の「人心重レ華不レ重レ実」（人の心華《くわ》を重むじて実《じつ》を重むぜず）の句である。この句は、道真の三八四番の序に見える「人皆見レ花、不レ見二松竹一」（人皆花を見て、松竹を見ず）と極めて似た措辞である。華やかさのない質実の庭木である「松竹」を「実」と言い換えれば、この二つはほとんど同じである。道真は「詩言レ志」という言葉で、毛詩の精神を重んじていた。[24]「人皆見レ花、不レ見二松竹一」という語句が「牡丹芳」によるものとすれば、それは毛詩の精神を重要視した白居易の花実論を受け継ぐものと言えよう。この語句に表われている精神を道真の花実論と呼びたい。

　紀貫之の「古今和歌集仮名序」、紀淑望の「真名序」に見られる花実論も白居易の花実論を受け継ぐものである。「仮名序」の「今の世の中、色につき、人の心、花になりにけるより、あだなる歌、はかなき言のみいでくれば、色好みの家に埋れ木の、人知れぬこととなりて、まめなる所には、花薄ほに出すべきことにもあらずなりにたり」や、「真名序」の「及下彼時変二澆漓一。人貴中奢淫上、浮詞雲興、艶流泉涌。其実皆落。其花孤栄。至レ有下好色之家、以レ此為二花鳥之使一、乞食之客、以レ此為中活計之謀上。故半為二婦人之右一、難レ進二大夫之前一」という「花」ばかりを重んずる人心とそこから生まれる和歌のあり方に対する批判は、「牡丹芳」の批判に極めて近いものがあるのである。

　しかし、もともと論語では、「文質彬彬」とあり、「文」と「質」が備わっていることが君子論としては重要であった。[25]紀貫之の「新撰和歌序」では、「花実相兼」という語を用いて、花も実も備わった和歌を選んだと記している。そこでは論語の「文質彬彬」に還っているのである。

道真は「松竹」に対して、花を完全に否定しているわけではない。花に対する過度の愛惜を問題としているのであり、三八四番の序でも「臣願我君兼惜二松竹一」と言っている。詩題は、「春惜二桜花一」であったから、この結句は、「桜花」と「松竹」とを「兼」て「惜」しめと言っているのである。「兼」は「共に」の意であり、これは「新撰和歌序」の「花実相兼」の考え方に通じている。道真の花実論は「花実相兼」というべき考え方を含んでいる。

道真の「人皆見レ花、不レ見二松竹一」という批判は、直接には花を詠めと言った宇多天皇に向けられている。帝王の心構えとして、唐の憲宗が稲や麦などの実を重んじたように、「松竹」を重んぜよと言っている。その時に花を全面的には否定しなかったことが結局貫之の「花実相兼」につながっている。「古今序」における貫之の花の時代の人心批判と、「新撰和歌序」における「花実相兼」はともに道真の思想にその元を見ることができる。白居易の花実論に触発された道真の花実論が、「古今序」から「新撰和歌序」に至る貫之の文学思想となったということが言えると思う。

六

道真は松の属性である永遠性に関わる作も残している。寛平八年（八九六）閏正月六日の初子《はつね》の日に、道真は宇多天皇の雲林院行幸に同行して、その初子の行事の由来を詩序に記した。

予亦嘗聞于故老、曰、上陽子日、野遊厭老、其事如何、其儀如何、倚松樹以摩腰、習風霜之難犯也。和菜羹而啜口、期気味之克調也。

（予亦た嘗て故老に聞くに、曰く、上陽の子の日、野遊して老を厭ふ、其の事如何、其の儀如何といふに、松樹に倚《よ》つて以つて腰を摩《す》るは、風霜の犯し難きに習ふ也。菜羹に和して口に啜すは、気味の克く調ふるを期する也。[26]）

ここでは、正月の初子の日に野遊して老いを厭う習慣の由来を故老から聞いている。長寿を得るために松に寄って腰をするのは、「風霜」も犯しがたい松の性質に習う故であると言っている。松の不変の属性を長寿に結びつけている点で、不変性と永遠性とを兼ねた松の見方と言えよう。この考え方は子の日の小松引きという習慣に受け継がれて行く。例えば、「子の日する野辺に小松のなかりせば千代のためしに何を引かまし」（拾遺集・巻一・春・壬生忠岑（二三））という歌の背景である。道真は松の永遠性にも注目していた。

道真の「松竹」や松に対する見方は源氏物語にどのように受け継がれて行くだろうか。前述のように「河原院賦」に、「玄冬素雪の寒き朝《あした》は、松君子の徳を彰はす」とあり、冬の松は雪の寒い朝には「君子の徳」を明らかにするものとして詠まれている。これは、言わば規範性を持った庭実としての松と言えよう。白居易の「養竹記」に見られるように君子が共感すべきものである。そこに庭の樹木とそれを眺める庭の主人との一体性がある。

宇多朝において清涼殿の東側には、桜と松、竹が植わっていた。道真によれば、それは見る者に華やかさ（「紅艶」「薫香」）で喜びを与えると共に君子の貞節（「勁節」「貞心」）を教えるものであった。紫宸殿前の橘と桜も庭実として同様の働きがあった。

光源氏が造営した六条院の主な庭木も規範性を持つ庭実としての意味があったはずである。それは、各々の女主人の趣味を反映した庭実である。

そして梅や桜が春の町に植えられ、松が明石の上の冬の町に植えられているのは、道真の花実論に叶っている。いわば「花実相兼」の考え方が二人を母とする明石の姫君に付与されていると考えられるのである。しかも、松には、不変と永遠という二つの属性があった。明石の姫君は松によって永遠の属性が与えられていると見ることができるのである。六条院は、明石の中宮の育つ場所として設定されているが、その庭の木々と女性達との関わりの背景に道真の思想があるように考えられる。

注

(1) 「唯是西行不二左遷一」(菅家後集「代レ月答」〔五一一〕)。
(2) 『東アジア比較文化研究』創刊号・平成十四年六月、本書第二部第Ⅱ章。
(3) 拙稿「白居易文学と源氏物語の庭園について」(『白居易研究年報』二号・平成十三年五月、新間『源氏物語と白居易の文学』所収・和泉書院・平成十五年)で六条院造営と白居易の履道里宅の造営について記した「池上篇幷序」〔二九二八〕との関わりについて論じた。
(4) 「九夏三伏」以下は和漢朗詠集「松」〔四二四〕に摘句されている。
(5) 新撰万葉集巻上冬〔一八七〕に、「雪降りて年の暮れ行くときにこそつひに緑の松も見えけれ」とある。この歌も論語に基づくが、特に「つひに」は李嶠のこの詩の「歳寒終不改」の「終に」から来ていると考えられる。同歌は古今集の巻六冬〔三四〇〕に第二句「年の暮れぬる」、第四句「つひに紅葉ぬ」の形で載せる。なお、柳喜代志氏「「つゐにもみぢぬ」・「つゐに緑の」松の歌(『古来風躰抄』)考―論語受容史の一端―」(同氏『日中古典文学論考』所収・汲古書院・平成十一年)参照。
(6) 「ときはかちは」は、日本古典文学大系『日本書紀』の訓。「かちは」については、同書の注参照。
(7) 磐長姫と木花開耶姫の話は古事記(中巻)にも見える。同書では、短くなったのは「天つ神の御子の御寿《みいのち》」である。
(8) 「とこ」について、『岩波古語辞典』には、「トコ(床)と同根。しっかりした土台、変化しないものの意」、「永遠・永久不変であるの意を表わす」とある。
(9) 山田孝雄著『桜史』(桜書房・昭和十六年、講談社学術文庫・平成二年)。
(10) 菅家文草巻五。序は本朝文粋巻十〔二九二〕に載せる。本朝文粋所載の作品は、柿村重松著『本朝文粋註釈』、及び『本朝文粋』(新日本古典文学大系)を参照した。
(11) 川口久雄氏『菅家文草　菅家後集』(日本古典文学大系・岩波書店・昭和四十一年)。以下川口注と記す。
(12) 五葉松のこと。柿村注参照。
(13) 柿村注は、梁の范雲「詠二寒松一詩」に「凌レ風知二勁節一、負レ霜見二直心一」とあることを注する。李嶠に先行する例。

(14) 道真における「松竹」、「晩菊」などの諷諭的意義については、藤原克己氏「詩人鴻儒菅原道真」（同氏『菅原道真と平安朝漢文学』東京大学出版会・平成十三年）に言及がある。

(15) 聖徳太子伝暦巻上に、聖徳太子が三歳の時、三月の桃の花の咲く時節に父皇子から桃の花と松の葉とどちらを賞するかと聞かれ、松葉を賞すると答えたという記事がある。その理由は「桃花一旦栄物、松葉百年之貞木」だからだと言う。この話が道真以前から伝えられていたかどうかは定かでない。なお、「桃木」と「松柏」を対にして、松柏の不変性を賞揚するような表現は、陽明文庫本「李嶠百詠注」の松詩の注に見える。

(16) 花房英樹氏『白氏文集の批判的研究』（朋友書店・昭和三十五年）では、汪立名の年譜に従って、「秦中吟」制作を元和五年（八一〇）とする。「寒早十首」の十首に共通する「寒気」の語は「秦中吟」の「重賦」に見える語である。

(17) 本朝文粋巻九（二四五）。注は、柿村注の外、新日本古典文学大系に見える。古今著聞集（文学）は、尚歯会が行なわれたのを三月十八日とする。なお、尚歯会については、後藤昭雄氏「尚歯会の系譜―漢詩から和歌へ―」（兼築信行・田渕句美子両氏編『和歌を歴史から読む』笠間書院・平成十四年）参照。

(18) 菅家文草巻二に、「暮春、見二南亜相山荘尚歯会一」（七八）がある。

(19) この詩は蔵中スミ氏「島田忠臣年譜覚え書」（『田氏家集注　巻之上』和泉書院・平成三年）によれば、元慶五年（八八一）作。

(20) この意味の「庭実」は、元稹「和二東川李相公慈竹十二韻一。次二本韻一」に、「幽姿媚二庭実一、顥気爽二天涯一」と、やはり竹を指した例がある。

(21) 序は、本朝文粋巻十（二八八）、扶桑集巻十二に載せる。川口注によれば、貞観十年（八六八）作であり、「庭実」の使用は、忠臣よりも早い。

(22) 拙稿「花も実も―古今序と白楽天―」（『甲南大学紀要』文学編四〇・昭和五十六年三月、新間『平安朝文学と漢詩文』所収・和泉書院・平成十五年）。

(23) 契沖の『古今余材抄』に「花実」の注として引用している。なお、宋の邢昺の疏には、「文華質朴。相半彬々然。然後可レ為二君子一也」と、「文」を「文華」と、「質」を「質朴」と言い換えている。

(24) 藤原克己氏「文章経国思想から詩言志へ―勅撰三集と菅原道真―」（『国語と国文学』昭和五十五年十一月、注14同氏著書所収）。
(25) 注23に引くように邢昺の疏は「文華質朴。相半彬々然」と注して、「文」と「質」が「相半ば」しているさまを君子とする。
(26) 菅家文草巻六〔四三一〕、本朝文粋巻九〔二三五〕。なお、「松樹に倚《よ》つて」以下は、和漢朗詠集（子の日〔二九〕）に載せられている。

補注1（二二〇頁一八行）
初出時は論語注疏を引いたが、より古い論語義疏に改めた。前章の補注参照。

補注2（二二五頁一〇行）
初出時は、紫宸殿で即位の儀式が行なわれたように記したが、即位の場としては、冷泉天皇の時が初めてであるので訂した。政治を執り行なった場として記述された例としては、続日本後紀、仁明天皇の承和七年（八四〇）七月二十一日条に「天皇御㆓紫宸殿㆒、始覧㆓万機㆒」とある。

補注3（二二六頁一三行）
この一句、日本古典文学大系では、「為是微臣身職拾遺」に作り、一字字余りであり、初出時にはそれに従った。しかし、底本となった川口久雄氏旧蔵本（藤井懶斎自筆奥書本・現石川県立図書館蔵）では、「為是微臣身拾遺」となっている（柳澤良一氏編『菅家文草　明暦二年写藤井懶斎自筆奥書本』石川県立図書館蔵川口文庫影印叢書一・勉誠出版・平成二十年）。今は、日本詩紀や内閣文庫蔵藍表紙本に「為是微臣職拾遺」とあるのに従う。

第Ⅳ章　源氏物語柏木巻における白詩受容
——元稹の死と柏木の死——

一

白居易はわが国の文学に大きな影響を与えた詩人である。その文学活動は、詩友の元稹、劉禹錫らとの交友の中でなされたという面があった。そのことは二人づつを組み合せた「元白」「劉白」という呼称や、唱和詩集である「元白唱和集」、「劉白唱和集」の存在からよく分かる。(1)

源氏物語についても元白・劉白単位での受容が考えられる。具体的には、葵巻で頭の中将と光源氏が葵の上をしのぶ場面が白居易と劉禹錫の交友に基づいているし、須磨巻で頭の中将が光源氏を訪れて詩を朗詠したり、作ったりする場面などが白居易と元稹の交友に関わりがあることが知られている。(2)

詩友としてもっとも親しかった元稹は、白居易より七歳若かったが、先に没した。それを悼んだ白居易の「元相公挽歌詞」(3)〔二六九四〕に「後魏の帝孫唐の宰相」という句があるように、元稹は鮮卑の拓跋氏が建てた後魏の帝王の一族の子孫であり、漢民族風の元を姓としていた。(4)北朝系の隋・唐は鮮卑が建てた王朝であるから、元氏は血筋の上では唐の名族であったと言えよう。政治家としての元稹は左遷されたこともあり、順風満帆とは言えないところもあるが、四十四歳で同平章事すなわち宰相と呼ばれる地位に就き、有名な詩人であったとともに有力な政治家という一面もあった。没したのは武昌の節度使に任ぜられていた時である。

白居易は元稹の死を悼み、この「挽歌詞」の他にも元稹追悼詩群とも言うべき詩文を作っているが、それらを元稹追悼詩、或いは総体的に元稹追悼詩群と呼ぶことにする。これらの作には、唐の有力な政治家であり、終生の詩友であった元稹を大詩人の白居易が追悼したものという重い意味があった。白居易を大詩人として尊敬し、その詩文に親しんだ平安朝の人々もそのような意味で理解したはずである。しかし、その一群の作品の受容に関する考察はさほどされていないように思う。本章では、その元稹の死をめぐる白居易の詩文が源氏物語に与えた影響について考えてみたい。

二

まず、松風巻と藤裏葉巻に見える、庭の遣り水を見ながら死者をめぐって過去を回想するという二つの場面を取り上げる。

松風巻では、光源氏の帰京の誘いを受けた明石の上が、父入道を明石に残して、母尼君、姫君とともに久々に都の近くまで帰って来る、というように話が展開する。源氏物語の構想の枠組として、明石の姫君が中宮になるということがあるが、それに向かって話が大きく動く巻であると言える。

一行は、尼君の祖父中務の宮が残した嵯峨野の大堰川北岸にあった大堰の山荘に入る。光源氏は山荘の庭を繕うように指示していた。

新たに修繕の終ったその山荘の庭を眺めながら、明石の尼君は光源氏に祖父の思い出を語り、遣り水を眺めながら、中務の宮を偲ぶのであった。光源氏も誠意を込めた応対をしている。

東の渡殿の下より出づる水の心ばへ、つくろはせたまふとて、（中略）昔物語に、親王《みこ》の住みたまひけるありさまなど語らせたまふに、つくろはれたる水の音なひ、かごとがましう聞こゆ。

〔明石尼君〕
住み馴れし人はかへりてたどれども清水ぞ宿のあるじ顔なる

わざとはなくて言ひ消つさま、みやびやかによしと聞きたまふ。

〔光源氏〕
「いさらゐは早くのことも忘れじを元のあるじや面変りせる

あはれ」と、うちながめて立ちたまふ姿にほひを、世に知らずのみ思ひ聞こゆ。

（松風・一二三二）

藤裏葉巻には、三条殿で新婚の夕霧と雲井の雁が二人の結婚の恩人とも言うべき祖母の故大宮をしのぶ場面がある。三条殿はもと大宮の住まいであり、そこを修理して、二人は住むことになったのである。

前栽どもなど、小さき木どもなりしも、いとしげき蔭となり、一叢薄《ひとむらすすき》も心にまかせて乱れたりける、つくろはせたまふ。遣り水の水草も掻きあらためて、いと心ゆきたるけしきなり。をかしき夕暮のほどを、二所《ふたところ》眺めたまひて、あさましかりし世の御幼さの物語などしたまふに、恋しきことも多く、人の思ひけむこともはづかしう、女君はおぼし出づ。古人《ふるひと》どもの、まかで散らず、曹司曹司にさぶらひけるなど、参うのぼり集りて、いとうれしと思ひあへり。男君、

〔夕霧〕
なれこそは岩もるあるじ見し人の行方は知るや宿の真清水

女君、

〔雲井雁〕

なき人の影だに見えずつれなくて心をやれるいさらゐの水

などのたまふほどに、大臣《おとど》、内裏《うち》よりまかでたまひけるを、紅葉の色におどろかされてわたりたまへり。…ありつる御手習どもの、散りたるを御覧じつけて、うちしほたれたまふ。「この水の心尋ねまほしけれど、翁は言忌《こといみ》して」とのたまふ。

〔太政大臣〕
そのかみの老木《おいき》はむべも朽ちぬらむ植ゑし小松も苔生ひにけり　（藤裏葉・三〇二）

この二場面にはともに修復の成った遣り水の流れを前にして、もとの庭の主人やそれに代わる遣り水などを「あるじ」と呼んで偲んでいるという共通性がある。また、双方に見える「いさらゐ（の水）」[5]、「水の心（ばへ）」という語も特徴的である。この特徴から右の二場面は、白居易が元稹を追悼した詩に基づくと考えたい[6]。

大和五年（八三一）七月に武昌節度使であった元稹は、五十三歳で突然没した。翌大和六年春に白居易は、洛陽履信里の元稹の邸宅訪れ、追悼の詩を作っている。

過元家履信宅　　元家の履信が宅に過《よ》きる〔二七九九〕
雞犬喪家分散後　　雞犬家を喪《うしな》ふ分散の後
林園失主寂寥時　　林園主を失ふ寂寥の時
落花不語空辞樹　　落花語《ものいは》ず空しく樹を辞す
流水無心自入池　　流水心無うして自ら池に入る
風蕩醼船初破漏　　風醼船を蕩して初めて破漏し
雨淋歌閣欲傾欹　　雨歌閣に淋《そそ》ぎて傾欹せんと欲す

前庭後院傷心事　　前庭後院心を傷ましむる事
唯是春風秋月知　　唯是れ春風秋月の知るのみ

この詩がわが国でよく知られていたことは、第三・四句（頸聯）が和漢朗詠集（落花〔一二六〕）に摘句されていることで分かるし、後述するようにこの詩の影響を受けた作品も多い。白氏文集諸本では、四句目の「無心」は、「無情」となっている。「心」「情」はいずれも「こころ」と訓読できるが、ここは和漢朗詠集の「心」字の方で考えてみる。

白居易は、もとの庭の「主《あるじ》」である元稹を偲びつつ庭を眺めている。春の花は昔のことを（語って欲しいのに）何も語らずに空しく樹を辞して散るばかりであり、流水は主人の死など知らぬ顔をして、自然のままに流れて池に入ると言うのである。自然を擬人化した上で、主人の死について語らない花や思いのままに流れる水を描き、そこにいない主人すなわち元稹の存在を浮き彫りすることによって、白居易自身の悲しみを強調している。花が語らないというのは、もともとは、史記（李将軍列伝第四十九・賛）に見える「諺曰、桃李不レ言、下自成レ蹊」（諺に曰く、桃李言《ものいは》ず、下《した》自ら蹊《こみち》を成す）という寡黙ではあるが、信望の篤かった李広将軍を称えた表現に基づく。

この詩をまず、藤裏葉巻の表現と比較してみよう。ともに「水の心」を問題としているところが肝要である。「遣り水」の「心ゆきたるけしき」は、大宮を思い出し懐かしむ二人とは対比的に、遣り水が思いのままに流れていることを描く。夕霧の歌が（岩を）「漏る」と「守る」の掛詞を用いつつ、「あなたこそ（家を）守る主人である、故大宮の行方を知っていますか」と、遣り水に問うのに対し、雲井の雁は「つれなくて心をやれるいさらゐの水」と、私たちの悲しみをよそにのびのびと流れる遣り水よ、と白詩の趣きそのままである。白詩では、「落花」がものを言って元稹のいた頃のことを語ってくれるのを期待するが、結局は何も語ってくれないと言っている。右の場面でも夕霧が流れに昔の人の行方を尋ねているが、それに答えないと見なされて雲井の雁が「つれなし」と言ったという構成になっている。

とすると内大臣が詠んだ「老木」が「朽ちぬらむ」と言って老木が朽ちたことを言いつつ、亡き大宮を偲ぶのも、白詩の「風醮船を蕩して初めて破漏し、雨歌閣に淋《そそ》ぎて傾欹せんと欲す」という船や楼閣が朽ちて破損したことを利用したと考えられる。始めに「古人《ふるひと》どもの、まかで散らず」という女房たちの動向を書くのも「雞犬家を喪《うしな》ふ分散の後」と元稹邸の鶏や犬が分散してしまったのを逆手にとって利用したのであろう。結局、元稹を悼んだ庭の光景を故大宮を悼む庭の光景に利用したということになるのである。

松風巻の方も、「水の心ばへ」と「水の心」を取り上げる。また、「(水のおとなひ)かごとがまし」と言っていて、水を擬人化し、ものを言うように言っている。これも白詩を逆手に取った表現と言える。白詩では、花がものを言うことを期待しているが、ここでは、水がもとのあるじである故中務の宮に代わって「あるじ顔」にものを言うかのようであると言っている。光源氏の歌では、新しい主人であるはずの明石の尼君が昔のことを思い出せずに「たどる」(迷っている)状況であるのに対し、却って「いさらゐの水」が昔のことを忘れないと言っている。歌のあとで「あはれ」と付け加えているのは、あるじが変わってしまったことに対する感慨である。

右の同じ白詩の表現を活かしていることで知られた作品には、和漢朗詠集(花)に見える菅原文時の詩序がある。第三・四句の「花不語」「水無心」をそのまま対句として使って、花の光が水に映るという情景を詠んでいる。

誰謂水無心、濃艶臨兮波変色。
誰謂花不語、軽漾激兮影動脣。

誰《たれ》か謂ひし水心無しと、濃艶臨んで波色を変ず。
誰か謂ひし花語《ものい》はずと、軽漾激して影脣を動かす。

(「暮春侍二宴冷泉院池亭一、同賦レ浮二花光水上一」〔一一七〕、本朝文粋・巻十〔三〇〇〕)

この詩序では、人の死を悼む心はなく、言葉だけを利用しているという点で、松風巻や藤裏葉巻とは、白詩の受容の仕方が異なると言える。(補注)

同じ和漢朗詠集（桃）に載せる紀長谷雄の作も同様に桃の花の「不言」の「口」を詠んでいる。

夜雨偸湿、曾波之眼新嬌。
暁風緩吹、不言之口先咲。
夜の雨偸《ひそ》かに湿《うるほ》して、曾波の眼《まなこ》新たに嬌びたり。
暁の風緩《ゆる》く吹いて、不言の口先づ咲《ゑ》めり。
（「桃始華賦」）（四三）

右の「不言」の桃の花は、直接的には史記によったものであろうが、桃の花そのものをこの故事を利用して詠もうとする点は白詩によったとして良いと思う。とすると、これも元稹の死という場面性を全く捨象した白詩の受容と言える。時期的には長谷雄の方が早いので、白詩を利用して「不言」の花を詠むという点については、文時が長谷雄に倣ったものと考えられる。この作にも死者を悼む心は見えないが、次の文時の和漢朗詠集（仙家）の例は同じ「不言」でも元稹を悼んだ白詩的な表現している。

桃李不言春幾暮　　桃李言《ものい》はず春幾ばくか暮れぬる
煙霞無跡昔誰栖　　煙霞跡無し昔誰か栖みし
（「山中有二仙室一」）（五四八）

この聯では、今は誰も住んでいない「仙室」を詠み、道士が住んでいた昔のことを「桃李」も語らないと言っている。元稹の死亡による不在を詠んだ「落花語《ものい》はず空しく樹を辞す」に学んだものとして良い。

これらに先行する菅原道真の詩に、白居易の元稹への追悼の心を意識的に利用したと考えられるものがある。参議源勤が、元慶五年（八八一）に薨じているが、その後焼亡した旧宅を見た時の作にそれが窺える。

路次観源相公旧宅、有感〔九五〕

路次に源相公の旧宅を観て、感有り

一朝焼滅旧経営　　一朝焼け滅びぬ旧経営
苦問遺孤何処行　　苦《ねんごろ》に問ふ遺孤何れの処にか行く
残燼華塼苔老色　　残燼の華塼苔の老いたる色
半燋松樹鳥啼声　　半燋の松樹鳥の啼く声
応知腐草螢先化　　知るべし腐草螢先づ化《な》ることを
且泣炎洲鼠独生　　泣かむとす炎洲鼠独り生《な》ることを
泉眼石稜誰定主　　泉眼石稜誰か定まれる主ならむ
飛蛾豈断繞燈情　　飛蛾豈に燈を繞る情《こころ》を断たむや

右詩に見える「遺孤」は源勤の残された子を指しているが、この語は元稹の死に際して、白居易が残された子を思って用いた語であり、先にも触れた「元相公挽歌詞」中にその例がある。この追悼詩は全三首からなるが、全体を次に挙げよう。詩中の「六年七月」より、大和六年（八三二）七月に作られたことが分かる。

元相公挽歌詞。三首〔二六九四・二六九五・二六九六〕

〔其一〕

銘旌官重威儀盛　　銘旌《あらは》れ官重くして威儀盛んなり
騎吹声繁鹵簿長　　騎吹声繁くして鹵簿長し
後魏帝孫唐宰相　　後魏の帝孫唐の宰相

六年七月葬咸陽　　六年七月咸陽に葬れり

〔其二〕

墓門已閉笳簫去　　墓門已に閉ぢて笳簫去る
唯有夫人哭不休　　唯夫人の有りて哭して休《や》まず
蒼蒼露草咸陽壠　　蒼蒼たる露草咸陽の壠《つか》
此是千秋第一秋　　此れは是れ千秋第一の秋

〔其三〕

送葬万人皆惨澹　　送葬の万人は皆惨澹たり
反虞駟馬亦悲鳴　　反虞の駟馬も亦悲鳴す
琴書剣珮誰収拾　　琴書剣珮誰か収拾せん
三歳遺孤新学行　　三歳の遺孤新たに行《あり》くことを学ぶ

第三首の結句に「三歳の遺孤新たに行くことを学ぶ」とある。元稹は後述するように、三歳の子供を残して死んでいる。この「遺孤」の語は唐詩では使用例が少なく(7)、道真詩は元稹を悼んだ白詩によったことが明らかである。

その前提に立って、道真詩を見ると第七句に「泉眼石稜誰定主」とあって、「主」という語が用いられている。「定主」の語は、白居易「遊㆓雲居寺㆒、贈㆓穆三十六地主㆒」（〇六四四）の「勝地本来無㆓定主㆒、大都山属㆓愛㆑山人㆒」〔勝地は本来定主無し、大都《おほむね》山は山を愛する人に属す、和漢朗詠集・山（四九二）〕というように故人の旧宅の擬人化された水を見て「主」のことを思い出す点においては、元稹邸を訪れて追悼した詩を利用していると見ることができる。道真の詩題中の「源相公」と、白居易の「元相公（挽歌詞）」とは同じ言い方でもある。

道真の岳父島田忠臣は、寛平四年（八九二）に卒しているが、道真は忠臣を追悼する詩においても「遺孤」の語を使用している。

　　哭田詩伯　　　　　　　田詩伯を哭す〔三四七〕
哭如考妣苦飡荼　　哭くこと考妣《ちちはは》の如くにして荼《にがな》を飡《くら》ふより苦《にが》し
長断生涯燥湿倶　　長《とこしな》へに生涯燥湿を倶にせむことを断ゆ
縦不傷君傷我道　　縦ひ君を傷まずとも我が道を傷む
非唯哭死哭遺孤　　唯死を哭くのみにあらず遺孤を哭く
万金声価難灰滅　　万金の声価は灰と滅《き》え難からむ
三径貧居任草蕪　　三径の貧居は草の蕪れむに任すならむ
自是春風秋月下　　是れより春風秋月の下《もと》
詩人名在実応無　　詩人名のみ在りて実まさに無かるべし

第四句目に忠臣の遺児を思って、「非㆔唯哭㆑死哭㆓遺孤㆒」とある。また、第七句目の「春風秋月」の語句は、「過㆓元家履信宅㆒」の白詩の尾聯に「前庭後院心を傷ましむる事、唯是れ春風秋月の知るのみ」と見える語でもあった。忠臣は、道真にとって、父の門人であり、岳父であり、自分の幼少の頃の詩の師であった。その「詩人」としての力量を「詩伯」として評価しているし、結句では、他に実質的に「詩人」はいないとも述べている。道真と忠臣には元白に倣った唱和詩があるが、ここでも道真が忠臣を哀惜するに当って、白居易が元稹を悼んだ表現を用いた例があるのである。

　これらの例は、白居易の元稹への追悼の表現を道真が親しい故人に対して利用したものと言えよう。源氏物語の松風巻、藤裏葉巻の例も道真のそうした追悼詩利用と同じように考えることができる。

三

次に元稹追悼詩に関わる表現が見られるものとして、柏木巻を取り上げる。女三の宮と柏木が密通した結果、不義の子薫が生まれる。女三の宮は出家し、柏木は病死するが、その柏木の死に対する表現と元稹の死とは関わりがあるようである。

柏木が死んだのちの晩春三月、夕霧は未亡人の落葉の宮を訪れ、母一条御息所と桜を見ながら歌を詠み交わす。御前近き桜のいとおもしろきを、「今年ばかりは」とうちおぼゆるも、いまいましき筋なれば、「あひ見むことは」と口ずさびて、

〔夕霧〕
時しあれば変らぬ色ににほひけり片枝《え》枯れにし宿の桜も

わざとならず誦じなして立ちたまふに、いととう、

〔御息所〕
この春は柳の芽にぞ玉はぬく咲き散る花の行方知らねば

（柏木・三〇八）

夕霧の歌は「深草の野辺の桜し心あらば今年ばかりは墨染めに咲け」（古今集・哀傷〈八三二〉）の意を受けた上で、「時しあれば変らぬ色ににほひけり」と言っている。これは、花にも自分と同じように主の死を思ってもらいたいのに、それを無視して自然のままに咲いている、ということであり、「落花語《ものい》はず空しく樹を辞す、流水心無うして自ら池に入る」という故元稹邸の庭の光景と通ずるところがある。また、桜の枯れた枝と咲く枝に死んだ柏木と

残された落葉の宮を見立てている。

御息所の歌も咲き散る桜を落葉の宮と柏木に見立てて、行方が知れぬと言っている。「落花語《ものい》はず空しく樹を辞す」という「落花」と通ずるところがある。もともとこの聯は、和漢朗詠集の「落花」部に収められているのであり、「落花」の代表的な句として知られていた。もとの詩も元稹を悼む思いを込めて読む時には、無常の風景をもそこに読みとったと思う。

以下、「落花」をめぐって柏木を悼む場面が続く。

夕暮の雲のけしき、鈍《にび》色に霞みて、花の散りたる梢どもをも、今日ぞ目とどめたまふ。この御畳紙に、

〔致仕の大臣〕

木《こ》の下《した》の雫に濡れてさかさまに霞の衣着たる春かな

大将の君（夕霧）、

亡き人も思はざりけむうち捨てて夕べの霞君着たれとは

弁の君、

うらめしや霞の衣誰《たれ》着よと春よりさきに花の散りけむ

御わざなど、世の常ならず、いかめしうなむありける。

（柏木・三一一）

柏木巻は、これらの「落花」の場面のあとに、初夏四月の場面が続いているが、それも極めて白詩的な光景である。

かの一条の宮にも、常にとぶらひ聞こえたまふ。卯月ばかりの空は、そこはかとなうここちよげに、一つ色なる四方《よも》の梢もをかしう見えわたるも、もの思ふ宿は、よろづのことにつけて静かに心細う、暮しかねたまふに、

例のわたりたまへり。庭もやうやう青み出づる若草見えわたり、ここかしこの砂子薄きものの隠れのかたに、蓬も所得顔なり。…とかく聞こえまぎらはすほど、御前の木立ども、思ふことなげなるけしきを見たまふも、いとものあはれなり。柏木と楓との、ものよりけに、若やかなる色して、枝さしかはしたるを、「いかなる契りにか、末あへるたのもしさよ」などのたまひて、忍びやかにさし寄りて、

〔夕霧〕

「ことならば馴しの枝にならさなむ葉守の神の許しありきと

御簾の外の隔てある程こそ、恨めしけれ」とて、長押に寄りゐたまへり。「なよび姿はた、いといたうたをやぎけるをや」と、これかれつきしろふ。この御あへしらひ聞こゆる少将の君といふ人して、

〔落葉の宮〕

柏木に葉守の神はまさずとも人ならすべき宿の梢か　（柏木・三一二）

この場面が白詩的であるというのは、白詩を実際に引用している胡蝶巻の後半の四月の風景を描いている場面とよく似ているからである。[8] 初夏四月のはじめの空の趣きのある様子を以下のように描く。

衣更への今めかしう改まれるころほひ、空のけしきなどさへ、あやしうそこはかとなくをかしきを、　（胡蝶・四一）

雨のうち降りたる名残の、いとものしめやかなる夕つかた、御前の若楓、柏木などの、青やかに茂りあひたるが、何となくここちよげなる空を見いだしたまひて、「和してまた清し」とうち誦じたまうて、　（胡蝶・五〇）

「そこはかとなくをかしき」「何となくここちよげなる」という初夏の空の描写は、柏木巻の「卯月ばかりの空は、

そこはかとなうここちよげ」に極めて似ているのである。

「柏木」と「楓」の組み合せも、柏木巻では、「柏木と楓との、ものよりけに、若やかなる色して、枝さしかはしたる」とあるのに対し、胡蝶巻では、「御前の若楓、柏木などの、青やかに茂りあひたる」とよく似ている。後者では、光源氏が「和してまた清し」と「うち誦」じているが、これは諸注で次の白詩の第一句の三字を朗詠したことが認められている（詩題の自注は馬元調本による）。

七言十二句。贈駕部呉郎中七兄。時早夏、朝帰、閉斎独処、偶題此什。〔一一八〇〕

七言十二句。駕部呉郎中七兄に贈る。時に早夏にして、朝《てう》より帰り、斎を閉じて独り処《を》り、偶たま此什を題す。

四月天気和且清　四月天気和して且《ま》た清し
緑槐陰合沙隄平　緑槐陰合《かげがつ》して沙隄平らかなり
独騎善馬銜鐙穏　独《ひと》り善馬に騎りて銜鐙穏かなり
初著単衣支体軽　初めて単衣を著て支体軽し
退朝下直少徒侶　朝を退き直より下りて徒侶少なし
帰舎閉門無送迎　舎に帰り門を閉ぢて送迎無し
風生竹夜窓間臥　風の竹に生る夜窓間に臥す
月照松時台上行　月の松を照らす時に台上を行く
春酒冷嘗三数盞　春酒冷やかに嘗む三数盞
暁琴閑弄十余声　暁琴閑に弄す十余声
幽懐静境何人別　幽懐静境何人か別つ

唯有南宮老鴬兒　　唯だ有り南宮の老鴬兒

この詩は、千載佳句に、第二聯、四聯、五聯がそれぞれ首夏〔一二二〕・風月〔二六九〕・琴酒部〔七五九〕に摘句されている有名な詩である。また、第二聯は新撰朗詠集（更衣〔一三五〕）に、第四聯は和漢朗詠集（夏夜〔一五一〕）に摘句されている。

胡蝶巻では、初夏の空の様子と木の茂りあっている様子が、光源氏にこの白詩を思い起こさせ、朗詠に至るというように書かれているが、作者の立場から言えば、この詩によってこの場面を構成して行ったはずである。「四月天気和して且た清し」という状況を、「空のけしきなどさへ、あやしうそこはかとなくをかしき」「何となくここちよげなる空」と言い換えているのである。「若楓、柏木などの、青やかに茂りあひたる」は、「緑槐陰合して」を言い換えている。

さらに胡蝶巻には、そのあとに、「風の竹に生《な》る夜」「月の松を照らす時」を引いている場面もある。

雨はやみて、風の竹に生《な》るほど、はなやかにさし出でたる月影、をかしき夜のさまもしめやかなるに、人々は、こまやかなる御物語にかしこまりおきて、気近くもさぶらはず、

（胡蝶・五二）

さきに挙げた柏木巻は似た場面であるにもかかわらず、右詩が一般には注されないが、胡蝶巻と柏木巻の共通するところは、白詩一二八〇番詩とも共通するのであり、その利用が明らかである。柏木巻で「卯月ばかりの空は、そこはかとなうここちよげに」とあるのは、詩の第一句「四月天気和して且た清し」とあるのによるし、「柏木と楓との、ものよりけに、若やかなる色して、枝さしかはしたる」というのは「緑槐陰合して」によるのである。胡蝶巻と比較すれば、「柏木」と「楓」が柏木巻では連理の枝のように描かれ、夕霧が落葉の宮に誘いの言葉を掛ける契機になっている点が多少違っているが、よく似た情景と言える。

そうであれば、柏木巻において「若草」の生えた「砂子」が出てくるのは、一二八〇番詩の「沙堤平らかなり」を受けたものと見なせよう。

四

六条院の初夏を描く胡蝶巻と、柏木の死を悼む柏木巻では巻全体の雰囲気は異なる。柏木の未亡人である落葉の宮のいる一条の宮は悲しみの風景であるはずだ。

それは「もの思ふ宿」（柏木・三一二）という語句に端的に表わされているが、「蓬も所得顔なり」や「御前の木立ども、思ふことなげなるけしきを見たまふも、いとものあはれなり」というところにも表わされている。

これらの「蓬」や「木立」は、家の主人が亡くなったあとにも、残された者の悲しみを無視するかのように、擬人化されて「所得顔」であったり、もの思う様子がなかったりするのであり、あたかも白居易が「落花語《ものいは》ず空しく樹を辞す、流水心無うして自ら池に入る」と詠んだ「落花」や「流水」のようである。つまり、柏木巻の初夏の場面は、白詩の一二八〇番的場面に二七九九番の風情を加えたものと言うことができると思う。

このように晩春から初夏までの柏木の死を悼む場面は、元稹を悼む白詩を利用していると思うのである。

さらに、「所得顔」の「蓬」や「若草」の存在が、夕霧が柏木を悼む句を朗詠する理由になっている。

〔夕霧〕

「右将軍が墓《つか》に草初めて青し」と、うち口ずさびて、それもいと近き世のことなれば、さまざまに近う遠う、心乱るやうなりし世の中に、高きも下《くだ》れるも、惜しみあたらしがらぬはなきも、

（柏木・三一六）

夕霧が口ずさんだ句は藤原時平の子保忠（八条大将）の死を悼んだ詩の一部を少し変えたものであると言われている。

河海抄（柏木）は、『本朝秀句』を引用し、次のように記している。

本朝秀句
天与善人吾不信、右将軍墓草初秋　紀在昌
（天善人に与《くみ》すること吾れ信ぜず、右《いう》将軍が墓《つか》に草初めて秋なり）
右大将《八条》保忠左大臣時平息。母本康親王女。事を作れる詩也。仍近代といふ也。此韻字本詩は秋とあるを今改めて青と誦せられたる其優美なる者歟。卯月の比なれば、秋の字にては季節相違す。青の字にて時分もかなひ本詩の心もたがはず、眼前の景気も浮かべり。詞に庭はやうやう青みいづる若草見えわたり、ここかしこのすなごのうすきものかくれかくれの方はよもぎもところえがほなりとあり。

この詩は本来は下の句は「草初めて秋なり」であり、夕霧は季節に合せて「草初めて青し」と一部を変えて朗詠したことになる。(9)

この夕霧が口ずさんだ紀在昌の詩は、元稹の死を悼んだ白詩に基づいていると推測する。さきに引用した「元相公挽歌詞」第二首目の「蒼蒼たる露草咸陽の壠《つか》、此れは是れ千秋第一の秋」と比較すると、埋葬した墓が草むし、最初の秋を迎えているところを詠んでいるところが共通する。また、後述するように「天」を信じないという点も共通するのである。また、白居易の「元公墓誌銘」(10)〔二九三九〕には、「位兼㆓相将㆒(11)、不㆑謂㆓之少㆒」とある。「相」は宰相、「将」は将軍であって、節度使であった元稹は「将軍」と呼ばれる地位にあったことが分かる。

夕霧が柏木を悼んで口ずさんだ詩句も元稹を悼む詩をもととして作られたと考えられ、残された庭も元稹を悼む詩が描写に使われていた。紫式部は、柏木という男性の死を元稹の死から発想して、物語に描こうとしたのではないであろうか。

実は、柏木を悼む晩春の「落花」の描写の直前に元稹及びその死と関わる白詩の引用がある。

涙のほろほろとこぼれぬるを、今日は言忌みすべき日をと、おしのごひ隠したまふ。「静かに思ひて嗟くに堪へたり」と、うち誦じたまふ。五十八を十取り捨てたる御齢なれど、末になりたるここちしたまひて、いとものあはれにおぼさる。「汝《なんぢ》が爺《ちち》に」とも、いさめまほしうおぼしけむかし。

（柏木・二九九）

薫が生まれて柏木が死に、薫の五十日《いか》の祝いの日に四十八歳の光源氏が薫を抱き上げて、白詩を朗詠している場面である。「静かに思ひて嘆くに堪へたり」「五十八」「汝が爺《ちち》」とあるのがそれで、朗詠された白詩は、「五十八翁方有レ後、静思堪レ喜亦堪レ嗟」（五十八翁方に後有り、静かに思へば喜ぶに堪へ亦嗟くに堪へたり）とある。

これは、大和三年（八二九）冬五十八歳の白居易に初めての跡継ぎとなる男子が生まれ、それを自嘲して詠んだ詩である。「汝の父の頑迷さに似るなかれ」との意で、ここでは光源氏は「十取り捨て」たと、白居易の五十八歳より十少ない四十八歳の設定となっている。

この詩は源氏物語の注釈には必ず引用されるが、ここで注意されるのは、この詩は単独で存在するのではなく、もう一首同時に詠まれているということである。つまり、この時に五十一歳の元稹にも跡継ぎの男子が初めて生まれ、それを白居易が賀しているという事情がある。それを含めて左に原詩を挙げよう。

予与微之老而無子、発於言歎、著在詩篇。今年冬各有一子。戯作二什、一以相賀、一以自嘲。〔二八二〇・二八二一〕

予と微之と老いて子無きこと、言歎に発して、著して詩篇に在り。今年の冬各一子有り。戯れに二什を作りて、一は以て相賀し、一は以て自ら嘲る。

〔其一〕

常憂到老都無子　常に憂ふ老に到りて都《すべ》て子無きことを
何況新生又是児　何ぞ況むや新たに生れて又是れ児なるをや
陰徳自然宜有慶　陰徳あれば自然にして宜しく慶有るべし
　于公陰徳、其後蕃昌。　于公に陰徳あれば、其の後蕃昌す。
皇天可得道無知　皇天知ること無しと道《い》ふを得べけむや
　皇天無知、伯道無児。　皇天知ること無し、伯道児無きを。
一園水竹今為主　一園の水竹今主と為れり
　微之履信新居、多水竹也。　微之が履信の新居、水竹多し。
百巻文章更付誰　百巻の文章更に誰《たれ》にか付けむ
　微之文集、凡一百巻。　微之が文集、凡て一百巻なり。
莫慮鵷雛無浴処　慮《おもんぱか》ること莫れ鵷雛の浴する処無きを
即応重入鳳凰池　即ち応に重ねて鳳凰池に入るべし

自嘲〔其二〕

五十八翁方有後　五十八の翁方に後有り
静思堪喜亦堪嗟　静かに思へば喜ぶに堪へ亦嗟くに堪へたり
一珠甚小還慚蚌　一珠甚だ小にして還りて蚌に慚ぢ
八子雖多不羨鴉　八子多しと雖も鴉を羨まず
秋月晩生丹桂実　秋月晩く生《な》る丹桂の実
春風新長紫蘭芽　春風新たに長ず紫蘭の芽

持盃祝願無他語　　盃を持ち願を祝して他の語無し
慎勿頑愚似汝爺　　慎んで頑愚汝が爺《ちち》に似ること勿れと

元稹が「水竹」の庭の主人となり、「百巻の文章」を付託する跡継ぎを得たことを賀している。「鵷雛」が将来に重ねて「鳳凰池」に入るというのは、朝廷に於いて父の跡を継ぎ、重んぜられるのは間違いない、との意であろう。

自分の子については、遅く生まれたことを素直に喜びつつも、父の頑迷さに似てはいけない、と諌めようとしている。

二人の子のうち白居易の子は崔児（阿崔）、元稹の子は道保と呼ばれる。次の六韻の詩は、道保が生まれて三日目に元稹が作った詩に白居易が唱和したものである。

和微之道保生三日〔二八六二〕
微之が道保生れて三日といふに和す

相看鬢似糸　　相看るに鬢糸に似たり
始作弄璋詩　　始めて作る弄璋の詩
且有承家望　　且《まさ》に家を承くる望み有り
誰論得力時　　誰《たれ》か力を得る時を論ぜん
莫興三日歎　　三日の歎を興すこと莫れ
猶勝七年遅　　猶ほ七年の遅きに勝れり
予老微之七歳。　　予微之より老いたること七歳。
我未能忘喜　　我未だ喜びを忘るること能はず
君応不合悲　　君応に悲しむべからざるべし

嘉名称道保　　名を嘉《よみ》して道保と称す
乞姓号崔児　　姓を乞ひて崔児と号す
但恐持相並　　但だ恐らくは持して相並ばんことを
蒹葭瓊樹枝　　蒹葭と瓊樹枝と

元稹は、子を持つのは遅すぎたと嘆いている詩を贈って来たようである。白居易は跡継ぎが生まれたのはめでたいことであると述べ、自分の方が七歳も上なのであるから、あなたは嘆く必要がないと言っている。また、元稹の子の道保を詠むとともに白居易自身の子についても触れている。第十句に「姓を乞ひて崔児と号す」とあるのは、崔という姓を貰い受けて「崔児」と号したとの意である。これは次に挙げる詩に見えるように、崔玄亮（晦叔）からその姓を貰ったことを意味しよう。第十・十一句は、名族の出の元稹の子と自分の子が並べられるのを恐れると言い、元稹の子を「瓊樹枝」、自分の子を謙遜して「蒹葭」と称している。「玉の枝」と「あし」で、いわばも月とすっぽんという趣きである。

残念ながら崔児は大和五年（八三一）秋、三歳で没した。その悲しみを白居易は次のように描く。

哭崔児〔二八八〇〕　　崔児を哭す
掌珠一顆児三歳　　掌珠一顆児三歳
鬢雪千茎父六旬　　鬢雪千茎父六旬
豈料汝先為異物　　豈料《はか》らんや汝先づ異物と為らんことを
常憂吾不見成人　　常に憂ふ吾れ人と成るを見ざらんことを
悲腸自断非因剣　　悲腸自ら断えて剣に因るにあらず

啼眼加昏不是塵　　啼眼加《ますます》昏《くら》くして是れ塵ならず
懐抱又空天黙黙　　懐抱又空しくして天黙黙たり
依前重作鄧攸身　　依前として重ねて鄧攸が身と作《な》る

また、白居易は元稹（微之）と崔玄亮（晦叔）に崔児の死を知らせるために詩を送った。

初喪崔児、報微之晦叔〔二八八一〕
　　初めて崔児を喪ひて、微之晦叔に報じき

書報微之晦叔知　　書して微之晦叔に報じて知らしめんとし
欲題崔字涙先垂　　崔字を題せんと欲するに涙先づ垂れたり
世間此恨偏敦我　　世間此の恨み偏へに我に敦《あつ》し
天下何人不哭児　　天下何人か児を哭せざらん
蟬老悲鳴抛蛻後　　蟬老いて悲鳴す蛻を抛ちて後
龍眠驚覚失珠時　　龍眠りて驚き覚む珠を失ふ時
文章十帙官三品　　文章十帙官三品
身後伝誰庇廕誰　　身の後に誰《たれ》にか伝へ誰をか庇廕せん

この詩の第五・六句（頸聯）は、七歳ほどで子を失った道真の作に利用されている。(12)

莱誕含珠悲老蚌　　莱誕が含珠に老蚌悲しむ
荘周委蛻泣寒蟬　　荘周が委蛻に寒蟬泣けり

（菅原道真「夢阿満」〔一一七〕）

さて、阿崔が死んだ同じ月に偶然元稹も節度使の任に就いていた武昌で死ぬという悲劇が起きている。それを悲しんだ詩が白居易によって作られている。先に引用した大和六年（八三二）七月の「元相公挽歌詞。三首」〔二六九四～二六九六〕がそれである。また、八月に咸陽の北原に葬送した時の詩も残している。

哭微之。二首〔二七八三・二七八四〕　　微之を哭す。二首

〔其一〕
八月涼風吹白幕　　八月涼風白幕を吹く
寝門廊下哭微之　　寝門の廊の下《もと》に微之を哭せり
妻孥朋友来相弔　　妻孥朋友来りて相弔ふ
唯道皇天無所知　　唯道《い》ふ皇天知《ものし》る所無しと

〔其二〕
文章卓犖生無敵　　文章は卓犖《たくらく》として生けるとき敵《ひとしきもの》無し
風骨英霊歿有神　　風骨英霊にして歿するときに神有り
哭送咸陽北原上　　哭して咸陽北原の上《ほとり》に送る
可能随例作灰塵　　能く例に随ひて灰塵と作すべし

第二首目第三句の「哭して咸陽北原の上に送る」については、他に関連する表現がある。「元相公挽歌詞〔其二〕」に「蒼蒼たる露草咸陽の壠《つか》、此は是れ千秋第一の秋」とあって、元稹の咸陽の塚の草が茂り、これからずっと続く死の世界の最初の秋を迎えたと言っているのである。このことは、それから八年目に当る開成五年（八四〇）六十九歳の作においても言及される。

夢微之〔三四五九〕

夜来携手夢同遊
晨起盈巾涙莫収
漳浦老身三度病
咸陽宿草八迴秋
君埋泉下泥銷骨
我寄人間雪満頭
阿衛韓郎相次去
夜台茫昧得知不
阿衛微之小男、(13)
韓郎微之愛婿。

微之を夢みる

夜来手を携へて同じく遊ぶことを夢みる
晨《あした》に起くれば巾に盈ちて涙収むること莫し
漳浦の老身三度病む
咸陽の宿草八迴秋なり
君は泉下に埋もれて泥骨を銷《け》す
我は人間《にんげん》に寄せて雪頭《かしら》に満つ
阿衛韓郎相次ぎて去る
夜台茫昧にして知るを得んや不《いな》や
阿衛は微之が小男、
韓郎は微之が愛婿なり。

元稹を夢に見た白居易は、「咸陽の宿草八迴秋なり」と、塚の草が八回目の秋を迎えたことを詠んでいる。元白の二人の息子達の誕生から元稹の死までは二、三年ほどのことであり、白居易にしてみれば、次々と起きた一連の事件と思ったはずである。実際、詩をみてみると一連の表現となっているところがある。

道保の誕生を賀した詩に「皇天知る無しと道ふを得べけむや」とあるが、「天は知ることが無いと言えるだろうか、いや天は確かに知っていた（立派な元稹を子がないままにせず、息子を与えて彼を見捨てなかった）」との意である。これは自注に「皇天知る無し、伯道児無きを」とあるように、晉の鄧攸（伯道）が自分の子を犠牲にして甥を助けたにもかかわらず、後に子がなかったのを天が知らないで、無視したようであったという故事を踏まえた表現である。天が伯道の立派さを知らずに子を与えなかったのとは異なり、天が元稹の立派さを知り、子を授けたことを言う。

「哭二崔児一」（二八八〇）の尾聯で「懐抱又空しくして天黙黙たり、依前として重ねて鄧攸が身と作《な》る」と言っているのも、崔児が生まれる前は鄧攸のように天に見捨てられていたが、生まれたのを見ると天が自分を知っていたようである、それなのにまた崔児が死んでもとの鄧攸と同じになってしまった、の意である。同様に、元稹の死を悼んだ「哭二微之一」（其二）」の第四句に「唯道ふ皇天知る所無しと」とあり、元稹が死んだのは、元稹の立派さを天が知らない故と言っているのは、道保誕生の時、崔児を哭した時と一連の表現である。紀在昌の句に「天善人に与《くみ》すること吾れ信ぜず」とあるのも天の意志を認めない言い方であり、似た表現と言える。

また、道保の誕生を賀した詩（二八二〇）の第五句に「一園水竹今主と為れり」とあり、自注に元稹の洛陽履信里の新居には、水竹が多いとあるが、その庭は元稹の「百巻文章」と共に将来は子の道保が受け継ぐはずの庭であった。この庭こそが「過二元家履信宅一」詩で白居易が元稹を悼んだ庭である。

阿崔の誕生を自嘲した詩（二八二二）の第三句「一珠甚だ小にして還りて蚌に慚ぢ」に見える阿崔を見立てた「珠」は、阿崔が死んだ時の「哭二崔児一」詩に「掌珠一顆児三歳」とあり、また「初喪二崔児一報二微之晦叔一」（二八八一）に、「龍眠りて驚き覚む珠を失ふ時」と見える。

同じ自嘲詩（二八二二）の第五・六句（頸聯）に「秋月晩く生る丹桂の実、春風新たに長ず紫蘭の芽」とあるのは、自分の子の遅い誕生を自然が育てた庭の草木のように言っているが、これは、元稹の死後の庭に「春風」と「秋月」のみが元稹の死を知っていたかのようである、というところに使われている。これをさらに道真が「哭二田詩伯一」詩で、「是れより春風秋月の下、詩人名のみ在りて実まさに無かるべし」と忠臣を哭する詩に使ったのである。この誰々を「哭」す、という言い方も「哭二微之一」に倣ったものと考えられる。

白氏文集に親しんだ平安朝の人々も、二人の子の誕生と阿崔の死、それに引き続く元稹の死を詠んだ詩群を一連のものと見たはずである。

源氏物語の内容と比較してみる。白氏文集では、白居易と元稹という二人の父親に二人の子が生まれ、一人の父親（白居易）が子（阿崔）に「汝が爺《ちち》に似ること勿れ」と言っている。そして（その子が死んだあと）一人の父親（元稹）が子（道保）を残して死んでいる。もう一人の父親（白居易）は、亡き人を悼み、その子（道保）の行く末を心に掛けている。

源氏物語では、二人の父親（光源氏と柏木）に一人の子（薫）が生まれ、そして一人の父親（柏木）が子を残して死ぬ。そしてもう一人の父親（光源氏）が子に「汝が爺《ちち》（光源氏）に似ること勿れ」と言いたいのである。すなわち薫を残して死んだ柏木像は、三歳の道保を残して死んだ元稹像に基づいており、残された薫をいとおしむ光源氏像は白居易像に基づいていると考えられる。柏木を悼む夕霧像にも元稹を悼む白居易像が投影されているのである。

五

こうして考えて来ると柏木巻は、白居易と元稹の子の誕生と元稹の死を詠んだ一連の詩群に、「贈₌駕部呉郎中七兄₋」（一二八〇）詩の初夏の風情を加えて成り立っているように思われる。

その初夏の風情の中で「竹」に注目してみると、これは、元稹が道保に譲るつもりでいた「水竹」の庭に生えているものであった。同時に、「和₌微之道保生三日₋」（二八六二）では、白居易が自分の子を「兼葭」と言い、血筋の良い元稹の子を「瓊樹枝」と言っている。この「瓊樹枝」の語は、和漢朗詠集（親王）の大江朝綱の作では、親王に対して使われている。

　此花非是人間種　　此の花は是れ人間《にんげん》の種にあらず
　瓊樹枝頭第二花　　瓊樹の枝の頭の第二の花なり

（「名花在二閑軒一」（六七一））

ここで「瓊樹枝頭」の「第二の花」と言われたのは、醍醐天皇の子代明親王の第二子源保光を指すと言う。[14] また和漢朗詠集では、連続して同題の菅原文時の作を並べる。文時は、保光が行明親王（宇多上皇皇子、後に醍醐天皇の猶子）に養われたために、次のように作っている。[15]

　此花非是人間種　　此の花は是れ人間の種にあらず
　再養平台一片霞　　再び平台一片の霞に養はれたり

（同前・（六七二））

「平台」は、漢の文帝の子の梁の孝王の園の意であり、竹園、脩竹園、兔園の別名を持つ。竹で有名な大庭園であった。保光が親王に養われたことを竹園に育ったと言う。

　この両聯を並べると「瓊樹の枝（の花）」と竹とが同じに扱われていることが分かる。「瓊樹の枝」は、元稹の子の道保を褒める措辞であった。右の文時の作からいわゆる「竹の園生」が天皇の血筋を意味するようになったと言われている。元稹の子に対する褒め言葉が、梁園の「竹」に置き換わっているのである。道保が「水竹」の庭を継承するはずであったことが、ここで梁園を持ち出す理由になっているのではないか。

　このように我が国では元稹の子を褒める瓊樹の枝と竹を同一視することがあった。源氏物語においても薫が「水竹」と関わりがあるように描かれている。薫が道保に当ると考えるならば、薫が「水竹」と結びつけられて行くのは当然の成り行きと考えられる。

柏木の死後、薫の出生の秘密を自分は知っていると、光源氏が女三の宮にほのめかす場面がある。例の「汝が爺《ちち》に」という引用がある直後である。

〔光源氏〕
誰《た》が世にか種をまきしと人問はばいかが岩根の松は答へむ
（柏木・三〇一）

この和歌が前引の朝綱と文時の「此の花は是れ人間の種にあらず」と「種」を問題とするところが似ているのは偶然ではなく、薫が道保像をもととして描かれた一つの証と思える。

横笛巻には、歯の生え始めた薫が筍をくわえ、それに執着する場面がある。それを見ながら光源氏は、柏木の密通を不快に思いつつも薫をいとおしむのであった。

御歯の生ひ出づるに食ひあてむとて、筍《たかうな》をつと握り持ちて、雫もよよと食ひ濡らしたまへば、「いとねぢけたる色好みかな」とて、

〔光源氏〕
憂き節も忘れずながら呉竹のこは捨て難きものにぞありける
（横笛・三二四）

竹に関する描写は、すでに胡蝶巻の初夏の竹が成長する風景の中に見えていた。竹は夏の涼しさを演出する夏の風景の代表であり、そこでは、玉鬘の描写に用いられている。

御前近き呉竹の、いと若やかに生ひたちて、うちなびくさまのなつかしきに、立ちとまりたまうて、

〔光源氏〕
籬《ませ》のうちに根深くうゑし竹の子のおのが世々にや生ひわかるべき

玉鬘は花散里の住む竹の涼しい夏の町に住居を与えられていた。そこを訪れた光源氏が、玉鬘が成長するに従って自分から離れて行くことを予想して、それを悲しんでいるのである。玉鬘も「今さらにいかならむ世か若竹の生ひはじめけむ根をばたづねむ」と答えている。今さら、実父の内大臣を尋ねることができましょうか、と言うのである。

（胡蝶・四七）

これより先、四月一日頃に、柏木が実の妹とも知らずに玉鬘に恋文を送っている。

〔柏木〕

思ふとも君は知らじなわきかへり岩漏る水に色し見えねば

（胡蝶・四二）

これも初夏にふさわしく、涼しげな流れに託して自らの恋心を表明している。柏木と玉鬘の兄妹は「水竹」の庭に関わりのある描かれ方をされているのである。

柏木は笛の名手でもあった。彼が残した横笛は、一条御息所から夕霧に託される。夕霧が吹いたその横笛の音色に引かれるかのように柏木の幽霊が夕霧の夢枕に立つ。

すこし寝入りたまへる夢に、かの衛門の督、ただありしさまの袿姿にて、かたはらにゐて、この笛を取りて見る。夢のうちにも、亡き人の、わづらはしう、この声を尋ねて来たると思ふに、

〔柏木の幽霊〕

「笛竹に吹き寄る風のことならば末の世長きねに伝へけむ

思ふかた異にはべりき」と言ふを、

（横笛・三三二）

笛はもちろん竹で作られているし、漢語の「糸竹」では、糸は琴、竹は笛を表わす。柏木から夕霧に受け継がれた笛は結局光源氏が預かり、ゆくゆくは柏木の実子の薫に渡されることになる。「笛竹」の「音《ね》」に「竹」の長い「根」（薫のこと）が掛けられている。

　この夢の中の柏木の登場も「夢二微之一」（三四五九）に見えた元稹の姿と重なるのではないか。この白詩から道真は「夢二阿満一」（一一七）を発想したと思われる。また、道保は、元稹から「百巻の文章」を継承するものとされる。「元相公挽歌詞（其三）」では、「琴書剣珮誰か収拾せむ、三歳の遺孤新たに行《あり》くことを学ぶ」とあって、元稹の遺品の「琴書剣珮」が、まだ三歳でようやく歩けるかどうかの道保では「収拾」しきれない嘆きを詠む。柏木の笛の行方に対する描写もそれらから発想されたものと思われるのである。

　これらの「水竹」に関わる表現は、源氏物語において「竹の構想」と呼んでも良い一連の描写となっている。それらの背景に白居易の子の誕生を賀する詩、或いは元稹追悼詩群に描かれた元稹や道保、阿崔の姿を見るべきものと思う。

注

（1）花房英樹氏『白居易研究』（世界思想社・昭和四十五年）の第二章「白居易文学集団」に詳しい。

（2）天野紀代子氏「交友の方法―沈淪・流謫の男同志―」（『文学』昭和五十七年五月）参照。また、以下の拙稿でこの問題について論じている。「元白・劉白の文学と源氏物語―交友と恋の表現について―」（和漢比較文学会編『源氏物語と漢文学』和漢比較文学叢書一二・汲古書院・平成五年、新間『源氏物語と白居易の文学』所収・和泉書院・平成十五年）、「わが国における元白詩・劉白詩の受容」（太田次男氏他編『白居易研究講座　第四巻　日本における受容（散文篇）』勉誠社・平成六年、新間『平安朝文学と漢詩文』所収・和泉書院・平成十五年）、「源氏物語若紫巻と元白詩―夢に春に遊ぶ―」（後藤祥子氏他編『東アジアの中の平安文学』論集平安文学2・勉誠社・平成七年、『源氏物語と白居易の文学』所収)。

(3) 引用の白氏文集は、四部叢刊所収の那波本によったが、自注については、明暦の和刻本(『和刻本漢詩集成　唐詩』第九輯・第十輯・汲古書院・昭和四十九年)により、詩の訓読も主にそれによった。

(4) 元稹の生涯については、花房英樹氏編『元稹研究』(彙文堂書店・昭和五十二年)を参照した。

(5) 「いさらゐ」は、「ちょっとした遺り水」(『岩波古語辞典』)。「いさら」は、水に関して少し、小さいの意の接頭語と言う。

(6) この白詩受容については、拙稿「京都—平安京と『源氏物語』」(『東アジア比較文化研究』一号・東アジア比較文化国際会議・平成十五年九月、本書第三部第三章)で簡単に指摘した。

(7) インターネットサイト『寒泉』による検索では、全唐詩中で「遺孤」の語は、白居易のこの例を含んでわずか七例である。ただし、白居易の例は「遺孤」に誤る。

(8) 拙稿「白居易文学と源氏物語の庭園について」(『白居易研究年報』二号・平成十三年五月、『源氏物語と白居易の文学』所収)において、胡蝶巻等に見える六条院の夏の風景と白居易の池庭文学との関わりを述べた。

(9) 花鳥余情に、「右衛門督をも唐名に金吾将軍といへば、右将軍と云に相違なきにや」とある。

(10) 原題を節略した。もとは、「唐故武昌軍節度処置等使正議大夫検校戸部尚書鄂州刺史兼御史大夫賜紫金魚袋贈尚書右僕射河南元公墓誌銘幷序」(二九三九)である

(11) 紀淑望「古今和歌序」(本朝文粋・巻十一〈三四二二〉)に、「雖下貴兼二相将一、富余中金銭上、而骨未レ腐二於土中一、名先滅二世上一」とあるが、この「元公墓碑銘」の「位兼二相将一」と共通する。また、「夢二微之一」(三四五九)の「君埋二泉下一泥銷レ骨」とも表現が似る。なお、「骨」と「名」の対は、教端抄や古今余材抄がすでに挙げているように、「龍門原上土、埋レ骨不レ埋レ名」(「題二故元少尹集後一二首〈其二〉」〈二二一七〉、和漢朗詠集・文詞〈四七二〉)を用いる。この「元少尹」は元稹の一族の元宗簡である(柿村重松著『和漢朗詠集考証』目黒書店・大正十五年、芸林舎・昭和四十八年〈復刻版〉)。宗簡は元八と呼ばれ、長徳二年(八二二)春に没した(花房氏『白居易研究』所収「白居易年譜」による。時に白居易五十一歳)。白居易が宗簡を悼んだ「元家花」(一二七〇)に、「今日元家花、桜桃発二幾枝一、

稀稠与二顔色一、一似二去年時一、失却東園主、春風可レ得レ知」とあり、庭園が「主」を「失」ってもとのままに花を咲かせること、「春風」の語などの点で「過二元家履信宅一」（二七九九）と表現が共通する。

(12) 田坂順子氏「菅家を継ぐ者—道真の「夢二阿満一」を読む—」（和漢比較文学会編『菅原道真論集』勉誠出版・平成十五年）、及び拙稿「菅原道真の子を悼む詩と白詩」（『京都語文』十号・平成十五年十一月、本書第三部第一章）参照。

(13) 注4の花房氏著書六〇頁で、この阿衛を道保とみなし、この注により、開成五年（八四〇）には、道保（道護）がすでに没しているとしている。もし、開成五年に道保が死んだとすれば、十二歳である。なお、朱金城氏『白居易集箋校』（上海古籍出版社・一九八八年）では、「阿衛」は女子で「小男」は「小女」に作るべしとするが、花房説に従うべきものと思う。

(14) 江談抄に朝綱と文時の詩句を挙げて内容を説明している。後藤昭雄氏注『江談抄』（新日本古典文学大系・岩波書店・平成九年）第四の（七二）参照。

(15) 注14に同じ。

補注（二四九頁二行）

遊仙窟では、神仙の御殿にある「後園」の池畔の花と水面に映る花を女主人公の崔十娘に見立てているところがある（無刊記本により引用。〔　〕内は小字双行注）。「十娘詠曰、映水倶知笑〔夫蒙云、倶知笑者、花有笑、復有笑映水者、両辺倶咲〕、成蹊竟不言〔史記曰、桃李不言、下自成蹊也〕。即今無自在、高下任渠攀」（十娘詠じて曰く、水に映じて倶に笑《ゑ》むことを知りぬ〔夫蒙云く、倶に笑むことを知るは、花笑むこと有り、復笑みて水に映る者有り、両辺倶に咲《ゑ》む〕、蹊《みち》を成して竟《つひ》に言《ものい》はず〔史記曰く、桃李言はず、下《した》自ら蹊を成すなり〕。即ち今自在とほしいままなること無し、高きも下《ひき》きも渠《きみ》が攀《よ》ぢんに任せん）とある。史記の李広将軍の故事も使っているので、文時はこの詩序において、遊仙窟と白詩の両方を使ったと考えられる。このことは、初出時には気付かず、その後、拙稿「宮廷文学としての漢詩—平安朝における遊仙窟の受容を中心に」（仁平道明氏編『平安文学と隣接諸学5　王朝文学と東アジアの宮廷文学』竹林舎・平成二十年）で論じたので、参照していただきたい。

第三部　平安朝漢詩の周辺

第Ⅰ章　菅原道真の子を悼む詩と白詩

一、はじめに

菅原道真の詩に早逝した息子の夢を見、哀悼の意を込めて詠んだ「阿満《あまん》を夢みる」[1]（「夢㆓阿満㆒」菅家文草・巻二（一一七））がある。また、白居易（白楽天）も三歳の息子の阿崔を失い、子を悼む詩を詠んでいる。最近、田坂順子氏は「菅家を継ぐ者—道真の「夢㆓阿満㆒」—」[2]の中で、この白居易の子を悼む詩と道真の当該詩との関連を指摘されている。それ以前にも氏は、都良香の「哭㆓児通朗㆒」詩についての論の中で、跡継ぎと目した男子を失った良香や道真の悲しみを白居易の詩によって説明されている[3]。氏は、白居易が自らの後継者として阿崔に期待しており、阿崔の死は後継者を失ったという特別な意味があること、同様に白居易詩の表現を用いた良香や道真の子を悼む詩の中に文業の後継者を失ったという意味があることを指摘されている。

本章では、この田坂説を敷衍し、道真の当該詩及び関連作品における白詩受容の具体的様相を考察してみたい。なお、白居易の七歳年下の友人元稹[4]の子道保が阿崔とほぼ同時に生まれている。その後三歳の秋に阿崔は死に、白居易は哀悼の詩を作るが、偶然同じ月に元稹も没しており、白居易は悲しみの詩を元稹に対しても詠まねばならなかった。阿崔と元稹に対する哀悼の詩は、ある部分では一連のものと言える。白居易の詩文は元稹等の詩友との関係からも論ぜられる必要があることについては、拙稿においても度々述べてきた[5]。それらの点を考慮に入れながら、道真詩と白詩との関連を考察することにする。

二、「萊誕」と「委蛻」

「夢㆓阿満㆒」詩は、元慶七年（八八三）道真三十九歳の時に作られ、十四韻（下平声一先韻）二十八句からなる。この詩に対する詳しい注には、川口久雄氏の日本古典文学大系『菅家文草　菅家後集』（以下「大系」と略す）、及び小島憲之・山本登朗両氏の日本漢詩人選集『菅原道真』（以下「選集」と略す）があり、田坂論文は、この二つの注の内容を検討するかたちで書かれている。ここではまず全詩と訓読を挙げ、その中の特に難解とされる第十三、十四句（傍点部、私に訓を付す）について先行の二つの注に田坂論文の解釈を含めて考察して行くこととする。

夢阿満〔一一七〕　阿満を夢みる

阿満亡来夜不眠　阿満亡せし後より夜眠られず
偶眠夢遇涕漣漣　偶眠れば夢に遇ひ涕漣漣たり
身長去夏余三尺　身長去ぬる夏に三尺に余る
歯立今春可七年　歯立ちて今春七年なるべし
従事請知人子道　事に従ては知らむことを請ふ人の子の道
読書諳誦帝京篇　書を読みては諳誦す帝京の篇
初読賓王古意篇。　初めて賓王の古意篇を読む。
薬治沈痛纔旬日　薬の沈痛を治むるは纔かに旬日

風引遊魂是九泉
爾後怨神兼怨仏
当初無地又無天
看吾両膝多嘲弄
悼汝同胞共葬鮮

阿満已後、小弟
次夭。

萊誕含珠悲老蚌
荘周委蛻泣寒蟬
那堪小妹呼名覓
難忍阿嬢滅性憐
始謂微微腸暫続
何因急急痛如煎
桑弧戸上加蓬矢
竹馬籬頭著葛鞭
庭駐戯栽花旧種
壁残学点字傍辺
毎思言笑雖如在
希見起居惣惆然

風の遊魂を引くは是れ九泉
爾後《そののち》神を怨み兼ねて仏を怨む
当初《そのかみ》地無く又天も無し（6）
吾が両膝を看て嘲弄すること多し
汝が同胞を悼みて共に鮮を葬むる

阿満已後、小弟
次ぎて夭く。

萊誕が含珠に老蚌悲しむ
荘周が委蛻に寒蟬泣けり
那ぞ堪へむ小妹名を呼びて覓むるに
忍び難し阿嬢性を滅して憐れむに
始めに謂ふ微微として腸《はらわた》暫く続くと
何に因りてか急急として痛きこと煎《に》らるるが如き
桑弧は戸上にて蓬矢を加ふ
竹馬は籬頭にて葛鞭を著く
庭には駐む戯れに花の旧き種を栽ゑしを
壁には残す学びて字の傍《かたは》らの辺《ほと》りに点ぜしを
言笑を思ふ毎に在るが如しと雖も
起居を見むことを希へば惣て惆然たり

到処須弥迷百億　　到らむ処は須弥百億に迷はむ
生時世界暗三千　　生るる時は世界三千暗からむ
南無観自在菩薩　　南無観自在菩薩
擁護吾児坐大蓮　　吾児を擁護して大蓮に坐せしめたまへ

難解とされる第十三句、第十四句について、前掲の三つの注の訓読を示し、内容を検討する。なお、田坂論文では、第十三句本文の「莱誕」を「韋誕」と訓している。

○大系
莱誕含珠悲老蚌　　莱誕《らいたん》は珠《たま》を含《ふふ》みて　老蚌《らうはう》を悲《かな》しびき
荘周委蛻泣寒蟬　　荘周《さうしう》は蛻《ぬけがら》を委《あつ》めて　寒蟬《かんせむ》に泣《な》けり

○選集
莱誕含珠悲老蚌　　莱誕《らいたん》の含珠《がんじゅ》には　老蚌《ろうぼう》を悲しむ
荘周委蛻泣寒蟬　　荘周《そうしゅう》の委蛻《いぜい》には　寒蟬《かんせん》を泣く

○田坂論文
韋誕含珠悲老蚌　　韋誕《ゐたん》の含珠《がんしゅ》には　老蚌《ろうぼう》を悲しむ
荘周委蛻泣寒蟬　　荘周《そうしう》の委蛻《いぜい》には　寒蟬《かんせん》を泣く

田坂論文では、注の中で大岡信氏説(7)を加えて従来説を解釈1から4までにまとめている。ここでは、それを一部省略して引用する。さらに解釈5として田坂説を加える。

○解釈1—老萊子即ち老聃は老蚌が口中に珠を含んでいるのをみて、人間は百年の身をもたずに千歳の憂えをいだいていることを悲しんだ。（大系注）
○解釈2—雀が蚌に化して巨蚌になり珠を含んでも、やがてまた死んでいくことを老子も悲しんだ。（大系補注）
○解釈3—老萊子は老いてなお珠を含む貝のさだめを悲しんだ。（大岡説）
○解釈4—かの萊誕が含珠のことを説いているのを読むと、わたしは麻呂を思い出し、子を抱くように珠を持つという老いた大蛤を悲しく思う。（選集）
○解釈5—韋誕のような立派な珠を得た逸話を聞くと、掌珠を失った私は老蚌を悲しく思う。（田坂説）

「萊誕」がまず難解である。大系頭注では、「萊」は老萊子のこととし、「誕」は「聃《たん》」に通ずるか、とする。大系補注では、史記（老子列伝）の「姓李氏、名耳、諡曰ㇾ聃。或曰、老萊子亦楚人也」という記事と、その注「太史公疑二老子或是老萊子一。故書ㇾ之」（史記正義）を引いて、司馬遷が老萊子は老子と同一人物であるかと疑ったかと述べた説があることを示している。まとめてみると、老萊子を老子と見る説がある、老子の諡が「聃」であり、「聃」は「誕」に通ずる、従って「萊誕」は老子のことである、という説である。ただし、「十分に解しがたい」とあって、当面の解釈として挙げているに過ぎない。

選集も「萊誕」に関しては、ほぼ大系説に従っているが、「「誕」（平声）は、「聃」（仄声）を平仄の関係で改めたものとも考えられる」と、平仄によって字を改めたという可能性を指摘している。さらに、「ここは、老子の別名として言うか。老子や老萊子と「含珠」との関係は不明」とあって、大系と同じく解釈に疑問を残している。

案ずるに、「誕」と「聃」は字義に共通するものがなく、通ずると言えないと思う。従って、「萊」一字で老萊子すなわち老子を意味することはあり得ても、「萊誕」二字で老子を指すと考えることには、かなりの無理がある。

しかも、老子と「含珠」との関係が不明では句の解釈としては妥当性を欠くのではなかろうか。

なお、選集には、荘子（外物篇）に引用される「含珠」に関する逸詩「生きて布施せず、死して何ぞ珠を含むことを為さん」とその直後の話に登場する「老莱子」の名はきわめて近接しており、本来無関係な両者が結合されて受け取られていたことも考えられる、ともあるが、この「含珠」は死体が口に珠を含み、それを盗み出すという話であり、「蚌」と関わって親子の関係を示す本詩の文脈上の「含珠」とは無縁である。この解釈も成り立ちがたいのである。

田坂論文では、老莱子については、蒙求の標題に「老莱斑衣」があることを指摘しているが、結局「莱誕」が老莱子であるという説は採らず、「含珠」と関係づけるために本文の「莱誕」を「韋誕」に改めている[8]。「韋誕」（字《あざな》は仲将）は、魏の人で文才があり、能書家として知られていた。父は韋端（字は休甫）、兄は韋康（字は元将）であり、兄弟は韋端が老齢となってから生まれている。文人孔融は韋端と親しく、この兄弟を知った時の逸話が残っている。魏志（荀彧伝の注）に引く孔融の「与韋休甫書」に、優秀な二人の子（元将と仲将）を得た韋端に対し、「意《おも》はざりき、双珠、近く老蚌より出づるとは」とからかいを交えたほめ言葉を送っている。孔融は、韋端が優秀な二人の息子を持ったことを「老蚌」が「双珠」を持ったことに喩えているのである。「韋誕」と「含珠」との間には確かに明確な繋がりがある。

案ずるに、この田坂説では「誕」と「含珠」との関係については首肯し得るが、「莱誕」を「韋誕」と字を改めているところに問題がある。何とか原文の「莱誕」のままで解釈できないであろうか。「莱誕」は次句の「荘周」（すなわち荘子）の対語であるから、一人の人名であると考えるのが当然ではあるが、その前提を排し、「莱」と「誕」の二人のことを言っていると解釈してみたい[9]。「莱」は老莱子、「誕」は韋誕を意味すると考える。

田坂論文が引く蒙求の「老莱斑衣」（四四一）は、親孝行の老莱子が長じても幼児の様に戯れ泣き、色模様の衣を着て老親を喜ばせた逸話を伝える。

通行の徐子光補注には、

高士伝、老萊子楚人。少以㆓孝行㆒養㆑親、極㆓甘脆㆒。年七十、父母猶存。萊子服㆓荊蘭之衣㆒。為㆓嬰児戯於親前㆒、言不㆑称㆑老。為㆑親取㆑食上㆑堂、足跌而偃。因為㆓嬰児啼㆒。誠至発㆑中。楚室方乱。乃隠耕㆓於蒙山之陽㆒。著㆑書号㆓老萊子㆒。莫㆑知㆑所㆑終。旧注云、著㆓五色斑斕之衣㆒。出㆓列女伝㆒。今文無㆑載。

とある。標題の「斑衣」について、「旧注」では列女伝を引いて、「五色斑斕之衣」を着し、「今文」の列女伝には載っていない、と注記する。補注の引く高士伝は、「士」の伝であるから老萊子を男性としているのであろうが、列女伝の方は当然老萊子を女性として掲出していると考えられる。旧注説では、老萊子は女性なのである。

この「旧注」説は、古注蒙求にも見える。川口説のように老子と老萊子を同一人物として見る見方があるとしても、古注の蒙求を読む立場からは、女性と受け取られていたはずである。また芸文類聚（孝）に、「列女伝曰、老萊子孝㆓養二親㆒、行年七十。嬰児自娯、著㆓五色采衣㆒。嘗取㆑漿上㆑堂、跌仆、因臥㆑地為㆓小児啼㆒」とあって、やはり列女伝を引く。孝部に載せられていることから孝行娘として知られていたことも分かる。

また、船橋本や陽明文庫本等の古本系の孝子伝にこの老萊子が孝子として登場する。[10] ここでは、船橋本を引用する。

老萊云者、楚人也。性至孝也。年九十而猶父母存。爰萊着㆓斑蘭之衣㆒、乗㆓竹馬㆒遊㆑庭。或為㆑供㆓父母㆒、賷㆑漿堂上倒㆑階而啼声如㆓嬰児㆒。悦㆓父母之心㆒也。

この「老萊」は、男女の区別は付かないが、話自体は芸文類聚所引の列女伝等と同じと言える。ここでも「孝子」の代表的な一人なのである。

本詩の「萊」をこの孝行娘（息子）の老萊子と見なすと、文才があり、孝行息子とも言える韋誕との組み合せにふさわしくなる。

韋誕の方は、同じ蒙求の標題に「端康相代」（四七七）があり、やはり徐注に名が見える。「端康」は、韋端とその子の韋康（元将）を意味し、標題は、子の韋康が父の韋端の官を継ぐという意である。同注は、三輔決録を引き、

韋康字元将、京兆人。父端従二涼州牧一徴為二太僕一。康代為二涼州刺史一。時人栄レ之。孔融嘗与二端書一曰、前日元将来。淵才亮茂、雅度弘、偉世之器也。昨日仲将又来。懿性貞実、文敏篤誠、保家之主也。不レ意双珠近出二老蚌一、仲将字誕、有二文才一、善属二辞章一。官至二光禄大夫一。

と記す。兄の韋康は、父の官を継いで世人からめでたい者とされ、弟の韋誕は文才のある「保家之主」、即ち家を継ぐ者と思われている。二人は「老蚌」から生まれた「双珠」であった。韋誕は孝行息子なのである。

老莱子の方に「珠」に関する説話はないが、その振舞から老親にはいつまでも可愛い、目に入れても痛くないような幼児に見えたはずであり、「珠」と称してもおかしくない。老莱子と韋誕は、「珠」とも言える子供達であった。その点に「莱」「誕」と並列される理由がある。

「悲老蚌」は、普通の語順からすれば、「老蚌を悲しむ」と訓めるが、詩では往々倒置もあり得る。ここは、「老蚌悲しむ」と訓むのが良いと思う。

一句は、「老莱子」や「韋誕」について言えば、彼らは老いた蛤が抱き持っているような「珠」のような子供達であり、そのような「珠」（阿満）を失った「老蚌」（道真）は悲しむばかりである、の意となる。

次に対句の第十四句について考察する。「荘周委蛻泣寒蟬」は、大系が引くように、荘子（知北遊）に「舜曰、（中略）性命非二汝有一、是天地之委順也。孫子非二汝有一、是天地之委蛻」とあるのを踏まえている。荘子のこのあたりの本文と訳は次のごとくである。新釈漢文大系（遠藤哲夫・市川安司両氏注）から引用する。

舜問二乎丞一曰、道可レ得而有乎。曰、汝身非二汝有一也。汝何得レ有二夫道一。舜曰、吾身非二吾有一也。孰有レ之哉。

曰、是天地之委形也。生非㆓汝有㆒。是天地之委和也。性命非㆓汝有㆒。是天地之委順也。孫子非㆓汝有㆒。是天地之委蛻也。

ある時、舜が丞にたずねた、「道は自分のものとして所有できるものだろうか。」丞が答えた、「いやいや、あなたの身体でさえあなたのものではないのだ。まして道を所有するなどということが、どうしてできよう。」舜がたずねた。私の身体でさえ私のものでないとするなら、一体誰のものなのか。」丞がそれに答えて言った、「それは天地の付属物なのだ。生命もあなたの所有するものではなく、天地の陰陽の二気が和合して生じたものである。性命もあなたのものではなく、自然の理に従って仮に付与されたものである。子や孫にしてもあなたのものではなくて、それは天地自然が脱け代わる姿なのである。…」

第十四句が荘子のこの部分を踏まえていることは、諸注も認めているが、解釈はそれぞれ異なる。田坂論文の第十三句の説明に倣って、諸注の解釈を1から6まで並べてみる（一部分に第十三句の解も含んでいる）。

○解釈1―荘子はひぐらしがぬけがらをぬけだして、ほこらかにないているのを悲しんで、空しくそのぬけがらをつみあつめたの意。（大系頭注）

○解釈2―また子や孫というものは、親の所有物ではない、親はそのぬけがらに過ぎないといって荘子は悲しんだの意とも解しえられる。（大系補注）

○解釈3―要するにこの二句は難解だが、万物はすべて変化し生滅してやまない、雀雉は老蚌に化して珠を含み[11]、寒蟬は、ぬけがらを脱して楡の枝でなく、老子も荘子もこれをみて悲しんだというが、二人の幼児が、私の後をついで成長すべきであるのに、逆に先立って行ったのは、たえられない悲しみであるの意。（大系補注別解）

○解釈4―老萊子は老いてなお珠を含む貝のさだめを悲しみ、荘子は、今を盛りと鳴きしきるひぐらしの抜け殻

を集めて泣いた。（大岡説）

○解釈5――「委蛻」は、…天地から委託されたぬけがらの意。自分のものではないから自分の思い通りにはならない、という。第一三・第一四句の両句、肉親の死を悲しむことに否定的な老荘の言に触れても、自分は、なおかつそれにつけてもわが子を思いだし嘆いてしまう、と言う。（選集）

○解釈6――道真は子を失って後の心境を、「老蚌珠を生ず」と賞賛された韋端・韋誕親子の逸話を聞くと同じ老蚌ながら愛しい珠のような阿満を失ったこの身は悲しみにくれるばかり、子孫は天から委ねられた蛻のようなものと説く荘周の説を聞いても、子を失った私は哀しげなひぐらしの声に歎じるのだ。（田坂論文）

大系では、「荘周《さうしう》は蛻《ぬけがら》を委《あつ》めて　寒蟬《かんせむ》に泣《な》けり」と訓読して、「荘子」が「悲し」んでぬけがらをあつめる、というように、荘子を主体としている。これに対し選集は、（老子や）荘子の言に触れても、自分の子を思い出してしまう、と悲しむ主体を自分（道真）としている。

田坂氏も無為自然の思想を表現する荘子が悲しむとする大系の説は疑問であるとし、選集の説を支持されている。その上で、氏は第十三句とこの第十四句の背景に白詩の存在を認めておられる。

まず、「老蚌」について、白居易の次の詩を挙げられる。

見李蘇州示男阿武詩、自感成詠〔一三九一〕

李蘇州の男阿武が詩を示すを見て、自ら感じて詠を成す

遙羨青雲裏　　遙かに羨む青雲の裏《うち》

祥鸞正引雛　　祥鸞正に雛を引くを

自憐滄海畔　　自ら憐れむ滄海の畔《ほとり》に

老蚌不生珠　　老蚌珠を生ざるを

李諒（蘇州の刺史）から息子の阿武の詩を示されて白居易が羨み、子がいないことを自ら憐れんでいる詩である。

田坂氏は、この詩の結句「老蚌不ㇾ生ㇾ珠」については、韋誕を詠んだ孔融の書を踏まえていることに注意されている。「白居易はこの韋端の例を引くことで李諒とその子阿武を称え、一方韋端と同じ老蚌であっても男子に恵まれない自身を卑下した」と道真詩と関連づけておられる。また、「時に居易五十三歳、（中略）初めての男児阿崔の誕生はこの五年後である」と言われ、子を持たない「老蚌」である白居易が今度は子を持ったことを指摘される。

「委蛻」の句についても、背景に白詩があると考えておられる。先の詩を成した五年後に白居易は阿崔を得るが、大和五年（八三一）秋に三歳で夭折してしまう。その時の詩が道真詩に踏まえられているとされる。

初喪崔児、報微之晦叔〔二八八二〕

初めて崔児を喪ひ、微之晦叔に報ず

蟬老悲鳴抛蛻後　　蟬老いて悲鳴す蛻を抛ちて後

龍眠驚覚失珠時　　龍眠りて驚き覚む珠を失ひし時

「そして、両句の奥には同じ辛い体験をした白居易の詩句の存在が認められるのである」と言われる。これは卓見である。「本詩の背景に白詩の存在を認めることは、詩の表現にとどまらず、同じような人生を共有した白氏への共感が道真にあることが窺える」と述べておられる。

ただし、田坂氏が考察される以上に白詩と道真詩は関わっていると思われる。道真詩の、

萊誕含珠悲老蚌

荘周委蛻泣寒蟬

と比較すると、傍点を付した「蛻」と「珠」との対が前後入れ代わっているだけで一致していることが分かる。

「老」の字も白詩の「蟬老」と共通する。「珠」の比喩についても他に例がある。

阿崔が生まれるとほぼ同時に元稹も子を持ったが、その時の白居易の詩に、元稹の子の誕生を賀し、自分の子の誕生を自嘲した詩（二八二二）がある。その中で、

一珠甚小還慙蚌　一珠甚だ小にして還つて蚌に慙ぢ
八子雖多不羨鴉　八子多しと雖も鴉を羨まず

と、自分の「珠」（阿崔）は、小さくて蛤が抱く珠に及ばないと詠んでいる。また、「哭二崔児一」（二八八〇）では、

掌珠一顆児三歳　掌珠一顆にして児は三歳
鬢雪千茎父六旬　鬢雪千茎にして父は六旬

と、三歳で死んだ阿崔を「掌珠」と呼ぶ。生まれる前から早逝時まで白居易は一貫して子を「珠」と表現している。

第十四句の解釈のうち、「委蛻」の「委」は、選集では「ゆだねられた」と解し、田坂論文も同様に「ゆだねられた」「貸し与えた」の意と解するが、いかがであろうか。大系は「荘子」が「空しくそのぬけがらをつみあつめて」と訳している。大系補注で荘子因（清、林雲銘撰）の「形形相禅、無レ有二窮尽一。故曰二委蛻一。委、積聚也」を引用しているが、この注は、「委」は「積聚」の意で、蟬が代々同じ姿に抜け変わり、それが集積することを言っており、荘子自身が、蟬の殻を集めるという意味ではない。蟬が脱皮をしつつ同じ形のまま子孫が続いて行くことを「委蛻」と言っているのである。

ここでは、より一般的な晋の郭象注(12)や唐の成玄英疏の「委蛻」の解釈を採る。郭象注に「気自委結而蟬蛻也」、成玄英疏に「陰陽結聚、故有二子孫一。独化而成、如二蟬蛻一也」とある。郭象は、気が自ずから集まって蟬がぬけがらをぬけるごとくであると言う。成玄英はそれを敷衍して、陰陽の気が集まって、子孫が生ずる、子孫が自分自身で生ずるのは、蟬が蛻《もぬ》ける（ぬけがらをぬける）ごとくである、と言う。「委」すなわち「積聚」は陰陽の気が積み

聚まるのである。気が集まって、蝉がもぬけるように自ずと生まれる子孫が「委蛻」なのである。「蛻」は、「ぬけがら」というよりも、「もぬけたもの」という意味である。

道真もこの意で詠んでいるとすると、「荘周委蛻」は、荘周が語る「もぬけたもの」、となり、結局「子孫」の意となって、選集の説で良いことになる。ただし、「寒蝉」を「泣く」のではなく、「寒蝉」（のような自分、すなわち道真）が「泣く」というように、倒置されたと考える方が良いと思う。

「委蛻」は、白居易に例がある。「有レ感三首（其二）」（二二一七）に「子孫非二我有一、委蛻而已矣」とあり、「読二道徳経一」（三六六〇）に「金玉満堂非二己物一、子孫委蛻是他人」とあって、いずれも荘子を踏まえて「子孫」を形容する語として、また、「子孫」の意で使われている。また、自身の墓誌銘である「酔吟先生墓誌銘」（三七九八）に、「楽天、楽天、生二天地中一、七十有五年。其生也浮雲然、其死也委蛻然」とある。白居易は生きている時には「浮雲」のようであったし、死ぬときには「委蛻」のようだったと言う。この場合は「委蛻」は、死ぬときにもぬけることを言う。「蝉」が「蛻」するのは、郭象注や成玄英疏においては「蝉蛻」の語で表わされているが、これは、普通は「さっぱりと抜け出ること。世俗を超脱すること」（大漢和）の意味である。屈原が世俗を去る時にも使われ、仙人になる意の「登仙」の意にも使われる。「登仙」は死ぬときにも使われる語であるから、結局死ぬときにも使われるのである。白居易が「墓誌銘」に「其死也委蛻然」と書いたのは、「登仙」ということである。

白居易の「蝉老いて悲鳴す蛻を抛ちて後、龍眠りて驚き覚む珠を失ひし時」においては、蝉が悲鳴し、龍が驚いて目を覚ますのであり、悲しんだり覚めたりする主体は蝉や龍である。この表現に倣って道真は、老蚌と寒蝉を主体にして、「萊誕が含珠に老蚌悲しむ、荘周が委蛻に寒蝉泣けり」と詠んだと考える。

道真の「荘周委蛻」は、荘子が語る「委蛻」（子孫）については、（それを失った）老蝉が悲しむという意である。「蝉老いて悲鳴す蛻を抛ちて後」というのは、老蝉（老親）が蛻（子）を失って泣くというのである。荘子から失う）と表現したと思われる。

「蛻」はもぬけて誕生したもの（すなわち子）の意味になり、白居易も子を失ったことを「抛レ蛻」（もぬけたものを

三、阿崔・道保の誕生と阿崔の死

白居易の子阿崔は大和三年（八二九）に誕生したが、偶然その時に七歳年下の友人の元稹にも男子が生まれた。二人は、跡継ぎがいなかったので、大いに喜んだ。白居易は二首の詩を作り、その中で元稹の子を賀し、自分の方は自嘲している。

予与微之老而無子、発於言歎、著在詩篇。今年冬各有一子。戯作二什、一以相賀、一以自嘲（二八二〇・二八二一）

予微之と老いて子無し。言歎に発し、著して詩篇に在り。今年冬各《おのおの》一子有り。戯れに二什を作り、一は以つて相ひ賀し、一は以つて自嘲す

〔一〕

常憂到老都無子　常に憂ふ老に到つて都《すべ》て子無きを

何況新生又是児　何ぞ況むや新たに生れ又是れ児《じ》なるをや

陰徳自然宜有慶　陰徳自然に宜しく慶有るべし

于公陰徳、其後蕃昌。　于公陰徳ありて其の後蕃昌す。

皇天可得道無知　皇天知る無しと道《い》ふを得べけむや

皇天無知、伯道無児。　皇天知る無し、伯道児無きを。

一園水竹今為主　一園の水竹今に主《しゅ》と為らむ
　微之履信新居、多水竹也。　微之が履信の新居、水竹多し。
百巻文章更付誰　百巻の文章更に誰にか付せむ
　微之文集、凡一百巻。　微之が文集、凡て一百巻なり。
莫慮鵷雛無浴処　慮る莫れ鵷雛の浴する処無きを
即応重入鳳凰池　即ち応《まさ》に重ねて鳳凰池に入るべし

〔二〕

五十八翁方有後　五十八翁方に後《のち》有り
静思堪喜亦堪嗟　静かに思へば喜ぶに堪へ亦嗟くに堪へたり
一珠甚小還慙蚌　一珠甚だ小にして還つて蚌《ばう》に慙ぢ
八子雖多不羨鴉　八子多しと雖も鴉を羨まず
秋月晩生丹桂実　秋月晩く生《な》る丹桂の実
春風新長紫蘭芽　春風新たに長ず紫蘭の芽
持盃祝願無他語　盃を持ち祝願して他の語無し
慎勿頑愚似汝爺　慎んで頑愚汝が爺《ちち》に似ること勿れ

第一首目で、元稹の跡継ぎとしての子の誕生を祝っている。「皇天」の句にある自注は、佐久節著『白楽天全詩集』に、「天なり。晋の鄧攸、字は伯道。石勒の兵起るや家を挈て走る。其弟早く亡せるを以て特に其姪を全うせんとし、子を木に繋ぎて去る。後竟に嗣なし。時人之を哀んで曰く、天道知なし、鄧伯道をして児なからしむと」と説明する。子のない鄧攸を天が知らなかったという故事であり、晉書（巻九十）に見える。ここでは、子供が生まれたので、天はやはり鄧攸のことを知っていた、の意。この鄧攸の故事はこの後も何度か使われることになる。また、元稹の新居である水竹が多い庭の将来の主人として捉え、(13) 百巻の元稹の詩文集の付託者と見なしている。

第二首目は、第三句が、子を「珠」に喩えた前引の「一珠甚だ小にして還つて蚌に慙ぢ」である。蛤が持つ真珠を自分も（小さいながらも）持ったと言っている。これは、生まれる前の一三九一番詩の句「老蚌珠を生ぜざるを」を受けているし、死んだあとの二八八一番詩の句「龍眠りて驚き覚む珠を失ひし時」という表現になって行くのである。後述の「哭崔児」詩にも「掌珠一顆児三歳」とあり、一貫して阿崔を「珠」に喩えている。訓読の傍点部は源氏物語の柏木巻に引かれて有名である。

この元稹の子の名が「道保」であることが、次の詩によって知られる。

和微之道保生三日〔二八六二〕

微之が道保生るること三日といふに和す

相看鬢似糸　　相看るに鬢糸に似たり

始作弄璋詩　　始めて作る弄璋の詩

且有承家望　　且つ家を承くるに望み有り

誰論得力時　　誰か力を得る時を論ぜむ

莫興三日歎　　三日の歎を興すこと莫れ

猶勝七年遅　　猶ほ七年の遅きに勝る

予老微之七歳。　予微之に老いること七歳。

我未能忘喜　　我未だ喜びを忘るること能はず
君応不合悲　　君応に悲しむべからざるべし
嘉名称道保　　名を嘉《よみ》して道保と称す
乞姓号崔児　　姓を乞ひて崔児と号す
但恐持相並　　但だ恐らくは持して相並ぶを
蒹葭瓊樹枝　　蒹葭と瓊樹枝とを

この傍点部によれば、白居易は姓をもらって「崔児」と名付けたのである。「崔」姓とあるのは崔玄亮（字は晦叔）を指すと思われる。ところが、三歳で阿崔は没した。それをすぐに元稹と姓をもらった崔玄亮に知らせている。

初喪崔児、報微之晦叔〔二八八二〕
初めて崔児を喪ひ、微之晦叔に報ず

書報微之晦叔知　　書して微之晦叔に報じて知らしめんとし
欲題崔字涙先垂　　崔字を題せんと欲すれば涙先づ垂る
世間此恨偏敦我　　世間此恨み偏へに我に敦《せま》る
天下何人不哭児　　天下何人か児《じ》を哭せざらむ
蟬老悲鳴抛蛻後　　蟬老いて悲鳴す蛻を抛ちて後
龍眠驚覚失珠時　　龍眠りて驚き覚む珠を失ひし時
文章千帙官三品　　文章千帙官三品
身後伝誰庇廕誰　　身後誰にか伝へ誰をか庇廕せむ

「崔」字は「崔児」の「崔」であるが、もともと崔玄亮（晦叔）から譲られた字であった。ここでは、まず崔玄亮に宛てるために「崔」字を書こうとすると先ず涙が流れるのである。そのあとに「蟬」と「龍」の対がある第五、六句目がある。終り二句では自分の詩文を誰に伝えようかと嘆いている。田坂氏もこの二句に阿崔に対する白居易の期待と失望を読みとっておられる。

哭崔児〔二八八〇〕　　崔児を哭す

掌珠一顆児三歳　　掌珠一顆にして児は三歳
鬢雪千茎父六旬　　鬢雪千茎にして父は六旬
豈料汝先為異物　　豈料らむや汝先づ異物と為らむとは
常憂吾不見成人　　常に憂ふ吾《われ》人と成るを見ざらむことを
悲腸自断非因剣　　悲腸自ら断ゆるは剣に因るにあらず
啼眼加昏不是塵　　啼眼昏きを加ふるは是れ塵ならず
懐抱又空天黙黙　　懐抱又空しくして天黙黙たり
依前重作鄧攸身　　依前として重ねて鄧攸が身と作る

前述のようにここでも阿崔を「珠」に喩えている。第七、八句、「天」が「黙黙」として何も語らず、相変わらずもう一度、（子供のいない）鄧攸の身になってしまった、の意。これは、阿崔の誕生時の二八二〇番詩に見えた天が知らなかったという鄧攸の故事を引いているのである。その詩では、元稹に子が誕生したので鄧攸を持ち出したが、ここは自身について言った。道真の「阿満を夢みる」詩第九、十句目に「爾後神を怨み兼ねて仏を怨む、当初地無く又天も無し」とあって、天が阿満の死に際して何もしてくれなかったと恨んでいるのも、この白居易の発想によっていると思われる。(14)

なお、第五句に「悲腸自ら断ゆるは剣に因るにあらず」と自分の苦しみを「腸」が「断」えると言っている。道真詩の第十七、十八句の「始めに謂ふ微微として腸《はらわた》暫く続くと、何に因りてか急急として痛きこと煎《に》らるるが如き」は、阿満を失った悲しみが初めは比較的浅く、次第に深くなったことを「腸」の語を用いて言うが、この白詩句と遊仙窟の「未㆓曾飲㆒㆑炭、腹熱如㆑焼。不㆑憶㆑呑㆑刃、腸穿似㆑割」「誠知腸欲㆑断」等を参考にして作句したと考えられる。

四、元稹の死と白居易の哀悼詩

阿崔の死と同じ大和五年（八三一）秋、全く思いがけず武昌軍節度使として南方の武昌にあった元稹が没した。白居易は子を失った悲しみの上に、生涯を共にした詩友を追悼せねばならなかった。元稹に対する追悼の詩には次のようなものがある。

哭微之、二首〔二七八三・二七八四〕　微之を哭す、二首

〔一〕

八月涼風吹白幕　八月涼風白幕を吹き
寝門廊下哭微之　寝門の廊下に微之を哭す
妻孥朋友来相弔　妻孥朋友来つて相弔ふ
唯道皇天無所知　唯道ふ皇天知る所無しと

〔二〕

文章卓犖生無敵　　文章卓犖たり生けるとき敵無し
風骨英霊歿有神　　風骨英霊歿して神有り
哭送咸陽北原上　　哭して咸陽北原の上に送る
可能随例作灰塵　　能く例に随つて灰塵と作《な》るべけむや

第一首の「寝門」は、葬儀を行なう奥御殿の門の意であろう。「皇天」云々は、天が鄧攸に子を与えず無情であるという故事を、元稹の死に際して用いたのである。元稹の息の道保が生まれた時にこの故事を用いて二八二〇番詩で、「皇天知る無しと道ふを得べけむや」と言っていた。阿崔の死に際しても「依前として重ねて鄧攸が身と作る」と、子を失った自身を鄧攸に喩えている。この頃の白居易の気持は、自らの子についても友人についても天は無情で素知らぬ風である、と言いたいのである。

洛陽履信里の元稹の家に立ち寄って悼んだ詩もある。翌大和六年（八三二）晩春の作である。

過元家履信宅〔二七九九〕　　元家の履信の宅に過《よ》きる
雞犬喪家分散後　　雞犬家を喪《うしな》ふ分散の後
林園失主寂寥時　　林園主を失ふ寂寥の時
落花不語空辞樹　　落花語《ものい》はず空しく樹を辞す
流水無情自入池　　流水情《こころ》無うして自ら池に入る
風蕩醮船初破漏　　風醮船を蕩して初めて破漏し
雨淋歌閣欲傾欹　　雨歌閣に淋《そそ》ぎて傾欹せんと欲す
前庭後院傷心事　　前庭後院心を傷ましむる事

唯是春風秋月知　　唯是れ春風秋月の知るのみ

この詩の第三、四句は和漢朗詠集（落花〔一二六〕）に摘句され、平安朝では有名な一聯であった。本朝の詩や源氏物語にも使われている。[15]この履信里の元稹邸の庭は阿崔と道保が生まれた時に、道保の誕生を賀した二八二〇番詩に「一園の水竹今主と為らむ」とあった「一園」と同じである。その句の注に「微之が履信の新居、水竹多し」とある。道保が生まれて新しい家は新たな主人（道保）を迎える用意が出来たが、元稹が死ぬと共に主人を失ったのである。水の流れと池が特徴的なこの庭は、「流水情《こころ》無うして自ら池に入る」と、人の心も知らず、主人を失っても相変わらずであった。

さらに、一年後の大和六年（八三二）七月に挽歌を作っている。

元相公輓謌詞三首〔二六九四・二六九五・二六九六〕

〔一〕

銘旌官重威儀盛　　銘旌官重くして威儀盛んなり
騎吹声繁鹵簿長　　騎吹声繁くして鹵簿長し
後魏帝孫唐宰相　　後魏の帝孫唐の宰相
六年七月葬咸陽　　六年七月咸陽に葬る

〔二〕

墓門已閉笳簫去　　墓門已に閉ぢて笳簫去る
唯有夫人哭不休　　唯夫人有つて哭して休まず
蒼蒼露草咸陽壟　　蒼蒼たる露草咸陽の壟《つか》
此是千秋第一秋　　此は是れ千秋第一の秋

〔三〕
送葬万人皆惨澹　　送葬の万人は皆惨澹たり
反虞駟馬亦悲鳴　　反虞の駟馬も亦悲鳴す
琴書剣珮誰収拾　　琴書剣珮誰か収拾せむ
三歳遺孤新学行　　三歳の遺孤新たに行《あり》くことを学ぶ

元稹の残した「琴書剣珮」は誰が収めるのであろうか、「三歳の遺孤」はまだ歩き始めたばかりである。これは、跡継ぎとして期待された道保がまだ三歳で、「琴書剣珮」を継ぐには幼すぎることを言う。同年の阿崔を失ったばかりの白居易は、幼い道保の行く末を深く案じている。
　これらの詩以外にも、白居易は「祭微之文」〔二九三四〕や墓誌銘[16]を書いている。年上の友人として元稹の人生を閉じる役割を果たす必要があった。

五、白詩の道真・忠臣詩への影響

　前節では、元稹の死に際しての白居易の追悼の表現を見たが、それらの表現は都良香や道真詩に影響を与えているようである。例えば、参議源勤が、元慶五年（八八一）に薨じているが、道真はその焼けた旧宅を見て感ずるところがあった。

　　路次、観源相公旧宅有感〔九五〕
　　　路次、源相公の旧宅を観て感有り
一朝焼滅旧経営　　一朝焼け滅びぬ旧経営

苦問遺孤何処行　　苦《ねんごろ》に問ふ遺孤何れの処にか行く
残燼華塼苔老色　　残燼の華塼苔の老いたる色
半燋松樹鳥啼声　　半燋の松樹鳥の啼く声
応知腐草蛍先化　　応に知るべし腐草に蛍先づ化《な》ることを
且泣炎洲鼠独生　　且つ泣く炎洲に鼠独り生《な》ることを
泉眼石稜誰定主　　泉眼石稜誰か定まれる主ならむ
飛蛾豈断繞燈情　　飛蛾豈に燈《ともしび》を繞る情を断たむや

この詩の第七句に「泉眼石稜誰か定まれる主ならむ」とあるのは、主を失った泉石のある庭を詠んでいる。「定主」は、白居易の「勝地本来無㆓定主㆒、大都山属㆓愛㆑山人㆒」（和漢朗詠集・山〈四九二〉）[17]に拠っていようが、主人の没した後の庭を描いているという文脈からすると、元稹の旧邸の庭とその「流水」「池」を詠んだ「林園主を失ふ寂寥の時」「流水情《こころ》無うして自ら池に入る」からも想を得ていると言える。

この詩には、道真の父是善の門人で道真の師であり、岳父でもあった島田忠臣に唱和詩がある。[18]題注に「次韻」とあるように、「営」「行」「声」「生」「情」の韻も道真詩と同じくしている。

奉酬観源相公旧宅詩、次韻〈九八〉
　源相公が旧宅を観る詩に酬い奉る、次韻

富貴非常営載営　　富貴常に非ず営し載ち営す
源処水石不随行　　源処の水石随行せず
家空五主残煨色　　家五主を空しくして残煨の色あり
池咽三泉逝水声　　池は三泉に咽びて逝水の声あり

樹訝進薪桐半死　　樹は薪に進みて桐半ば死すかと訝る
庭応経燎草初生　　庭は燎を経て草初めて生ずべし
曾知撲滅直難得　　曾て知る撲滅直ちに得難きことを
高蓋車門幾用情　　高蓋車門幾《いくばく》か情《こころ》を用ゐむ

ここに見える「主」に対する言及とか、「池は三泉に咽びて逝水の声あり」という池水の表現とかは、道真詩を経由はしているが、もともと白詩にあるものであった。

また、道真詩第二句では源勤の子を「遺孤」と言っているが、前節で述べたように、これは元稹の子の三歳の道保を「三歳の遺孤新たに行くことを学ぶ」と言い表わした語であった。

島田忠臣が寛平四年（八九二）に卒した。道真にとっては、この岳父は同時に「詩伯」でもあった。その哀悼の詩にこの「遺孤」という語が用いられている。

哭田詩伯　　田詩伯を哭す〔三四七〕
哭如考妣苦湌茶　　哭くこと考妣《ちちはは》の如くして茶《にがな》を湌《くら》ふより苦し
長断生涯燥湿倶　　長く生涯燥湿を倶にせむことを断《た》てり
縦不傷君傷我道　　縦ひ君を傷まずとも我が道を傷む
非唯哭死哭遺孤　　唯に死を哭くのみにあらず遺孤を哭く
万金声価難灰滅　　万金の声価灰と滅《き》え難からむ
三径貧居任草蕪　　三径の貧居は草の蕪《あ》るるに任すならむ
自是春風秋月下　　是れより春風秋月の下《もと》
詩人名在実応無　　詩人名のみ在りて実なかるべし

第四句の「遺孤」は、忠臣の子を指す。(19)

この詩の第七句に「これより春風秋月の下《もと》」とあるのは、元稹の旧宅を詠んだ二七九九番詩の第八句「唯是れ春風秋月の知るのみ」を用いたのであろう。そもそも詩題の「――を哭す」という形式も「哭二元微之一」と同じである。道真から見た先輩詩人忠臣の死を悼む詩に、白居易から見た詩友元稹を悼む詩を利用したのである。道真と忠臣には前引のように唱和詩があるが、それも元白の唱和詩を襲った面がある。

道真の「遺孤」は、元慶七年（八八三）に藤原基経邸の東の廊下で孝経を講じた折の作にも見える。

相国東廊、講孝経畢。各分一句、得忠順弗失而事其上〔一四六〕

相国の東廊にして、孝経を講じ畢りぬ。各一句を分ち、忠順失はずして其上に事《つか》ふといふことを得たり

士出寒閨忠順成　　士は寒閨より出でて忠順成る
樵夫不歎負薪行　　樵夫は薪《たきぎ》を負ひて行くことを歎かず
雲龍闕下趨資父　　雲龍闕下趨《はし》りて父を資《たす》く
槐棘門前跪事兄　　槐棘門前跪《ひざまづ》きて兄に事ふ
一願偸承天性色　　一たび願はくは偸かに天性の色を承けむことを
参言半帯孔懐声　　参《み》たび言へらくは半ば孔懐の声を帯びてむといへり
侍郎無厭官衙早　　侍郎は官衙の早きを厭ふこと無し
誰道遺孤忝所生　　誰か道《い》はむ遺孤の生めるところを忝《はづかし》むると

この場合の「遺孤」は道真自身を指す。父是善はすでに元慶四年（八八〇）に薨じていた。遺子である自身を「遺孤」と言ったのである。

「遺孤」は、もともと白居易が元稹の三歳の遺子である道保のことを指した語であった。それを道真は源勤の遺子について用い、忠臣の遺子について用い、或いは是善の遺子である自身について用いたのである。これらの「遺孤」はいずれも家を継ぐ者という意味を含んでいると考えられる。

元稹が没した八年後の開成五年（八四〇）に、白居易は元稹を夢に見ている。

夢微之〔三四五九〕　　微之を夢みる

夜来攜手夢同遊　　夜来手を攜へて同遊を夢みる
晨起盈巾涙莫収　　晨《あした》に起き巾に盈ちて涙収まる莫し
漳浦老身三度病　　漳浦の老身三度病み
咸陽宿草八回秋　　咸陽の宿草八回の秋
君埋泉下泥銷骨　　君は泉下に埋《うづ》もれて泥骨を銷す
我寄人間雪満頭　　我は人間《にんげん》に寄せて雪頭《かしら》に満つ
阿衛韓郎相次去　　阿衛韓郎相次ぎて去る
夜台茫昧得知不　　夜台茫昧知るを得るや不《いな》や
　阿衛微之小男、　　阿衛は微之の小男、
　韓郎微之愛婿。　　韓郎は微之の愛婿なり。

第八句に付された注により、元稹の子阿衛は没したことが分かる。朱金城氏『白居易集箋稿』では、「阿衛」は女子で「小男」は「小女」に作るべしとする。それに拠れば、阿衛と道保は別人であり、道保のその後は不明である。しかし、家を継ぐというわけではない女子の行く末を殊更に白居易が詩に記すであろうか。元稹には道保以外に男子はいなかったのであるから、この阿衛は道保を改名したものであり（阿は愛称として付しているから名は衛）、同一人物とした方が良いように思う。開成五年まで生きたとすれば、十二歳であったろう。そうすると白居易の阿崔も元稹の道保も幼くして死んだことになる（補注）。

第四句の「咸陽の宿草八回の秋」は、長安近郊に葬られた元稹の墓の草が八回目の秋を迎えたことを言う。「元相公輓謌詞三首（二）」（二六九四）に「六年七月咸陽に葬る」とあった。その第二首には、「蒼蒼たる露草咸陽の壟《つか》、此は是れ千秋第一の秋」とある。墓の草が悲しい第一の秋から八回目の秋を迎えたことを言うのである。

この詩の詩題は「微之を夢みる」である。白居易は阿崔の死を悼み、続けて元稹の死を悼んだ。そして死の七年後に夢を見てさらにあの世にいる元稹を思いやった。その時には元稹の遺子の道保の存在を忘れなかった。

道真もそうした白居易の気持を詩文を通じて深く理解した。道真自身が阿満を失った時に阿崔、道保の誕生と死を思い、忠臣の死に際しては、元稹の死を思い浮かべた。道真詩の表現は、そうした白居易と元稹の人生を良く理解してなされたものである。「阿満を夢みる」という詩題もこの「微之を夢みる」に倣ったものであり、「阿満」という呼称も「阿崔」や「阿衛」という夭逝した元白の子供たちに倣ったものなのである。

注

（1）「阿満」は通常「あまろ」と読むが、ここでは「あまん」と読むことにする。「阿―」は中国における愛称であり、「満」が「まろ」と訓まれることがあるにしても、この場合は漢詩であるが故に中国風の愛称で記したのであるから音読みが適当と考える。島田忠臣に「田達音」という唐名があり、その場合は音読みで「でんたつおん」と読むが如くである。

（2）田坂順子氏「菅家を継ぐ者―道真の「夢㆓阿満㆒」を読む―」（和漢比較文学会編『菅原道真論集』勉誠出版、平成十五年）。

（3）田坂順子氏「都良香の「哭児通朗」をめぐって」（『平安文学研究』六九輯・昭和五十八年七月）、及び、「扶桑集全注釈（一）」（『福岡大学総合研究所報』一一九号・平成元年三月）。

（4）元稹の伝記については、花房英樹氏編『元稹研究』（彙文堂書店・昭和五十二年）の年譜等参照。

（5）拙稿「元白・劉白の文学と源氏物語―交友と恋の表現について―」（和漢比較文学会編『源氏物語と漢文学』和漢比較文学叢書一二・汲古書院・平成五年、新間『源氏物語と白居易の文学』所収・和泉書院・平成十五年）、「わが国における元白詩・劉白詩の受容」（『白居易研究講座　第四巻　日本における受容（散文篇）』勉誠社・平成六年、新間『平安朝文学と漢詩文』所収・和泉書院・平成十五年）、「源氏物語若紫巻と元白詩―夢に春に遊ぶ―」（後藤祥子氏他編『東アジアの中の平安文学』論集平安文学2・勉誠社・平成七年、『源氏物語と白居易の文学』所収）。

（6）天神地祇のこと。白居易が「皇天」と言っているのとは少し異なる。

（7）大岡信氏『詩人・菅原道真―うつしの美学』（岩波書店・平成元年、同氏『日本の古典詩歌　三』所収・岩波書店・平成十一年）。

（8）この本文は菅原道真論集編集委員会作成のものに従ったとされる。

（9）『蒙求』の標題番号は、新釈漢文大系によった。

（10）老莱子がこれらの孝子伝に見えることについては、三木雅博氏のご教示を得た。ここの船橋本の引用は、同氏も入っておられる幼学の会編『孝子伝注解』（汲古書院・平成十五年）所収の影印に拠る。同書は、陽明本の本文「老莱之」に従って、船橋本の「老莱云」を「老莱之」と校訂している。なお、同書は現行列女伝に「楚老莱妻」の項があって、孝子の話とは異なることを指摘し、それを「楚王から国政を任せたいと頼まれた老莱子が、一旦は承諾した後、その妻の強い説諭によって仕官を思い留まり隠遁し、世人から讃えられながら平穏な一生を終えたことを記す」とまとめている。また、大江匡房「為二悲母四十九日一願文」（江都督納言願文集・三）に、「昔老莱之七十余也、斑衣之戯未レ罷」とあるのを引くなど老莱子についての多くの例を挙げる。この匡房の願文の老莱子は明らかに孝子として登場しているが、「老莱之」の「之」は、対句の「今弟子之五十七也、斬纕之色欲レ朽」から見て助字であり、名の一部ではない。陽明本の「老莱之」は孤例であり、船橋本の「老莱云」とともに「老莱子」と訂する方が良いように思う。

(11) 大系補注で、晉の郭璞の賛「万物変蛻、其理無レ方、雀雉之化、含レ珠懐レ瑠、与レ月盈虧協二気朔望一」を引く。

(12) 日本国見在書目録（続群書類従巻八百八十四）に「庄子卅三郭象注」とある。

(13) 元稹が水竹の庭の今の主人である、との解釈も可能だが、詩全体は子供について述べられており、この句についても子と庭との関連で解釈する方が良いと考える。

(14) 「皇天」の語は、都良香の「哭二児通朗一」でも、「促齢稟分皇天定、遠別難期父母知」（促齢分を稟くるは皇天定む、遠別期し難きは父母知る）と使われている。

(15) 和漢朗詠集では、「無情」が「無心」となっている。なお、この句と源氏物語等との関わりについては、拙稿「京都―平安京と『源氏物語』」（『東アジア比較文化研究』二号・平成十五年九月、本書第三部第Ⅲ章）参照。

(16) 「唐故武昌軍節度処置等使正議大夫検校戸部尚書鄂州刺史兼御史大夫賜紫金魚袋贈尚書右僕射河南元公墓誌銘幷序」（二一九三九）。

(17) 白居易「遊二雲居寺一」（二一九三九）。なお、この一聯は千載佳句（山居〔九九〇〕）所載。

(18) 注5の拙稿「わが国における元白詩・劉白詩の受容」参照。

(19) 道真に「詩草二首、戯視二田家両児一。一首以叙二菅侍医病死之情一、一首以悲二源相公失レ火之家一。丈人侍郎、適依二本韻一、更訓二一篇一。予不レ堪二感歎一、重以答謝」（菅家文草〔九七〕）があり、忠臣に二人の男子がいたことが分かる。九五番の「路次、観二源相公旧宅一有レ感」詩は、もともと道真がその二人の子に示したものであった。注18の拙稿参照。

補注（三〇三頁三行）

花房英樹氏編『元稹研究』（注4所掲）六〇頁で、この注の阿衡を道保とみなし、開成五年には、道保（道護）がすでに没しているとする、とすでに指摘されている。

第Ⅱ章　藤原時平について

一

醍醐朝の左大臣藤原時平は貞観十三年（八七一）に摂政関白太政大臣基経（この時大納言）の長男として生まれた。居所により本院（拾芥抄によれば中御門北堀川東一町）大臣と号す。母は光孝天皇の皇子人康親王の女で、同母弟に仲平・忠平がいる。大鏡には、この三人は「三平」と呼ばれたとある。

時平の事跡は常に右大臣菅原道真の大宰権帥への左遷とともに語られる。大鏡は、三十九歳で早逝した時平と子孫について「あさましき悪事を申しおこなひ給へりし罪により、このおとどの御末はおはせぬなり」と述べている。「あさましき悪事」とは道真の左遷を謀ったことであり、「御末はおはせぬ」とはその「罪」によって子孫は多く早逝し、栄華からは見放されたことを言う。しかし、これは余りに後世的な歴史観というものであろう。延喜三年（九〇三）に大宰府で没した道真の怨霊は祟りをなし、恐れた朝廷は死後贈位などの慰霊を繰り返すが、それは時平の没した遙か後のことである。

大鏡が挙げる他の時平関係の記事を箇条書にしてみよう。

○道真と比較して若く、「才《ざえ》」（漢才）も「ことのほかに劣」っており、醍醐天皇の寵愛が道真にあった。

○道真の死後、時平、時平女で宇多天皇女御従二位褒子（京極御息所、雅明親王・行明親王等の母。両親王は宇多譲

位後の子であったので、醍醐天皇の養子とする）、皇太子慶頼親王（保明親王の子、母は時平の女）、時平の長男保忠が相次いで死んだ。
○時平の長男八条大将保忠は気を遣いすぎる臆病な性格で、死ぬ時に薬師経の「宮毘羅《くびら》大将」を「我（大将）をくびる」と聞いた。
○和歌、管絃に優れた時平の三男敦忠が死んだ。
○皇太子保明親王の妃となった時平の女（仁善子）が死んだ。
○時平の次男の顕忠だけが右大臣になったが質素であったせいか、一族の中で一人六十歳まで生きた。他の人々が早死にしたのは道真の祟りのせいである。
○時平自身は「やまとだましひ」があった。醍醐天皇としめし合せて、「過差」（行き過ぎた華美）を鎮めたことがあった。
○時平は笑い出すととまらないところがあった。
○道真の祟りで清涼殿に落雷した折、時平は勇敢に太刀を抜いて、生前は自分に次ぐ地位ではなかったか、と言ってにらみつけた。

これらの記事を見ても或いは道真と比較され、或いは道真の霊威と関わって時平像が造られていることが分かる。弟忠平（貞信公）の系統が繁栄したため、大鏡も忠平に肩入れしている。実際には、権力者としての忠平が時平の子孫の栄達を阻んだという側面があろう。忠平像が子孫によって理想化され、時平の子孫の不幸は忠平の権力のためではなく道真の怨霊のせいである、という解釈が一般化されて行った。北野天神縁起などに見られる、道真左遷を理由とする醍醐天皇堕地獄説話と同種の後世的偏見がここにはある。

時平没後の道真関係の記事を日本紀略などにより挙げる。

○延喜九年（九〇九）四月四日、正二位左大臣時平薨、三十九歳。翌日太政大臣正一位を追贈。

○延喜二十三年（九二三）三月二十三日、醍醐天皇皇子の保明親王（文彦太子）薨去、二十一歳。「挙レ世云、菅帥霊魂宿忿所レ為也」（日本紀略）。四月二十日、昌泰四年（九〇一）正月二十五日の道真等左遷の詔書を破棄し、道真を右大臣に復して正二位を追贈。二十九日、保明親王の子の慶頼親王立坊、三歳。閏四月十一日、水害疫病を理由に改元して延長元年とする。

○延長三年（九二五）六月十九日、皇太子慶頼親王薨去、五歳。十月二十一日、寛明親王立坊。

○延長八年（九三〇）六月二十六日、清涼殿に落雷。大納言藤原清貫即死。醍醐天皇不予。九月二十二日、譲位。二十九日、崩御、四十六歳。寛明親王（朱雀天皇）即位。

○永延元年（九八七）北野社を官幣によって祭祀。

○正暦四年（九九三）五月二十日、道真に正一位左大臣を追贈。閏十月二十日、太政大臣を追贈。

延喜二十三年三月に皇太子保明親王が薨去したが、世間を挙げて道真の祟りとした。四月には道真が本位に復され、閏四月には延長と改元された。翌々年の延長三年六月に保明親王の後に立坊した子の慶頼親王（母は時平の女）が薨じた。延長八年六月には清涼殿に落雷し、大納言藤原清貫等が死傷し、九月には醍醐天皇が崩御。その後北野社が官幣となり、道真は正一位太政大臣を追贈された。

このような経緯で、時平の系統の不幸が道真の怨霊に結びつけられて行ったのだが、明確に道真の怨霊が世人に意識されたのは延喜二十三年の保明親王薨去の時である。この年は実に時平の死から十四年も経ち、道真の没した延喜三年からは二十年も経っている。延喜二十三年以前の目で時平を評価する必要があろう。

二

時平は異例の昇進を遂げている。基経の長子として藤原氏の氏の長者の地位を受け継ぐための昇進であった。平安初期、藤原氏の権力を確立した良房・基経親子（基経は長良の子で叔父良房の養子）の死後、藤原氏に一時的に権力の空白の時代が生じたのである。

寛平三年（八九一）正月十三日に太政大臣基経は堀河第で五十六歳で薨じた。後を嗣ぐべき時平はまだ二十一歳で、非参議の従三位であり、公卿の末席であった。時の左大臣は七十歳という高齢の源融であり、その三月に冬嗣の八男で良房の弟の良世がやはり七十歳で右大臣となって、とりあえず中継ぎ的に藤原氏の権力を引き継いだ。この時時平は参議に列する。寛平七年（八九五）八月には源融も薨去し、右大臣良世が左大臣に、大納言源能有が右大臣に昇ったが、良世はその十二月に七十四歳で致仕した（一説には、昌泰元年（八九八））。寛平九年（八九七）六月に右大臣源能有も五十三歳で薨去し、政界は次の世代に引き継がれる必要があった。

七月には、宇多天皇が十三歳の醍醐天皇に位を譲ったが、譲位に際して新帝に「寛平御遺戒」を残した。それには、

> 左大将藤原朝臣者、功臣之後。其年雖㆑少、已熟㆓政理㆒。…又已為㆓第一之臣㆒。…右大将菅原朝臣、是鴻儒也。又深知㆓政事㆒。

とあって、二十七歳の左大将時平と五十三歳の右大将道真を並べて新帝の補佐としたことが分かる。

天皇の新政は初めは「御遺戒」通り、時平と道真を中心にして進む。二年後の昌泰二年（八九九）二月、時平は左大臣（兼左大将）に、道真は、右大臣（兼右大将）に任ぜられた。ところが、昌泰四年（九〇一）正月七日に時平

が三十一歳で従二位に昇る一方で、二十五日には右大臣道真が大宰権帥に左遷されるという劇的な展開を迎える。左遷については、道真の擡頭を恐れた時平が、道真が女婿斉世親王の即位を画策している、と讒言したと推測されている。

以後は時平の思いのままの政治であったろう。三月に基経の女で妹の穏子（朱雀・村上天皇の母）を女御とした。七月に昌泰を改元して延喜とした。延喜四年（九〇四）二月には、前年十一月に生まれたばかりの崇象親王（後に保明と改名、母は穏子）を皇太子とした。二歳とは言え、まだ生後三箇月にも満たず、いかにも無理な立太子であった。延喜七年正月に時平は正二位に昇り、延喜九年四月四日に三十九歳で薨じた。翌日には正一位太政大臣が追贈されている。道真左遷より八年後のことであった。

三

「寛平御遺戒」には、また、「先年於㆓女事㆒有㆑所㆑失。朕早忘却不㆑置㆑心。朕自㆓去春㆒加㆓激励㆒令㆑勤㆓公事㆒」とある。時平は先年女のことで失態を犯した、自分はそのことは忘れて政治に専心するように激励したというのである。ここには、女性に対し積極的に振舞う光源氏型の貴公子の姿が見える。

後撰集には、時平と女性との贈答歌が目立ち、そのような時平の姿が窺えるが、それまでの藤原氏の氏の長者にはなかったことではなかろうか。不比等を始めとし、良房や基経はさほど歌を残していない。紀淑望の古今集真名序には、「雖㆘貴兼㆓相将㆒、富余㆗金銭㆖、而骨未㆑腐㆓於土中㆒、名先滅㆓世上㆒」とある。富貴の人の名はすぐ消えてしまう（が、歌人の名のみが後世に残る）と言う意であるが、時平は史上初めてまとまった歌を残した藤原氏の氏の長者と言えよう。在原業平の卒伝に、「業平体貌閑麗、放縦不㆑拘、略無㆓才学㆒、善作㆓倭歌㆒」（三代実録）とある。女性のことで問題を起こし、和歌を作り、大鏡で「才」が道真より殊の外に劣っていると評された時平像は、業平像に通ずるところがある。

後撰集に見える時平の相手としては、顕忠の母（大納言源昇の女〔八一二〕）や敦忠の母（本康親王女廉子、在原棟梁女とも〔一二二九〕）など子をなした女性の名が見えるが、古今時代を代表する歌人の伊勢との贈答が最も多い。伊勢の恋人としては伊勢集で知られる弟の仲平が有名であるが、実際には、仲平との関係が不調になる頃から、時平との贈答歌が目立つのである。

後撰集に見える時平と伊勢の贈答歌は九組を数え得るが、そのうち次の二組を取り上げる。

まず、巻第十一、恋三に見える贈答歌。

題知らず　　　伊　勢

厭はるる身をうれはしみ何時しかと明日香川をも頼むべらなり〔七五一〕

返し　　　贈太政大臣（時平）

明日香川せきて留むるものならば淵瀬になると何か言はせむ〔七五二〕

伊勢は男から捨てられた我が身をなげき、明日香川のような変わりやすい男（時平）でも頼りにすると言っている。時平は、自分の変わりやすい気持は、堰き止められず淵瀬が変わりやすい明日香川のようなものであると答えている。この時平の歌は、巻第十四、恋六に単独で重出しており〔一〇六七〕、「定まらぬ心あり、と女の言ひたりければ、つかはしける」という詞書がついている。ここで男の心を疑った女は七五一番歌の作者の伊勢であるはずである。

また、伊勢の歌に、

男の「人にもあまた問へ。我やあだなる心ある」と言へ

りければ
明日香川淵瀬にかはる心とはみな上下《かみしも》の人も言ふめり〔一二五八〕

とある。男が女に自分が浮気性でないことは誰にでも聞いて下さい、と言ったのに対し、女は、明日香川の淵瀬のように変わりやすい心だと皆が言っている、と答えたのである。

この歌の男性が誰であるとは記されていないが、七五一・七五二番歌では、時平の心が明日香川のように変わりやすいと言っているので、この一二五八番歌についても時平であると推測することができる。そうすると伊勢が一〇六七番歌の詞書で男を疑ったことと一二五八番歌で疑ったことが同内容である理由が、同じ時平に対してのものであると、うまく説明できる。つまり、明日香川を題材とした歌を贈答し合ったこの時期の伊勢と時平の関係は、伊勢が時平の浮気心をなじりつつも寄り添おうとし、時平としても自分の浮気心を認めていた、ということになろう。

次に、巻第十四、恋四の例。

女につかはしける　　贈太政大臣
ひたすらにいとひ果てぬるものならば吉野の山に行方知られじ〔八〇八〕

返し　　伊勢
我が宿とたのむ吉野に君し入らば同じかざしを挿しこそはせめ〔八〇九〕

時平は、嫌われるのであったら吉野山に入って行方知れずになりたいと言い、伊勢は、自分の住処と頼りにする吉野にあなたが入るのであれば、「同じかざし」を挿しましょう、と答えている。古今集には、時平歌に「もろこしの吉野の山にこもるとも遅れむと思ふわれならなくに」（巻十九・雑体・誹諧歌・題知らず・左の大臣〔一〇四九〕）があり、これは八〇八番歌と同想なので、これも伊勢に贈られた歌である可能性がある。伊勢集には八〇九番歌の左注として、「維摩会へ行くとて、いふなりけり」とあって、時平が藤原氏の氏寺興福寺の維摩会に参会した時の贈答歌としている。

道真の詩に「九日侍レ宴、賦三山人献二茱萸杖一。応レ製」（菅家文草〈四〇三〉）がある。この詩では、茱萸《ぐみ》の杖を持つ「山人」は、「南山」から来たとあるが、「南山」は普通は吉野山を指す。また、第七句は、「挿レ頭繋レ臂皆無レ力」とあり、茱萸をかざしとしたことが分かる（芸文類聚「九月九日」に風土記を引き、茱萸の房をかざしとする例が見える。川口久雄氏注参照）。伊勢の「同じかざし」は、吉野の山人が重陽節で宮中を訪れた時に一様にかざしていた茱萸の房のことを言っていたのではないだろうか。

この「同じかざし」は、源氏物語では、藤裏葉・常夏・若菜上・椎本の四巻にわたって引かれている。いずれも、同族（或いは兄弟姉妹）の二人を意味している（例えば、常夏巻では異母姉妹の雲井雁と近江君）。伊勢の歌では、単に同じ仲間になることを意味しているが、同族（兄弟）の意味はどこから来たか。思うにこれは、伊勢の歌が、仲間を意味すると同時に仲平の兄弟である時平に気持を寄せる、と解釈されたところから生じた意味ではあるまいか。

歌人伊勢を生み出すのに仲平とともに時平との恋が意味を持ったのである。「明日香川」や「吉野」が題材となったのも伊勢の父親が大和守であったことに理由の一つを求められよう。

四

時平に「才《ざえ》」がなかったという大鏡の記述も割り引いて読む必要がある。なぜなら日本三代実録・延喜格・延喜式等の編纂という醍醐朝の大事業に時平が関わっているからである。

日本三代実録は時平と大蔵善行連名の序によると、宇多天皇が大納言源能有、中納言時平、参議道真、大外記大蔵善行等に編纂を命じ、醍醐天皇即位、道真「左降」の後、時平・善行等が「強勉専精」して完成させたものという。序は延喜元年八月二日の日付で書かれているので、道真左遷のわずか半年後の成立である。

延喜格は延喜五・六年頃撰進の詔が下され、延喜七年十一月に撰進された（本朝法家文書目録）。時平名の序が本朝文粋巻八、類聚三代格に残る。延喜式は延長五年（九二七）十二月二十六日に撰進された（上延喜格式表）。その時の忠平等の「延喜式序」に延喜五年八月に撰進の詔が下されたとある。式は格よりも撰進が二十年遅れたが、格・式とも、弘仁格式（嵯峨天皇）、貞観格式（清和天皇）の後を受けて、法制度の充実を目指したものであり、ともに時平が左大臣として実権を握っていたころに計画されている。

延喜五年四月には、古今集が撰進されているが、これも延喜式撰進の詔が出る直前であり、歌もよくした左大臣時平の賛同がなければ実現しなかったことであろう。醍醐天皇の「延喜の治」の根幹は道真左遷の後、時平の主導によって築かれたと言って良い。宇多醍醐朝を通じて見れば、出身、世代、性格が対照的とも言える道真と時平であったが、よく寛平・延喜の聖代を支えたのである。

〈参考文献〉

○藤木邦彦氏「延喜天暦の治」（『歴史教育』第十四巻第六号・昭和四十一年六月）
○村井康彦氏「藤原時平と忠平」（同右）
○山本信吉氏「三代実録、延喜格式の編纂と大蔵善行」（同右）
○片桐洋一氏『後撰和歌集』（新日本古典文学大系・平成二年）
○関根慶子・山下道代両氏『伊勢集全釈』（私家集全釈叢書・平成八年）
○『大日本史料』第一篇之四・延喜九年四月四日条

第Ⅲ章　京　都

――平安京と源氏物語――

一、京都の王朝文化と唐風文化

日本文化を考える時に平安時代が重要であることは言うまでもない。平安時代という時代名は、平安京がもっとも栄えた時代ゆえにそう呼ばれる。すなわち平安時代は平安京の時代であり、平安文化の中心は平安京の都市文化である。また、政治の中心が京都の朝廷にあったため、平安文化は王朝文化と呼ばれる。王朝文化の一つの「花」である源氏物語とその時代の作品を平安京という都市の側面から考えて見たい。

平安京（平安城）は西暦七九四年に桓武天皇によって長岡京から遷都された。以後、平清盛が一時的に福原京に遷都したことがあるものの、明治維新に際して東京に首都が遷るまでおおむね千年以上にわたって日本の首都であった。しかし、案外に現代の京都には平安京の建築物は少ない。それは京都を焼き尽くした十五世紀の応仁の乱のためであると言われる。それでも平安京の遺産と称すべきものが今でも数多く存在するのもまた事実である。

一般的に言えば、文化は時代によって変化するものである。日本文化の場合も幾多の変遷を経て今に至っている。その変化の大きな部分は外来の新しい文化の影響によって生じて来た。明治以降は近代西洋文化の大きな影響下にあることはもちろんであるが、歴史を遡ってみれば、奈良時代から平安時代初期にかけては、隋のあとに成立した巨大な統一王朝である唐（六一八年～九〇七年）から大きな影響を受けている。平安朝初期は、文学史の上では「国風暗黒時代」「唐風謳歌時代」と言われたりするほど外来文化の色濃い時代である。それに続く平安朝中期の文化は、「国風文化」の最盛期であり、紫式部や清少納言らの女流が輩出した時代であるが、それも意外に唐文化の影響が色濃い。その点に関して、一般的にはあまり理解されていないのではないだろうか。

ここでは、唐風の都市文化という側面から王朝文化や、その代表である源氏物語を考えることとする。

二、洛陽・長安と京都

現代の京都では、別名として「洛陽」の名が使われることがある。あるいは「洛」の字を用いて「洛北」とか「洛西」とか言ったりする。京都の内を「洛中」、外を「洛外」と呼ぶのも同じことで、これらは唐の副都（東都）であった洛陽の名を借りたものである。一方、平安京の基本的都市設計は洛陽の遙か西にある唐の首都長安に倣ったものであり、その規模を三分の二ほどに縮めて設計されたものとされる。今は洛陽の呼称がよく使われるが、平安京（平安城）造営当初は洛陽・長安、両方の名を借りていた。

帝王編年記[1]には、桓武天皇の平安遷都に関して、「始めて平安城を造る。東京愛宕《をたぎ》郡を又左京と謂ふ。唐名は洛陽なり。西京葛野《かどの》郡を又右京と謂ふ。唐名は長安なり」とある。拾芥抄（京程部）にも「東京洛陽城と号す。西京長安城と号す」とある。左京を「洛陽（城）」と呼び、右京を「長安（城）」と呼んだのである。これは一種の「見立て」である。漢文脈において、唐の大都市を意味する語としての「洛陽」「長安」を用いると具体的な姿が浮かびやすいという事情もあった。平安京の東半分の左京を洛陽と呼んだのは、基本的には洛陽が東、長安が西という位置関係によるが、賀茂川（鴨川）を洛陽を貫流する洛水に見立てることができたからでもある。もともと「洛」の字は、サンズイ偏が付いているように川の名であり、洛陽の町は洛（水）の北にあったからそう呼ばれたのである。

川の町が洛陽であり、平安京の左京であった。

名称に「洛陽」や「長安」が使われたとしても、平安京とそれらの唐の都市とは違う点もある。大陸の都市は堅固な城壁で囲まれていることが普通であり、そのような都市を「城《じょう》」と呼ぶ。洛陽城も長安城も城壁とその内側が都城であり、「城」という名称から言えば平安城もその例に倣っているはずである。ところが、実際には城壁と呼ぶに値いするほどの堅固なものは造られなかった。それで都の内と外、すなわち洛中と洛外の行き来が比較的簡単であり、京都盆地全体が一つの空間となっていた。「洛中洛外図屏風」のように、「洛中洛外」がひとまとめの語で表現されるのも、そのような空間把握の表われである。しかも南は淀川に通じて、大阪湾に船運が便利であり、その向こうに瀬戸内海があって、朝鮮半島・中国大陸に通じていた。京都の地は閉鎖的と思われやすいが、決して閉じられた空間ではない。「京都の風景」と言った場合、洛中に限らず、例えば洛外の東山や嵐山がすぐ思い出されるのである。

平安朝当時の文学の主流である漢文作品に京都がどのように描かれているか見てみよう。そこでは、京都を洛陽と呼ぶような見立て表現が多く用いられている。

和漢朗詠集は、早春の風景を描いた次のような詩序を載せる。(2) 作者の源順は、梨壺の五人の一人であり、紫式部から見ると半世紀前の十世紀半ば頃の学者、歌人である。

見天台山之高巖、四十五尺波白　　天台山の高巖を見れば、四十五尺の波白し
望長安城之遠樹、百千万茎薺青　　長安城の遠樹を望めば、百千万茎の薺《なづな》青し
（和漢朗詠集・巻下・眺望〔六二六〕、本朝文粋・巻八〔二一八〕）

「天台山」は、中国仏教の聖地の一つで高僧智顗《ギ》が天台宗を開いたところであるが、ここでは日本の天台宗の開祖

最澄が建てた延暦寺のある比叡山を指す。「長安城」はこの場合右京に限らず、平安京全体のことを指すようである。比叡山の高く聳える峰の岩は天台山にあるという白い瀑布の波のようであり、平安京を遠望すれば、遙かな緑の木々があたかも百千万本の薺《なづな》の葉のようである、と言っている。平安京が緑豊かな美しい都市であったことがわかる。

新撰朗詠集に載せる橘正通《みち》の作「清水寺上方の望《なが》め」を見よう。

烟霞隔路三千里　　烟霞路を隔つ三千里
花柳蔵城十二衢　　花柳《くわりう》城を蔵《かく》す十二衢《く》
（新撰朗詠集・巻下・眺望〔五八四〕）

東山の清水寺から西方を眺めている。「路を隔つ」の「路」は、淀川方面の山陽道の遠路を言う。それが春霞によって遮られているのである。

「十二衢」は十二の街路の意である。漢代の長安を詠んだ班固「西都ノ賦」（文選・巻一）に見える「十二の通門立つ」に基づく語で、長安城の街路に使われた言葉である。[3]

「花柳」は古今集に載せる素性法師の有名な作を意識した語であると思う。

見渡せば柳桜をこきまぜて都ぞ春の錦なりける
（巻一・春上〔五六〕、和漢朗詠集・巻下・眺望〔六三〇〕）

清水寺の上方から西を遙かに眺めると、春霞が淀川の西の三千里の遠くへ行く道を隔てているし、鴨川の西に都を見ると桜が咲き誇り、柳が葉を伸ばして茂って街路が広がる街全体を覆い隠しているかのようである、との意である。花の都の春爛漫の光景を美しく描いた佳句と言えよう。

この「三千里」については、源氏物語に似た表現がある。須磨の巻で須磨に向かった光源氏は、東の都の方を振り返って、「三千里」と言っているのである。

うちかへりみ給へるに、来し方の山は霞はるかにて、まことに三千里の外《ほか》のここちするに、櫂《かい》の雫《しづく》も堪へがたし。

故里を峰の霞は隔つれどながむる空はおなじ雲居か

（須磨・二二五）

この場合、逆の西の方から都の方角を見ているのであるが、霞を隔てて遠路を見ているところに表現の共通性が感じられる。

比叡山から南に続く東山と賀茂川を詠んだ詩もある。

嵩山囲繞興渓霧　　嵩山囲繞して渓霧興《おこ》る
洛水回流入野煙　　洛水回流して野煙に入る

（慶滋為政「禅林寺眺望」、新撰朗詠集・巻下・眺望（五八六））

詩題に見える禅林寺は、清水寺と同じく東山にある今の紅葉の名所永観堂の前身である。「嵩山」は本来洛陽の南にある名山であり、五岳の一つであるが、ここは比叡山南方の東山のことを指すのであろう。「洛水」は、平安京のすぐ東側を流れる賀茂川を意味する。東山の谷沿いは霧が立ち込め、賀茂川は迂回してもやの中に消えて行く、という意である。「霧」は秋の風物であるから、これは、秋の光景を詠んだ詩である。

ここに見える「嵩山」と「洛水」の対は、実は白居易（白楽天）の詩「八月十五夜、諸客と同じく月を翫ぶ」（三一八二）の一節を踏まえている。

嵩山表裏千重雪　　嵩山表裏千重の雪
洛水高低両顆珠　　洛水高低両顆の珠《たま》

十五夜の晩に、洛陽で月見の宴を開き、月の光で雪のように真っ白になっている嵩山と、空と水面とに真珠のように輝く洛水の月を詠んだ詩である。為政は、京都の秋を、白居易の洛水と嵩山を詠んだ詩を応用して表現したのである。

（和漢朗詠集・巻上・十五夜〔二四三〕）

白居易の「洛水高低両顆の珠」を利用したと思われるもう一つの作品を挙げよう。方丈記の作者として有名な鴨長明が、賀茂川に映る月を和歌に詠んでいる。

石川の瀬見の小川の清ければ月も流れをたづねてぞ澄む

（新古今集・巻十九・神祇〔一八九四〕）

「石川の瀬見の小川」は賀茂（鴨）氏が伝えた賀茂川の異名である。(4) 賀茂川に月が映っている光景に賀茂氏の先祖の賀茂《かも》建角身命《たけつのみのみこと》が南から賀茂川沿いに北上して、遂にここに住み着いたことを「澄む」と「住む」とを重ねて詠んでいるのである。水面の月は当然空の上にも輝いているので、白居易の「洛水」の句と同じような光景であり、その句を意識して作られていると考える。

このように平安京の内と外は、一つの風景として把握されており、そこに中国の風景が重ね合せられている。

三、洛外の風景
――嵯峨野と小野――

源氏物語の舞台ということから平安京とその周辺を考えて見たい。まず、洛外の例として賢木巻や松風巻等に見える洛西の嵯峨野と夕霧・手習・夢浮橋等の巻々に見える洛北の小野（現在の修学院の辺りから北）の例を見てみる。おのおの、源氏物語と漢詩文の例を挙げることとする。

源氏物語では、嵯峨野は、賢木巻、松風巻などの舞台となっている。賢木巻では六条御息所の娘が斎宮となり、嵯峨野の野の宮に入り潔斎する時に光源氏が御息所を訪ねに行く。

遙けき野辺を分け入りたまふより、いとものあはれなり。秋の花、みな衰へつつ、浅茅が原もかれがれなる虫の音に、松風、すごく吹きあはせて、そのこととも聞き分かれぬほどに、ものの音《ね》ども絶え絶え聞こえたる、いと艶なり。…ものはかなげなる小柴垣を大垣にて、板屋どもあたりあたりいとかりそめなり。黒木《くろぎ》の鳥居どもは、さすがに神々《かうがう》しう見わたされて、わづらはしきけしきなるに、神司《かむづかさ》の者ども、ここかしこにうちしはぶきて、おのがどち、ものうち言ひたるけはひなども、ほかにはさま変りて見ゆ。

（賢木・一二九）

秋の野に松風と琴の音色が混じり合い、めずらしい「黒木の鳥居」などがあり、いかにも神々しい風景であった。

また、松風巻では光源氏に都に呼ばれた明石の上が、母親の明石の尼君に伴われ、明石の姫君を連れて、尼君の祖父中務の宮の山荘を修復して入る。

昔、母君の御祖父《おほぢ》、中務の宮と聞こえけるが領じ給ひける所、大堰川《おほゐ》のわたりにありけるを、その御後、はかばかしうあひ継ぐ人もなくて、年ごろ荒れまどふを思ひ出でて、かの時より伝はりて宿守のやうにてある人を呼び取りて語らふ。「世の中を今はと思ひ果てて、かかる住まひに沈みそめしかども、末の世に、思ひかけぬこと出で来てなむ、さらに都の住処もとむるを、にはかにまばゆき人中、いとはしたなく、田舎びにける心地も静かなるまじきを、古き所尋ねて、となむ思ひ寄る。さるべき物は上げわたさむ。修理などして、かたのごと人住みぬべくはつくろひなされなむや」と言ふ。

（松風・一二〇）

この嵯峨野に山荘を持っていた中務の宮は実在の兼明《かねあきら》親王像に基づいて書かれていると言われている。この親王については、後述する。

漢詩文では、嵯峨野はどのような場所であったろうか。現在の大覚寺は、桓武天皇の子嵯峨天皇が平安朝初期に造営した嵯峨院のあとと言われる。同所での春の終りの詩会で作られた詩序を取り上げる。第二節でも触れた作者の源順は、嵯峨源氏の四代目であり(5)、先祖の嵯峨天皇を意識している。

三月尽日、遊五覚院、同賦紫藤花落鳥関関序

嵯峨院者、我先祖太上皇之仙洞也。松風蘿月、偕老於煙巖之阿。怪木奇花、雑挿於水石之地。…詠唐太子賓客白楽天之於慈恩寺所作、紫藤花落鳥関関句。

三月尽日、五覚院に遊び、同じく「紫藤花落ちて鳥関関たり」といふことを賦すの序

嵯峨院は我が先祖太上皇の仙洞なり。松風蘿月、偕《とも》に煙巖の阿《くま》に老ゆ。怪木奇花、雑《まじ》りて水石の地に挿《さしはさ》む。…唐太子賓客白楽天の慈恩寺に於いて作る所の、「紫藤花落ちて鳥関関たり」の句を詠む。

（本朝文粋・巻十一〔三三二〕）

ここで「我が先祖太上皇」というのは、順から五代前の先祖に当る嵯峨天皇を指す。嵯峨天皇は、出来て間もない平安京の西に嵯峨院を造営して、今の嵯峨野を遊興の地として切り開いた。嵯峨院は天皇の崩御の後に大覚寺となる。ここの「五覚院」はその一部である。そこで、白居易が詠んだ詩句「紫藤花落ちて鳥関関たり」を句題として詩を詠むという意である。白居易の作は、「元員外「三月三十日、慈恩寺に相憶ふ」を寄せらるるに酬ゆ」〔〇九九〇〕という題で、和漢朗詠集に摘句されている。

帳望慈恩三月尽　　帳望す慈恩に三月尽きぬることを

紫藤花落鳥関関　　紫藤花落ちて鳥関関たり

（和漢朗詠集・巻上・藤〔一三三〕）

長安にあった慈恩寺の藤の美しい暮春の三月尽の風景を詠んだ友人元員外の詩に答えたものである(6)。嵯峨院にも藤が咲いており、鳥が行く春を惜しんで鳴いていた。順たちは、白居易が描いた長安の慈恩寺の風景を想起しつつ、三月尽の嵯峨院で詩を作っているのである。源氏物語では、藤の花は花宴巻や藤裏葉巻に描かれるが、こうした白居易の作が背景にあると見られる。

大覚寺の南に清涼寺があり、天龍寺がある。このあたりには古くは源融が造営した栖霞観があった。源融は嵯峨天皇の皇子で、左大臣にまでなった九世紀後半の大政治家であった。六条京極の地の鴨川西岸に隣接して宏壮な河原院を造り、河原左大臣と呼ばれた(7)。源氏物語に見える光源氏の六条院や、夕顔巻の「なにがしの院」が、この河原院に基づいて描かれていることはよく知られている。融は、宇治にも別荘を持つなど、平安京の二代目に当る父嵯峨天皇の造営好きを受け継ぎ、三代目として洛中、洛外に贅を凝らした建築物を造った。洛西に造った大きな別荘が栖霞観である。

栖霞観は融の死後寺となり、栖霞寺と号した。そこで紅葉を楽しむため詩会が開かれた。その詩序がやはり源順作として残る。

初冬於栖霞寺、同賦霜葉満林紅。応李部大王教　源順

栖霞寺者、本栖霞観也。昔丞相遊息、所遺者泉石之声。今大王紹隆、所供者香花之色。

初冬栖霞寺に於いて、同じく「霜葉林に満ちて紅《くれなゐ》なり」といふことを賦す。李部《りはう》大王の教に応ず。

栖霞寺は、本の栖霞観なり。昔丞相遊息す、遺す所は泉石の声。今大王紹隆す、供するものは香花の色。

（本朝文粋・巻十〔三一一〕）

「丞相」は、河原左大臣源融のことである。「大王」は、式部卿重明《しげあきら》親王である。重明親王は醍醐天皇の皇子で、嵯峨天皇からは、六代目に当る(8)。昔、左大臣源融がここに遊んで今に「泉石の声」を残し、今日は、重明親王が栖

霞寺の仏前に香と花を供えるのである。

現在の天龍寺は亀山という低い岡に隣接している。この亀山は今亀山公園という公園になっている。現代の地名で言えば、亀岡方面から峡谷を流れて来た保津川が、平野部に出て大堰《おおい》川と名を変える。さらに桂川と名を変えて淀川と合流する。その川の峡谷部からの出口が嵐山であり、亀山公園のあるところである。

この亀山のもとに、松風巻に出てくる中務の宮と関わると言われる兼明親王の雄蔵殿《おぐらどの》があった。兼明親王はやはり醍醐天皇の皇子で、藤原兼通の策略により、左大臣から中務卿（唐名「中書令」）におとされ、晩年雄蔵殿を造って隠棲した。親王自身の作を挙げよう。

菟裘賦序　　前中書王（兼明親王）

余亀山之下、聊卜幽居、欲辞官休身、終老於此。

余《われ》亀山の下《もと》に、聊《いささ》か幽居を卜し、官を辞して身を休め、老いを此に終へむと欲す。

（本朝文粋・巻一〔一三〕）

亀山の神を祀る文章も残っている。天延三年（九七五）の作である。

祭亀山神文　　前中書王

爰尋先祖聖皇嵯峨之墟、請地於栖霞観。

亀山の神を祭る文

爰《ここ》に先祖聖皇嵯峨の墟《あと》を尋ね、地を栖霞観に請ふ。

（本朝文粋・巻十三〔三九〇〕）

「先祖聖皇嵯峨」は、もちろん嵯峨天皇のことである。「地を栖霞観に請ふ」は源融の残した栖霞観の地の一部を取り込んで雄蔵殿を造ったことを言っている。不遇の皇子像を持つ光源氏はまた、兼明親王の像を受け継ぐとも考え

られる。(9)

このような嵯峨院（大覚寺）、栖霞観（栖霞寺）、雄蔵殿などの離宮、寺、山荘が嵯峨野にあり、それが源氏物語の舞台となって行くのである。

次に東山の比叡山麓の小野について述べよう。現在の修学院離宮の辺りから北の大原にかけての高野川沿いの細長い土地である。夕霧巻に、柏木の未亡人である落葉の宮の母、一条御息所がもののけに取り憑かれ、比叡山の律師の加持祈禱を受けるため小野に行くところがある。

小野といふわたりに、山里持《も》たまへるにわたりたまへり。早うより御祈りの師にて、もののけなど祓ひ捨てける律師、山籠りして里に出でじと誓ひたるを、麓近くて、請じおろしたまふゆゑなりけり。

（夕霧・一二）

この地は、山近く、秋の霧が多いところであった。夕霧は二人の面倒を見るために小野にわざわざ出かけて行く。

日入りかたになり行くに、空のけしきもあはれに霧りわたりて、山の蔭は小暗きここちするに、ひぐらし鳴きしきりて、垣ほに生ふる撫子の、うちなびける色もをかしう見ゆ。前の前栽の花どもは、心にまかせて乱れあひたるに、水の音いと涼しげにて、山おろし心すごく、松の響き木深く聞こえわたされなどして、不断の経読む、時変はりて、鐘うち鳴らすに、立つ声もゐかはるも、一つにあひて、いと尊く聞こゆ。

（夕霧・一七）

夕霧巻の巻名は、この小野の山里の「夕霧」の風景によるのである。はじめに挙げた、新撰朗詠集の「嵩山囲繞して渓霧興る」は、比叡山から南の東山山麓の霧の光景であったから、結局、夕霧巻の秋霧の光景と同じような場所の霧を描いていることになる。

扶桑略記の陽成天皇元慶元年（八七七）三月・四月条に、大納言南淵《みなぶちの》年名《としな》が白居易が晩年に洛陽で行なった尚歯会に倣って、わが国初の尚歯会を小野の山荘で開いたという記録がある。(10) 齢《よわい》を尚ぶ会の意で、酒宴を伴った詩会であった。

年名自身は翌月九日に没するが、その時の詩序は菅原道真の父是善が記し、扶桑略記と本朝文粋に残る。道真も父に付き添って山荘に赴いたことが菅家文草により知られる。

暮春、南亜相山庄尚歯会詩序　　菅原是善

…大唐会昌五年、刑部尚書白楽天、於履道坊閑宅招盧胡六叟宴集。名為七叟尚歯会。唐家愛隣此会希有、図写障子、不離座右。有人伝送呈我聖朝。即得此障。…是善官号同白氏。…

…大唐会昌五年、刑部尚書白楽天、履道坊の閑宅に於いて盧胡六叟を招き宴集す。名づけて七叟尚歯会と為す。唐家此の会希有なるを愛憐し、障子に図写せしめて、座右に離たず。人有りて伝送し我が聖朝に呈す。即ち此障を得たり。…是善官号白氏と同じ。…

（本朝文粋・巻九〔二四五〕）

唐の会昌五年は西暦八四五年である。年名は、白居易の尚歯会を描いた障子絵を手に入れたことをきっかけに、それに倣い三十二年後に尚歯会を開いたのである。是善はその序の中で「是善の官号白氏と同じ」と言っている。これは、刑部尚書で役職を退いた白居易と自分のその時の官の刑部卿（唐名「刑部尚書」）が同じであったことを言う。

道真も、「暮春、南亜相の山庄の尚歯会を見る」（菅家文草・巻二〔七八〕）という詩を作っている。

暮春、見南亜相山庄尚歯会　　菅原道真

逮従幽荘尚歯筵　　幽荘尚歯の筵に従ふに逮びて
宛如洞裏遇群仙　　宛も洞裏に群仙に遇へるが如し
風光惜得青陽月　　風光惜しむこと得たり青陽の月

遊宴追尋白楽天　　遊宴追ひて尋ぬ白楽天
（後略）
「南亜相」は大納言（唐名「亜相」）南淵年名のことである。道真は、年名の山荘を「幽荘」と呼び、尚歯会が白居易によって始められたことを「遊宴追ひて尋ぬ白楽天」と詩に詠み込んでいる。

四、洛中の風景
――藤裏葉巻の三条殿――

次に洛中の邸宅の例を挙げよう。光源氏の六条院等が源融の造営した河原院像に基づくことについては前述したが、ここでは藤裏葉巻に見える、若い夕霧と雲居の雁夫婦が住んだ三条殿の庭の風景を取り上げる。

御勢ひまさりて、かかる御住ひも所狭ければ、三条殿にわたりたまひぬ。すこし荒れにたるを、いとめでたく修理しなして、宮のおはしましかたを改めしつらひて住みたまふ。昔おぼえて、あはれに思ふさまなる御住まひなり。（藤裏葉・三〇一）

と、二人は三条殿に手を入れて移り住んだ。この三条殿は、かつての左大臣と北の方の故大宮夫婦の住まいである。その子供が頭の中将と葵の上であった。夕霧は葵の上の子であり、雲居の雁は頭の中将の子であるから、大宮は夕霧にとっては母方の祖母、雲居の雁にとっては、父方の祖母になる。二人の結婚は内大臣（かつての頭の中将、この巻で太政大臣に昇進）から反対されるが、それを取りなして二人を結婚させたのが、二人にとっての祖母である大宮であった。いわば、結婚の恩人が大宮である。

二人は引越して庭を見ながらしみじみと亡き大宮をしのぶ。そこに雲居の雁の父親の太政大臣が様子を見にやってくる。

前栽どもなど、小さき木どもなりしも、いとしげき蔭となり、一叢薄《ひとむらすすき》も心にまかせて乱れたりける、つくろはせ給ふ。遣水《やりみづ》の水草《みくさ》も掻きあらためて、いと心ゆきたるけしきなり。をかしき夕暮のほどを、二所《ふたところ》眺めたまひて、あさましかりし世の、御幼さの物語などしたまふに、恋しきことも多く、人の思ひけむこともはづかしう、女君はおぼし出づ。古人《ふるひと》どもの、まかで散らず、曹司曹司にさぶらひけるなど、参うのぼり集りて、いとうれしと思ひあへり。男君、

〔夕霧〕
なれこそは岩守るあるじ見し人の行方は知るや宿の真清水

女君、

〔雲居の雁〕
なき人の影だに見えずつれなくて心をやれるいさらゐの水

などのたまふほどに、大臣、内裏《うち》よりまかで給ひけるを、紅葉の色におどろかされてわたりたまへり。昔おはさひし御ありさまにも、をさをさ変ることなく、あたりあたりおとなしくて住まひたまへるさま、はなやかなるを見給ふにつけても、いとものあはれに思さる。…ありつる御手習どもの、散りたるを御覧じつけて、うちしほたれたまふ。「この水の心尋ねまほしけれど、翁は言忌《こといみ》して」とのたまふ。

〔太政大臣〕
そのかみの老木《おいき》はむべも朽ちぬらむ植ゑし小松も苔生ひにけり

（藤裏葉・三〇二）

この三条殿の庭の表現は基本的に白居易の詩によると考えられる。(11) 白居易には、七歳年下の詩友の元稹がいたが、

元稹が先に没する。白居易が洛陽の履信里にあった元稹の旧宅を訪れた詩は平安京の日本人によく知られたものであった。

落花不語空辞樹　落花語《ものい》はず空しく樹を辞す(12)
流水無心自入池　流水情《こころ》無うして自ら池に入る

（和漢朗詠集・巻上・落花〔一二六〕）

白居易が訪れた元稹の家は、花が咲き水が流れる何事もない庭であった。しかし、主人である元稹はそこにはいず、それだけに何事もないことがかえって白居易の心を悲痛にさせるのである。

この二句は、和漢朗詠集に摘句されているので、よく知られていたと言えるのである。また、和漢朗詠集所載の日本人の作品にも影響を与えている。道真の孫に当る菅原文時の「暮春宴に冷泉院の池亭に侍し、同じく「花光水上に浮ぶ」といふことを賦す。製に応ず」の一節である。

誰謂水無心、濃艶臨兮波変色。誰謂花不語、軽漾激兮影動脣。
誰か謂ひし水心無しと、濃艶臨んで波色を変ず。誰か謂ひし花語《ものい》はずと、軽漾激して影脣を動かす。

（和漢朗詠集・巻上・花〔一一七〕、本朝文粋・巻十〔三〇〇〕）

冷泉院の花が池に映り、紅になっている様子を、花を女性に水を男性に見立て、美女を見た男性がその顔を赤くするというように描いているのである。（白居易は水が心ないと言うが）美女を見た男性のように赤くなっている、（白居易は花がものを言わないというが）さざ波が動いて美女が唇を動かして語っているようである、の意である。断章取義的に白詩を利用して「花光」の美だけが描かれ、元稹の死を悼む原詩の意味は失われている。(補注)

藤裏葉巻の方では、文時の作とは違い、死者を悼む原詩の意味は活かされている。遣水に着目してみると、まず、「遣水の水草も掻きあらためて、いと心ゆきたるけしきなり」と、手を入れて気持よく流れる様子が擬人化されて

「心ゆきたる」と描かれる。次に、夕霧が擬人化された遣水に対し、あなたこそは今はこの家の主人である、あなたを見た人（かつての主人の大宮）の行方は知っていますか、と質問する。それに対し雲居の雁が、亡き人（大宮）の影を映すことなく、こちらの気持も知らずに心地よさそうに流れるささやかな流れよ、と詠む。白居易の「流水心無うして自ら池に入る」に込められた元稹への思いを大宮への思いに置き換えて贈答歌としているのである。

白居易の原詩をあらためて挙げよう。

過元家履信宅　　元家の履信の宅に過《よ》きる〔二七九九〕

雞犬喪家分散後　　雞犬家を喪《うしな》ふ分散の後
林園失主寂寥時　　林園主を失ふ寂寥の時
落花不語空辞樹　　落花語はず空しく樹を辞す
流水無情自入池[13]　　流水情《こころ》無うして自ら池に入る
風蕩醼船初破漏　　風醼船を蕩して初めて破漏し
雨淋歌閣欲傾欹　　雨歌閣に淋《そそ》ぎて傾欹せんと欲す
前庭後院傷心事　　前庭後院心を傷ましむる事
唯是春風秋月知　　唯是れ春風秋月の知るのみ

この詩と藤裏葉巻を詳しく比較してみると、「主」が「あるじ」と訓まれて使われていることがわかる。季節は春から秋に置き換えられ、「寂寥の時」は、秋の夕暮となっている。「流水情《こころ》（無く）」は、「水の心」となっている。詩では、「雞犬」が「分散」した、と言っているが、「古人どもの、まかで散らず」と女房達が分散していない、と逆に使われている。太政大臣の歌が「朽」ちた「老い木」を大宮の喩えとしているが、これは、詩の「落花」の「樹」や破損した「醼船」「歌閣」に想を得たものであろう。亡き大宮を思い起こさせる三条殿の遣水の流れる庭は、

「前庭後院心を傷ましむる事」という元稹邸の庭の風情を基本として表現されている。[14]

以上、例を挙げて示したように、この時代には漢詩文の世界が厳然としてあり、そこでは平安京を中国の都城に見立てたり、白居易等の詩文に基づいて平安京やその周辺の風景が描かれたりしている。その点を追究して行けば、源氏物語のような国風文化の成立事情の一面がわかるし、その豊饒さを充分に理解する道が開けるはずである。

注

（1）帝王編年記は一三八〇年頃の成立という。『新訂増補国史大系』第十二巻所収。

（2）源順「早春奨学院に於いて同じく「春は霽色の中に生ず」といふことを賦すの序」。この句題は白居易の友人元稹の「生春二十章」の第三首、第二句による。この二十首連作については、拙稿「わが国における元白詩・劉白詩の受容」（『白居易研究講座　第四巻　日本における受容（散文篇）』勉誠社・平成六年、新間『平安朝文学と漢詩文』所収・和泉書院・平成十五年）参照。

（3）鮑照（明遠）「詠史」（文選・巻二十一）に「京城十二の衢《みち》、飛甍《ひぼう》各鱗《うろこ》のごとく次《なら》ぶ」とある。

（4）山城国風土記逸文によれば、賀茂氏の先祖の賀茂建角身命《たけつのみのみこと》が葛城山麓を経て、南山城から賀茂川に至り、「狭《さ》くあれども石川の清《す》み川なり」と言ったというのが「石川の瀬見《せみ》の小川」の別名の由来という。この鴨長明の歌が作られたいきさつについては、長明の無名抄に詳しい。

（5）嵯峨天皇から源順に至る系譜は、「嵯峨―源定―源至―源挙―源順」となる。

（6）慈恩寺で藤を見たのは元員外であり、白居易は左遷先の江州で元員外の立場に立って詩を詠んでいる。源順は、白居易が慈恩寺で藤を詠んだと誤解していると、柿村重松著『本朝文粋註釈』（冨山房・大正十一年）は指摘する。

（7）源融と河原院については、ベルナール・フランク著『風流と鬼―平安の光と闇』（平凡社・平成十年）に詳しい。

（8）嵯峨天皇から兼明親王に至る系譜は、「嵯峨―仁明―光孝―宇多―醍醐―兼明」となる。

（9）拙稿「須磨の光源氏と漢詩文―浮雲、日月を蔽ふ―」（『甲南大学紀要』文学編七六・平成二年三月、『平安朝文学と漢詩文』所収）参照。
（10）修学院離宮の北に位置する赤山禅院に尚歯会を記念する碑文が二箇所存する。
（11）源氏物語と白居易の庭園については、拙稿「白居易の文学と源氏物語の庭園について」（『白居易研究年報』二号・平成十三年五月、新間『源氏物語と白居易の文学』所収・和泉書院・平成十五年）参照。
（12）花が語らないというのは、もともとは、史記（李将軍列伝第四十九、賛）に「諺曰、桃李言《ものい》はず、下自ら蹊《こみち》を成す」とあるのによる。
（13）和漢朗詠集で「無心」とあるところ、白氏文集の諸本は「無情」とある。
（14）松風の巻に、大堰の山荘で遣水の流れを前にして光源氏と明石の尼君が語り合う場面がある（松風・一三二）。そこで尼君は、山荘の元の持主である祖父の故中務の宮を懐かしく思い出しながら、今は「清水」が「あるじがほ」をしていると歌に詠んでいるが、その場面もここと同じ白詩に基づくと考えられる。

補注（三三一頁一七行）
この文時の詩序には、白詩とともに遊仙窟が使われている。本書第二部第Ⅳ章の補注（二七四頁）参照。

付録

紹介　小島憲之著『国風暗黒時代の文学』（全八冊）

平成十年二月十一日、小島憲之先生は亡くなられた。享年八十四歳。二月十五日の八十五歳のご誕生日の直前であった。先生はいつまでもお元気で第一線に立って研究を続けられる、何となくそう感じて日常を過ごしていた私は訃報を受けて愕然とし、言葉を失ったのであった。恐らく、先生を身近にしていた者は皆そう感じたのではなかろうか。それほどに先生は精力的にお仕事を続けておられた。先生を失った悲しみの中で、もっと色々とお教えいただくのだったといった悔恨の気持がしきりに去来する。

残された者のわずかな慰めは、先生はお仕事を亡くなられる直前まで続けられ、その成果が諸氏のご努力もあってここ一年の間に続々と刊行されたことである。左に共著も含めて列挙する。

○『補訂版　萬葉集　本文篇』（木下正俊・佐竹昭広両氏と共著）平成十年二月二十五日発行（以下同）、塙書房。

○『漢語逍遙』平成十年三月二十日、岩波書店。

○『日本書紀』③（新編日本古典文学全集4、直木孝次郎・西宮一民・蔵中進・毛利正守四氏と共著）平成十年六月二十日、小学館。

○『国風暗黒時代の文学―弘仁・天長期の文学を中心として―』下Ⅲ、平成十年十月三十日、塙書房。

○『菅原道真』（日本漢詩人選集1、山本登朗氏と共著）平成十年十一月三十日、研文出版。

先生のご業績は言うまでもなく不滅のものであるが、これらのご遺著はさらに新たな輝きを添えている。その中で、『国風暗黒時代の文学』下Ⅲは、『国風暗黒時代の文学』の第八冊目に当たり、先生の完成原稿による最後の一冊になる。本稿は、その全八冊の紹介をするものである。私は京都大学大学院に非常勤講師として出講して来られた先生の講筵に列し、それ以来二十数年にわたってその教えを身近に受けて来た。そのため記述が私事にわたることをお許し願いたい。

昭和四十年代の末頃、私は万葉集でも研究しようかと漠然と考えていた一院生であり、研究の方法には何の見通しも持っていなかった。そうした時に大阪市立大学から来られた先生の新撰万葉集や田氏家集の演習の授業があって、漢籍を基礎に置いた文学研究の面白さを十分に味わい、研究方法をそこに定めることが出来た。以後、研究対象を平安朝として、田氏家集や古今和歌集、そして源氏物語等と漢籍の関わりについての研究を続けて来られたのは偏えに先生のおかげである。

授業で取り上げておられた田氏家集については、大阪市立大学ご退官後に始められた高槻のご自宅の読古会で、それが終了した後は有志十数人の研究会で読み続け、その成果を先生の監修で、『田氏家集注』上中下全三巻として出版することができた（下巻刊、平成六年二月、和泉書院）。先生は名目的な監修者の立場を嫌われ、すべての原稿に目を通された。その経緯は研究会の中心であった先輩芳賀紀雄氏の跋文に詳しい。

私の研究生活は先生の演習に始まった。その後、読古会でお教えいただき、昭和五十七年十月二十九日に和漢比較文学会の結成準備会が京都ステーションホテルで開かれた際にも若輩ではあったがご一緒させていただいた。その時集まった十三人の中で、長老格と言うべきは、大正元年生まれの小沢正夫博士と大正二年生まれの先生であった。この学会の成立時において、そして今でも先生の学風は学会を支える巨大な柱の一つであると言うことができる。

その折々において、先生の周りに集まっていた人々と知り合いになれたことも、先生からの大きな賜物と言える。先生の高邁な学問と謙虚なお人柄が多くの人々を集めたのであろう。

丑年生まれの先生はよくご自分の学問を謙遜されて「牛のあゆみ」と表現されていた。また、教え子であってもよく「友人」の語を使われた。私は三十六歳年下の丑年生まれであるが、若輩の教え子である私に対しても「友人」の語を以って遇して下さった。文学研究という同じ道を歩む「友人」として扱って下さったのであろう。また、学問においては世俗の権威づけは意味がなく、学説の当否にこそ意味がある、というお考えのようにも思える。ともすれば師弟関係が強調されがちな学界において、先生の謙虚さは我々に研究に対する意欲と勇気を与えるものであった。もっとも、先生の「牛のあゆみ」の果実は巨大な山塊となって聳えており、とてもその着実な「あゆみ」を真似ることはできそうにない。

やはり大学院で学んだ新撰万葉集の方はいまだに本格的

な注釈が出ていない。田氏家集の研究会を引き継ぐ形で、若い人の参加も得て十人余りで新撰万葉集の注釈に取り組んでいる。まだしばらく時間がかかりそうであるが、それができあがるまでは、先生の演習の授業は私の内側では終わらないのである。

さて、私が初めてお目にかかった頃、先生はすでに大家であった。岩波の日本古典文学大系『懐風藻　文華秀麗集　本朝文粋』の注を五十一歳の昭和三十九年六月には出されていたし、その翌年の昭和四十年三月には、全三巻の大著『上代日本文学と中国文学―出典論を中心とする比較文学的考察―』が完結しており、五月にはその大著によって学士院恩賜賞を受賞された。上代に於ける漢籍利用の実際、特に類書の利用に注目された前人未踏の業績である。

もし何も知らない若い研究者がこの『上代日本文学と中国文学』全三巻のみを見たならば、それを先生のライフワークと見なすであろう。しかし、先生においては、その到達点が新たな出発点でもあったのだ。この大著の下巻第七篇は、「奈良朝文学より平安朝文学へ」と題され、特にその第二章は「平安初期に於ける詩」となっていて、勅撰三集を論じておられる。ここに未開の荒野とも言うべき「国風暗黒時代」に鍬を入れるという大望を実行する足がかりを作られ、いよいよ本格的に『国風暗黒時代の文学』の執筆を始められた。私が講筵の末席を汚したのは、その第二冊目が刊行されていた頃であった。

「国風暗黒時代」へのこだわりは、先生の研究の出発点にあると言うことができる。『国風暗黒時代の文学』中（上）巻の中で先生は、昭和十年、二十二歳の時に書かれた京都帝国大学教授吉沢義則博士の「日本文語史」講義ノートを引用され、その内容を紹介しておられる。そもそも「国風暗黒時代」という文学史上の時代名称は吉沢教授が作られ、世に普及したものであった。

それは、「万葉集ガ出テ古今集ガ生マレルマデ」の「国文学ノ暗黒時代」であるが、「暗黒」となった理由は、「詩文ノ隆盛ガ和歌ヲ社会ノ裏面ニ追ヒコメタ」ためであった。そして、次第に、「外国ノ詩文ニ憧憬シテハミテモ、物足リナサガ詩人ノ頭ニ動」き、「暗黒時代ノ中ニ国語ノ認識ガ非常ニ確実」になって行く時代でもあった。つまり、国風の古今集が生まれる重要な準備期間と位置付けていたのである。

吉沢教授の主張はそれ以前にも「万葉集より古今集へ」（『歴史と地理』大正十二年一月、『国語国文の研究』〈昭和二年四月、岩波書店〉所収）、「語脈より見たる日本文学―文学の種類と語脈の一斑―」（日本文学講座第十七巻、昭和三年五月、新潮社、『国語説鈴』〈昭和六年九月、立命館大学出版部〉所収)、「国風暗黒時代に於ける女子をめぐる国語学上の問題」(『岩波講座日本文学』第十七回配本、昭和七年十月)等にも見えるが、先生が自筆の講義ノートを引用されていることに改めて「師」というものの重要性が感ぜられる。師に沢瀉久孝博士を得たことは万葉学徒としての先生の生涯の方向を決定づけたことは勿論であろうが、定年一年前の吉沢教授の講義も先生に大きな影響を与えたのであった。

右に挙げた「語脈より観たる日本文学」では、奈良朝に行われていた文学の種類を左のように分類している。

一　漢文
二　国文
　甲　東鑑体　　乙　宣命体　　丙　仮名専用体

吉沢博士は二の丙「仮名専用体」が古今集の歌として、さらに源氏物語等に展開すると考えられて、そこに「国文」の発展があるとされた。その「国文」が詩文によって追い込められた時代が「国風暗黒時代」である。「暗黒」と呼ぶのは「国文」を中心に考えるゆえではあるが、「漢文」の隆盛が「暗黒」をもたらす一方、その「暗黒時代」が「国文」の覚醒をもたらす原因ともなったという指摘も重要である。

源氏物語研究者でもあった吉沢博士の議論は明らかに「国文」の発展に重点を置いているが、先生は重点を移して、その時代を「漢風謳歌時代」として捉え直された。輝かしい詩文隆盛の「文章《あや》」の時代、それは後に来る古今集の時代への覚醒を促し、その基盤となった重要な時代のはずであるが、研究上の空白時代となっている。「国風暗黒時代」は研究上の「暗黒時代」となっているのである。

その未開の土地に鍬を入れ文学史の書き換えを志して結実したのが、塙書房から刊行された『国風暗黒時代の文学』全八冊である。上巻序によれば、当初は『上代日本文学と中国文学』と同様に全三巻として構想され、七年程で完成の予定であったが、次第に冊数を増すことになり、上中下三巻全八冊となった。左に大要を記す(*は、主な内容をまとめた)。

①『国風暗黒時代の文学——序論としての上代文学——』上、昭和四十三年(一九六八)十二月一日発行(以下同)。
　*上代の文体の成立。記紀の文章・対策文
　*上代人の学問より表現へ。学令の検討・遊仙窟
②『国風暗黒時代の文学——弘仁期の文学を中心として——』中(上)、昭和四十八年(一九七三)一月二十日。
　*国風暗黒時代の時代区分
　*原本系玉篇と類書

＊桓武・平城朝の文学

③『国風暗黒時代の文学―弘仁期の文学を中心として―』中（中）、昭和五十四年（一九七九）一月三十日。

＊凌雲集の研究

＊凌雲集詩注（作者二十四人、詩九十一首）

＊詩人小伝

④『国風暗黒時代の文学―弘仁・天長期の文学を中心として―』中（下）Ⅰ、昭和六十年（一九八五）五月三十日。

＊雑言奉和・最澄・唐人撰唐詩集

＊経国集の研究

＊経国集詩注「序」「巻一」（賦類十七首）

⑤『国風暗黒時代の文学―弘仁・天長期の文学を中心として―』中（下）Ⅱ、昭和六十一年（一九八六）十二月十日。

＊経国集詩注「巻十」（詩九、楽府十一首、梵門五十一首）

⑥『国風暗黒時代の文学―弘仁・天長期の文学を中心として―』下Ⅰ、平成三年（一九九一）六月三十日。

＊経国集詩注「巻十一」（詩十、雑詠一、五十七首）

⑦『国風暗黒時代の文学―弘仁・天長期の文学を中心として―』下Ⅱ、平成七年（一九九五）九月三十日。

＊経国集詩注「巻十三」（詩十二、雑詠三、四十四首）

⑧『国風暗黒時代の文学―弘仁・天長期の文学を中心として―』下Ⅲ、平成十年（一九九八）十一月三十日。

＊経国集詩注「巻十四」（詩十三、雑詠四、四十九首）

上巻一冊、中巻四冊、下巻三冊、全四二〇五頁、昭和四十三年（一九六八）十二月一日から平成十年（一九九八）までの三十一年にわたる偉業である。各冊には前著の目次、書名・人名・事項索引等が周到に備わっている。芳賀紀雄氏の⑧〈下Ⅲ〉の追記によれば、先生は〈下Ⅲ〉の再校まで校正された。その刊行を待たずに先生は亡くなられたが、ご自身の手になった『国風暗黒時代の文学』は全八冊で完結したと見てよいであろう。

先生がこの時代の文学研究の中心に置いていたのは、勅撰三集の注釈であったろう。右の③〈中（中）〉に凌雲集の注が収められている。それまでは、世良亮一氏の『凌雲集詳釈』（昭和四十一年二月、私家版）という簡単な注があるのみであり、ここに初めて本格的な注が誕生した。

文華秀麗集については、すでに日本古典文学大系で注されていた。しかし、若年の注であり、頭注形式という制約もあって、意を尽くさぬ点が多いとされ、先生は常に書き換えを希望されていた（この点については懐風藻も同じである）。しかし、経国集の注釈作業までを視野に入れると、この『国風暗黒時代の文学』の中に文華秀麗集の注を入れる時間が自分には残されていない、と考えられた。そこで『萬葉』に手元の原稿を「『文華秀麗集』詩注」として発表されたのであった。その号数を左に掲げる。括弧内の算用数字は文華秀麗集の詩番号である。

『萬葉』百十二号（昭和五十八年一月）第一回(1)
百十三号（昭和五十八年三月）第二回(2)
百十五号（昭和五十八年十月）第三回(3)
百十八号（昭和五十九年六月）第四回(4)
百三十八号（平成三年三月）　第五回(5)

さらに、④〈中（下）Ⅰ〉では「文華秀麗集注補訂」の一章を設け、若干の改訂を試みておられる。

勅撰三集の第三、経国集は滋野貞主の序によれば全二十巻、千二十三首から成っていたはずであるが、現存するのは巻一、十、十一、十三、十四、二十の五巻三百五十五首に過ぎない。当然先生は現存作品すべての注を志しておられただろうが、結局巻二十（策下、対策二十六首）の注は成らなかった。しかし、①〈上〉に第一篇第一章四「対策文の成立」があり、巻二十の対策についてかなり言及されている。②〈中（上）〉の第三篇第二章の三「桓武・平城朝の文学」においても土理宣令の対策二首と道守宮継の対策一首の詳しい説明がある。経国集の詩はすべて注釈されているのであるから我々はそれで満足すべきかも知れない。或いは後進に残された宿題と考えることもできよう。

ともあれ、勅撰三集の賦と詩の注は我々の前に史上初めて備わった。先生によって明るい光に照らし出されることとなった今、もはや研究上の「暗黒時代」とは言えない。それをどのように位置づけるかは、残された我々の見方如何によることとなったのである。「国風」と「漢風」とを各々理解し、その相互の関係を探ることができて初めて平安朝の文学史は語れるし、それ無くして日本文学史の十全たる理解は不可能である。

さて、この大著の内容を批判する余裕は今はないし、力量もないので、批評めいたことはここでは述べない。その代わりに先生の漢語考証についての熱意と執着の一例を「経紀」の語に見ておきたい。

山上憶良の「悲㆓歎俗道仮合即離、易㆑去難㆑留詩」（万葉集巻五）に、

俗道変化猶㆓撃目㆒、人事経紀如㆓申臂㆒

の句がある。この「経紀」の語については、『上代日本文学と中国文学』中、第五篇第六章「山上憶良の述作」（一〇〇九頁）では、次のような意味を考えておられる。

〇綱紀、常理

〇才覚する（商売をする）

「滕叔蔣兄、自解㆓経紀㆒」（張文成『朝野僉載』）

〇通過、通行

「経㆓紀山川㆒、蹈㆓騰崑崙㆒」（『淮南子』原道訓、高誘注「経行也、紀通也」）、「乃有㆓四経紀人㆒」（四人の通行人、唐大和上東征伝）

〇糸の如く縦や横に織りなすこと

「経㆓紀天地㆒、錯㆓綜人術㆒」（『文選』巻十二、郭景純「江賦」）

この中で、最後の「江賦」の例の意が憶良の例に当たるとされる。憶良の序の意味は「人事（俗事）の入り乱れた経紀（糸を織り成したような乱れた俗事）は臂を伸ばす短い間のことである。」と解釈された。

しかし、①『国風暗黒時代の文学』上、第二章第三(2)「上代詩の表現」二「仏教詩をめぐって」（四八四頁）では、前説を撤回され、

〇人事の進退、進み具合、推移

「毋㆑失㆓経紀㆒」（『礼記』月令、鄭玄注「経紀謂㆓天文進退度数㆒」）

〇すぢみち、常道

「礼経㆓紀人倫㆒」（礼記は人倫の紀律、紀綱を述べる、『史記』太史公自序）

のいずれかを憶良の「経紀」に当たる可能性のあるものとされた。そして、後者をより妥当であると結論された。

さらに、『萬葉』第百三十号（昭和六十三年十二月）に、「憶良の「経紀」再々考」という論文を書かれ、憶良の当該詩「序」に「人無㆓定期㆒、所以寿夭不㆑同」「申臂之頃、千代亦空」とあるのを重要視されて、「人には一定した期もなくて長生きする者もあり、若死にする者もあるといった人間関係の道理があって、それは肘を伸ばすほどの短時間である」とされたのである。なお、その論文では、「経紀」に唐代の俗語的用法として「生の営み」の意味もあることを気に掛けておられる。

その後、「漢語あそび―「経紀の人」の場合―」（『文学』第五十七巻五号、平成元年五月）を書かれ、これは、前掲の『漢語逍遙』に第一部第三章「「経紀の人」―山上憶良・淡海三船から中村正直へ―」と題して収録された。その中で右の俗語的用法について考察を深められ、特に

『唐大和上東征伝』の「経紀の人」を「商人」の意と確定され、その意味の「経紀」が中国俗語小説を介して近世のわが国においても良く使われ、近代の中村正直『西国立志編』にまで及んでいることを考察されている。先生が如何に漢語の語性についての考察を大事にされたかが分かる。その考察があっての文学であると考えておられたのである。

最近刊行された、岩波の新日本古典文学大系『萬葉集』（一）では、憶良の「経紀」について「往来する、交渉するの意」とあり、『淮南子』原道訓の例とその高誘注を挙げる。まだまだこの問題の決着は着いていないようである。

憶良の詩の「経紀」の意味の考察に数十年を費やされた先生ではあったが、その間近世・近代の漢語にも言及されることが多くなり、『ことばの重み—鷗外の謎を解く漢語—』（昭和五十九年一月、新潮選書）も上梓されている。上代文学の記紀万葉から出発された先生の漢語に対する深い洞察は、近世・近代にまで及び、日本文学における漢語の意味を考えるすべての人に影響を与えるような研究を残されたのであった。

最後に、ご著作の目録について触れたい。先生の古稀をお祝いして刊行された『小島憲之博士古稀記念論文集古典学藻』（昭和五十七年十一月、塙書房）に、昭和五十六年までの先生の述作目録を載せる。また、最近刊行された『萬葉』第百六十九号（平成十一年四月）は、先生の追悼号となっており、伊藤博博士の「弔辞」と先生の略歴、著書目録を載せる。十年以上も前に刊行された『萬葉以前—上代人の表現—』（昭和六十一年九月、岩波書店）の特徴ある右上がりの背文字は先生の懐かしい筆跡である。今はそれを見ながら先生の学問とお人柄を偲びつつ筆を擱く。

補注

小島憲之著『国風暗黒時代の文学　補篇』（塙書房）が、平成十四年二月二十八日に芳賀紀雄氏のご尽力によって刊行された。先生のご著書に未載の国風暗黒時代関係の諸論文、右に挙げた『萬葉』所載の文華秀麗集詩注（(6)番詩を遺稿として増補）、経国集の対策文（紀真象(231)・(232)番、大神虫麻呂(255)・(256)番）の注等を載せる。

あとがき

今から六年前の平成十五年二月に『源氏物語と白居易の文学』と『平安朝文学と漢詩文』の二著を同時に上梓した。両書ともにそれまで書き溜めたものを収めた論文集であった。前者を京都大学に学位請求論文として提出し、幸いに同平成十五年に京都大学博士（文学）の学位を受けることができた。この二著に収めたのは、京都大学大学院の博士課程に在籍中の昭和五十二年から平成十三年までの二十五年間にわたって執筆した論文である。

その前二著の出版に続く、第三番目の論文集として本書を刊行することになった。平成十三年から十九年までの論文を収める。ただし、序論は書き下ろしたものであり、付録として載せる小文の執筆は平成十一年に遡る。

六年の間に身の回りにも多少の変化があった。平成十七年春に二十五年間勤めた甲南大学を辞し、京都女子大学に勤務することになった。その年の十二月十一日には病に臥せっていた父進一が八十八歳で逝った。父は中世歌謡と近代短歌の研究を専門としていた国文学者であった。私は父の直接的な影響をそれほど受けたとは思わないが、間接的影響ということならば、その影響を感じて来たし、特に亡くなってからは日々に強く感ずるようになっている。

昨平成二十年七月には、京都大学・大学院における指導教官であった佐竹昭広先生が亡くなられた。先生が著者のお一人である『岩波古語辞典』は私の大学院時代に刊行されたが、それを先生は院生全員に配られ、皆感動したものである。かなり傷んではいるものの、今も手元にあるその辞書には「昭和五十年正月十四日　佐竹教授より贈らる」という書き入れが残る。お教えいただいた恩師が世を去るのは悲しいが、研究に対するご熱意はありありと感ぜられることである。

佐竹先生に新撰万葉集や和漢朗詠集に対する関心があると申し上げた時に、小島憲之先生に就いて勉強せよと勧めていただいた。小島先生からは実に多くのことを学んだ。漢籍の受容を中心に据える本書の方法もそこから出発しているのである。付録として載せた小島先生の大著『国風暗黒時代の文学』の紹介文は、私としては平成十年に亡くなられた先生の追悼文のつもりである。

昨年は西暦二〇〇八年であり、源氏物語千年紀ということで関連の諸行事が各所で行なわれた。序論で触れた紫式部日記に見える、藤原公任の「このわたりに若紫やさぶらふ」という発言を源氏物語の若紫巻を含むある段階での成立の証拠と見なし、その発言があった寛弘五年（一〇〇八）から千年経ったというのである。源氏物語の研究に携わるものとして、私も、千年紀に際して企画されたいくつかの論文集における論文執筆とは別に、個人の論文集の刊行を志した。その結果が本書である。「このわたりに」という言葉が遊仙窟の「此処」の訓読に由来するという新説については別に論文を執筆したが、本書の序論にも書き入れたのは、その千年を記念する気持からである。わが国の文学史の上で、遊仙窟が重要であるということも小島先生の大学院の演習で教わった。

本書も前二著と同じく、和泉書院からの出版である。社長の廣橋研三氏には、漢文の引用が多い面倒な出版を三たびお引き受けいただいた。この場を借りて御礼申し上げたい。

また、本書の刊行に際し、勤務先の京都女子大学からは平成二十年度の出版助成を受けることができた。感謝申し上げる。

平成二十一年二月十一日

洛北下鴨の蝸居にて　新間一美

初出一覧（表題は、初出時のもの）

序　論〈書き下ろし〉

第一部　源氏物語の長編構想と漢詩文

第Ⅰ章　明石の姫君誕生祝賀歌と仏典比喩譚―算賀歌の発想に関連して―
『説話論集　第十四集』（説話と説話文学の会編）所収、清文堂出版、平成十六年十月

第Ⅱ章　算賀の詩歌と源氏物語―「山」と「水」の構図―
『源氏物語の新研究―内なる歴史性を考える』（坂本共展・久下裕利編）所収、新典社、平成十七年九月

第Ⅲ章　雲の「しるし」と『源氏物語』―野《や》に遺賢無し―
『東アジア比較文化研究』第五号・平成十八年八月

第Ⅳ章　源氏物語松風巻と仙査説話
『源氏物語の展望　第一輯』（森一郎・岩佐美代子・坂本共展編）所収、三弥井書店、平成十九年三月

第Ⅴ章　源氏物語の春秋争いと劉白・元白詩
『国語と国文学』平成十九年八月

第Ⅵ章　李夫人と桐壺巻再論―「魂」と「おもかげ」―
『源氏物語の始発―桐壺巻論集』（日向一雅・仁平道明編）所収、竹林舎、平成十八年十一月

第二部　「松竹」と源氏物語

第Ⅰ章　「松風」と「琴」―新撰万葉集から源氏物語へ―

『王朝文学の本質と変容　散文編』（片桐洋一編）所収、和泉書院、平成十三年十一月

第Ⅱ章　「松」の神性と『源氏物語』
『東アジア比較文化研究』創刊号、平成十四年六月

第Ⅲ章　菅原道真の「松竹」と源氏物語
『菅原道真論集』（和漢比較文学会編）所収、勉誠出版、平成十五年二月

第Ⅳ章　源氏物語柏木巻における白詩受容―元稹の死と柏木の死―
『白居易研究年報』第七号、平成十八年十月

第三部　平安朝漢詩の周辺

第Ⅰ章　菅原道真の子を悼む詩と白詩
『京都語文』（佛教大学国語国文学会）第十号、平成十五年十一月

第Ⅱ章　藤原時平について―道真左遷の首謀者
『国文学　解釈と鑑賞』平成十四年四月

第Ⅲ章　京都―平安京と『源氏物語』
『東アジア比較文化研究』第二号、平成十五年九月

付録　紹介　小島憲之著『国風暗黒時代の文学』（全八冊）
『和漢比較文学』第二十三号、平成十一年八月

■ **著者紹介**

新間 一美（しんま かずよし）

昭和二十四年（一九四九）千葉県船橋市生

昭和五十四年（一九七九）京都大学大学院文学研究科博士課程単位取得退学

昭和五十五年（一九八〇）甲南大学文学部講師（専任）

平成十五年（二〇〇三）京都大学博士（文学）

平成十七年（二〇〇五）京都女子大学文学部教授

主要編著書

『源氏物語と白居易の文学』（和泉書院、平成十五年）

『平安朝文学と漢詩文』（和泉書院、平成十五年）

『田氏家集注』（小島憲之監修、共著、全三巻、和泉書院、平成三年～六年）

『白居易研究講座』（共編、全七巻、勉誠社、平成五年～十年）

『新撰万葉集注釈』（共著、既刊、巻上㈠・㈡、和泉書院、平成十七年・十八年）

研究叢書 386

源氏物語の構想と漢詩文

平成二十一年二月二十八日初版第一刷発行

（検印省略）

著者 新間一美

発行者 廣橋研三

印刷所 亜細亜印刷

製本所 渋谷文泉閣

発行所 有限会社 和泉書院

大阪市天王寺区上汐五－三－八

〒五四三－〇〇〇二

電話 〇六－六七七一－一四六七

振替 〇〇九七〇－八－一五〇四三

本書の刊行に当っては、京都女子大学より出版経費の一部助成（平成二十年度）を受けた。

ISBN978-4-7576-0504-6 C3395

研究叢書

軍記物語の窓	第三集	関西軍記物語研究会編	371	一三六五〇円
音声言語研究のパラダイム		今石元久編	372	一二六〇〇円
明治から昭和における『源氏物語』の受容	近代日本の文化創造と古典	川勝麻里著	373	一〇五〇〇円
和漢・新撰朗詠集の素材研究		田中幹子著	374	八四〇〇円
古今的表現の成立と展開		岩井宏子著	375	一三六五〇円
天草版『平家物語』の原拠本、および語彙・語法の研究		近藤政美著	376	一三六五〇円
西鶴文学の地名に関する研究	第七巻　セ—タコ	堀章男著	377	二一〇〇〇円
平安文学の環境	後宮・俗信・地理	加納重文著	378	一二六〇〇円
近世前期文学の主題と方法		鈴木亨著	379	一五七五〇円
伝存太平記写本総覧		長坂成行著	380	八四〇〇円

（価格は５％税込）